저자 퉁구스카 | 표지 MARCH

|목차|

에이프릴 벤전스 Part 2

FBI 요원은 무전기 건너편을 위압하는 중이다. 구축함 히긴스를 거쳐 항공모함으로 연결된 통신. 연돌에서 구조된 생존자들은 거기까지 가있었다.

호화 여객선의 추악한 지난날은 이미 영상으로 확인했다. 수사관이 생존자로부터 뽑아내려는 건, 보다 구체적인 진술, 그리고 다른 생존자들에 대한 정보였다.

하다못해 생존자 집단의 구성과 성향만 알아내더라도 큰 도움이 될 것이다. 무장 세력과의 마찰이 항상 교전으로 귀결되는 건 아니니까.

"좋아요. 요리사. 그럼 이제 당신이 취급하던 재료에 대해 말해 봐요."

조안나 깁슨의 감정 없는 음성. 그러나 표정은 감정이 넘쳐 흐르고 있다.

[저기…… 정말, 정말로 제게 책임을 묻지 않는 겁니다?]

스스로 에이프릴 퍼시픽의 프렙 쿡[1]이라 밝힌 남자는, 본디 그랜드 갤리(주방)에서 육류를 취급했다고 한다.

'한마디로 인간 백정이었다는 말인데…….'

대극장을 시작으로, 겨울은 수사관과 함께 여객선의 지난 수 개월을 빠르게 훑어보았다.

그 중엔 요리를 빙자한 살육의 기록도 있었다. 하급 요리사로서 밑 재료를 준비했다면, 그것은 즉 사람을 고기로 만드는 역할이었다는 뜻.

"글쎄요. 당신하기 나름이죠. 지금처럼 쓸데없는 말로 시간을 끌면……내 마음이 언제 바뀔지 모르거든요."

범죄자와의 협상에선 여유를 주면 안 된다. 미끼는 사법거래였다.

[아, 알겠습니다. 말씀드리겠습니다.]

요리사가 진술한다. 에이프릴 퍼시픽이 호주 본토를 떠난 것은 작년 여름의 일이었다고.

[원래 있던 식자재는 두 달 만에 바닥났습니다. 하지만 모두가 회항을 두려워했습니다. 호주 정부를 믿을 수 없었거든요. 총독님이 그러셨죠. 바다 위에 있는 게 가장 안전할 거라고.]

식량부족. 그는 인간을 해체하게 된 당위성부터 말하고 싶은 모양이었다. 그러나 그의 증언에선 식량부족보다 신경 쓰이는 게 있었다. 요원이 그 점을 지적한다.

"총독? 호주 총독이 이 배에 타고 있었다고요?"

---

1 Prep Cook. 하급 요리사

이 대화를 들은 겨울 역시 고개를 갸우뚱 한다. 영연방 국가에 영국 여왕의 대리인이 있는 건 사실이지만, 호주 총독씩이나 되는 사람이 정부를 두고 여기까지 올 이유가 있을까? 아무리 실권 없는 명예직이라도……

[아니, 그건 아닙니다. 그분은……아니, 그 사람은 태평양 공화국의 총독입니다.]

"내가 알아듣게 말해요. 가석방 없는 무기징역으로 처박히고 싶지 않으면."

[앗, 죄송합니다. 죄송합니다.]

이어지는 요리사의 횡설수설. 주어와 목적어가 자주 생략되고, 요리사 스스로도 곧잘 고쳐 대는 중언부언들. 깁슨 요원이 눈살을 찌푸리며 정리한다.

"그러니까 태평양 공화국의 영토는 에이프릴 퍼시픽이고, 총독이라는 사람이 자칭 국가원수라는 말인가요?"

[자칭이 아닙니다. 총독님께선 공개투표에서 만장일치로 선출되셨……아니, 선출되었습니다.]

고립된 사람들은 이상해진다. 호화 크루즈가 닫혀있던 기간은, 집단광기가 숙성되기에 충분할 만큼 길었다. 식량부족을 식인으로 해결하자는 선동가가 지지를 받을 정도로.

[수확은 일주일에 한 번 정도였습니다.]

수확? 요리사가 사용한 단어에 수사관이 욕설을 중얼거린다. Fuck. 발신 버튼에서 제때 손을 떼었으므로, 취조 대상은 듣지 못한다. 다만 침묵이 길어지면 불안해할 터. 나오기 시작한 이야기가 끊기는 것은 좋지 않다. 시간을 절약해야 한다. 수사관이 물었다.

"그렇게 자주 수확할 필요가 있었습니까?"

[고기(Long pork)는 그 이상 신선하게 보관하기 어렵습니다.]

롱 포크. 기다란 돼지고기. 이 단어는, 사람을 긴 돼지(Long pig)라고 부르는데서 유래되었다. 유럽에서도 식인을 합리화하던 시절이 있었다.

비극은 사람을 사람으로 보지 않는 데서 출발한다. 사람이 상품이 되어선 안 되는 것이건만.

"……계속하세요."

다시 한 번 엿 같다고 중얼거리는 수사관. 면책을 요구한걸 보아, 요리사는 스스로의 잘못을 인지하고 있었다. 그러나 진술에서는 죄악감이 느껴지지 않는다. 무뎌져있다.

'그렇겠지. 자기합리화 없이는 견딜 수 없는 경험이었을 테니까.'

소년은 사람의 나약함에 대해 생각한다. 자기합리화는 자기보호의 장치였다. 죄책감으로부터 자기 자신을 지키려는 노력. 자식을 파는 부모의 합리화를 겪었으므로, 겨울은 이해하기 쉬웠다. 강력한 죄악감은 강력한 합리화를 낳는다.

그게 불가능한 사람은 이미 죽었을 것이다. 양심이 사람을 죽이는 세상이었다. 착한 사람부터 죽는다. 생전에도, 지금도. 과거를 캐내어 만들어진 세계관이 이 모양이니, 이것이 곧 사람의 한계인가 보다. 겨울이 한계를 곱씹었다.

진술이 이어진다.

[아무리 그래도 백인은 먹지 않았습니다. 끔찍했거든요. 주로

베트남, 캄보디아, 필리핀에서 오는 것들을 건졌습니다. 방송한 번 할 때마다 크고 작은 배들이 몇 척씩 오더군요.]

"방송이라……. 식량이라도 나눠주겠다고 했나보죠?"

수사관이 진실을 짚었다. 요리사가 얼른 대답한다.

[예. 어려운 일이라 총독님께서 직접 나서셨습니다. 국가원수로서 책임을 지겠다고요.]

"잠깐. 그러면 해적을 피할 수 없었을 텐데?"

[아, 원래는 호위함이 있었습니다. 원래 어느 나라의 구축함이었다는데, 총독님의 아드님께서 함장이셨습니다. 얼마 전 해적과 싸우다가 침몰해버렸지만요.]

호위함과 공개투표. 그리고 독재자. 알 만 하다. 권력은 총부리에서 나온다.

그럼 호위함 승조원들은 무슨 생각으로 함장을 따랐을까? 여객선으로부터 향락을 제공받았나? 종말을 향해 달려가는 세계관 속에서, 평범하게 미쳐버리기라도 했던가?

'하긴, 세븐스 캘리포니아도 처음엔 병력 관리에 골머리를 앓았으니…….'

엘리엇 상병이 말했었다. 가족을 잃은 병사들이 많다고. 정신상태가 불안정하여 작전에 투입할 수 없노라고. 오염지역의 미군이 난민 지원병을 받게 된 계기이기도 했다.

그 후로도 수사관은 한동안 심문을 계속했다. 그리고 마침내 마지막 질문을 던진다.

"한 가지만 더 묻죠. 솔직하게 대답하세요. 당신, 극장에서 벌어지는 일을 알고 있었나요?"

인간과 역병의 콜로세움. 요리사는 모른다고 대답했다. 수사관은 추궁하려는 기색이었으나, 이내 인상을 찌푸리고 입을 다문다. 대신 옆에 있는 사람을 바꾸라고 했다. 항모에서 생존자 감시를 위해 붙여둔 인력이 있을 것이었다.

[바꿨소.]

차갑고 퉁명스러운 첫 마디. 수사관이 말한다.

"저는 연방수사국 현장감독관 조안나 깁슨입니다. 귀하의 관등성명을 부탁드립니다."

[……위병상사(Master-at-arms) 토리 맷슨이오.]

위병하사관은 해군 내의 범죄를 단속하고, 시설 및 함정의 경비를 책임지는 역할을 수행한다. 소속은 다르지만 FBI 수사관과 어느 정도 통하는 면이 있었다.

"좋아요, 맷슨 상사님. 지금까지의 대화를 듣고 계셨을 테니 사정은 잘 아실 거라 믿습니다."

[뭘 말씀하고 싶으신 거요?]

"해군에 증인보호를 요청할까 해서요."

[증인보호? 이런 놈을 지켜주란 말이오? 하, 이 배엔 인간 쓰레기를 위한 자리가 없소.]

"그래요? 그럼 어떻게 하실 작정이신가요?"

[죽기 직전까지 두들긴 다음 바다에 던져버리겠소.]

"와우."

표정 변화 없이 입으로만 놀란 뒤에, 수사관이 하는 말.

"상사님께서는 지금 연방수사국의 정당한 요청을 근거 없이 거부하시는 겁니다. 방역전쟁에 관한 오염지역에서의 기관별 협력규정은 숙지하고 계시겠지요? 이 건으로 상사님께 불이익이 가해질 수도 있습니다. 그런데도 거부하실 겁니까?"

[멋진 협박이군. 그렇다면 어쩔 거요?]

"상부에 보고해서 정식으로 해군에 항의해야겠죠. 제게 해결되지 않은 임무가 있으니, 아마 몇 개월 뒤의 이야기가 될 것 같은데……. 음, 까먹지 않도록 노력해야겠군요. 나이 서른이 되고 나니 기억력이 떨어져서 걱정이에요."

[허.]

상사의 기막힌 웃음소리. 누군가의 절규도 섞여있다. 이야기가 다르지 않느냐고. 통신이 잠시 끊어졌다. 나이에 어울리지 않는 새침함으로 재연결을 기다리는 수사관. 이윽고 통신이 재개되었을 때, 시끄럽던 배경 소음은 깔끔하게 사라져 있었다.

[재미있는 개소리였소. 다른 요청사항은 없는 거요? 전투 정보실로 통신을 돌려드릴까?]

"아뇨. 괜찮아요. 도움이 필요하면 다시 연락드리죠."

[알겠소. 그럼 이만 끊지. 맷슨 아웃.]

통신을 끝낸 뒤 겨울이 바라보자, 묻지 않아도 변명하는 수사관.

"현장수사는 융통성이 필요한 일이거든요. 저쪽에서 거부하면 방법이 없는 것도 사실이고. 이걸로 군이 문제를 제기할 필요는 없을 거라고 생각했습니다."

"이해해요. 그럴 만 한 일이죠. 시키는 대로 따르기만 했다는데……죄가 너무 무겁네요."

증언하는 내내, 요리사는 자신의 결백을 주장했다. 그러나 그가 해체한 사람이 도대체 몇 명이나 될까. 수십? 수백? 수천?
깁슨이 한숨을 내쉬었다.

"복종이 미덕인 군인에게도 부도덕한 명령을 거부할 의무가
있는걸요. 저도 떳떳한 입장은 아닙니다만."

겨울은 그녀를 이해한다. 요원 스스로 말했듯이, 수사관의
직무는 융통성이 필요한 일이었다. 규정이 항상 지켜지진 않았
을 것이다. 부도덕한 일도 있었을 것이고.

'애당초 사법거래부터가 올바른 일이 아니잖아.'

그것은 최악을 피하기 위한 차악이다.

겨울은 어릴 때 누이와 함께 본 영화를 기억한다. 아내와 딸을
살해당한 남자의 이야기. 범인은 둘이지만, 사법거래로 한 명만
처벌 받는다. 이에 분노한 남자는 범인뿐만 아니라 사법거래의
관계자 모두를 향한 복수를 시작한다.

아주 고전이라 입체영상도 아니었고, 그래서 무료였다. 그러나
값이 없다고 재미도 없진 않았다. 아직 어렸던 소년은, 영화를
본 뒤, 스스로의 미움에 대해 깊이 고민했다.

대체 어디까지 미워해야 하는 걸까? 하고.

사실 겨울은 요리사를 죽이는 게 옳다고 여기지 않는다. 그
에게 저항할 방법이 있었을까? 가석방 없는 종신형…미국의
기준으로는 형기가 수명을 한참 넘을 정도의 징역형. 그래, 딱
그 정도가 좋을 텐데. 이쯤이 겨울의 생각이었다.

그러나 반대하지 않는 것은, 이게 현실의 한계임을 알기 때문
이다. 사람 사는 세상은 그렇게 이상적으로 돌아가지 않는다.

'아니, 돌아갈 수 없는 게 맞겠지.'

겨울은 미련을 끊었다. 그리고 손가락으로 가리킨다.

"이제 슬슬 저걸 받아볼까요?"

아까부터 내선 하나가 반복해서 점등되는 중이었다. 깜박, 깜박. 3층의 관리실에서 들어온 연락 요청이다. 그리고 같은 층에 그랜드 갤리가 있었다. 인간 도축이 이루어진 장소.

배가 방향을 바꿨을 때, 함교에 누군가 있음을 모두가 알았을 것이다. 어쩌면 신호를 보내는 쪽에는, 태평양 공화국의 총독이란 자가 있을지도 모를 일이었다.

수사관이 내키지 않는 얼굴로 손을 뻗는다. 겨울이 막았다.

"제가 할게요. 스트레스를 받으셨을 텐데."

"죄송하지만 중위님은 협상력이……아니, 아닙니다."

겨울이 미소를 만들자, 깁슨 요원은 얼버무렸던 말을 꺼내놓는다.

"신경 쓰지 마십시오. 어차피 상대가 미치광이라면 논리는 통하지 않을 겁니다. 그렇다면 차라리 중위님께서 상대하시는 편이 나을지도 모릅니다. 세계적인 유명인사니까요. 이 정도 배라면 위성전파를 수신할 수도 있었을 테고. 상대가 누구든 긴장하게 될 겁니다."

"세계적인 유명인사? 그리고 위성전파요?"

"네. 선전방송은 위성을 통해 전세계로 송출됩니다. 중위님의 지분은 큰 편이고요."

"왜 그런 짓을……아니, 알겠네요."

여성 수사관은 쉽게 끄덕였다.

"짐작하셨겠지만, 미국이 재앙을 성공적으로 극복하고 있다고 알리는 겁니다. 다른 국가와의 협상에서 우위에 서기 위한 수단으로서 말이죠."

결국 민사심리전의 일환이다. 그것이 미칠 영향을 검토한 뒤, 겨울이 수화기를 들었다.

내선을 걸어온 사람은 예상대로 태평양 공화국의 총독이라는 자. 겨울은 그럴 거라고 여겼다. 닫힌 사회에서, 외부와의 접촉은 위험한 가능성이다. 통제되어야 한다.

겨울의 신분과 목적을 들은 총독이 난데없는 폭소를 터트렸다.

[오, 세상에. 이거 정말 놀랍군! 하하하! 설마 구조대가 올 줄이야!]

그리고 그는 책임자를 비웃는다.

[어느 선에서 내린 결정인지는 모르겠지만 멍청하기 짝이 없어. 지금 이 순간에도 구조를 요청하는 배가 수백, 수천 척일 텐데……. 아무리 미국이라지만, 이렇게 낭비할 자원이 있나?]

맥락상 구조신호를 보낸 건 총독의 결정인 것 같다. 겨울이 물었다.

"당신이 신호를 보낸 주제에, 정작 구조를 바라진 않았다는 뜻입니까?"

[당연하지 않은가, 중위. 세상이 상냥한 곳이라는 착각은 오래 전에 버렸거든. 샌프란시스코를 향해 고정된 침로. 폭주하는 대형 여객선. 내가 책임자였다면 격침시키라고 했을 거야. 하지만 귀관이 온 걸 보니 미군도 아직 현실을 모르는군. 쯧쯧.

앞으로 얼마 못 가겠어.]

'아, 인류의 앞날은 어둡다!' 헛소리를 지껄이며 낮게 키득거리는 남자. 보조 수신기로 엿듣던 FBI 수사관이 인상을 찌푸렸다.

겨울은 그녀에게서 두 가지 감정을 읽는다. 하나는 경멸. 하나는 죄악감. 후자는 자기 자신을 겨냥한 것이었다.

항모전단 사령관도, FBI 수사관도, 처음엔 여객선을 격침시키자는 쪽이었다. 그 점에서 이 미치광이 살인마와 다를 바가 없다. 그런 식으로 느끼는 모양.

위로할 때는 아니었다. 겨울이 재차 질문했다.

"이해가 가지 않네요. 그렇다면 왜 신호를 보냈죠?"

가능성이 낮더라도, 자력구제를 시도하는 게 차라리 나았을 것을.

[그야 물론 사람답게 죽기 위해서지.]

"사람답게?"

[그래. 구조가 올 거라는 희망이 없으면, 친애하는 국민들이 미쳐 날뛰었을 테니까. 공화국의 질서가 무너지고, 그 와중에 나 또한 성할 수 없었겠지. 국민들이 총독을 살해하는 폭거는 용납할 수 없어. 모두 함께 죽는다면 모를까. 그래서 어뢰나 미사일을 기대하고 있었네만…….]

굉장히 빠르게 쏟아지는 말. 총독은 대화를 즐기는 것 같았다. 누군가에게 준비된 변명을 쏟아놓고 싶어 안달이 난 사람처럼.

그나저나, 집단 자살을 위해 구조신호를 보냈단 말인가? 그로써 본인의 생명을 조금이라도 연장하려고……?

이게 과연 진심일까, 아니면 떠보려고 하는 말일까. 느낌만으로는 전자에 가깝다. 확신은 서지 않는다. 겨울은 일단 계속 어울려주기로 했다.

"그게 사람다운 죽음인가요?"

[아무렴. 단 1초라도 더 살고 싶어서, 최후의 순간까지 발버둥치는 모습. 이 얼마나 사람다운가. 기품 있는 자살 방식이지.]

"글쎄요. 당신은 그토록 살고 싶어 하면서, 잘도 다른 사람들을 잡아먹으셨군요."

논리적으로 미친 남자가 다시 한 번 웃음을 터트린다.

[그렇게라도 살아남아야 했던 우리들의 처지를 비웃으려는 건가? 고상하기도 하셔라. 하지만 중위, 공화국 국민들은 평범한 사람들이었어. 타고난 식인종, 살인마 따위가 아니었단 말이야. 누구나 우리처럼 될 수 있어. 사람을 잡아먹고 싶을 만큼 배가 고파진다면.]

겨울이 곧바로 부정했다.

"아뇨. 당신들은 그 이상이었어요. 질병과 인간을 같은 무대에 올려놓고 즐겼잖습니까. 그들의 싸움과 죽음에 열광하면서 말이죠. 그거 아십니까? 마지막으로 목줄에 묶인 괴물은 여전히 그 자리에 있습니다. 오래 버티겠죠. 많이 먹었으니까."

무대 바닥엔 원이 그려져 있었다. 원의 반지름은 곧 괴물을 묶은 목줄의 길이였다.

한 번 원에 들어가면 과제를 마칠 때까진 나올 수 없었다. 열 번의 덤블링. 열 번의 팔굽혀펴기. 열 번의 뜀뛰기. 훌라후프 열 번 돌리기. 줄넘기 열 번 넘기. 기타 등등의 우스꽝스러운 연속 과제를, 변종을 피해 도망 다니며 완료해야 한다. 사전에 정해진 것도 아니다. 진행자와 관객들이 그때그때 요구한다. 몸짓만으로도 읽기 쉬운 광기의 도가니.

변종을 죽이는 건 반칙이었다. 무장 인력에게 사살 당한다. 무성영화 같은 폐쇄회로 화면 속에서, 겨울은 반칙을 저지른 사람들의 죽음을 몇 번이나 목격했다. 그리 길게 검토한 것이 아니었음에도 불구하고.

과제는 갈수록 엽기적으로 변했다.

최악의 과제는 시간(屍姦)이었다. 살아있는 시체, 변종을 범하라는 것. 죽이는 것은 여전히 반칙이었으므로, 도전자의 태반이 죽어나갔다. 변종의 완력은 강력하다. 굶주린 강간 피해자 앞에서 불가피한 가해자는 무력한 먹잇감이었다. 가해자와 피해자의 경계는 명확하지 않았다.

피해자에게 물리는 즉시, 가해자는 사살 당했다.

'마치 사마귀의 교미 같았어……'

수컷을 빠득빠득 씹어 먹는 암컷의 모습을, 인간에게서 볼 수 있을 줄이야.

성공한 사례도 존재했다. 대체 어떻게 가능했던 걸까? 성공의 증표로서, 진행자는 미리 씌워두었던 콘돔을 벗긴다. 내용물이 관건이었다. 하얗게 흘러내릴 때, 관객들은 뜨겁게 호응했다.

규칙도 갈수록 복잡해졌다. 처음엔 하나의 원이 있었을 뿐이나, 나중엔 다섯 개까지 늘었다. 사람이 싸워야 할 상대는 사람이었다. 다섯 원이 겹치는 좁은 자리에, 마지막 생존자가 서있어야 끝나는 잔혹한 경기.

"그런 짓까지도 살기 위해 어쩔 수 없었다고 하실 셈입니까?"

겨울이 하는 말에, 총독이 가볍게 대꾸한다.

[물론이지.]

"……."

[순진하게 구는 건가, 아니면 정말로 순진한 건가……? 아직 어린 나이이니 후자일지도 모르겠군. 그렇다면 내가 가르쳐주지, 중위. 즐거움은 삶의 필수 요소야. 사람은 즐겁지 않으면 못 사는 동물이라고. 감옥에 갇힌 죄수가 왜 바깥을 그리워한단 말인가? 응? 굶주리지 않고 헐벗지 않으며 비바람을 맞는 것도 아닌데 말이야. 대답해보게.]

여기서 떠오르는 건 즐거움이 급해서 섹스를 외치는 사람들. 삶이 불행한 다른 세계의 관객들은, 별 것 없는 소년의 사후를 부러워한다. 사람은 즐거움 없이 살 수 없다.

"맞는 말이에요. 그렇다고 자기 즐거움을 남의 심장에서 짜내면 안 되는 거죠. 가장 기본적인 상식을 무시하면서 동의를 구하지 말아주시겠어요? 역겨우니까."

[하하. 내가 아는 상식과 다르군.]

"왜 다르죠? 어린 나이 운운하시니 드리는 말씀인데, 사람은 사회적인 동물이거든요. 이건 중학생들도 배우는 명제예요. 사람이 살아가는 데 다른 사람이 반드시 필요하다는 뜻이고요. 사람이 사람을 잡아먹어선 안 되는 가장 기본적인 이유이기도 하죠."

같은 맥락에서, 이타(利他)는 궁극적으로 이기(利己)일 수밖에 없다. 둘은 서로 다르지 않다. 소년이 생전에 품었던 꿈이었다. 죽고 난 지금은 아무래도 좋게 되고 말았지만.

'나 혼자 나를 사랑하는 것보다는, 내가 모두를 사랑하는 대신 모두가 나를 사랑해 주었으면…….'

철없고 어릴 때의 소망이었다. 내가 받기를 원하는 만큼 남에게 먼저 베풀라고들 하지만, 실제로 그렇게 베풀고 나면 아무 것도 돌아오지 않았다. 받기만 하는 사람들. 고로 자기 자신만 사랑하는 사람들의 세상이었기에.

어쩌면 다들, 가진 게 없어서 더욱 아꼈을지도 모르겠다. 보답 받기가 확실치 않은데, 얼마 없는 것을 내주기가 두려워서. 인간의 나약함이자 한계였다. 소년 또한 나눠줄 것이 몸과 마음 말고 무엇이 있었던가. 세상 그 자체를 미워하기에 소년은 너무 작았다.

도취된 정신병자가 상념을 깬다.

[그래, 확실히 귀관은 그렇게 말 할 자격이 있지. 내가 TV에서 본 게 모두 사실이라면 말이야. 솔직히 감탄했어. 귀관은 양심이 죽으라면 죽을 사람처럼 굴더라고. 산타 마리아에서의 무모한 질주나, 산모 하나 지키겠다고 부대원 전체의 목숨을 거는 둥. 그런데 말이지.]

그는 웃음이 묻어나는 목소리로 말을 잇는다.

[그렇게 살면 귀관에겐 무엇이 남나? 응? 종래엔 아무 것도 남지 않을 걸? 다른 사람들을 위해 심장마저 꺼내주면, 그 삶은 행복한 건가? 응? 귀관은 지금까지 얼마나 행복했나?]

"……."

[사실을 인정해. 양심적인 사람이 박수갈채를 받는 건, 다른 모든 이들에게 이득이 되기 때문이지. 아낌없이 나눠주는 멍청

이라니, 얼마나 아름다운가 말이야.]

"그만."

더 들을 필요가 없겠다. 애초에 이런 이야기를 나누려던 것
도 아니고. 소 뒷걸음질로 쥐 잡듯이 겨울의 상처를 후벼대긴
했으나, 결국 살인마가 자기합리화를 위해 주워섬기는 소리.

"당신, 개도 아닌데 너무 오래 짖으시네요."

개는 차라리 귀엽기라도 하지. 들으라고 하는 독백이며, 의
도적인 도발이었다. 그저 어울려주었던 지금까지와 달리, 강세
를 주는 연기로 여상스레 던지는 협박. 부자연스러움이 만들어
내는 긴장감.

"세상이 그렇게 돌아간다는 것과 세상은 원래 이래야 한다
는 건 굉장히 다른 겁니다, 나쁜 새끼야. 어디서 사기를 치려고
들어요?"

[그냥 뒀어도 죽었을 놈들의 죽음이 그렇게 중요한가?]

이 바다에서, 식량을 조건 없이 나눠준다는 방송을 곧이곧
대로 믿을 사람은 없다. 정말 희망이 없는 사람들만 이끌려 온
것이다. 결과적으로 살아남은 이 배가, 지금으로선 더 중요하
다고 생각하지 않는가? 개소리가 또 한 번 이어지기에, 겨울은
다시 한 번 그의 말을 자른다.

"참 말 많네요. 시끄럽고, 지금부터 묻지 않은 말 한 마디마
다 당신 뼈 하납니다."

웃음 섞인 한숨을 쉬는 총독. 사람의 도리를 말하던 사람이
그런 말을 해도 되겠냐는 투로.

[하하하! 그것 참 인도적인 말씀이시군.]

일단 하나. 겨울은 차분하게 차가운 숫자를 세었다.

"당신에게 복수하려고 일부러 감염된 사람들을 생각하면, 바로 죽이겠다고 하지 않는 걸 다행으로 여겨야 할 겁니다. 제가 거기 갈 때까지, 어느 뼈를 버려야 하나 잘 고민해 보시죠."

칼자루는 이쪽에서 쥐고 있었다. 비록 이쪽 숫자는 둘 뿐이지만, 바로 죽일 수도 있다는 게 단순한 공갈만은 아니었다. 헬기가 있으니까. 헬기 하나로 할 수 있는 일은 의외로 많다.

'함교를 빼앗기고 철수한 것만 봐도, 남은 화력은 보잘 것 없겠지.'

3층 갑판의 그랜드 갤리는 이 배의 모든 식량이 집중되는 장소. 선체 중앙에 있고, 출입구는 제한적이다. 최후의 보루로 삼을 법한 곳이었다. 그리고 그게 바로 신경 쓰이는 점이다. 아직도 살아있는 식량이 있을 까봐.

'주방 내 폐쇄회로는 충분하지 않아.'

지금까지의 총독이 오랫동안 굶주린 사람이라고 생각하긴 어려웠다.

"중위님. 지금부터는 제가 하겠습니다."

발신을 잠시 막아두고, 겨울은 고개를 갸우뚱 했다.

"굳이 그럴 이유가 있을까요?"

"지금까지 들어본 결과, 이 총독이라는 놈은 중위님을 상대로 겁을 먹고 있지 않습니다. 제대로 미쳤거나, 자포자기한 지 오래이거나. 어느 쪽이든 중위님의 이름값으로는 효과를 보기 어렵다고 판단됩니다. 그렇다면 차라리 제가 상대하는 게 낫습니다. 범죄자와 협상하고 정보를 캐내는 분야에서는 수사국

(Bureau)을 능가할 곳이 드문 편입니다."

아예 없다고 단언하지 않는 점에서 미소를 짓게 된다.

"회유라도 해보실 셈이세요?"

"상대의 욕구를 탐색하고 자극하는 건 협상의 기본입니다. 먼저 구출한 요리사가 바다에 던져진 마당에, 이 작자와 다른 공범들이라고 처우가 좋을 순 없습니다. 이 사생아 새끼도 자기 처지를 잘 알 테니 어지간해서는 이쪽을 희롱하려고만 들 겁니다. 두려울 게 없다는 거죠."

그럼에도 불구하고, 상대를 역으로 농락해보겠다는 의지를 드러내는 수사관.

[여보세요-? 한겨울 중위? 거기 아무도 없습니까?]

키득거리는 소리가 스피커를 넘어온다.

겨울은 수사관에게 수화기를 내주었다. 소년 역시 사람 속 곧잘 읽지만, 그걸 활용하는 건 또 다른 영역에 속하므로.

총독은 끝까지 이름을 밝히지 않았다.

[내 이름말인가? 하하, 안 돼. 그건 알려줄 수 없어. 나는 총독이야. 그 뿐이지. 설령 인류의 역사가 운 좋게 이어지더라도, 거기엔 내 이름이 남아있지 않을 거야.]

기이할 정도의 집착이었다. 이름을 부르는 것은 곧 공감하는 대화의 도구. 공감대 형성이 성공적인 협상의 전제조건임을 감안하면, 시작부터 난관에 부딪혔다고 해야 할 것이다.

그러나 조안나 깁슨은 숙련된 협상가였다. 그녀는 자신의 「통찰」을 겨울에게 세심히 전해주었다. 자신을 감추는 데 집착하는 범죄자의 심리는, 결국 죄책감을 덮는 메커니즘이라고.

"중위님은 알고 계셔야 합니다. 놈을 홀로 상대하게 되실 테니까요. 대화가 필요할지는 의문이지만, 만에 하나를 대비해야 해요. 그쪽 상황을 우리는 전혀 모르고 있으니 말입니다."

지금 겨울은 7층을 지나 6층 갑판을 돌파하는 중이다. FBI 요원은 함교에 남아있다. 협상은 끝났지만, 그녀는 그곳에서 할 일이 있었다.

"성공한다는 전제 하에, 기습은 언제나 효과적인 전략입니다. 지적 허영이 강한 놈은 자기 말에 몰입하기 쉽습니다. 스스로의 언변에 감탄하면서요. 나르시즘의 일종이라고나 할까요? 그러니 계속 떠들게 만들겠습니다. 그 동안엔 다른 생각을 하기 어렵겠지요."

역할극을 통한 자기합리화는, 부추기면 부추길수록 뜨거워질 것이었다. 그 사이에 겨울은 4층 갑판까지 밀고 내려가야 한다. 상대가 대응할 여유를 극한까지 줄이기 위한 방책.

조용한 복도를 걸으며, 겨울은 지나간 협상을 곱씹었다.

[아니야, 아니야. 이 배에 지금 영웅이 타고 있기 때문에, 나는 살아서 나갈 수가 없어. 나가더라도 기다리는 건 고결한 재판정에서의 사형선고뿐이겠지.]

총독은 살려주겠다는 말을 믿지 않았다.

[무슨 말인지 모르겠나, 조안나 깁슨? 거기에 한겨울 중위가 있잖아. 그가 없었다면 기대를 걸어 봐도 좋았겠지. 그러나 중위가 이 배에 승선한 순간, 난 영웅담에 나오는 악당이 된 셈이거든. 대중은 선과 악의 대결에 열광할 거야. 그 대결은 당연히 악의 최후로 끝날 테고.]

그가 지적하는 것은 지금껏 전 세계에 송출된 선전방송들. 거기에 에이프릴 퍼시픽의 비극 또한 더해지리라는 게 논리적으로 미친 작자의 예견이었다.

[그러므로 당신의 약속은 무의미해. 당신보다 훨씬 더 높은 곳에서 번제물을 원할 테니까. 오, 미국 시민들이여! 활활 타오르는 이 악당을 보시오! 그리고 당신들이 이 악당과 다르다는 사실을 되새기시오!……아하, 그래. 질서는 누군가의 시체 위에 만들어지는 거지. 내가 이 배에 질서를 만들었듯이 말이야. 최악의 질서가 최선의 혼돈보다 낫다네.]

소년 영웅이 외로운 바다의 식인괴물을 처치하고 정의를 바로 세우다. 이거야말로 21세기의 오디세이아가 아닌가.

살인마는 그렇게 떠들었다. 그가 비유하는 원전(原典)은 외눈박이 괴물을 만난 오디세우스의 이야기였고. 비슷하다면 비슷하다. 시칠리아 섬의 외눈박이들은 양떼를 치며 사람을 잡아먹고 살았다.

살인마 스스로 도취된 시점에서 반론은 무의미했다.

그래서 수사관은 협상을 자존심 싸움으로 유도했다.

"아무래도 놈의 자포자기엔 다른 원인이 있는 것 같습니다. 그게 무엇인지까지는 모르겠습니다만……. 어쨌든 이용할 수는 있겠군요."

조안나 깁슨의 말이었다.

겨울은 중간 경유지에 도달했다. 6층 갑판의 관리실. 관계자 외 출입금지가 붙은 문은 열려있었다. 이 안에 정비용 수직통로가 있다. 안내도에는 나타나지 않고, 다만 폐쇄회로로 확인한 사실. 5층 까진 내려갈 수 있을 것이다. 스피커를 통해 FBI 수사관의 목소리가 들린다.

―들어가십시오. 문 안쪽에는 아무 것도 없습니다.

그녀는 미치광이를 상대하는 동시에, 겨울의 움직임을 지켜보고 있었다.

―5, 4, 3, 2, 1. 격벽 폐쇄 완료. 이제 후방은 걱정하지 않으셔도 됩니다. 격벽을 부술 만한 특수변종은 보이지 않는군요. 관리실 내 변종집단 다수 확인.

―정면에 보이는 갈림길에서 좌측으로 5미터 지점에 일반 변종 여섯 개체가 있습니다. 보다 안쪽, 시야에서 벗어난 곳에 스물 이상의 변종이 추가로 확인됩니다.

―최초 교전 후 최대 20초 이내에 후속 집단과 조우하실 것으로 예상됩니다. 연속 전투를 준비하십시오.

본디 선내 안내방송을 위해 만들어진 장치가, 지금은 지령의 수단이었다. 함교에서 원격으로 제어 가능한 격벽도 도움이 되었고. 절제된 음성이 울릴 때마다 변종들이 키익 거리는 소리가 뒤따랐다.

고개를 비틀면서, 따다다닥.

쌍방향 의사소통은 불가능했다. 그녀와 겨울은 너무 멀리 떨어져 있었다. 무전기가 먹통이다. 겨울 쪽에서 뭔가를 꼭 전해야 한다면, 요소마다 배치된 내선을 찾거나, 카메라 앞에서 필담과 몸짓을 병행해야 한다.

아직까진 그럴 필요가 없었다. 수사관은 노이즈 메이커 역할까지 맡았다. 능력이 대단하다.

―어린 개체가 하나 섞여있습니다. 교전 시 주의바랍니다.

급소를 노리는 사격에서 높이를 조절하라는 의미. 평면적으로 접근할 때의 주의사항이었다.

겨울은 천장을 살핀다. 형광등 위쪽으로 용도불명의 배관들이 어지럽게 교차하고 있었다. 저게 체중을 감당할 수 있을까?

시험해보면 되지. 양쪽 벽을 번갈아 차서 3미터를 올라간다. 충격을 최소화하는 매달림. 여기까지는 소리가 없었다. 고정장치에서 자잘한 쇳가루가 떨어진다. 호화 크루즈라도, 발길 닿지 않고 눈길도 닿지 않는 곳은 관리가 소홀하기 마련. 그럼에도 불구하고 튼튼하다.

'의외네. 지금 내 무게가 0.1톤을 넘을 텐데.'

방탄복, 방탄 플레이트, 각종 보조화기와 폭탄류, 탄약배낭에 이르기까지. 여기에 추가 장비들이 더해지면 살인적인 무게가 된다. 사실상 인간의 가능성을 넘어선 겨울에게조차 부담스러운 무게감이 느껴질 정도.

매달린 상태에서 발을 굴러본다. 고정 장치가 낮은 쇳소리로 울었다. 해볼 만 하겠다. 겨울은 손아귀의 힘을 풀었다. 차악. 거의 무음에 가까운 착지.

그러나 질병은 이미 쇳소리를 듣고 기웃거리며 오는 중이었다. 그것들의 발소리가 모퉁이로 다가온다. 질질 끄는 발걸음. 맨발과 맨발 아닌 것이 섞여있었다. 겨울은 근접사격을 준비했다. 한 손에 대검, 다른 손에 권총.

셋, 둘, 하나. 콰득!

처음 나온 놈에게 칼을 꽂는다. 턱 아래로 푹. 피가 쏟아졌다.

그 뒤로 다섯 놈. 겨울을 눈치 채고 소리 지른다. 손을 뻗어 밀려오는 순간에, 서로 엉켜 무게중심이 흐트러지는 시점을 노려, 그것들의 무릎 아래로 죽은 놈을 걸어찬다.

와르르.

'최대 20초. 19, 18, 17······.'

수사관의 추정은 정확할 것이다. 겨울은 도미노처럼 무너진 것들에게 권총을 쏴 갈겼다. 타타타탕! 네 발 연사가 네 개의 정수리에 구멍을 낸다. 16, 15, 14.

어린 것 하나만 살아남았다. 버둥거리며 일어나기에, 겨울은 대검을 번쩍 들었다. 작은 눈알 두 개를 수평으로 그어버렸다. 좍! 벽에 핏자국이 뿌려진다. 13, 12.

그러고도 달려드는 녀석을 유인한다. 일부러 소리 내는 달리기. 쿵쿵쿵. 시력을 상실한 어린 것이 부딪히고 넘어지며 쫓아왔다. 11, 10, 9. 곳곳에 피눈물을 쏟는다. 겨울은 지나온 문을 열고, 연습처럼 뛰어 천장의 배관 위로 올라갔다.

어린 것이 아래를 지나간다. 겨울이 앞서서 달려간 줄로만 알고.

몇 초 후에, 깁슨 요원이 예측한 것보다 2초 빠르게, 난폭한 무리가 좁은 통로를 휩쓸고 지나간다. 어린 것의 핏빛 울음을 쫓아서. 우르르르. 지나간 뒤에 내려온 겨울이 문을 닫는다. 철컥. 잠금쇠가 돌아갔다. 나간 놈들은 돌아오지 못할 것이다.

─잘하셨습니다. 이제 수직통로까지는 위협이 없습니다. 진행하세요.

겨울이 있는 구역에만 울리는 지령이었다.

'전체방송으로 무너뜨리는 것도 괜찮다고 생각했지만……'

무너뜨린다는 것은 총독의 세력이다. 그랜드 갤리 안쪽으로는 폐쇄회로가 부족했고, 그나마도 파괴된 것이 많았다. 하기야 편을 갈라 싸우는 사람들의 배였으므로, 감시를 피하려면 카메라부터 부숴야 했을 것이다. 특히 3, 4, 5층 갑판의 파괴가 극심했다. 보이지 않는 구역이 절반을 넘는다.

그러나 방송까지 막을 순 없을 터. 갤리 바로 바깥에서 울리는 방송은 안쪽까지 들리고도 남을 것이었다.

권위를 무너뜨리는 가장 좋은 수단은 권위인걸. 이것이 겨울의 생각이었다. 미군이 왔다는 사실을 알게 되면, 저들 중에서도 분열이 일어날 수밖에 없다.

수사관은 제안을 거부했다. 만에 하나 있을지 모를 인질들의 안전이었다. 살인멸구. 이미 정황과 증거가 넘쳐나는 상황이지만, 저들의 정신 상태는 이미 정상이 아닐 터.

거기에 통제력을 잃은 총독이 어떻게 행동할지도 의문이었고. 그 상황에서도 따르는 무리가 있을지 모른다.

그녀의 지적은 합당했다.

끼에에엑? 환풍구에서 작은 것이 튀어나왔다. 흐릿한 형체. 겨울이 주먹으로 후려쳤다. 빠악! 작은 것이 팽글팽글 패대기 쳐진다. 부서진 이빨들이 후두둑 떨어졌다.

바닥에 떨어진 것은 움직이지 않았다. 크기만 보아선 태아의 변형체였다. 그러나 아타스카데로에서 보았던 까만 녀석들과는 완전히 다른 생김새. 주먹에 얼굴 반쪽이 뭉개졌다. 뇌진탕으로 즉사한 것 같다.

체액이 묻은 장갑에서, 하얀 연기가 피어오른다. 눈살 찌푸린 겨울이 서둘러 벗어 던졌다. 인조가죽이 자글자글 끓었다. 흐물거리며 형체를 잃는다.

죽은 유체(遺體)에서도 끓는 소리가 들린다. 재빨리 물러나는 사이, 사체의 피부가 갈라지며, 그 틈에서 부풀어 오르는 노란 농포(膿疱). 몇 초 지나지 않아, 픽! 터진다. 내용물이 사방으로 튀었다. 코팅이 된 바닥은 괜찮았다. 그러나 금속은 눈에 띄게 반응한다. 벽에 붙은 관에서 연기가 피어올랐다.

산성 폭발이라니. 뭐 이런 경우가. 퉁탕퉁탕. 환풍구 안쪽에서 요란하게 가까워지는 소리들. 겨울은 관을 밟고 올라가, 환풍구 안으로 권총사격을 가했다. 타타타탕! 총구 화염으로 밝혀지는 어둠. 순간적으로 드러난 형체는 줄지어 꾸물거리는 여럿이었다.

'죽고 나서야 터지는 건가?'

직접타격은 금물. 사살 후엔 가급적 거리를 벌릴 것. 새로운 변종에 대한 정보를 기억한다.

자세를 낮춘 채 대기하던 겨울은, 퍼억 퍽 터지는 소리가 연이은 뒤에 다시 귀를 기울였다. 스윽, 슥. 끼익끼익. 뒤쪽은 헐떡이는 울음 같다. 직접 보지 않더라도, 성치 않은 몸을 질질 끌고 오는 그림이 그려진다.

환풍구 안쪽으로 조명을 비춰보았다. 강렬한 빛에 노인처럼 주름 많은 얼굴이 한층 더 끔찍하게 구겨졌다. 실시간으로 녹아내리면서 기어오는 중. 산성 농포의 폭발에 같은 종류끼리도 피해를 입는다는 증거였다. 끼이이익. 결국 다 오지 못하고 단

말마의 비명을 뱉는다. 작은 괴물이 또 부풀기 시작했다. 겨울이 속으로 수를 세며 피했다.

퍼억! 죽음으로부터 폭발까지 3초. 수류탄의 지연신관과 같다. 겨울은 마지막으로 한 번 살핀다. 체액이 튄 범위를 보는 것이었다.

이런 것이 상륙한다면 어떻게 될까? 해군의 방침엔 다른 이유가 있었던 것 같다. 심증은 있었고, 지금은 확신에 가까웠다.

대체 왜 이렇게 다른 거야. 겨울은 갈수록 새로워지는 세계관에 난감한 기분을 느꼈다. 담담하게 눌러온 스트레스가 갑작스레 불거졌다.

이 세계관, 겨울에겐 사실상 마지막 기회다. 재시작을 할 수는 있다. 그러나 많은 관객들이 떠날 것이고, 채무를 갚기는 불가능해질 것이다. 그러므로 남는 것은 유예된 파국.

겨울 스스로는 살고 싶은 생각이 없다. 그러나 이를 솔직히 고백하고 작별을 고했을 때, 인생에 핀 유일한 장미가 울었다. 네가 사라지면 나도 시들고 말 것이라고. 이기적인 말이지만, 나를 위해서라도 이 세상에 남아있어 달라고.

사후의 존재가 즐겁지 않은데도, 별빛을 모아야 할 단 하나의 이유였다.

장미에는 가시가 있다. 장미를 쥐고 놓지 못하는 삶은 아플 수밖에 없었다. 그것이 겨울에게 있어서는 원치 않는데 연장해야 할 삶이다. 본인은 이미 죽었다고 생각하지만.

그래서 어떤 의미로 겨울의 세계관 진행은 위태롭다. 마지막 기회임을 알면서도 위험을 회피하지는 않는다. 모두 놔버리고 싶다고 느낄 때가 많은 까닭이다. 그러자면 차라리 마음이나 지키자고. 다 잃어버렸어도, 마음으로 하는 선택만큼은 내 것이 아닐까, 하고.

모순이다. 그러나 이것이 겨울의 최선이다.

삐익— 삑—

가까운 내선이 가냘프게 울어댔다. 감독관 깁슨의 연락이었다. 그녀도 목격한 것이다. 받자마자 안부를 물어온다. 기분을 빠르게 가라앉히는 겨울. 그동안 연기에 익숙해진 것이 좋게도, 나쁘게도 도움이 된다. 이상 없다고 답하며 이렇게 요구한다.

"해군에겐 아직 알리지 마세요. 무조건 철수하라고 할까봐 걱정스럽네요. 하라고 해도 안 할 거지만요."

[괜찮으시겠습니까?]

"조심하면 되겠죠."

[마음에 걸리는 게 있습니다.]

그리고 겨울은 조금 기다려야 했다. 개방된 회선에서 열기에 들뜬 목소리가 흘러나온다. 정신병자는 아직도 할 말이 많은 듯하다. 적당히 상대해주는 듯한 깁슨 요원의 목소리. 그리고 그녀는 겨울에게 이어진 내선으로 돌아왔다.

[저 병신이 묘한 말을 하더군요. 우리 사이엔 굉장히 큰 장애물이 있다고. 캐물어도 자세히는 말하지 않습니다만, 전후 맥락에서 유추하기로는 특수변종에 대한 암시인듯합니다. 사람이 살기 위한 죄악의 기념비 어쩌고 하는데……. 걱정스럽습니다. 놈의 자포자기가 부분적으로는 여기에 기인하지 않는가 싶기도

하고……적어도 우리가 본 것 정도이기를 바랍니다만…….]

"참고할게요. 달리 하실 말씀은 없으신가요?"

[으음……. 중위님.]

그녀는 망설임 끝에 어려운 말을 꺼낸다.

[지금이라도 철수하지 않으시겠습니까?]

"왜 그런 말씀을 하세요? 되돌리기엔 너무 많이 왔다고 생각하는데요."

[솔직히 말씀드리죠. 인질이 있기는 있는 것 같습니다만, 단언하진 못하겠습니다. 그 불확실한 가능성에 중위님 같은 분이 목숨을 거는 건……. 이렇게 표현하면 불쾌하시겠지만, 채산성이 맞지 않는 일입니다.]

"채산성이요?"

[저는 감독관이자 지휘관이었습니다. 싫어도 사람을 자원으로 봐야 합니다. 최대한 많은 부하들을 살려야 한다는 책임감은, 동시에 많은 부하를 위해 소수의 부하를 포기해야 할 의무감이기도 했습니다. 소수의 부하들을 위해 무관한 사람들을 버린 적도 있습니다. 머리를 박고 죽고 싶을 때가 많았습니다.]

다시 한참의 공백. 다음 말은 1분이 지나서야 이어졌다.

[사람의 목숨을 숫자로 헤아릴 수 없고, 경중도 가릴 수 없다. 그렇게 생각하시는 걸 압니다. 작전에 투입되기 전 중위님에 관한 자료를 분석했으니까요. 그러나 중위님, 샌프란시스코 임무는 이곳에서의 인명구조보다 명백히 더 중요합니다.]

그리고 또 공백.

[자칫 본토에 핵이 떨어질지 모를 일입니다. 더 중요한 임무

를 위해서, 지금은 물러날 때가 아닌가 합니다. 만약 중위님을 여기서 잃는다면, 양심상 도움을 준 해군에게도 좋지 않은 부담이 걸리겠지요. 저로서도 견디기 어려울 겁니다. 감독관이기 이전에 사람으로서 말입니다. 저 말고도 많은 이들의 희망이 걸려있습니다. 그러니 부탁드립니다. 한 번만 재고해주셨으면 좋겠습니다.]

"……."

겨울은 고개를 기울인다.

죄송합니다. 한 마디의 사과와 약간의 시간.

FBI 요원을 설득하는 데 그 이상은 필요하지 않았다. 그녀는 미련을 빠르게 거둬들였다. 아무 일 없었던 것처럼, 침착한 안내를 통해 겨울을 관리구획의 중심으로 인도한다.

승조원 전용 공간이기 때문일까? 변종과 조우하는 빈도가 예상 이하였다.

겨울은 수직통로를 타고 아래층으로 미끄러졌다.

—5층의 후방과 전방통로를 폐쇄해두었습니다만, 제가 해드릴 수 있는 건 여기까지입니다.

안내는 최저음량이었다. 속삭이는 것처럼 들린다.

—선수 방향의 문으로 나가십시오. 대로를 지나면 카지노 입구입니다. 거기서 중앙 계단을 통해 내려가는 게 최단경로고요. 혹시 그 길을 이용할 수 없을 경우엔 대극장 방향으로 이동하세요. 아트리움을 지나기 전 내선으로 연락 주시면 전방통로를 개방해드리겠습니다.

그녀가 지나가라고 한 대로(Boulevard)는 말 그대로의 넓은 길이었다. 객실이 빼곡하게 들어찬 위층과 달리, 각종 유흥시설이 집중된 이번 갑판부터 사방으로 열린 공간이 많았다.

조안나 깁슨이 괜히 경고한 게 아니다. 개방된 공간에는 격벽이 드물었다. 그나마 있는 격벽은 후방 라운지와 전방의 아트리움, 대극장까지만 봉쇄할 수 있을 따름이었고. 5층에서 3층까지 이런 식이다. 돌아가려면 본격적인 진입 이전이 좋았다.

─부디 무운을 빕니다.

겨울은 나가는 문을 열었다.

원형의 바 안쪽이었다. 감염된 바텐더가 전방을 향해 굳어있었다. 움직이지 않는 등, 오르내리지 않는 어깨. 겨울은 이것이 대사억제에 들었음을 깨달았다. 당장 죽일 필요는 없지만, 살려둘 이유도 없다. 콰득! 뒤통수에 대검을 박는다. 바르르 떠는 몸을 조용히 눕혀놓았다.

테이블을 훌쩍 넘었다. 그리고 주변을 살핀다. 군데군데 비상등이 밝혀진 클럽. 불길한 붉은 조명 아래 검은 얼룩이 낭자했다. 딱 딱 따다다닥. 어디선가 들려오는, 이빨 부딪히는 소리.

카지노로 이어지는 대로는 이 배의 항해일지 같은 느낌이었다. 움직이는 시체와 움직이지 않는 시체들. 한 번 훑어보기만 해도 생전의 선상생활을 짐작할 수 있다. 「통찰」에 의한 정보수집이 자동으로 진행된다. 언제고 필요할 때 떠오를 것이다.

변종들 대부분은 마네킹처럼 서있었다. 창가에 다수가 몰려있는걸 보니, 아무래도 헬기의 소음을 듣고 한 차례 깨어났던

게 아닐까?

마침 지금은 엔진 소리가 들리지 않는다. 아무래도 교대 시간이 맞아떨어지지 않은 모양. 하기야 급작스러운 작전이니 칼 같은 임무교대는 기대하기 어렵겠다. 또한 제독은 누적된 인명 손실과 피로에 대해서도 말했었고.

지금의 겨울에겐 차라리 잘 된 일. 중기관총에 철갑탄을 쓰더라도, 선체를 관통해서 내부까지 화력을 지원하긴 어렵다.

차라리 조용한 지금이 나았다.

그러나 아직 활동하는 변종들도 있었다. 겨울은 생각했다. 그들 나름의 파수꾼들이겠지. 순번이라도 정한 건가? 동물적인 지능이니 가능할 수도 있겠다. 한낱 늑대조차 역할분담에 충실하다. 하물며 인간을 모체로 한 괴물들이야.

'이것들을 여기서 죽이고 가는 게 낫겠는데……'

한 층 아래, 4층 갑판에는 좌우로 구명정이 적재되어 있다. 또한 좌우와 선수 쪽이 트여있는 층이기도 했다. 생존자들을 유도하기에 가장 좋은 장소다.

겨울이 점치는 가능성은 파수꾼들을 무음으로 해치우는 것. 그 뒤에 깨어나지 않은 놈들을 하나하나 살해하면 된다.

눈 뜨고 잠든 놈들 사이를 걷는 건 기괴한 느낌이었다. 굳은 변종을 엄폐물 삼아 움직이는 변종의 시야를 피한다. 자세를 낮추고 이동하다가 파먹힌 여자를 발견했다. 피로 물든 원피스에 진주 목걸이. 손목에 감겨있는 우아한 시계. 붉은 조명 아래 광택이 번들거리는 핸드백. 먹고 먹히는 집단에서 먹는 쪽이었으리라.

겨울의 주의를 끈 것은 썩어가는 모습이 아니라, 그 냄새였다. 부패한 육류의 악취 외에도 특이한 향취가 남아있다. 거북할 정도로 화학적인 자스민 향기. 강렬하다. 보통은 이렇게 쓰지 않는 것을. 씻기가 여의치 않았던 걸까?

신고 다니는 식량이 식량이었으니……. 먹기 전까지 살려두려면 많은 물이 필요했을 터.

예상대로, 백을 뒤져보니 향수병이 나왔다.

카펫 깔린 바닥에 계속해서 분사하는 겨울. 그리고 몇 걸음 물러나, 머리를 틀어 올린 여성체의 폭 넓은 치마 뒤에 웅크린다. 소리 없이 백 팩을 놓아 무게를 줄였다. 한 결 가벼워진 육체는 이제 인간을 넘어선 민첩성을 고스란히 발휘할 것이다.

향기 짙은 바닥은 깨어 움직이는 놈들의 이동경로였다. 둘씩 짝지어 다니는 것이 조금 곤란하다. 손을 빠르게 써야 하겠다.

역시나, 걸려들었다. 킁킁. 코를 움찔거리며 접근하는 한 쌍. 남성체 하나, 겨울 또래의 여성체가 하나다. 새로운 숙주를 발견한 게 아니니 하울링은 아직 이르다. 다만 냄새를 쫓아 기웃거리다가, 마침내 바닥으로 몸을 기울인다. 손으로 땅을 짚고 냄새의 근원을 찾는 중.

우득. 우드득.

배후를 점한 겨울이 두 개체의 목을 빠르게 비틀었다. 인간의 한계를 넘어선 힘이었다. 짧은 스냅으로도 경추(頸椎)가 어긋난다. 쓰러지기 전에 뒷덜미를 붙들었다. 잡혀서 축 늘어지는 두 구의 시체. 바텐더에게 그랬듯이 살며시 놓아준다.

소녀 변종이 겨울을 응시하고 있었다. 얇은 목이 한 바퀴 반

이나 돌아버린 탓. 찢어진 살에서 피가 흐른다. 탁한 눈을 혐오
스러운 갈망으로 물들인 채 혀를 내밀었다. 죽음이 임박한 변
종의 힘없는 번식본능. 죽은 소녀는 눈물을 흘렸다. 어떤 감정
의 작용이라고 보긴 힘들었다.

시체를 내려놓고, 겨울은 남은 수를 헤아렸다.

잘 하면 탄 한 발 낭비하지 않고 처리할 수 있겠다.

파수꾼 다섯 쌍을 추가로 해치운 뒤. 이어진 것은 조용하고
단조로운 반복 작업이었다. 그래도 서두른다. 헬기의 공백이
길지는 않을 것이기에. 깁슨 요원이 시간을 끄는 데도 한계가
있을 것이고.

괴물 같은 남자가 있었다.

"······?!"

겨울은 소스라치게 놀랐다. 감각보정의 경고가 전무했기 때
문이다. 평균적인 변종의 순발력으로 세 호흡이면 덮쳐올 간격.
구석진 응달에 웅크리고 앉아. 우물우물 손가락을 씹으면서,
노동에 가까운 반복 살해를 지켜보고 있다.

어째서 눈치 채지 못했나. 겨울은 보정에 전적으로 의지하는
사람이 아니다. 시스템의 한계를 아는 까닭. 확신에 가득 찬 순간,
시스템은 그 확신을 반영하므로.

'설마 「기척차단」인가······?'

그럴 리가. 그건 생존계열과 전투계열이 동시에 깊어져야
획득 가능한데, 지금의 겨울조차도 엄두를 내기 어렵다.

남은 가능성은, 남자가 처음부터 그곳에 있었을 경우. 적대적
이지 않고 움직이지도 않는다면 「생존감각」이나 「전투감각」에

감지될 이유는 없다. 그러나 이 또한 어딘가 모자란 가설이었다. 변종들이 남자를 왜 그냥 두었겠는가.

수염이 수북한 남자가 다가왔다. 겨울이 맹렬한 경계심으로 겨냥하는 총구 앞에서, 남자는 두려운 표정으로 손을 들었다.

"사—알려주세오. 나 당신 아르아. 하—하—한겨울, 주, 중위. 헤!"

목소리가 크다. 아직 죽이지 못한 것들이 반응했다. 숫자가 많은데. 우득, 우득 우드득. 굳어있던 관절이 급격하게 꺾이는 소리들.

일단 괴물이 아닌 듯 했으므로, 겨울은 남자의 목덜미를 붙잡는다. Kiosk. 편의점 같은 시설에 던져 넣었다. 으에엥! 남자가 울었다. 겨울이 재차 총을 들이민다.

"조용히!"

작게 으르렁거린 협박이 제대로 먹혔다. 남자는 제 손으로 입을 막는다. 울먹울먹. 손가락 사이로 흐느끼는 소리가 샜다. 바깥에서 거친 발소리들이 오간다. 매점 진열장 안쪽에서도 움직이는 기척이 하나. 겨울은 매대를 타넘었다. 막 각성한 변종의 정면에 뚝 떨어져, 시선 마주치기도 전에 턱을 쳐올렸다.

빡! 개머리판에 맞은 뼈가 바스러진다. 맞은 놈이 쓰러진다. 부딪히기 전에 멱살을 잡고, 끌어내리며 무릎으로 강타. 빠각! 다시 한 번 턱을 맞은 놈은 눈이 뒤집어졌다. 축 늘어지는 몸뚱이. 기절한 놈을 눕혀놓고, 목을 밟아 마무리한다. 슬며시 누르는 군홧발 아래 피와 살이 으깨어졌다. 뚜둑, 뚝, 뚜둑.

겨울은 섬짓한 감각에 휙 돌아섰다. 그렁그렁한 눈으로 지켜보는 남자의 모습. 바깥에서 굶주린 발소리가 겹쳐지는데, 위기감도 없는지 멀거니 서있을 뿐이다.

"자세 낮춰요!"

남자는 영문을 모르겠다는 낯빛이다. 이번에도 결국 강제로 끌어내려야 했다. 쿵. 카운터 안쪽에 무릎 꿇려 놓고, 겨울은 그늘에 의지하여 바깥을 경계한다.

'대체 이 남자는 뭐야?'

밀착하자 썩은 내가 확 풍겼다. 붙잡았던 손도 고름으로 미끌거렸다. 옷을 흠뻑 적신 것이, 땀 이상의 더러운 분비물이었다. 대체 옷가지 안쪽이 어떻게 생겼기에?

후우, 후우. 남자가 숨을 내쉴 때마다, 겨울은 반사적으로 손가락에 힘이 들어갔다.

습관이었다. 변종을 처리하는 습관. 냄새가 너무 비슷해서, 습관적인 반응이 나온다.

바깥을 신경 쓰면서도, 겨울은 거듭 사내를 곁눈질했다. 어디를 봐도 정상이 아니다. 머리카락은 듬성듬성 비었다. 빠진 자리를 보면 살이 무르고 썩는 중이었다. 그나마 있는 모발은 머릿기름과 진물로 떡이 져서, 접착제로 붙여놓은 것처럼 보인다.

설마 전염병 환자인가? 묵직한 불안감이 엄습한다. 「질병저항」을 획득할 여력이 없건만. 「역병면역」을 얻는 조건의 하나인 만큼, 「통찰」 이상으로 소모가 극심한 기술이다.

두두두두두. 회전날개가 돌아가는 소리. 거리감이 빠르게 줄어든다. 새로운 헬기의 도착이었다. 탐조등을 달고 왔는지, 창문으로 거센 빛이 쏟아져 들어왔다. 선수 방향에서 선미 방향으로 훑고 지나가는 탐색.

겨울은 남자에게 가만히 있으라 손짓하고, 매점 입구에 바싹 붙었다. 마침 거울 깨진 조각이 있어, 바깥을 엿보기에 유용했다.

변종집단은 이미 헬기를 학습한 뒤였다. 빛과 소음에 반응하며 흐트러질지언정, 소리가 들리는 방향으로 무작정 몰려가는 일은 없었다. 다만 창문을 기웃거리며 상황을 주시한다.

그래도 이쪽으로 향하던 관심은 사라졌다.

가만있자. 여기도 내선이 있을 텐데. 직원이 배치되는 편의 시설마다 연락수단이 있는 건 당연하다. 겨울은 수사관을 거쳐 헬기를 잠시 멀리할 작정이었다. 변종들이 재차 대사억제에 들어가면, 다시 한 번 아까처럼 시도할 수 있으리라…….

빠드득. 빠득. 쩝쩝.

매대 안쪽에서 들려오는 허기진 소리. 이 남자는 이 와중에 뭘 먹고 있는 건가. 고개를 돌린 겨울은 눈살을 심하게 찌푸렸다.

더러운 남자가 죽은 변종을 물어뜯는다. 양손으로도 거침없이 살을 찢어, 두 볼이 불룩해지도록 입에 밀어 넣었다. 그리고 우물우물. 와그작와그작. 평범한 인육보다 질기고 단단한 살덩이가 으깨어지는 소리.

겨울이 목을 밟아 죽인 변종은 도살당한 돼지 이하로 분해되어 있었다. 그나마 붙어있던 다리를 쭉 찢어 허벅지를 베어 무는 남자.

"당신 지금 뭘 먹는 겁니까?"

적대적으로 묻는 말에 남자의 눈이 동그래졌다. 눈치를 보던 그가, 먹던 다리를 양쪽으로 당긴다. 관절이 뚝 끊어졌다. 순수한 팔의 힘만으로 해낸 일. 인간 이상의 괴력이었다.

인간도 변종도 아닌 남자가 겨울에게 호의를 베풀었다.

"드−실래오? 맛있어오……."

내밀어진 것은, 연골이 덜렁거리는 무릎과 그 아래의 발끝까지.

겨울은 눈을 가늘게 떴다.

변종에게 붙는 모기는 죽는다. 감염된 시체를 파먹은 짐승은 배탈을 앓는다. 더러운 피와 살엔 독성이 있다. 그것이 인간에게 미치는 영향? 밝혀지지 않았다. 먹을 사람도 없고, 인체실험은 더더욱 없었으니까.

많은 생각이 스친다.

변종이라고 보기엔 지능 수준이 지나치게 높다. 에타(η) 구울 즈음에 기초적인 어휘를 구사하긴 한다. 인간의 발화를 모방하는 수준에서 완성된 문장은 어림도 없다.

게다가 남자는 생전의 기억을 보존하고 있었다. 소년의 얼굴을 알아보고 이름을 말했으니.

변종이 아니라면, 먹어선 안 될 것을 먹은 결과일 것이다. 지능 저하와 썩어가는 피부. 얼마나 먹었을까? 얼마나 걸려 나타난 증상일까? 뒤쪽이 매우 중요했다. 지능 파괴가 현재진행형이라면, 부패한 남자는 언제든지 돌변할 수 있었다.

지금 당장이라도.

시한폭탄을 끌어안고 움직일 순 없다. 그렇다고 죽이자니 곤란하다. 중요한 표본이었다.

제압해야 한다. 소리 없이. 정타 한 번이면 가능할 것이다.

겨울이 남자에게 다가간다. 친절을 받아들이는 척, 내밀어지는 손. 그것이 틈을 찌르는 기습이었다. 힘은 줄였으되 목적에 충실한 일격. 흐릿한 주먹이 남자를 후려친다.

콰득-!

'반응속도가……!'

맞기는 맞았다. 원하던 급소는 아니었다. 고통스러운 남자가 본능으로 몸을 굴린다. 예상 이상의 기민함이어서, 겨울은 제 때 붙잡지 못했다. 와장창! 부패한 남자는 진열장을 무너뜨렸다. 인간을 초월한 빠르기로 피하며 더욱 시끄럽게 부딪혔다. 그리고 울면서 외친다.

"아파오! 아파-! 왜애애애, 왜, 왜 때려? 응? 왜애애애 때애애애-려!"

괴성의 합창이 들려왔다. 소란을 포착한 괴물들이 떼로 몰려드는 소리. 겨울은 인상을 찡그리고, 남자에게 소총 사격을 가했다. 타탕! 단 두 발. 양쪽 종아리가 찢어진다. 치명상은 아니었다. 중요한 표본이라 죽이진 않을 작정. 싸우는 동안 달아나지 못할 통증이면 충분했다.

'싸움을 마무리 짓고, 응급처치로 출혈을 막아야해.'

그 뒤에 끌고 다닐 걱정은, 나중으로 미뤄야겠다. 목전에 전투가 다가오고 있으니. 우선 이 남자를 기절시켜야 한다.

"끄아아아아아! 피! 피! 아파! 이-거 봐! 나-아 여기이 피 나와아!"

남자가 울부짖었다. 추한 얼굴이 끔찍한 공포로 물들었다. 진열장을 겨울에게 집어던졌다. 거추장스러운 공격이다. 겨울이 피하는 반보를 틈타, 남자는 겁에 질린 주먹질로 강화유리를 박살냈다. 덕분에 팔뚝까지 피투성이가 되었다. 그러나 다친 다리보단 나았던가. 다리 대신 두 팔로 뛰었다. 이 또한 겨울의 예상 밖이었다.

그는 매점을 뛰쳐나갔다. 소년을 피하여 변종들에게 향하는 꼴이다.

어둠이 번뜩인다. 사격의 섬광이었다. 30발 탄창 세 개를 16초 만에 소진하는 조준사격의 폭주. 뛰쳐나온 겨울이 겨냥한 방향에서, 집단을 이룬 역병은 한 걸음도 전진하지 못했다. 오히려 밀려나간다. 애초에 숫자를 줄여놓은 무리였다. 처음의 규모였다면 질량으로 밀렸겠다.

강화된 전투기술에 대한 겨울의 적응은 아직이었다. 어디까지 가능하고 어디까지 불가능한가. 그 경계가 불명확하다. 적응 못한 능력은 위험한 도구다.

그래도 이 싸움은 가능할 것이다. 매점으로 숨었던 건 부패한 남자의 안전 때문이었고. 격전의 와중에 남자까지 챙길 자신은 없었다. 그 땐 그저 생존자라고 여겼으니까.

14등급 「개인화기숙련」의 탄막으로 밀어낸 선 안쪽에, 급해서 두고 온 군장이 있었다. 겨울이 그 지점까지 돌파했다. 듬성듬성 살아남은 놈들을 제외하면, 시체로 가득한 개활지나 다름없었다. 물컹거리는 지반을 밟고 뛰는 건 어렵지 않았다. 다양하게 붙은 보정의 영향.

오히려 변종들에게 장애물이었다. 제 속도를 내기 어렵다. 중심도 잡기 힘들다. 애초에 균형감각은 인간 이하인 것들.

자꾸 걸리고 넘어지는 놈들을 상대로, 겨울은 압도적인 화력을 퍼부었다. 퍼부으면 퍼부을수록 유리한 환경이 조성된다.

변종들에겐 유해가 쌓여 만들어진 늪지에 가깝다. 탄피 쏟아지는 소리가 좌르륵 흘렀다. 총열덮개 안쪽에서 아지랑이와 연기가 피어올랐다. 재빨리 수통을 꺼내 물을 붓는다. 칙- 끓는 소리는 순간이었다.

군장엔 아직 탄창 수십 개가 남아있다. 다량의 수류탄도 있었고.

'놓치면 안 돼. 죽어서도 안 돼.'

겨울은 달아나는 남자를 눈으로 쫓다가, 당황했다.

변종들은 부패한 남자를 공격하지 않았다. 오직 겨울을 향해서만 이빨 부딪히며 달려올 뿐. 팔을 다리 삼은 남자는 무리지은 역병을 무인지경으로 가로지른다. 그는 그렇게 시야에서 사라졌다.

이것들이 남자를 동족으로 간주하나? 변종은 아니라고 생각했건만.

당혹감을 미뤄두고, 겨울은 수류탄 세 개와 섬광폭음탄을 거의 동시에 뿌렸다. 막 던져도 제 위치인 것은 「투척」으로 붙은 보정이다. 수류탄의 지연시간이 타들어가는 3초. 겨울은 가까운 세 놈에게 총탄 세 발을 박은 뒤, 납작 엎드려 눈과 귀를 보호했다.

폭음은 뼈가 저리는 공명이었다. 어금니가 욱신거릴 정도의 강렬한 진동.

곧바로 일어선 겨울의 눈앞에 손이 있었다. 붙잡아 확 꺾는다. 이어 어깨를 밟아 으스러뜨리고 머리를 걷어찼다.

수류탄에 죽은 놈들은 스물 남짓이었다. 파편이 몸에 막혀서 그렇다. 그러나 죽지 않은 놈들도 몸을 가누기 힘들어 했다. 실내에서 중첩된 굉음과 강렬한 섬광 탓이었다. 겨울이 침착한 사격으로 죽음을 양산했다. 날카롭게 울리는 총성. 삐이— 하는 이명이 따라 붙는다.

거의 다 치웠다고 생각할 즈음 새로운 물결이 밀려들었다. 4층에 있던 것들까지 달려온 모양이었다. 여기서 난처한 겨울이었으나, 천장에서 퉁탕거리는 소리를 듣고 마음을 바꿨다. 군장을 한 손에 쥔다. 남은 손으로 아홉 발을 나눠 쏘면서 벽면으로 붙었다. 몰리면 위험하겠으나, 여기에 환풍구가 붙어있었기 때문.

권총을 환풍구에 대고 여러 발 갈긴다. 안에 있는 것들에게 들으라고 쏘는 것이었다. 즉시 무기를 교환하고, 소총 탄창을 갈았다. 몇 개 없는 드럼 탄창이었다.

'나중엔 쓰기 힘들지도 모르니까.'

든 게 많은 탄창은 기능고장을 일으키기 쉽다. 소총 상태가 좋을 때 써버리는 게 낫다.

깨애애액!

스무 발 연사를 갈기는 와중에 기다리던 것이 튀어나왔다. 겨울이 곁눈으로 보고 붙잡았다. 후려치면 체액이 터지니, 악력으로 뼈를 부순다. 뿌득. 태아 변형체의 무른 뼈가 박살나는 촉감. 부풀은 것을 폭탄 삼아 던진다. 직선으로 날아간 생체폭탄이 천장에 부딪히고, 변종들 머리 위에서 터졌다.

원초적인 비명이 터져 나온다. 겨울이 앞장선 대열을 우선적으로 해치웠다. 역시나, 뒤따르는 놈들은 허공을 허우적거렸다. 두 눈 상한 경우가 많은 탓이었다. 안면이 점점이 녹아내리고 있다. 멀쩡한 것들은 멀쩡하지 않은 것들과 부딪힌다.

퉁탕퉁탕. 사정을 모르는 작은 것들이 환풍구 안쪽에서 연달아 가까워졌다. 「전투감각」과 「통찰」의 연동, 그리고 「생존감각」의 경고로 읽어내는 숫자. 간격 없이 오는 여섯이었다.

조금 부족하지만⋯⋯. 겨울은 대로의 남은 거리를 헤아렸다. 잠시 후, 작은 괴물들이 천장에서 뚝뚝 떨어졌다. 작은 체구에 비해 도약력은 대단하다. 겨울을 향해 뛰는데 흡사 쏘아지는 것 같았다. 그래봤자 입은 작다. 다다닥 거려도 피해서 붙잡기 편했다. 붙잡힌 채 바동거리는 걸 보면, 스스로 터지지도 못하는 듯 하고.

새로운 변종은 기능적으로 불균형하게 마련. 이것들이 강화 변종이 되면 어떻게 변할는지.

겨울은 붙잡은 손을 세차게 흔들었다. 또독. 그것만으로 목이 부러지는 변형체. 아직 살아있는 것들이 폴짝폴짝 튀어 오르는 것을 피하거나 밀어내며, 부풀기 시작한 사체를 「투척」한다. 남은 다섯을 마저 죽여 던진 뒤에야, 처음 던진 것이 폭발했다. 퍼엉! 펑! 샹들리에 높이에서 강산폭발이 잇따랐다.

이후 다시 가하는 사격. 폭발이 미치지 않은 공간을 우선적으로 긁어낸다. 언제나처럼, 싸움은 여백을 만드는 것이 중요하므로.

겨울은 자신이 기여한 여백으로 스며들었다. 눈멀고 타들어 가는 것들이 뻗는 손길. 그 손길 사이로 난 좁고 위태로운 길.

그 가운데 실질적인 위협만을 제거한다.

눈 먼 변종들이 숙주를 판별하는 수단은 후각과 청각뿐이었다. 서로를 붙잡아 냄새를 맡으려고 들었다. 그러다가 캬아아악! 소리 지르면 놓아주기가 일쑤. 조금 전에 붙잡은 것을 다시 붙잡는 경우도 수두룩했다. 덕분에 멀쩡한 놈들조차 발이 묶인다. 썩은 손길이 얽혀 만들어진 거미줄에서 빠져나오질 못하고, 눈으로만 겨울을 노려본다. 캬아아아악!

타타탕! 총성이 울리는 순간이 가장 위험하다. 살아서 꿈틀대는 길이 수축해버리기 때문. 사격 즉시 자리를 이탈해야 한다. 그렇지 않으면 매몰되거나 물어뜯길 터이니. 「근접전투」가 유용했다. 계속되는 타격의 와중에, 강화된 기술에 적응하기는 덤이었다.

아, 참. 이게 있었지. 겨울은 주머니에서 걸리적거리는 것을 꺼냈다. 휙 던져서 단발사격으로 쏜다. 챙— 유리 깨지는 소리. 향수가 흩뿌려졌다. 지독한 향기가 번진다. 변종들의 후각이 심각하게 교란되었다. 거미줄은 더욱 끈끈해졌다.

마침내 겨울이 아우성치는 미로를 빠져나왔다. 적색 조명에 물든 선상 카지노였다. 뒤로 걸으며 멀쩡한 것들을 정조준한다. 타앙! 탕! 뒤엉킨 무리가 총성을 듣고 방향을 바꾼다. 그래봐야 얽히고설키는 속도였다. 이쪽을 똑바로 노려보는 놈들이 표적이었다. 연이은 사격. 마침 옆에 넓은 보드와 둥근 휠이 있었다. 룰렛 휠에 탄피가 튀었다. 맑은 쇳소리가 서른여덟 개의 번호 위에서 굴러다녔다. 그걸 보고 갸우뚱 하는 겨울. 휠 측면에 스위치가 달려있다.

떠오르는 것은 폐쇄회로를 통해 보았던 과거의 기록. 실제로 도박을 할 땐 손으로 돌리는 휠인데, 하지 않을 때도 전시용으로 돌아간다.

겨울은 그 자리에 서서 탄창 하나를 비웠다. 탄피가 룰렛으로 쏟아져 들어가도록.

그리고 눈 먼 놈들만 남은 시점에서 스위치를 올린다. 티잉, 팅, 팅. 공이라면 어느 한 숫자에 들어가 멈췄겠으나, 여럿 쏟아진 탄피들은 아니었다. 쉬지 않고 튀는 맑은 소리가 시야 잃은 변종들을 끌어들인다.

'적어도 아래층에서 벌어지는 소란만큼의 유인요소가 되었으면 싶네…….'

호화 크루즈는 바다 위의 5성 호텔이다. 방음은 충실한 편이었다. 앞이 보이지 않는 것들이라도, 생존자 탈출 과정에서 꾸역꾸역 내려오면 골치 아플 것이었다.

겨울이 조용히 물러난다. 얼굴 가죽이 끔찍하게 흘러내린 변종들은 룰렛 보드 주변으로 몰려들었다. 고통에 겨워 몸을 꺾는 기괴함이, 도박에 열중해 몸이 튀는 사람들 같기도 했다.

이제 달아난 남자를 쫓아갈 때다. 「추적」으로 강조되는 흔적은 붉게 젖은 손자국이었다. 다리에서 흐른 피가 손까지 적셨나보다. 위아래를 뒤집고 잘도 이렇게 뛰어갔다. 꼴이 우스꽝스러울지언정, 실제로는 위협적이다. 베타 구울 이상의 육체능력이었다. 특히 그 균형감각은 변종에게서 보기 어려운 수준이다.

겨울은 총열에 물을 부으며 흔적을 쫓았다. 가냘프게 수증기가 흩어지는 소리. 짧고 격렬한 교전에서 혹독하게 써버렸다.

돌아가면 총열을 갈아야 할 것이다.

강선이 뭉개질 정도는 아니었으리라. 겨울의 판단을 「전투 감각」이 긍정했다.

흔적은 중앙 계단으로 내려가고 있었다.

적막이 허락한 여유 속에서, 겨울은 다시 한 번 남자의 정체를 고민한다.

지능과 감정이 있는 괴물. 감정 쪽에서 걸리적거리는 과거가 있다. 특수변종 험프백. 교전을 치르긴 했으나, 그 괴물은 명백히 두려워하는 몸짓을 보였다. 존재이유가 전투는 아니라는 듯이. 많은 양의 고름도 남자와 옛 괴물의 공통점이었고.

아니, 섣부른 짐작이다. 단정 지을 단서는 어디에도 없었다. 고름은 보통의 변종에게서도 묻어나는 것이다. 면역거부반응의 산물이기에.

어쩌면 백신의 단서일지도 모른다. 본디 「역병면역」이 아니고선 만들어지지 않는 게 모젤론스의 백신이지만……. 혹시 모를 일. 유독 많이 달라지는 세계관이었다.

어떻게든 사로잡는 게 좋겠다. 겨울은 현실에 집중했다. 혈흔이 희미해진다. 말인즉 더러운 사내의 출혈이 줄어들었다는 뜻. 그러나 지금까지 쫓아오면서, 어디서도 사내가 멈췄던 흔적은 없었다. 회복력도 인간 이상인 모양이다.

추적에 지장은 없었다. 외길이었다. 4층 갑판의 중앙은 비어 있었고, 전후는 역시 격벽으로 막힌 상태.

3층으로 들어서자 곧바로 레스토랑이 보인다. 층층이 있는 레스토랑 중에서도 가장 크고 호화로운 공간. 건너편이 바로 그랜드 갤리였다.

넓은 홀 가운데에 부패한 남자가 있었다. 그런데 남자만 있는 건 아니었다.

겨울이 중얼거렸다. 이건 좀 너무하지 않나?

기아(飢餓)는 부모가 자식을 잡아먹게 만드는 힘이다. 더 이상 사람이 아닌 것들의 살덩이는, 자식보다야 뜯어먹기 편했을 터이고. 그러므로 더러운 남자가 외롭지 않은 광경이 이상할 이유는 없었다. 함께 어기는 금기는 더 이상 금기가 아니니까.

퍼억! 퍽! 퍼퍼퍽!

대리석은 무른 돌이었다. 빗발치는 총알을 맞아 둔탁하게 바스러진다. 한때 호화로웠던 홀의 입구. 조각상 뒤에 숨은 겨울에게 유백색의 날카로운 우박이 쏟아졌다.「생존감각」의 묵직한 경고. 겨울이 몸을 웅크린다. 쿵! 직전까지 다리를 두었던 자리에 커다란 머리통이 떨어졌다. 고통스러운 이목구비. 눈동자 없는 눈은 소년에게 질문을 던지는 듯 하다.

어떻게 할까.

요란한 총성이 메아리친다. 겨울에게 분노한 수십의 남녀는 자동화기로 무장하고 있었다. 심지어 나뒹구는 로켓까지 보인다. 그러나 퍼붓는 건 소구경의 탄환들 뿐. 아무래도 소총 외엔 쓰는 법을 모르는 것 같다. 견착이 없어 조준도 엉망이다. 하기야, 평범한 민간인들이었을 테니. 문드러진 머리로 소총이나마 다루는 게 놀랍다. 그래도 숫자가 많아 위협적이었다.

죽이는 수밖에 없나?

방아쇠울에 손가락을 넣고 하는 고민. 저들이 멀쩡한 사람이어도, 이런 상황에 대화를 시도하긴 어렵다. 하물며 뇌에 병변(病變)이 생긴 자들임에야.

운이 좋다면 몇 명 쯤 살려서 제압할 순 있겠다. 그러지 않고는 지나갈 수가 없다. 부서진 바리케이드와 빈 탄약상자 투성인 홀 너머에, 최종 목적지인 그랜드 갤리가 있었다. 그 안에 생존자 집단이 있을 것이고. 정신 나간 식인종들과, 그들이 아껴두었을 인수 불명의 식량이. 뒤쪽은 그저 있기를 바랄 뿐이지만…….

겨울은 의욕이 생기지 않았다. 홀로 곱씹는다. FBI 요원의 말을 듣는 편이 나았을지도.

사정이 어찌되었건 여유는 길지 않았다. 기댄 석상은 이미 형상을 알아보기 어렵다. 기단까지도 위태롭다. 앞으로 5분이나 버티면 다행이겠다. 시간을 너무 끌었을까? 정면의 계단에서는 눈 먼 변종들이 내려오고 있었다. 넘어지고 더듬으며 꾸역꾸역. 흘러내리는 모습은 점성 높은 액체와 같았다. 탄피를 굴린 룰렛은 결국 제 역할을 하지 못했다.

다가오는 변종들에게 소총을 겨냥하는 겨울. 조준선은 빠르게 정렬되었다. 그러나 방아쇠를 당기진 않는다. 무언가를 생각한 끝에, 총구를 슬며시 내렸다.

'소란은 등 뒤에 있는걸.'

눈 먼 놈들은 흥분한 상태였다. 고개를 획획 꺾어 댄다. 따다다닥. 부딪히는 잇새로 더러운 침이 튀었다. 인간의 무기를 학습한 것들에게, 총성은 숙주가 있음을 알리는 신호. 겨울은 얼굴 녹아내린 무리가 스쳐 지나가기를 기다린다.

끼아아아악!

사격에 맞은 놈들이 길라잡이였다. 비명을 듣고, 나머지 무리 전체가 방향을 잡는다. 석상 뒤쪽은 안전지대였다. 변종집단이 겨울의 눈앞에서 갈라진다. 아슬아슬한 경우도 있었다. 밀려나거나, 특이해서 똑바로 다가오는 것들. 어쩌다보니 벽을 이루었다. 빠져나갈 틈새가 없다.

겨울이 뒤로 도약했다. 대리석 군상(群像)을 차서 몸을 뒤집는다. 살아있는 시체의 벽을 넘어, 그 뒤 허공을 휘젓는 손을 피해, 깔끔하지 못한 착지. 그러나 괜찮았다. 쿵. 발 딛고 무너져 무릎 까지 꿇는 소리는, 총포의 요란한 불협화음에 파묻혔다.

이제 겨울은 눈 먼 변종집단의 틈에 끼어든다. 굶주림으로 아우성치는 미로가 오늘만 두 번째. 빗발치는 총탄이 끼어 더 어려워진 조건이지만, 가능했다. 살아 움직이는 시체를 엄폐물 삼아 교전을 개시한다.

타타탕!

삼점사로 한 여자의 머리를 날렸다. 직후 빠르게 피하는 겨울. 주위의 변종들이 몰려들었다. 이것이 곧 두꺼운 방호벽이었다. 얼마 버티지는 못했지만, 겨울에겐 몇 번을 더 쏘고도 남는 시간. 타타탕! 타탕! 타타탕! 타겟 하나에 두세 발을 쏘는 건 그들의 종양 때문이었다. 부풀어 오른 혹이 총탄을 받아낼 두께다.

그렇게 맞고도 즉사하지 않는 사람이 있다.

그렇다. 사람이었다. 죽은 동료를 보고 서럽게 울부짖는다. 그랜드 갤리 안에 있을 생존자들과도, 지금 방패삼는 이 괴물들과도 다른 모습.

"여—어—보오오! 안 대애!"

죽은 아내 위에 엎드려 통곡하는 남자. 탕! 그 머리에 탄을 박으며, 겨울은 무척 불편해졌다. 방아쇠를 당길 때마다 거부 감이 강해진다.

그러나 교전을 중단하기란 불가능했다. 사선경고가 너무 많아 오히려 혼란스러울 지경이었다. 앞서 부패한 남자를 기절시키려고 했던 기습이 후회되기 시작한다. 그러나 그 상황에선 최선의 판단이었고, 되돌아간다고 해도 같은 결정을 내릴 것이었다.

불가피한 체념은 서두르는 게 좋다.

그 사이 변종들은 보이지 않는 겨울을 애타게 찾았다. 놈들 사이에서 총성을 터트릴 때마다 빠르게 움직여야 했다. 그때그때 무리 짓는 변종들의 배후에 엄폐, 지속적인 조준사격을 가한다. 겨울의 눈앞에서 변종들이 박살났다. 겨울을 죽이고 싶은 저편의 화력이었다.

없는 것이나 다름없는 조준도, 한 데 엉긴 변종들을 상대로는 유의미하다.

피와 살이 한여름 소나기처럼 튄다. 소년은 깨끗할 수 없었다. 차라리 좋다. 눈멀어 냄새로 구분하는 것들의 틈새였으므로. 전신에서 역병 냄새를 풍긴다고 나쁠 것 없다. 수사관이 본다면 기겁을 할 테지만.

다만 입으로 들어가지 않게 주의한다. 이미 부패한 남자를 본 마당이었다.

'속도를 조절해야겠어.'

겨울은 이제 교전의 완급을 조절했다. 저편을 쏴 죽이는 데 제동을 건다. 변종들이 죽어 넘어지는 속도를 감안한 것. 엄폐물이 사라질 즈음 저편이 함께 무력화되는 게 바람직했다.

이때 울려 퍼지는 피 맺힌 절규.

"왜애애애애! 왜! 마-맞-지 아, 아, 않-는 거야아아아!"

예의 그 남자였다. 겨울에게서 달아났던 때와 달리, 지금은 눈이 뒤집어질 정도로 격노한 상태였다. 핏발 선 눈이 멀리서도 확연하다. 분에 못 이겨, 절뚝절뚝 뛰어온다. 그새 다리로 걸을 만큼 상처가 아문 모양. 실로 인간을 벗어난 육체였다.

남자에게 변종들이 달라붙었다. 마구 밀어내며 다가온다. 사실 변종들을 방패로 쓰기는 겨울보다 남자가 더 유리했다.

타앙! 겨울은 그의 무릎을 쏘았다. 콰득. 다리가 기괴하게 꺾였다.

"아아아아! 아파아! 하아안겨어우우울! 으아아아아! 죽-인다! 죽일 거야 이 나쁜 놈아아아!"

남자를 구하러 동료들이 달려 나온다. 몇 명은 어설픈 몸짓으로 남자를 감싸고, 남은 몇 명은 변종들에게 붙잡히면서도 악에 받혀 사격을 해댔다. 그럴수록 명중률은 떨어진다. 철컥, 철컥. 몇몇은 탄창 가는 법도 잊은 것처럼 굴었다.

종래에는 모두가 그렇게 되었다.

낮은 지능과 극도의 흥분이 겹쳐 만들어진 희극이자 비극. 소년을 향한 비난과 욕설은 단조롭기 짝이 없다. 바보, 멍청이! 어울리지 않는 소박한 언어들. 표정에 떠오른 격렬한 감정을 단 일할도 담아내지 못한다.

그리고 변종들이 그들을 물어뜯기 시작했다.

'뭐?'

겨울은 당황했다. 저들, 괴물 닮은 사람들은 공격받지 않을 거라고 생각했었는데. 5층 갑판에서도 남자는 변종들 사이를 무인지경으로 달렸었다. 총기를 사용해서인가? 화약 냄새 때문에? 아니면 사람처럼 소리를 질러대서? 혹은……이것들이 그 사이에 학습을 한 건가?

부패한 남자와 그 동료들은, 겨울이 어찌해볼 틈도 없이 너덜너덜해졌다. 그것은 난폭한 밥그릇 싸움이었다. 배고픈 짐승들이 자기 먹기 편하도록 당기느라, 왈칵왈칵 피를 쏟는 육체가 공중에서 팽팽해진다. 뼈가 어긋나고 살이 찢어지는 소리.

숙주가 아니라 먹이로 취급하고 있다. 산 인간은 감염시키고 죽은 인간은 먹어치우는 변종들에게 있어서, 남자와 그 동료들은 시체나 마찬가지라는 뜻이었다.

이 아연한 광경이 대체 무엇을 의미할지. 겨울은 눈살을 찌푸렸다. 이 배에 오른 뒤, 무엇 하나 좋게 풀리는 일이 없는 것 같다. 여기까지 오게 된 경위도 유쾌하지 않건만.

"너……너-어……때…문에……!"

곁을 지나는 겨울에게, 잡아먹히는 남자가 분노를 토했다. 목구멍에서 피거품이 찔꺽거린다. 오래 가긴 어려울 것 같다. 묵묵히 스쳐간 겨울은, 부패한 남자와 동료들이 쓰지 못했던 무기들 중 하나를 골랐다. 피 묻고 녹슬어있는 한 자루의 기관총을.

철컥. 장전손잡이를 당기기 버거웠으나, 기능 자체는 살아있었다.

부서지고 무너진 바리케이드 안쪽에 빈 탄통이 널렸다. 그랜드 갤리로 쫓겨 들어가기 전, 총독이 펼친 마지막 방어선이 여기였을까? 겨울은 쌓인 탄통들을 발로 헤집었다. 와장창. 요란하게 무너져 내리는 쇳소리들. 변종들의 주의가 되살아났다.

개의치 않는다. 발이 턱 걸리는 느낌. 꽉 찬 탄통의 무게감이었다. 숫자는 다섯. 충분하다. 탄통 끼운 기관총을 바리케이드 위에 올렸다. 그리고 방아쇠를 당긴다.

카카카캉! 카칵! 카카칵!

보통 이상으로 날카로운 총성. 겨울은 카지노에서 여기까지 쫓아온 것들에게 무차별 사격을 퍼부었다. 끼긱, 탄이 걸릴 때마다 손잡이 당겨서 빼내기가 번거로웠다. 나쁜 환경에서 하루만 방치해도 잔고장이 생기는 무기답다고나 할까.

눈멀고도 달려오는 괴물들. 평탄한 길이 잘 없었으므로, 장애물 위에 걸린 시체들이 될 뿐이다. 애초에 수가 많이 줄어있기도 했다. 용케 직선으로 달려오던 한 놈은, 달려오는 자세 그대로 산산이 분해된다.

다섯 개 째의 탄통은 필요하지도 않았다. 혹시 모르니 장전은 해둔다. 총독과의 교섭이 순탄치 않을 경우를 대비하여.

조용해진 홀을 가로질러, 다시 한 번 부패한 남자에게 다가가는 겨울.

그는 죽어있었다. 기대도 하지 않았지만.

겨울은 고개를 기울인다. 불쾌했다. 착각으로 만족하는 세계가 거듭되면서, 긍정적인 자극도, 부정적인 자극도 익숙해진지 오래였건만. 미련 없는 삶이라 더 이상 마음 흔들릴 일도 없는 걸까. 그렇게 여겼었는데.

'괴물처럼 변했어도 사람은 잡아먹지 않은 사람들. 그리고 사람을 잡아먹고 괴물처럼 살아남은 사람들. 사람의 마음을 가진 쪽은……가려낼 것도 없는 문제인걸.'

그렇지만, 죽어있는 이 남자를 사람이라고 할 수 있나?

다시 생각한다. 몸 없이 마음만 있는 자신. 몸은 있으나 마음은 없는 저 바깥세상의 사람들. 마지막으로 본질이 존재하지 않는 가상인격들. 겨울이 보기에, 이 중에 온전히 사람이라 해도 좋을 경우는 없는 것 같았다.

육체, 마음, 본질. 무엇 하나 인간의 조건 아닌 게 없다. 겨울은 그렇게 믿었다. 여기나 바깥이나 사람 없기는 매한가지인 세상이라고.

이렇게 미워하면 안 되지. 겨울이 한숨을 쉬었다.

화풀이를 해야겠다. 사람을 닮았지만 사람은 아닌 것을 죽일 수 있다면 좋겠다. 한 맺힌 돌의 무게가 도리어 시원해질 그 느낌을 원한다. 갈수록 얻기 어려운 감각이다.

총독은 제 목숨을 구할 수 있을까? 적어도 필요 없는 뼈 하나를 골라두었어야 할 텐데. 겨울은 기관총을 들고 그랜드 갤러리로 이어지는 통로로 다가갔다.

읽지 않은 메시지 (6)

[전국노예자랑님이 별 100개를 선물하셨습니다.]

「전국노예자랑 : 지금까지 쭉 보면서 드는 생각인데, 진행자 얘 참 잘 싸운다. DLC 떡칠로 밀어 붙이는 다른 채널들하곤 많이 다르단 말이야……. 감각이 좋다고 해야 하나?」

[まつみん님이 별 300개를 선물하셨습니다.]

「まつみん : 상황판단이 훌륭한 것 같아요. 아까 탈의실에서 연막탄을 그렇게 쓸 줄은 몰랐는데. 방금 괴물들을 방패로 쓴 것도 그렇고. 우리 겨울 씨는 뇌까지 섹시하다니까요. 에헤헤. (*´▽`*)」

「고자질하는_고자 : 현질에 의존하지 않는 건 인정. 연기력도 인정. 죽은 남자 보면서 우울해할 때 진짜로 우울한 거 같더라.」

「まつみん : 연기? 제가 보기엔 연기가 아니라 진짜 우울해하는 거 같던데요?」

「짜라빠빠 : 엥?」

「まつみん : 평소에 만드는 표정하고 달랐잖아요.」

「이불박근위험혜 : 달라? 뭐가? 어떤 면에서?」

「まつみん : 에……. 어떤 면에서냐면……. 으……. 그냥 보면 아는 건데……. 진짜 모르겠어요? 나만 느꼈어요? (;´д`)」

「이불박근위험혜 : 전체 얼굴을 다 보면 그런 기운이 옴? ㅋㅋㅋ」

「まつみん : 네! 대충 그런 느낌!」

「빌리해링턴 : 모르겠는데. ^^」

「헬잘알 : 22222222」

「20대명퇴자 : 33333333」

「앱등이 : 마츠밍 언니 좀 이상한 듯. 애초에 남자 취향부터가 정상이 아니잖ㅇ…….」

「まつみん : 힝.」

「SALHAE : 그런 건 모르겠고, 이유라 못 보는 게 슬프다. 총 들고 웃을 때 참 예뻤는데.」

「SALHAE : 이제 가면 언제 오나.」

[SALHAE님이 별 100개를 선물하셨습니다.]

「에엑따 : 뜬금없기는. 누가 들으면 진행자 뒤진 줄 알겠다 야. ㅋㅋㅋㅋ」

「돌체엔 가봤나 : 아, 뭐야. 애 밥 먹이러 다녀오니 재밌는 부분 다 지나갔네. 다이제스트 돌려봐야 하나……? 흐름 끊기는 거 극혐인데. 짱난당. -_-」

「무구정광대단하니 : 밥을 먹여? 애가 몇 살인데?」

「돌체엔 가봤나 : 세 살. 맨날 울고불고 꼴배기 싫음. 밥은 또 더럽게 안 처먹어. 시애미는 입으로만 떠들지 도와주지도 못함. 병들어서. 찌발.」

「깜장고양이 : 밥을 직접 만들어 먹이는 고양? 세상에, 요즘 아무도 그렇게 안 하는 고양. 왜 사서 고생을 하는 고양? 양육기에 넣어두면 놀아주고 먹여주고 재워주고 운동시켜주고 똥오줌까지 치워주는 고양.」

「조선왕조씰룩 : 일경. 나도 둘 낳아서 넣어 놓고 신경 끔. 근데 첫째는 꺼낼 날이 얼마 안 남았네. 에휴. 그거 어떻게 기르지? 걘 나랑 남편을 맨날 보고 자랐겠지만 난 걔 5년 만에 처음 보는 건데. 생각만 해도 겁나 어색하다. 지원금 받았으니 어디 보낼 수도 없고.」

「돌체엔 가봤나 : 나도 그러고 싶은데……. 우리 미친 시애미가 양육기 쓰지 말라고 하잖아. 애테크 하느라 셋째까지 낳긴 했지만, 시애미 땜에 힘들어 뒤지겠음. 이유를 물어봐도 맨날 당연한 거라고 만 하고. 시대의 흐름을 보지 못하는 년. 남편도 내 편인데 꼴에 어머니라고 쩔쩔 맴. 병신 같음. 우리 늙탱이 하루 빨리 뒤졌으면.」

「병림픽금메달 : 패드립 수둔. 근데 애테크가 뭐냐?」

「닉으로드립치지마라 : 애 + 재테크.」

「병림픽금메달 : ㅋㅋㅋ? 애를 낳아서 재테크를 한다고? 그게 가능함?」

「둠칫두둠칫 : ㅇㅇ 가능. 출산위로비 지급해 주잖음. 덤으로 휴가도 주고.」

「병림픽금메달 : 야. 양육기도 가상현실 단말이잖아. 그 값은 어쩌는데? 비싸지 않음?」

「깜장고양이 : 구입하는 게 아닌 고양. 주민 센터에서 대여해주는 고양. 대여료는 자식 책임으로 넘길 수 있는 고양. 성인 되고 갚는 고양. 필수는 아닌데 다들 그렇게 하는 고양. 셋째까지만 되는 고양. 원래 제한 없었는데 사람들이 너무 악용한 고양. 일 안 하고 애만 낳은 고양. 이거 모르는 사람 드문데 넌 왜 모르는 고양? 혹시 조선족인 고양?」

「병림픽금메달 : 그 좆같은 말투 그만 둘 순 없는 고양? 병신아, 조선족이 아니라 걔들 관리하는 입장이다. 외노자 새끼들이랑 부대끼는 게 얼마나 힘든데. 그딴 거 알아볼 겨를도 없다.」

「하드게이 : 알아볼 겨를이 없는 게 아니라 연애할 겨를이 없는 거겠지.」

「무스타파 : 연애를 못 하니 결혼은 꿈도 못 꾸겠고」

「헬잘알 : 결혼은 꿈도 못꾸니 애 낳고 어쩌고 하는 건 알아볼 이유가 없었겠지.」

「질소포장 : 어이구, 병림픽 이 불쌍한 새끼.」

「려권내라우 : 겁나 나쁜 새끼덜ㅋㅋㅋㅋ 남 괴롭힐 땐 귀신 같이 잘 맞아욬ㅋㅋㅋㅋ」

「병림픽금메달 : 개새끼들아 존나 고맙다 ^^」

「깜장고양이 : 괜찮은 고양. 어차피 연애결혼은 갈수록 줄어드는 고양. 다들 계약결혼인 고양. 너도 너만의 암고양이를 얻을 수 있을 고양. 보나마나 병신이겠지만 힘내는 고양. 세상 어딘가엔 너 같은 병신도 좋아할 고양이가 있을 고양.」

「내성발톱 : 위로를 하든 욕을 하든 한 가지만 해 ㅋㅋㅋㅋ」

「깜장고양이 : 어쩔 수 없구냥. 그럼 욕을 하겠는 고양.」

「내성발톱 : 뭐가 어쩔 수 없엌ㅋㅋㅋ 좆냥이 묘성보소」

「엑옥보수 : 돌체엔 가봤나 저 아줌마도 불쌍하네. 틀딱충 땜에 안 해도 될 고생을 하다니 ㅋㅋㅋ」

「まつみん : 글쎄요……. 안 해도 될 고생보다는, 할 보람이 있는 고생이라고 표현하는 게 맞지 않을까요? 일본에서도 반반이에요. 하겠다는 사람, 하지 않겠다는 사람. 그러니 경멸은 옳지 않다고 봅니다!」

「눈밭여우 : 아이는 부모가 직접 키워야 해요. 그게 사랑 아닌가요?」

「닉으로드립치지마라 : 동감. 애 정서에 좋을 것 같지도 않고.」

「엑옥보수 : 뭐야 이 연타석 병신 연놈들은. 사랑이야 그렇다 치자. 정서에 나쁠 건 또 뭔데? 틀니 딱딱거리는 소리 여까지 들린다. 할배, 몸 있어요?」

「닉으로드립치지마라 : 나 아직 할배 소리 들을 나이는 아니다. 그리고 넌 가상인격이 부모를 대신할 수 있다고 보는 거냐? 난 어렵다고 본다.」

「엑옥보수 : 그러니까 왜 어렵냐고 등신아 ㅋㅋㅋ 그걸 관리하는 게 사후보험 관제 AI의 서브루틴인거 모름? 세계 최고의 인공지능이 돌보는데 어쭙잖은 부모 새끼들보다야 당연히 낫겠지. 철저하게 검증된 프로그램으로 육아를 실시하는데. 사람처럼 실수하는 일이 없다고. 언더스탠?」

「닉으로드립치지마라 : 이해를 못하는 건 너다. 5세 이하의 영유아에게 제대로 된 TOM 기관이 있겠냐? 트리니티 엔진이 만드는 가상의 부모에겐 인간적인 깊이가 없단 말이다. 능동형 검색 모듈이랑 왜 있는지도 모를 제3모듈만으로 깊이 있는 인격이 안 나오잖냐.」

「질소포장 : ㅋㅋ 얘가 하나는 알고 둘은 모르네. 깊이가 없는 건 맞아. 근데 애를 상대로 깊이가 왜 필요해? 아는 것도 없는데. 어린애가 무슨 철학적인 질문이라도 던짐? 쬐끄말 땐 우루루 까꿍 좀 해주고 둥가둥가 좀 해주면 그만 아님?」

「질소포장 : 슬슬 뭘 알 나이쯤 되면 원래 부모가 찾아가는 거 아니냐. 양육기 대여제도 도입 후에 영유아 사망률이 굉장히 줄었다는 거 알아? 출산율은 늘고?」

「엑옥보수 : ㅇㅇ 그게 팩트지. 부모가 직접 먹이면 영양 밸런스 맞추기도 어렵잖아. 병에 걸릴 확률도 높음. 애가 말을 떼고 나오니 부모는 또 얼마나 편하냐? 선진적인 시스템인데 괜히 국격 깎고 있어. 구태의연한 소리 늘어놓는 걸 보니 저것들 다 전라도 출신인 듯.」

「똥댕댕이 : 전라도 욕하지 마라 시발놈아 ㅡㅡ」

「엑옥보수 : 네 다음 홍어.」

「똥댕댕이 : 어휴 벌레새끼.」

「눈밭여우 : …….」

[눈밭여우님이 별 3,000개를 선물하셨습니다.]

「groseillier noir : 이봐, 한국인들. 난 너네 정부의 양육지원 시스템이 딱히 나쁘다고는 생각 안 하는데 말이야, 부모의 입장도 고려해봐야 하는 거 아닐까?」

「헬잘알 : 무슨 소리야 바게뜨?」

「groseillier noir : 저 위에서 어떤 여자가 그랬잖아. 자식이 낯설다고. 부모가 그러면 안 되지. 5년 만에 본다고 했는데, 낳자마자 기계에 넣는 건가? 중간에 꺼내지도 않고?」

「무구정광대단하니 : 분기별로 점검할 때 잠깐씩 빼긴 해. 영양액 보충할 때랑. 근데 그건 보건복지부 소관이라 보건소에서 사람이 나옴.」

「groseillier noir : 에이. 그러면 안 되지. 자식에게 정 붙일 시간은 있어야지.」

「Ephraim : 글쎄. 니 말이 틀린 건 아닌데, 쟤네들한테는 저게 딱 좋은 듯.」

「groseillier noir : 왜?」

「Ephraim : 이 채팅방을 보라고.」

「groseillier noir : ……!」

「뭇시엘 : 이건 또 무슨 대화야?」

「닉으로드립치지마라 : 여기 있는 사람들이 부모가 되는 걸 상상해보라는 뜻 아니겠냐?」

「まつみん : wwwwwwwwwwwwwwwwwww」

「동막골스미골 : ㅋㅋㅋㅋㅋㅋㅋㅋㅋㅋㅋㅋㅋㅋㅋㅋㅋㅋㅋㅋㅋㅋㅋㅋㅋㅋ」

「앱순이 : ㅋㅋㅋㅋㅋㅋㅋㅋㅋㅋㅋㅋㅋㅋ큐ㅠㅠㅠㅠㅠㅠㅠ슬푸당…….」

「9급 공무원 : ㅋㅋㅋ 이 필리핀 새키 말하는 거 보게?」

「피자는당연히라지 : 야. 여기 있는 애들이 병신 같긴 한데, 한국인들이 다 이렇진 않아.」

「진한개 : 그건 네 희망사항이겠지.」

「피자는당연히라지 : 부모가 되면 철이 들지도 모르잖아? 타고난 부성, 모성이라는 것도 있는 거고.」

「진한개 : 그것도 네 희망사항이겠지.」

「피자는당연히라지 : 캐새키야. 넌 애국심도 없냐?」

「진한개 : 에이, 무슨 소릴 하는 거야. 그딴 게 있을 리가 없잖아.」

「이슬악어 : 하긴…….」

「피자는당연히라지 : 뭐가 하긴이야…….」

「엑옥보수 : 이게 다 틀딱충들 때문이다. 늙어서 납골당 안 들어가고 꼬장이나 피우니까 문제가 생기지. 정부는 뭐하나? 늙은 것들 뇌

안 뽑아가고. 나라에서 강제로 집행하고 그래야 하는데. 그럼 또 공권력 남용이라고 지랄거리겠지?」

「질소포장 : 공감함. 사고방식 꽉 막혀서 자식 세대에 빽빽거리면서 현실에 남아있는 거 진심 꼴사나워. 돈이라도 있으면 또 몰라. 추하게 늙는다는 게 딱 그런 거지.」

「50년째 린저씨 : 야,,,이놈들아,,,너네도 언젠가는 늙는다,,,정부가 너네 사상부를,,,강제로 적출하면,,,퍽이나 좋겠구나,,,쉬뿔,,,가정이 무너지고,,,사회가 무너지고,,,」

「엑윽보수 : 난 좋은데? 오히려 그랬으면 좋겠는데? 제발 내 뇌 좀 뽑아갔으면.」

「돌체엔 가봤나 : 진심 우리 시애미년은 강제로 적출해야 함. 나쁜 일도 아닌데 왜 무서워하지? 글구 난 다들 나한테 당연히 공감할 줄 알았는데 아닌 사람이 많네. 야 이 대가리 빻은 것들아, 니들이 직접 애를 키워봐. 시도 때도 없이 우는 게 얼마나 귀찮은지 알기나 함? 아오, 밤에 잠도 제대로 못자.」

「눈밭여우 : 나는 키워봤어요. 그리고 키우고 싶어요. 함께 있고 싶고, 그 작은 손을 잡아주고 싶어요……. 당신은 이 마음을 모르는군요. 부모가 될 자격이 없는 사람이에요.」

「돌체엔 가봤나 : ㅋㅋㅋ 이게 무슨 소리얔ㅋㅋㅋ 자격이래 ㅋㅋㅋ 부모가 되는 데 자격 같은 게 어딨어? 낳으면 부모인거고 낳음 당하면 자식인거지.」

「눈밭여우 : 낳음 당하다니. 무슨 말씀을 그렇게 하세요? 당했다고 말할 만한 삶을 살게 하려면 차라리 낳지 않는 게 더 낫겠어요!」

「돌체엔 가봤나 : 야, 여우년아. 결혼도 사랑으로 하지 않는데 애라고 사랑스럽겠냐? 웃겨 정말 ㅋㅋㅋ 사랑은 사치스러운 감정이야. 없어도 살 수 있어.」

「눈밭여우 : 당신 아이가 정말 가엾군요. 앞으로 얼마나 괴로운 삶을 살게 될지…….」

「폭풍224 : 글쎄. 지금 같이 좋은 세상에 낳아주는 것만으로도 감사해야 하는 거 아닌가? 사후보험 없을 때 태어났어봐. 어휴, 죽으면 그걸로 끝이잖아?」

「폭풍224 : 태어났다는 것만으로도 영원히 존재할 가능성이 열리는 건데. 자살하지 않고 열심히 살면 낮은 등급으로나마 무조건 안치될 수 있잖음. 우리 부모가 씹흙수저이긴 해도, 난 감사하면서 살고 있다. 진심. ㅇㅇ」

「9급 공무원 : 동의한다. 죽음을 극복할 수 있다는 게 얼마나 큰 축복이냐. 죽은 사람을 만날 수 있다는 게 얼마나 큰 기쁨이냐? 우리는 행복한 세상에서 살고 있는 거다.」

「SALHAE : 죽은 사람을 만날 수 있다고? 면회 안 가면 방법이 없잖아. 그것도 사전에 허가 받아야 하고. 하도 번거로워서 불가능한 거나 마찬가지라고 보는데. 기껏해야 「텔레타이프」로 채팅 하는 수준인걸. 진행자가 안 들어오면 그나마도 불가능하고.」

「9급 공무원 : 그거야 보안 문제니까 어쩔 수 없지. 사후보험을 노리는 놈들이 좀 많냐? 사후보험 쪽으로 전송되는 데이터가 많을수록 위험하잖아. 데이터 검사에 많은 자원을 할당해야 할 테고, 그러자면 사후보험의 품질 감소가 필연적인 것을.」

「SALHAE : 아, 몰라. 진행자 얘를 한 번 만나보고 싶은데 엄두가 안 나네.」

「동막골스미골 : 뭐하러?」

「SALHAE : 얼굴 맞대고 부탁 좀 해보려고.」

「동막골스미골 : 뭐를? 섹스를? ㅋㅋㅋ 진짜 대단한 정성이다.」

「SALHAE : 아닌데……. 아니, 어떤 의미에서는 맞겠다. 난 이유라를 원하는 거니까. 섹스가 목적은 아니지만, 할 수 있으면 더할 나위 없겠지.」

「제시카정규직 : 얜 어쩌다 이렇게 됐냐.」

「BigBuffetBoy86 : 오, SALHAE. 너는 오타쿠 같군. 실존하지도 않는 여자에게 집착하다니. 하하하.」

「SALHAE : 위로가 필요해. 체온이 필요해. 근데 그게 왜 이유라일까? 나도 내가 이러는 이유를 모르겠다…….」

「닉으로드립치지마라 : 좋아한다는 게 원래 그런 거 아니냐.」

「닉으로드립치지마라 : 첫눈에 반하는 게 이상하지 않았던 시절도 있었는데.」

「닉으로드립치지마라 : 그놈의 DLC 때문에 지나치게 희화화 되어버렸지. 걸핏하면 첫눈에 반하는 걸로 처리해버리니 원. 다들 그걸 보면서 즐기니 인식도 변할 수밖에.」

「불심으로대동단결 : 중생아. 로미오와 줄리엣의 시대는 끝났어.」

경영합리화위원회, 2053년

「위원 A : 아, 위원님들. 딴 짓 그만 하시고 온라인으로 돌아오세요. 지금부터 한국 경제개혁위원회의 정기 총회를 시작하겠습니다. 가만있자, 이게 몇 번째 회기더라?」

「위원 B : 이 사람 참. 오늘 우리는 경제개혁위원회가 아니라 사후보험공단 경영합리화위원회 위원 자격으로 모인 겁니다. 데이터도 엉뚱한 걸 불러놓으셨네. 수정 부탁드립니다.」

「위원 A : 아차차……. 죄송합니다. 비서가 실수를 했군요. 사실 저도 좀 헷갈립니다. 보는 얼굴들이 매번 똑같다보니. 하하하.」

(사람들의 웃음소리)

「위원 E : 뭐 이해는 합니다만, 슬슬 긴장해야 할 시기 아니겠습니까? 낙원그룹 경영권이 고건철 회장 손에 넘어갔어요. 공단 감독 권한이야 아직 우리가 쥐고 있지만, 고 회장 그 욕심 많은 폭군이 언제까지 손 놓고 보고만 있겠습니까? 내년부터 자기 사람을 심으려고 할 테지요. 그걸 막으려면 이번 임기 내에 괄목할만한 실적 개선이 있어야 합니다.」

「위원 C : 실질 보장기간 단축 말이군요.」

「위원 E : 경영합리화라고 말씀하셔야죠. 구체적인 표현은 삼가시기 바랍니다.」

「위원 C : 괜찮잖아요? 여기가 전자정부 서버라면 또 모를까.」

「위원 E : 그래도요. 안에서 새는 바가지 바깥에서 새는 법이에요. 아 다르고 어 다른 법이고요. 어차피 다 함께 잘 살자고 하는 일이지만, 국민들은 그걸 몰라줄 거란 말예요. 진짜 의도를 떠나 사소한 표현을 물고 늘어져서 서운했던 게 어디 하루 이틀 일이랍니까? 얼마 전 닭장 발언으로 고생했던 걸 생각하면 지금도 슬퍼서 눈물이 납니다. 요즘 젊은이들이 다들 그렇게 부른다기에, 분위기나 띄워볼까 해서 가볍게 던진 말이었는데…….」

「위원 C : 네, 네. 전문성 없는 사람들이 그렇죠. 주의할게요.」

「위원 B : 시민의식이 후져서 그래요. 공감할 줄도 모르고.」

「위원 A : 잡담은 거기까지. 준비되셨으면 시작하겠습니다. 먼저 사후보험 세계관의 내적 다양성 확장을 통한 서비스 만족도 향상에 관해 말씀 나눠보도록 하지요. 아시다시피 올 1/4분기부터 시험적으로 입안한 계획입니다만, 그 성과가 벌써부터 꽤 괜찮은 것 같거든요.」

「위원 D : 그래요? 그럴 리가……. 만족도가 실제로 늘어서 잉여 가입자들의 연명기간이 길어질 거라고 생각했는데.」

「위원 A : 하긴 그때 강력하게 반대하셨지요. 사실상의 무상복지 확대였으니까요. 초기의 리소스 사용량이 워낙 많기도 했고요. 하지만 결과는 고무적입니다. 이 도표를 봐주십시오. 배부된 연구용역 보고서도 참고하시고요.」

「위원 B : 오, 이거 훌륭하군요. 잉여 가입자도 줄고, 수익률도 늘었고, 리소스 사용량은 감소 추세예요. 이대로 가면 내년 안에 평년의 리소스 점유율을 회복할 수 있겠어요.」

「위원 D : 어디보자……. 무작위 변수의 증가는 곧 잠재적 위협의 증가다. DLC 등의 수익성 부가상품 소비 없이 장기 존속하던 잉여 가입자들이, 급격히 개선된 다양성에 적응하지 못하는 경우가 늘어나고 있다, 는 겁니까? 부가상품 정책 심사가 어느 분 담당이셨죠?」

「위원 E : 접니다.」

「위원 D : 관계자로서 어떻게 보시는지?」

「위원 E : 저희 쪽에서 진행하던 프로젝트와 상승효과를 일으킨 게 아닌가 싶네요.」

「위원 D : 음? 뭔가 있었습니까?」

「위원 A : 저기, 부가상품은 다음 의제로 논의할 예정이었습니다만…….」

「위원 E : 기왕 말이 나왔으니 언급하고 넘어가요. 어차피 같은 문제의 연장선상이잖아요.」

「위원 A : 하실 말씀이 있으신가보군요.」

「위원 E : 자랑 좀 하려고요. 후후.」

「위원 C : 허. 기대해도 되는 겁니까?」

「위원 E : 별 건 아니지만요. 잉여 가입자들에게 특정 유형의 부가상품들을 집중적으로 판촉하고 있거든요. 국가유공자에겐 무상으로 지급하기도 해요. 국가유공자들은 구매력이 유달리 낮은 경우가 많은지라. 보훈 명목으로 예산을 끌어오기도 좋고.」

「위원 C : 특정 유형의 부가상품? 그건 어떤 유형이지요?」

「위원 E : 내적으론 킬링 컨텐츠라고 부르는 것들이에요. 가입자 본인을 파격적으로 강화하거나, 가상인격의 심리를 큰 폭으로 제어하거나, 개연성을 무시하고 세계관을 개변할 수 있는 강력한 부가상품들이랍니다. 공공사업으로 여러 업체에 하청을 맡기고 있어요.」

「위원 C : 킬링 컨텐츠라. 알 것 같군요.」

「위원 E : 네. 탄산음료 같은 거죠. 마실 땐 달고 시원하지만, 금세 목이 마르게 되는.」

「위원 C : 즉 변화한 세계관에 적응하지 못하게 되자, 그걸 극복하기 위해 킬링 컨텐츠를 구매하고 있다?」

「위원 E : 네.」

「위원 B : 글쎄요. 잉여 가입자들은 적어도 수 년, 심하면 십년 이상 아무 것도 구매하지 않는 경우가 많던데……그 사람들이 돈을 쓴단 말입니까? 그것도 계정 존속이 불가능할 만큼?」

「위원 E : 대체로 노인들이거든요. 예치금 아낀답시고 어제 같은 오늘, 오늘 같은 내일을 오랫동안 반복해온 사람들이에요. 상상해보세요. 그 사람들 머리가 얼마나 굳어 있을지.」

「위원 C : 흥미롭군요. 하기야 그렇지요. B 등급 이하의 가입자들은 시스템 보안상 서로 격리되어 있으니까. 게다가 주위엔 얼간이 같은 가상인격들밖에 없었을 테고요. 그 기간이 길면 길수록 판단력이 떨어진다는 연구 결과도 있었지요.」

「위원 E : 바로 그거예요. 갑자기 변화한 세계에 당황하는 노인들에게 킬링 컨텐츠의 무료체험과 그 후의 할인 구매 기회를 제공했거든요. 처음엔 금전 부담이 없으니 선뜻 써버리는 거죠. 그리고 통계상 한 번 쓴 사람이 다시 쓰지 않는 경우는 20% 이하랍니다. 아, 그렇지. 처음 등록할 때『무료기간 종료 후 유료 서비스로 자동 전환됩니다. 원치 않으시면 직접 해지해주시기 바랍니다.』는 식으로도 동의를 받고 있어요.」

「위원 B : 근데 너무 적극적이지 않습니까? 알려지지 않게 조심해야 할 것 같은데. 제도적인 안락사라고 비난받을 겁니다. 닭장 발언 따위는 장난에 불과하겠죠.」

「위원 E : 어휴. 제가 설마 두 번 당할까요. 당연히 주의하고 있어요.」

「위원 D : 어떻게?」

「위원 E : 잉여 가입자 전체에게 판촉을 띄운 건 아니에요. 중계채널을 운영하지 않고, 개인적인 명성이나 대외적인 파급력이 없으며, 3년 내 면회 기록이 없는 사람을 선별했죠.」

「위원 D : 현명하군요.」

「위원 E : 그리고 누가 강제로 폐기시키나요? 중계채널 열어서 수익을 창출하면 되잖아요. 본인 만족도도 높이고, 국가경제도 성장하고. 일석이조인데. 연명수단이 있음에도 불구하고 본인이 게을러서 폐기되는 걸 나라 탓 하면 안 되죠. 노력을 해야지.」

「위원 C : 맞는 말씀입니다. 그리고 DLC 사용은 어디까지나 본인의 선택 아닙니까. 젊어서 놀고 먹느라 저축한 돈도 없는 주제에, 기초연금 전환으로 100년 넘게 존재하는 것도 참 염치가 없지요. 젊은 세대의 고혈을 언제까지 빨아먹을 작정인지 원……. 다른 사람들을 배려하지 않는 건 괴물이나 다름없습니다.」

「위원 A : 누구도 필요로 하지 않고 누구에게도 도움이 되지 않는 사람들까지 품고 가기엔 나라 사정이 여의치가 않아요. 박수칠 때 떠나지 못한 사람들을 음으로 양으로 도와주는 게 바로 우리 같은 사람들의 사명일 겁니다. 누구도 하려고 하지 않는, 더럽고 힘든 일이지요.」

「위원 E : 누군가는 해야 할 일인걸요.」

「위원 B : E 위원. 한 가지 더 물어봐도 됩니까?」

「위원 E : 말씀하세요.」

「위원 B : 세계관 개선에 관해 민원이 들어오진 않습니까?」

「위원 E : 그야 물론 들어오죠.」

「위원 B : 흠. 별 것 아니라는 투로 말씀하시는군요.」

「위원 E : 실제로 별 것 아니거든요. 객관적으로 보면 그저 가상현실 세계관의 품질을 대가도 받지 않고 끌어올렸을 뿐인걸요. 구매력이 충분한 계급……실례. 구매력이 충분한 등급의 가입자들은 무척 좋아하고 있어요. 기준을 설정하기에 따라서는 플러스 마이너스 제로가 된답니다. 통계의 마술이죠.」

「위원 C : 아직 사후보험의 혜택을 받지 못하는 시민들 쪽은 어떻지요?」

「위원 E : 본인들이 안치될 가상현실이 질적으로 상향되었다는데 누가 싫어하겠습니까. 늙은이들이 잘 해줘도 불만이라는 평가가 많죠. 대부분은 관심 없고요. 가족도 찾지 않는 사람들에게 누가 관심을 가지겠어요?」

골든게이트

서쪽에는 수평선, 동쪽에는 해안선. 일본 선적의 화물선 코로나 트라이엄프는 목적지를 눈앞에 두고 있었다. 겨울은 선수에서 노을빛 항구를 바라보았다. 아직 수십 분 더 갈 거리임에도 제법 가깝게 느껴진다. 필리핀 선원들도 갑판으로 나와 떠들어댔다. 말소리는 들리지 않는다. 바람이 차고 거칠었다. 갑판이 넓기도 하고.

"지난 일은 잊어버리세요."

유독 선명한 목소리는 FBI 감독관 조안나 깁슨이었다. 돌아보는 겨울에게, 원숙한 수사관은 한 잔의 커피를 내밀었다. 바닷바람에도 지워지지 않는 향기가 어딘가 독특하게 느껴진다.

"받아요. 카페로얄이에요."

"고마워요, 앤. 코코아였으면 더 좋았을 텐데."

별 것 아닌 말인데 수사관이 배를 잡고 웃었다. 어울리지 않는다면서. 전에 비해 격식 없는 모습. 유령선에서 돌아왔을 때,

그녀는 자신을 이름으로, 괜찮다면 애칭으로 불러달라고 했다. 이상하지는 않았다. 나이를 떠나 친구가 될 수 있는 문화권이었으므로.

'아니, 목숨 걸린 임무를 앞두고 친구를 만드는 건 좀 이상하지.'

머그컵에서 뜨거운 김이 솔솔 올라온다. 후 불고 한 모금 머금는 겨울. 카페로얄이라고 했던가? 달콤하면서도 어딘가 묘한 풍미다. 원두의 향취에 부드러운 포도향이 어우러졌다. 싫지는 않았다. 꼴깍, 꼴깍 삼키는데, 몸이 데워지는 걸 느낄 수 있었다. 겨울은 눈살을 살며시 찡그린다.「생존감각」의 경고가 떠있었다.

"이거 칵테일인가요?"

조안나 깁슨이 어깨를 으쓱인다.

"카페 로얄이라니까요. 브랜디가 들어가긴 했지만 칵테일까지는 아닙니다."

겨울의 떫은 낯을 보더니, 수사관이 또 한 번 상쾌한 웃음을 터트린다.

"제 방식으론 각설탕을 하나 넣을 때마다 브랜디도 한 스푼이 들어가죠. 스푼 위에 설탕을 놓고 불을 붙이는 거예요. 브랜디의 독기가 빠지면서 캐러멜 향이 덧씌워진답니다."

"불이 붙으려면 적어도 100프루프(50도) 이상일 텐데요."

"그렇죠. 독할수록 좋아요. 여기엔 그라파, 120프루프가 들어갔고요."

"……한두 스푼 들어간 게 아닌 것 같습니다만."

"음, 다섯 스푼 정도 넣었던가?"

60도짜리 독주가 다섯 스푼. 평범한 칵테일이잖아.

술은 감각보정을 무디게 만든다. 과용과 장복에는 부작용도 따른다. 기분 좋은 느낌이 찾아오긴 했다. 감각재현의 기술적 성취 사례로서 교과서에도 소개될 정도. 일시적으로나마 전투력을 깎아먹는다는 점에서 즐길만한 음료는 아니다.

겨울은 난감한 음색을 지어냈다.

"이제 곧 도착인데 술을 주셨어요?"

"걱정하지 마세요. 골든게이트에 도달하더라도 접선하기까지는 또 한참 걸릴 테니까요. 정보국 요원들의 낯짝은 자정 이후에나 볼 수 있을 겁니다. 보시죠. 저게 뭐라고 생각하시나요?"

요원이 가리킨 방향엔 늦은 오후의 바다에서도 선명하게 보이는 부표가 줄지어 떠있었다. 요란한 원색인데다 숫자도 워낙 많다. 쓰레기가 엉겨있어 더욱 도드라진다.

"혹시 기뢰원인가요?"

"정답."

그녀가 설명했다. 항만으로 들어가는 수로가 갈수록 복잡해지고 있다고.

"해안 봉쇄를 위해서 뿌려둔 거죠. 에이프릴 퍼시픽에서 보셨던 것처럼, 타 대륙의 변종들이 상륙하면 곤란하니까요. 위성전파로 전 세계에 경고하고 있어요. 해안에 함부로 접근했다간 기뢰에 접촉하게 될 거라고. 구호를 원한다면 미 해군의 통제에 따라야 한다고."

샌프란시스코 방향에서 번쩍이는 섬광이 있었다. 주홍빛으로 타오르는 탄막이 화려하게 뿌려졌다. 뻥! 부우우우욱-! 포성과 기관포의 소음은 한 발 늦게 도달했다.

경고사격을 받은 배가 황급히 선수를 돌린다. 작고 빠른 배였다. 기울어진 상태에서 파도를 맞았다. 중심을 회복하지 못하는 가 싶었으나, 아슬아슬하게 살아남는다. 바닷물이 쓸고 지나간 갑판 난간에 사람이 매달려있다. 동료가 얼른 끌어올려 주었다.

그 외에도 만 진입을 원하는 무수한 선박들이 장사진을 이루고 있었다. 대부분은 순찰을 도는 미국 구축함의 경계범위 바깥에 머무른다. 체념한 것처럼 닻을 내리고 있다.

무리하게 진입하던 작은 배는 얼마 없는 예외 중의 하나였다.

겨울이 말했다.

"에이프릴 퍼시픽은 제 실수였어요. 말씀하신 것처럼 아예 들어가는 게 아니었는데."

항상 모든 일이 잘 될 수는 없다. 그러나 「종말 이후」가 반복되면서 치명적인 실패가 드물어졌고, 겨울 역시 거기에 익숙해진 상태였다.

사람의 한계를 넘어섬으로서, 사람은 극복하지 못할 상황을 극복하는 것. 생전에 기대하지 않았던 즐거움이었다. 스스로가 무엇을 원하는지 지금보다도 모르던 시절의 이야기. 세상을 미워하지 않으려 애쓸 때의 일이라, 시간이 지난 지금은 타성에 가까워졌다.

그래서 에이프릴 퍼시픽이 끈적거린다. 타르 같은 실망감.

이만한 실패는 오랜만이었다.

조안나가 쓴웃음을 짓는다.

"비록 사람을 구하진 못했지만 수확이 없는 건 아닙니다. 이전까지 보고된 바 없었던 특수변종들이 확인되지 않았습니까? 변종인지 인간인지 알 수 없는 사람들도 그렇고요. 긁어 오신 샘플은 보건서비스부대에게 유용할 겁니다. 여기엔 정치적인 의의도 있지요."

"정치적인 의의?"

"만약을 대비한 안전장치라고 해야 할까요……? 정치인들은 언제나 폭로의 위협을 경계합니다. 현재의 봉쇄전략은 인도적인 관점에서 심각한 문제가 있죠. 민간선박들조차 적극적으로 공격하고 있으니 말입니다."

그녀는 독백처럼 물었다. 해군이 지금까지 얼마나 많은 민간인들을 수장시켰겠습니까? 지력보정의 유추 범위를 벗어난 질문이었다. 가감 오차가 지나치게 크다.

'십만? 백만?……혹은 천만?'

현실감 없는 숫자. 그러나 농담이 아니었다. 1만 톤 이하의 배조차, 작정하고 태우면 1만 명 이상이 들어간다. 이런 배 열척만 격침시켜도 10만이었다.

이번 세계관이 시작될 때를 돌이켜본다. 캠프를 탈출하는 난민들에게 기관총 사격이 가해졌었다. 난민 지원병을 모아야했던 배경엔, 정신적으로 피폐해진 미군 병사들이 존재했다. 엘리엇의 말처럼 가족을 잃었기 때문만은 아닐 것이었다. 비무장 민간인들을 학살한 일이 그들의 심리에 어떤 영향을 끼쳤을까.

항모전단 사령관, 키치너 제독도 인력부족을 호소했었다. 관계가 있을 것이다. 파일럿의 명령 거부까지 포함해서.

"대선이 다가오고 있습니다. 정치인들은 서로를 물어뜯을 생각으로 가득하죠. 정보관계에 있으면서 듣게 되는 이야기들을, 겨울 당신은 아마 상상도 하지 못할 거예요. 익숙하긴 하지만 이해는 가지 않습니다. 정권교체가 인류의 존속보다 더 중요한 걸까요?"

그녀는 한숨 쉬듯 읊조렸다. 높으신 분들은 사고방식이 어찌나 남다른지.

"서로 다른 세상에서 살고 있잖아요. 사는 세상이 다르면 삶이 달라지고, 삶이 달라지면 생각이 달라지지 않겠어요?"

대꾸하는 겨울에게 조안나가 눈살을 찌푸린다.

"다른 세상에서 살고 있다고요? 멸망을 앞둔 하나의 세상이 아니라?"

"글쎄요……. 한 사람의 세상은 그 사람이 보고 느낀 조각들의 모음이라고 생각해요. 그러니 누구나 자기만의 세상을 살아가는 게 아닐까요? 서로 공감하는 만큼만 비슷해질 뿐이고요."

이 시점에서 겨울은 심리치료를 되새긴다. 같은 색이라도, 사람마다 실제로 느끼기는 서로 다른 색이 아닐까. 상담사를 가장한 여인에게 그렇게 말했었다. 색은 하나의 상징이었다. 세상을 바라보는 관점. 사람과 본질은 감각을 경계로 유리되어 있다.

누구나 자신의 색으로 세상을 물들이며 살아간다. 그 간극을 줄이는 게 바로 공감이었다. 짧은 생전에 길게 느낀 바였다.

"음, 잘 모르겠군요."

추상적인 이야기에 고개를 흔드는 FBI 수사관. 모호한 표정은 몰이해의 증거였다. 조심스러운 기색이 엿보인다. 겨울의 말을 사춘기의 흔적쯤으로 취급하지 않으려는, 혹은 그렇게 느꼈으나 티를 내지 않으려는 경계심 같았다. 익숙하게 읽고서, 겨울은 마음에 두지 않았다.

수사관은 대화를 현실로 되돌렸다.

"아무튼 그렇습니다. 에이프릴 퍼시픽에서 얻은 모든 기록들은 현재의 봉쇄전략을 정당화할 명분이 되어줄 겁니다. 대중을 설득할 소재로 충분하겠죠. 무엇보다 주역이 당신이니까요."

겨울이 부족한 미소를 만들었다.

"영웅담이네요. 그 사람이 말했듯이."

소년영웅이 식인괴물을 물리치는 이야기. 태평양의 오디세이아.

수사관은 인상을 찡그렸다.

"……불쾌하지만 머리는 조금 돌아가는 놈이었습니다. 겨울, 다시 말씀드립니다만 지난 일은 잊으십시오. 그걸 실패라고 한다면 1차적인 책임은 제게 있습니다."

"총독을 설득하지 못했기 때문에?"

"아뇨. 제가 감독관이기 때문이죠."

조안나가 엄하게 못 박는다. 결정권이 내게 있었음을 잊지 말라고. 억지처럼 느껴지지만, 그녀가 끝까지 반대했다면 승선조차 불가능했을 것이었다. 구축함 USS 히긴스와 교신할 때 신분 증명부터 막혔을 테니까.

"노력할게요. 그런데 앤, 당신은 아무렇지 않은 건가요?"

"이런 일을 하다보면 무뎌지게 됩니다. 최선을 다하고, 실패하면 거기까지예요. 자신의 한계를 알아야 합니다. 한계 이상을 바라다보면 버티지 못하니까요."

한계가 자주 아쉬운 소년에겐 납득할 것도 없는 말이었다.

어쨌든 그녀는 최선을 다했다. 총독이 도를 지나친 미치광이였을 뿐.

겨울은 타르 속으로 가라앉았다.

지난밤, 그랜드 갤리로 들어가는 길은 핏빛이었다. 경계해야 했다. 부패한 남자와 그 동료들은 총독을 원수로 여겼을 터. 들어가지 못한 이유는 뻔했다.

그랜드 갤리는 선수와 선미 방향으로 각기 하나씩의 출입구가 있을 뿐이었다. 그 폭이 넓긴 했지만, 화력을 집중하기 좋은 길목이다. 부채꼴로 구축한 화망이면 열 배, 백 배의 적도 수월하게 막아낼 수 있는 지점.

그러므로 겨울은 다음을 수사관의 손에 맡겼다. 저들이 스스로 나오게 만드는 건 또한 조안나가 자처한 역할이기도 했다. 전체방송을 이용한 능란한 언변.

그리하여 식인 공화국의 시민들은 무기를 버리고 걸어 나왔다. 그들이 아껴두었던 최후의 식량들과 함께.

「생존감각」의 경고. 붉은 궤적이 시야를 가득 메운다.

쾅! 콰콰쾅! 산탄 폭발이 사람들을 휩쓸었다.

화염과 폭풍이 잦아들었을 때, 웅크렸던 겨울은 흥얼거리는 콧노래를 들었다. 조준선을 즉시 정렬한다. 그 끝에서, 두 개의 격발기를 던져버린 한 사람, 이제는 유일한 생존자가 손가락을 흔들었다.

"아, 아, 아, 아. 그러면 안 돼. 서두르지 말게, 중위. 응? 클라이맥스잖나. 어차피 나는 이제 비무장이고……. 무엇보다, 죽이기 전에 묻고 싶은 게 있지 않은가?"

탕! 겨울은 그의 손가락 끝을 날려버렸다.

한참동안 조용했다. 총독은 무릎 꿇고 쭈그러들었다. 아주 작게 꺽꺽거리는 소리 뿐. 입에서 침이 줄줄 흘러내린다. 울지 않는 게 용한 반응.

한참 부족하다. 여기까지 온 목표가 눈앞에서 사라졌으니. 겨울이 서늘하게 말했다.

"묻지 않은 말 한 마디에 뼈 한 마디씩. 그런데 지금 얼마나 말씀하셨죠?"

하나, 둘, 셋, 넷, 다섯……. 에누리 없이 헤아리며, 겨울은 감각보정을 믿고 그에게 다가갔다. 그는 스스로의 말처럼 비무장이었다. 전투력은 형편없었고. 산탄지뢰에 연결한 격발기는 조금 전 써먹은 두 개가 전부인 모양. 이제 총독이 발 닿는 거리였다.

걷어찼다.

빠악!

이마 깨진 남자가 요란하게 나뒹굴었다. 구른 자리에 피가 흥건한 것은 비단 끊어진 손가락 때문만은 아니다. 파편이 튀어 날카롭게 변한 바닥 탓이었다.

"으, 아으, 이거, 아으, 아, 아파, 너무 아파."

총독이 이상한 소리를 냈다. 흐느끼는 것 같기도 하고 웃는 것 같기도 했다.

"소, 손가락……손가락 하나만으로도……이렇게나 아픈데……. 역시 나는 틀리지 않았어. 틀리지 않았다고. 으흐흐흐흐……. 흐흐흐흑."

물어볼까?

겨울은 잠시 고민했다. 질문하지 않을 작정이었다. 미치광이의 장단에 맞춰주는 기분인지라. 그러나 이 광기는 전에 보지못했던 유형이다. 가상인격은 인류가 쌓아온 과거의 화석이었고, 여기엔 낯선 광기의 광맥이 있었다.

'아니. 물어봤자 제대로 된 이야기는 아니겠지.'

어차피 광기는 생전의 세계에도 부족하지 않았다. 질문 대신선택한 것은, 사람 아닌 것에 대한 폭력. 화풀이와 한풀이. 즐거움이 퇴색한 지금도 약간의 의미가 있었다.

미치광이는 최후의 순간까지도 무언가를 말하려 애썼다. 그것이 살아남기보다 더 중요한 과제인 것처럼.

"겨울? 한겨울 중위님……? 커피 다 식겠어요."

조안나의 맥 빠진 목소리. 겨울은 버릇 같은 상념에서 현실로돌아왔다. 바닷바람은 여전했고, 반쯤 비운 잔에선 온기를 느끼기 어려웠다. 처음 같은 향이 올라오지 않는다. 만들어준 사람이 보내는 책망의 시선. 겨울은 겸연쩍은 표정을 지어냈다.

"죄송합니다. 노력하겠다고 해놓고 너무 무성의했네요."

"일단 마저 드세요. 다른 생각 마시고."

여기엔 순순히 따르는 수밖에.

"근데 이거 커피 아니지 않아요?"

"커피입니다."

FBI 수사관이 정색했다. 한 번 싱겁게 웃고, 홀대했던 잔을 다시 한 번 홀짝이는 겨울. 온도의 변화는 곧 맛의 변화였다. 균형 깨진 단맛과 알코올의 역한 기운이 거북스럽게 어긋났다. 전투식량조차 식도락인 거친 입맛에 못 먹을 정도는 아니었지만.

"무대가 없으면 사람도 없다고 하더라고요."

겨울의 말에 고개를 갸웃 하는 조안나.

"그 사생아 새끼의 유언인가요?"

"네. 정확하게 말하자면, 유언 가운데 하나였죠. 그 외에도 이것저것 주워섬기긴 했어요. 무슨 뜻인지는 잘 모르겠네요."

"지적 허영으로 가득 찬 꼴통답군요."

"꼭 그것만은 아니었던 것 같지만요."

"이해해줄 필요 없습니다. 애초에 자기 이름을 끝까지 감춘 것만 봐도 비열하기 짝이 없는 개자식입니다. 그건 자기보호본능이거든요."

그 점은 동감이었다. 역사에 자기 이름은 남지 않으리라고 한 시점에서, 달리 해석하기 어려웠으니. 무대 운운한 것도 같은 맥락일 것이다.

조안나가 말했다.

"사람의 사회성이란, 특정한 무대에서 주어진 역할을 연기하는 것에 지나지 않는다. 사회에는 수많은 층위와 단면이 있으며, 무대가 바뀌었을 때 사람은 자신을 빠르게 변화시킨다. 무대가 요구하는 역할을 학습하고 내면화하는 것이다. 그러므로 사람에게는 본질이 없다. 역할과 연극이 있을 뿐이다……."

그녀는 여기까지 말하고서 코웃음을 쳤다.

"범죄행위 정당화를 목적으로 흔히 인용하는, 혹은 만들어내는 논리입니다. 유달리 미친놈이긴 했어도, 지적인 나르시스트 범죄자 새끼들 중에 비슷한 경우는 얼마든지 많았거든요. 무대 운운하는 순간 답이 나올 정도로요……. 거창할 만큼 거시적인 자기합리화 없인 스스로를 용납할 수 없는 나약한 놈들이죠. 저지르고 보는 잡것들하곤 또 달라요. 뭐, 이렇게 말씀드릴 수 있는 것도 오랜 시간 누적된 프로파일링의 성과이긴 합니다만."

"이름을 밝히지 않은 건, 진짜 자신과 자신의 역할을 분리한 거라고 보세요?"

"십중팔구는요……. 그런 질문이 바로 나오는 게 신기하군요. 겨울 당신도 보통은 아닌 것 같습니다."

새삼스러운 시선을 던지는 수사관에게, 겨울은 다시 어설픈 미소를 만들어 보였다.

간밤에 지나쳤던 광기를 조금 더 이해할 수 있을 것 같았다. 무대에 의해 요구되는 역할이라. 어디를 가더라도 그 무대에 맞게 자신을 조정하는 것 같기는 하다.

회사에서 요구되는 자신. 가정에서 요구되는 자신. 친구들 사이에서 요구되는 자신. 그것들이 서로 부딪혀 어긋나기도 한다.

이제 떠오르는 것은 사람을 잡아먹은 에이프릴 퍼시픽의 승객들.

무대가 바뀌면, 사람은 그토록 쉽게 바뀌는 걸까?

저 바깥 세계는 어떨까?

대화는 끊어졌다 이어지기를 반복했다.

느린 배의 지루함을 달래기엔 좋은 시간이었다. 에이프릴 퍼시픽은 의도적으로 피하는 화제가 되었다. 그 배의 최후에 대해서도.

지는 해가 바다를 물들였다. 웬일인지 안개가 끼지 않아, 골든게이트는 이름처럼 금빛으로 반짝인다. 금문교를 향해 좁아지는 물목. 북쪽에는 붉은 절벽이 굽이쳤다. 고지대에 구축된 포대들이 인상적이었다. 십 수 문의 야포가 바다를 겨누고 있다.

시력에 보정을 받는 겨울은, 능선을 따라 구보하는 병사들까지 볼 수 있었다. 경사를 오르는 모습이 힘겨웠다. 그들이 향하는 고지엔 초소와 게양대가 존재했다. 성조기가 물결친다. 해협 어디서든 볼 수 있을 크기였다.

같은 깃발이 남쪽에도 보인다. 미군은 다리로 연결된 양안을 장악하고 있었다.

'어떻게?'

겨울은 당연한 의문을 느꼈다.

"앤. 저런 기지가 있었던가요? 방송에서는 못 봤던 것 같은데요. 달리 들은 적도 없고."

샌프란시스코 베이 에어리어는 북미 감염의 진원지. 미군은 여기서 호되게 밀려났었다. 그러므로 교두보를 마련한 것은 상징적인 사건이다. 당국이 자랑하지 않을 이유가 없다. 희소식에 굶주린 언론이야 두말할 나위도 없었고.

"그럴 거예요. 아직은 비밀이니까."

"왜죠?"

조안나는 장난스럽게 반문한다.

"한 번 맞춰보시겠습니까?"

음. 미간을 좁히며 고민하는 겨울. 기지의 전모를 볼 수 있다면 도움이 될 텐데. 활주로의 유무, 시설의 수준, 주둔 병력의 규모와 배치된 장비의 종류 등. 그러나 당장 보이는 건 바다에 면한 일부에 불과했다.

아니. 그런 것들은 중요치 않을 것이다. 겨울은 생각을 달리했다. 조안나가 무의미한 장난을 칠 사람은 아니었다. 맞출 수 있으니까 맞춰보라고 했겠지. 능력을 시험해보는 것일지도 모르고. 아니더라도 좋은 인상을 줄 기회다. 이미 그녀는 작은 힌트를 주었다.

'아직은 비밀이라고 했지?'

뭔가 준비가 덜 되었나? 때가 되면 공개한다는 뜻으로 봐도 무방할까? 보도관제가 걸릴 이유는 여론 밖에 없다. 변종들이 TV를 시청하는 것도 아니니. 트릭스터가 인간의 언어를 이해한다는 증거는 발견되지 않았다. 아니라면, 전선은 한바탕 난리를 겪었을 것이다.

대선. 그래, 그것도 있었지. 「명백한 해방」 작전조차 정치적 조건에 영향을 받았다. 결정적인 순간에 공개하려는 계획일까? 사람들은 분명히 열광할 것이다…….

선거 전략을 말하려다가, 겨울은 입을 다물었다. 이 모습을 흥미롭게 주시하는 FBI 요원.

"뭔가 떠오르셨습니까?"

"선거 전략인가 싶었는데, 설령 맞더라도 가장 큰 이유는 아닐 것 같네요."

"왜죠?"

"여론이 들끓어 통제할 수 없게 되어도 곤란하겠구나 해서요."

"그렇게 생각하신 이유는?"

"이 도시엔 사람이 너무 많아요."

겨울이 언급한 사람은 해상난민들이 아니었다. 시가지에 고립된 채 지금도 저항하고 있는 샌프란시스코 시민들. 여기 기지가 구축되었음이 알려지면, 낙오된 시민들을 구조하자는 주장이 제기될 게 뻔했다.

"추정규모가 80만이었던가요? 오염지역 전체의 추정치이긴 하지만, 이만한 대도시권이니 적어도 십만은 되겠네요. 기지에 수용할 능력이 있을지 부터가 의심스러워요. 구출할 때 필요한 자원도 자원이고……. 헬기가 대량으로 필요할 테니까요. 명백한 해방 작전을 준비하는 데 차질이 빚어지면 곤란하겠죠. 그거야말로 대선에 가장 결정적이잖아요."

샌프란시스코, 오클랜드, 산호세 등. 만에 인접한 대도시들이 하나의 메갈로폴리스를 이룬다. 헬기를 얼마나 동원해야 십만 단위의 수송이 가능하겠는가. 군용기는 정비도 만만치 않다. 항속거리를 감안할 때 한동안 고정 배치할 필요도 있었다. 심각한 전력낭비다.

FBI 수사관이 흥미로운 표정으로 반론했다.

"그만큼 공수부담이 줄어들지 않겠어요?"

미국은 오염지역에 하루 5천 톤의 물자를 뿌린다. 200만의 생명을 지탱할 수 있는 양. 그런데 생존자 규모는 80만에 불과하다. 그리고 그들은 대부분 물자부족에 시달린다.

물자를 낙하산으로 투하하기 때문이다. 원치 않는 곳에 떨어지는 양이 절반 이상이었다. 샌프란시스코만 하더라도, 이 넓은 도시에서 점으로 분포하는 생존자들이 너무 많았다.

'건물 하나 점령하고 버티는 경우가 가장 곤란하다지.'

오며가며 들었던 이야기였다. 수용인원이 많은데, 낙하산 떨어트릴 면적은 지나치게 좁다고.

이런 곳이야말로 헬기를 투입해야 한다. 공수 효율을 감안해서라도, 이런 곳에서는 사람들을 빼내야 하는 것. 겨울은 줄곧 의문이었다. 하지 않는 이유가 있나? 헬기가 그렇게 부족한가? 혹은 구조 도중, 줄어든 인원으로 인해 건물의 방어가 뚫릴 게 우려된다거나…….

겨울이 대답했다.

"헬기와 수송기의 역할이 다른걸요. 수송기를 절약한다고 헬기를 대신할 순 없어요. 어쨌든 우든 원더는 헬기가 아니잖아요. 마침 저기 하나 날아가네요."

애국자들을 위한 두 잇 유어셀프. TV 프로그램에서 소개했던 목제 수송기가 퇴락한 도시의 공제선을 가로지르는 중이었다. 이윽고 낮은 하늘에서 화물을 투하한다. 파일럿은 펼쳐진 낙하산 주위를 맴돌았다. 제대로 떨어지는지 지켜보는 모양이다.

느린 비행운이 방향을 바꾸었다. 파일럿은 만족했으려나? 겨울이 남은 말을 이었다.

"헬기를 대량으로 수용하려면 기지도 바뀌어야겠죠. 설비의 성격이 완전히 달라질 거예요. 이곳에 있는 기지가 명백한 해방 작전을 위해 준비된 거라면 난처하지 않을까요? 이제 두 달도 남지 않았는데요. 무엇보다 생존자들을 수용하고서 제 기능을 하긴 어렵겠고요."

그렇다고 구조여론을 무시했다간 지지율이 떨어질 게 뻔하니, 기지에 대해선 입 다물고 있는 수밖에. 여기까지 들려주니, 조안나가 부드럽게 웃음 짓는다.

"괜찮은 판단력입니다. 겨울은 알면 알수록 신기하군요."

재능보다는 인성이 더 놀랍지만요. 어떻게 당신 같은 사람이 있을 수 있을까요? 차분히 칭찬하는 그녀에게, 겨울은 덜 여문 미소를 내보였다. 적당히 부끄럽고, 적당히 기뻐하는.

'이 정도면 충분하려나?'

표정 만들 때마다 옅은 불안을 느낀다. FBI 감독관의 유능함 탓이었다. 에이프릴 퍼시픽의 미치광이를 분석하던 그 대수롭지 않은 태도. 사람을 읽는 노하우.

「통찰」 깊은 인물은 지어내는 감정을 꿰뚫는 경우가 있었다. 처음 몇 번인가의 세계관에서 경험한 뒤로 다시 겪은 적은 없다. 그러나 공허한 요즘이었다. 속이 많이 비어서 더 짙은 연기가 필요했다. 지식을 겸비한 요원에겐 조심스러워진다. 「간파」 당했다간 불신을 살 것이다.

그래서 어젯밤도 더는 떠올리지 않으려고 한다. 안에 있는 돌을 들킬까봐. 총독이 너무 많이 건드려 놨다.

조안나가 난간에 기대어 샌프란시스코 시가지를 바라본다.

"맞습니다. 여론의 폭주를 걱정하는 거죠. 다른 이유도 있습니다만."

"그건 뭐죠?"

"기밀유지서약을 기억해주신다면 말씀드리죠."

겨울은 고개를 갸웃 하고는, 품에서 스마트폰을 꺼냈다.

"기밀을 누설하고 싶어도 안 될걸요? 모두 감시하고 계실 텐데. 제 주변에 들려줘도 파급력엔 한계가 있고요. 절 상대론 안심하셔도 좋아요. 애초에 말하고 다닐 생각도 없지만."

이 근처에서 전파가 잡히고 있었다. 즉 군용 스마트폰 네트워크인 넷 워리어(Nett Warrior) 중계기가 가까운 곳에 존재한다는 뜻. 그럴 거라 예상했다. CIA와 특수부대가 합동작전중인 장소에 설마 통신망이 없을까.

바랐던 건 겨울동맹과의 연락이었다. 그러나 할 수 없었다. 전파는 잡히지만, 연락에 제한이 걸려있었다. 하기야 군사통신망이다. 개개의 단말기에 대한 권한설정 쯤 어렵지 않을 것이었다. 하다못해 전차조차도 시동과 별개로 네트워크 암호가 필요한 미국이었다.

조안나는 영문을 모르겠다는 얼굴이다.

"괜찮다면 잠시 볼 수 있을까요?"

그녀는 단말기를 조작해보더니, 대부분의 기능이 잠겨있는 걸 확인했다.

"죄송합니다. 제가 FBI 요원이라고 해도 모든 걸 아는 건 아니라서요. 이런 식일 줄은 몰랐습니다. 살아있는 어플리케이션들은 전투지원 관련 기능들입니까?"

"네. 탄도 낙차 계산기, 좌표산출기, 영상보고 시스템, 화력 지원 네트워크 같은 것들이죠."

"예전엔 이렇지 않았는데…… . 기능을 포함해서, 방역전쟁을 기점으로 너무 많이 달라졌네요. 실례했습니다. 불쾌하셨겠군요. 저는 단지 기밀이라는 사실을 환기시켜드릴 의도였는데요."

애국자에 대한 취급이 저질스럽네. 중얼거리는 그녀에게 겨울이 고개를 흔들어보였다.

"아뇨, 전혀. 개의치 마세요. 이게 최선이겠죠. 저도 이쪽이 마음 편하거든요."

불필요한 의심을 사는 것보다는. 그렇게 대꾸하며, 겨울은 돌려받은 폰을 갈무리했다.

"그래서, 다른 이유가 뭔가요?"

"비공식적인 가설입니다만, 변종들이 오염지역 내의 생존자들을 일부러 살려두는 것 같습니다."

"일부러?"

"그동안의 정찰결과에 따르면, 변종들은 시가지 내 생존자 집단을 적극적으로 공격하지 않습니다. 남미에서 북상하는 놈들로 인해 나날이 숫자가 늘어나고 있음에도 불구하고, 공격성은 오히려 감소하더군요."

"이상하네요. 기지에 대한 공격은 그렇지 않았는데요."

"바로 그거예요. 군사기지에 대한 공격 수준으로 시민들을 공격했다면, 오염지역엔 지금쯤 살아남은 사람이 드물어야 정상입니다."

겨울은 TV로 보았던 샌디에이고를 떠올렸다. 제1해병원정군의 거점인 노스 아일랜드 기지만 하더라도, 변종들의 거친 파상공세에 조용할 날이 없다. 그러나 만 저편의 시가지에선 시민들이 깃발을 내걸지 않았던가. 아무리 무장했어도, 시민들이 군대보다 강하진 못했다.

석연찮은 느낌이야 있었다. 그러나 겨울에겐 중요한 문제가 아니었다. 무대 밖에서 흐르는 이야기에 불과했으니. 지금까진 선택과 집중으로 이해했다. 힘이 남아있을 때 강한 적을 치는 본능. 불합리하다. 그래도 변종을 완전히 이해할 순 없는 거니까. 겨울의 납득은 이 정도였다.

곰곰이 검토한 뒤에, 겨울이 고개를 끄덕였다.

"동기는 식량이겠군요."

"예. 놈들은 잘못 떨어진 식량을 긁어먹습니다. 진딧물을 살려두는 개미처럼 말이죠."

"물자공수와 생존자 집단의 인과관계를 파악했다는 뜻인데……. 놀랍진 않네요. 그 가정이 옳다는 전제 하에, 시민들을 구출하기가 굉장히 까다롭겠어요."

변종들이 그냥 보내줄 리가 있나. 한 번에 다 구하지 못하는 이상, 구조 과정이 취약해질 것은 예상했던 바.

"벌써 몇 차례 시도해봤습니다."

낯빛이 나쁘다. 결과는 물어볼 것도 없었다.

아름다운 풍경이 급격하게 끝났다.

바람이 바뀌었다.

바다에서 만으로 불던 것이, 이제는 그 역방향이다. 심한 악취가 밀려들었다. 비리고 쉬고 썩은 것들이 혼잡하게 뒤섞인 냄새.

만에 가까워질수록 악취의 원인이 또렷해진다. 만 안쪽을 가득 채운 온갖 크기의 배들. 닻을 내린 무수한 선박들은 하나의 해상도시를 이루었다. 사슬과 그물, 밧줄로 서로를 묶어놓은 배들. 그것은 곧 사람들이 오가는 길이기도 했다. 요란하게 달린 국기들이 인상 깊었다.

도시에서 버려진 쓰레기들이 금문교 아래까지 밀려나왔다. 그 중엔 인간의 사체도 많았다. 어쩌면 대사억제에 들어간 변종일지도 모르고.

따다다다닷-

총성이 날카롭게 울린다. 여러 방향이었다. 바람의 갈피엔 누군가의 비명도 끼어있다.

물결에 울렁이는 도시를 보며, 겨울은 생각한다.

여기서도 유쾌한 일이 없을 것 같네.

엔젤 아일랜드

코로나 트라이엄프는 금문교 북동쪽의 미군기지에서 닻을 내렸다. 조금만 나가면 외해인지라, 부두에 부딪히는 물결은 거칠었다. 기지 전면에 편자(Horseshoe)라는 이름의 작은 만이 있었으나, 화물선이 들어갈 만큼 넓지는 않았다. 방파제로 입구를 좁혀놓았다.

호위함 라몬 알카라즈 역시 같은 부두에 배를 댔다. 필리핀 해군 장교와 병사들이 지친 얼굴로 땅을 밟는다. 삼삼오오 모여 담배에 불을 붙였다. 한 대를 여럿이 돌아가며 빨아들이는 모습이 고달팠다. 바람은 찬데 옷가지가 충분치 않아, 차례를 기다리는 사람들이 스스로의 어깨를 감싸 안았다. 발을 동동 구르기도 했다. 그들이 상실한 조국은 따뜻한 나라였다.

겨울은 발로 땅을 꾹꾹 눌러댔다. 공연히 몇 걸음 걷고, 물러나기를 반복한다. 몸을 육지에 적응시키는 과정. 가만히 있어도 금방일 테지만, 전투력을 항상 최고조로 유지하려는 습관이었다. 이를 본 FBI 요원이 미소 짓는다.

"아직 느낌이 이상하죠? 땅이 울렁거리는 것 같고."

"네. 고작 이틀째인데 이러네요."

코로나 트라이엄프가 거대하기는 해도, 태풍의 가장자리를 비껴온 배였다. 몸이 아직 파도를 느끼고 있다. 러닝머신에서 내려왔을 때와 비슷하다고나 할까.

주위를 살핀 조안나가 고개를 갸웃했다.

"마중은 아직인 모양이군요. 미리 연락을 넣었는데⋯⋯. 잠시 기다려주시겠어요?"

양해를 구한 그녀는 겨울을 두고 경계초소를 향했다. 초병들의 복장이 일반적인 미군과 많이 다르다. 단색의 푸른 유니폼. 해안경비대였다. 두 대원이 겨울 쪽을 흘끔거리는 중이다. 호기심이 느껴진다. 하기야 크리스마스 전투 때도 그랬다. 연료가 떨어져 고립되어있던 전차소대. 소대장 에드먼트 듀런트 중위는 겨울을 보고 놀라워했었다. 실존인물이었느냐면서.

그들과 조안나 사이에서 들리지 않는 대화가 진행된다. 길진 않았다. 고개를 끄덕인 초병 하나가 무전기를 쓴다. 나머지 한 명은 그 틈에도 여전히 훔쳐보았다. 겨울이 경례를 보낸다. 오우. 그의 입모양. 이쪽으로 정자세를 취했다. 조안나가 돌아보았다. 표정이 처음엔 의아했다가, 금세 부드러워진다.

돌아온 그녀가 말했다.

"곧 온답니다. 조금만 더 기다리죠."

겨울이 물었다.

"여기가 목적지는 아닌 거죠?"

아직 땅거미가 지워지지 않은 시간이다. 이미 투입된 작전팀과는 자정 이후에나 만나게 될 것이라 했었고. 질문을 받은 조안나가 바다를 가리켰다.

"네, 아닙니다. 여긴 중간기착지거든요. 우선 저 섬으로 가게 될 거예요. 엔젤 아일랜드. 저곳 역시 2차 기착지에 지나지 않습니다만. 마지막에는 잠수함을 타고 이동할 예정입니다."

"잠수함?"

"작전본부가 개조된 화물선이라서요. 범죄조직으로 변질된 민간군사기업 흉내를 내고 있습니다. 첫 번째 임무는 해상난민들 사이에서의 정보수집이니까요."

민간군사기업이라⋯⋯. 겨울은 납득했다. 그게 아니고선 특수부대원들의 전투력과 조직력을 설명할 방법이 없겠지. 애초에 돈 받고 사람 죽이는 집단이었다. 종말이 다가오는 세상에선 범죄조직으로 변해도 이상할 게 없었다.

조안나의 말이 이어졌다.

"흉내라곤 해도, 범죄조직으로서 할 일은 다 하고 있습니다. 자체적인 구역을 가지고, 순찰하고, 보호비를 받고, 시비를 걸거나 다른 조직과 항쟁을 벌이고, 때로는 표면상의 본업인 용병 노릇도 합니다. 그렇게 핵보유국에서 온 난민들⋯⋯아니, 쓸데없는 표현은 집어치우죠. 실질적으론 중국인들과 관계를 맺어가는 겁니다."

러시아는 아직 자국 해군의 통제력을 유지하고 있다. 중국과는 사정이 달랐다.

다 좋은데, 한 가지가 걸린다.

"보호비를 받아요? 저 사람들에게서?"

"그것부터 걱정하는군요."

흐뭇해하는 조안나.

"염려 놓으시길. 걷는 만큼 더 뿌립니다. 너무 티가 나지 않을 밸런스를 잡기가 어려웠답니다. 하지만 작전에 투입된 대원들의 정신건강을 위해서라도 필요한 조치였습니다. 난민들은 미군 수송기가 자주 지나가는 길목쯤으로 생각하겠지만요. 오히려 과욕을 부리지 않고 질서를 유지해준다는 호평이 많습니다."

물자 공수가 빈번히 떨어진다는 소리였다. 다른 곳보다 더 풍요로울 거라고.

그나저나 정신건강인가. 겨울은 재차 물었다.

"대원들이 보호비를 직접 걷는 건가요?"

"초기엔 그랬습니다. 지금은 조직원들을 모집해서 빈도가 줄어들긴 했지요. 없어진 건 아닙니다. 난민 출신 조직원들을 마냥 믿긴 어려우니 말입니다. 불필요한 폭력과 이중착취를 막으려면 현장에서 감시해야 해요. 다들 싫어하는 일이라 순번제로 돌린다더군요."

"조직원 모집까지……. 정말 본격적이네요."

"들키면 곤란하거든요. 철저하게 해야죠. 그래서 당신이 더더욱 적합한 인재인겁니다. 난민구역에서의 경험이 유용할 테니까요. 특히 삼합회와의 교류 경험이 높게 평가되었어요. CIA에서 괜히 겨울을 희망한 게 아닌 거죠."

"이런. 어디까지 알고 계세요?"

질문 받은 조안나는 망설이는 기색이었다. 정직한 반응이다.

경력을 보아 속 감추기는 익숙할 텐데. 그만큼의 호의가 있다는 반증이겠지. 망설일 수밖에 없을 정도로.

어제는 조안나에게 어떤 밤이었을까. 그동안 쌓은 명성이 얼마나 영향을 주었을까.

다른 수단으로 조사한 게 아니라면, 그녀가 보여주는 신뢰는 어딘가 납득하기 어려운 구석이 있다. 그러므로 예상하고 있었다.

겨울이 그녀를 안심시켰다.

"괜찮아요. 오히려 필요한 일이었다고 봐요. 그럼으로써 저를 더 믿을 수 있었다면요."

"진심인가요?"

"결과가 수단을 정당화할 순 없다고 믿어요. 하지만 사람에겐 한계가 있다고도 믿어요. 난민구역은 그런 환경이었어요. 살기 위해 다들 사악해지는. 밖에서 보기엔 혐오스러웠겠죠. 그 상황에서 제가 신뢰를 얻을 방법이 뭐가 있었을까요? 뛰어난 전투력? 몸을 사리지 않는 무모함? 아뇨. 그건 선하다는 증거가 아니에요."

"결국 결과는 같았을 겁니다. 시간은 조금 더 필요했겠지만."

"그 조금의 시간이 소중한 거죠. 좋은 기회였어요."

감시가 곧 기회였다는 말에, FBI 요원이 고개를 흔든다.

"12월 말부터 1월까지였습니다. 꽤 높은 곳에서 내린 지시였던 걸로 압니다. 저명해진 후에 물의를 빚을 인물이 아닌가, 판단할 필요가 있다면서요. 아시겠지만 지금 미국 상황이……."

"변명하지 않아도 괜찮아요. 솔직하게 말해줘서 고마워요,

앤. 제게 말해주면 안 되는 내용이었을 텐데. 비밀은 지킬게요. 손가락도 걸까요?"

약속(pinky swear)하자고 새끼손가락을 내미는 겨울. 필요에 따라 만들어낸 장난스러움.

"후, 정말이지."

조안나가 쓴웃음을 짓는다. 겨울은 흐름을 원래의 화제로 되돌렸다.

"힘든 사람들을 괴롭힐 필요가 없다는 건 좋지만, 부작용도 만만치 않겠네요. 사람 죽일 일이 많겠어요."

물자가 많은 영역은 욕심을 내는 조직도 많을 것이다. 그러니 자주 공격받지 않겠느냐. 그런 질문이었다. FBI 요원은 겨울의 우려를 긍정했다.

"처음엔 그랬다고 들었습니다. 잦은 습격으로 골머리를 앓았다고 하더군요."

"그래서요?"

"압도적인 실력을 과시했다더군요. 어지간해선 건드릴 엄두가 나지 않을 정도로요. 그 과정에서 데브그루 두 개 팀이 철수했습니다."

데브그루(DEVGRU). 미 해군 특수작전 개발 그룹. 이번 세계관에서는 애쉬포드 하사가 언급했었다. 그들처럼 쓰기 좋은 칼이 되지 말라고. 막 쓰여서 망가지게 될 것이라고.

그들이 물러날 정도라면, 이번 임무의 예상 난이도를 재평가해야 할지도 모른다.

"철수라니……. 놀랍네요. 인명피해 때문인가요?"

"아뇨. 명색이 미국 최고의 특수부대입니다. 훈련도 안 된 데다 사람보다는 탄약을 아끼는 갱들을 상대로 소모되기는 어렵죠. 다만 스트레스 때문이었습니다. 아무리 인간 말종들이라지만, 너무 많이 죽였거든요. 작전기간도 길었고요."

"음, 그냥 주위의 물자 보급까지 늘려버리는 게 속편하지 않았을까요?"

겨울의 반론했다. 배고프지 않으면 쳐들어올 의욕도 줄겠지. 물론 없어지진 않을 것이다. 많은 면에서 한계가 있는 인간이, 물욕만큼은 한계가 없으니까.

조안나는 그렇지 않다고 말한다.

"현실적으로 어려운 선택이었습니다. 첫째로, 수송역량은 제한되어있지요. 주변 지역을 만족시키려면 수송기를 몇 기나 더 편성해야 할까요? 이 작전을 위해 끌어오는 소티(Sortie)[2]가 늘수록 다른 곳이 부족해집니다. 우든 원더 같은 대체기종과 파일럿이 늘어나면서 숨통이 트이고는 있습니다만, 1순위는 명백한 해방 작전을 준비하는 것입니다."

"듣고 보니 그러네요."

"다음. 그 조치로 직접적인 교전이 감소할 수는 있겠으나, 싸움이 없어지는 건 아닙니다. 이곳 사람들은 남는 시간에 하늘만 보고 살아요. 증가한 보급의 편중은 당연히 더 큰 항쟁을 부르겠죠. 순수하게 인명만 놓고 본다면, 우리가 피로한 쪽이 낫습니다."

---

2 출격횟수

"아하."

"마지막으로, 물자는 거래수단입니다. 아쉬울 게 없는 사람들하고는 거래를 틀기 어렵습니다. 유리한 협상은 상대가 위태로울 때 비로소 가능한 것이죠. 임무의 성격을 떠올려보세요, 겨울. 냉정한 이야기입니다만……그들은 배고파야 합니다."

하나 같이 합당한 내용이어서, 겨울은 그저 끄덕거릴 뿐이었다. 어쨌든 이쪽의 거래에 응하는 이상, 그들의 물자수급이 전에 비해 개선되었을 것은 자명했다. 냉정하니 어쩌니 해도 비인도적이라고 비난하기는 어렵다.

"하나만 더 물어볼게요. 제가 활동하는 데 문제가 있진 않겠어요?"

제 얼굴은 너무 많이 알려져 있잖아요. 이에 대한 조안나의 대답은 대수롭지 않았다.

"변장하면 그만이죠."

"그걸로 충분할까요?"

"CIA를 얕보지 마세요. 삽질을 자주 하지만 그래도 한 때 세계 최고의 정보기관이었습니다. 가족조차 알아보지 못할 만큼 바뀌게 될 거예요."

한 때라는 부분에서 얼룩을 느낀다. 망해가는 세상에서 비교대상이 없기 때문일까, 아니면 문자 그대로 한 때에 불과했다는 뜻일까. FBI와 CIA의 사이가 좋은 편은 아니기도 하고. 업무영역이 다르긴 한데, 크게 보면 같은 분야에서 서로 견제하는 역할이었다.

'애초에 앤도 감독관으로 파견되는 거였지.'

첫 만남에서 말했었다. 정보국의 국내작전은 수사국의 감독을 받는다고. 감시를 달가워할 사람은 드물다. 누구나 겨울 같을 순 없었다.

대화가 끊어졌다. 북쪽에서 다가오는 배기음 탓이었다.

'음? 뭔가 이상한데?'

항상 듣던 험비의 배기음이 아니다. 전조등을 켜고 달려오는 차량은 붉은색이었다. 어스름이 지는 하늘 아래에서도 선명할 만큼 화려하다.

"……페라리?"

옆에서 들리는 당혹스러운 음성. 군사기지에서 민간차량이 굴러다니는 것부터 보통은 아니다. 하물며 그게 한없이 사치스러운 브랜드라면 더더욱.

저게 마중 나오는 차인가?

설마 했는데 맞았다. 4인승 쿠페의 창밖으로 운전자가 고개를 내민다. 초병들과 이야기를 나누더니 이쪽을 보았다. 그르릉. 부드러운 엔진 소리. 저속으로 다가온 페라리 612 스칼리에티가 겨울과 FBI 요원 앞에서 정지한다. 운전자와 승탑자가 하차하여 절도 있게 경례했다.

"늦어서 죄송합니다. 통제실에서 약간의 착오가 생기는 바람에 그만. FBI 특수감독관 조안나 깁슨 요원, 그리고……이야, 한겨울 중위님. 뵙게 되어 정말 영광입니다. 오신다는 말을 듣고 기대하고 있었거든요."

"아, 네……."

"저는 소위 아론 바커. 바커 소위라고 불러주시기 바랍니다.

이쪽은 라자로 상병입니다."

반갑다는 인사를 나누고서, 그는 도어맨처럼 쿠페의 후방좌석 문을 열어주었다. 일단 타시죠. 갸우뚱 하면서도 겨울은 순순히 올라탔다. 뒤이어 조안나가 타면서 하는 말.

"험비가 올 줄 알았는데 페라리라니. 조금 당황했네요."

"아, 이 녀석 말입니까?"

싱글벙글. 운전석에 앉은 바커 소위가 차를 출발시키며 대답했다.

"이곳에서는 징발된 민간차량을 다수 운용하고 있습니다. 여러 가지 이유가 있습니다만, 군용차량의 정비소요를 줄이려는 게 가장 크지요. 연료 사용량을 줄이려는 목적도 있습니다. 아시겠지만 험비는 기름 퍼먹는 괴물이잖습니까. 민간차량 쪽이 연비가 좋지요."

그러자 조안나가 중얼거린다. 12기통 쿠페를 몰면서 연비를 따지다니. 그걸 들었는지 소위가 한바탕 웃는다.

"뭐 어떻습니까. 좋은 게 좋은 거지요. 정찰 나갔다가 이 녀석을 찾았을 땐 무척 기뻤습니다. 제 인생에 페라리라니. 종말이 다가오는 시대에 찾아온 유일한 행운이었습니다."

이 사람 제프리랑 비슷한 과인가? 이제 막 만났을 뿐인데, 겨울은 애매한 친숙함을 느낀다.

차는 해안경비대 사무소를 지나 본격적인 기지로 들어섰다. 그리 멀지도 않은 거리였다.

"포트 베이커에 오신 것을 환영합니다. 22세기에 우주함대 사령부(Starfleet command)가 들어설 곳이지요."

우주함대 사령부라니. 무슨 소리인지 모르겠다. 떠오르는 게 없었다. 기억이든, 홀로그램이든. 지력보정을 벗어난 범위인 듯 했다.

뭔가 기대하는 눈빛으로 힐끗거리던 소위는, FBI 요원과 소년장교 두 사람이 멀뚱멀뚱 반응이 없자 조금 의기소침한 표정이 되었다. 조수석의 라자로 상병이 면박을 준다.

"어휴. 요즘 스타 트렉을 아는 사람이 얼마나 된다고 그러십니까? 제가 다 창피합니다."

소위가 한층 더 시무룩해졌다. 제프리 과가 맞는 것 같았다.

행선지는 기지 북쪽의 또 다른 선착장이었다. 해변을 끼고 도는 길을 따라, 차량은 북으로 미끄러졌다. 작은 해변이 차창 밖을 스친다. 파도에 오르내리는 적색 부표들. 기뢰를 깔아놨구나. 겨울은 남쪽 선착장에서 출발하지 않는 이유를 짐작해보았다.

'길이 엉망이겠지. 계획 없이 확장된 시가지나 다름없을 테니.'

온갖 배들이 모여 무질서하게 닻을 내린 거대한 도시. 그리고 실시간으로 흐르고 흔들리는 거리. 그 사이로 난 길이 정상일 리 없다.

기지 북변은 한 줄의 장벽으로 막혀있었다. 컨테이너를 쌓아 만들었다. 짙어지는 어둠 속, 녹슨 상표들을 켜켜이 올린 모습에서 세기말이 느껴진다. 그 위에 병사들이 순찰을 돌고 있었다. 조명도, 난간도 없어 무척이나 위험해 보였다. 갸우뚱. 겨울은 잠깐 야시경을 끌어내렸다.

과연. 가시영역을 벗어난 빛으로 장벽 전체를 밝혀놓았다.

"의외로군요. 여기선 헬기를 탈 수 있을 줄 알았습니다만."

조안나가 의문을 표했다. CIA 거점까지 직행하는 건 불가능하다. 그러나 엔젤 섬까지 타고 가는 정도는 무방할 것이었다. 왜 다시 배를 타는가? 바커 소위가 답한다.

"아, 원래 그럴 예정이었다고 들었습니다. 지금은 불가능해졌지만요."

"어째서죠?"

"컨테이너 운반용으로 혹사시키는 바람에 고철이 되어 버렸거든요. 정비반에서 진즉에 두 손 들었습니다. 부품 돌려막기도 한계에 달했다고요. 뭐라더라, 이걸 타는 건 운에 목숨을 맡기는 거나 다름없다던가? 그런데도 태풍 때문에 억지로 운용했으니 더 이상은 무리일 겁니다."

"태풍은 왜……."

"장벽이 무너졌었습니다. 비상이 걸렸죠. 추락사고가 없었던 게 천행입니다."

"아."

조안나가 고개를 끄덕인다. 샌프란시스코는 풍수해가 심했던 도시였다.

그 헬기 중 하나가 선착장 근처에도 있었다. 날개를 얌전히 늘어뜨린 모습. 겉보기엔 멀쩡하다. 그러나 이렇게 바다 가까이 주기해둔 것 자체가, 더 이상 관리하지 않겠다는 의미였다.

소위가 시동을 껐다.

"내리시죠. 갈아타셔야 합니다."

그는 앞장서서 백사장을 가로질렀다. 내딛는 걸음마다 버석거린다. 파도에 밀려온 쓰레기들 탓이었다. 모래와 물이 보이지 않을 지경. 다만 물결치는 쪽이 바다요, 그렇지 않은 쪽이 땅이었다. 겨울은 눈살을 찌푸렸다. 어디선가 풍겨오는 자욱한 탄내. 그 방향으로 고개를 돌려보니, 방풍림 저편에 황혼만큼이나 시꺼먼 무더기가 있었다.

다시 한 번, 조안나가 근심어린 표정을 짓는다.

"이렇게 부유물이 많은데, 가다가 문제가 생기진 않겠습니까?"

소위가 대수롭지 않게 답한다.

"그래서 호위 겸 예비로 한 척이 더 갑니다. 이 구역질나는 바다에서도 고기를 잡아보겠다고 쳐놓는 그물들이 가장 큰 문제죠. 그물이 망가지면 수거하는 꼴을 못 봅니다. 부표에 묶여서 둥둥 떠다니니 원……. 덕분에 엔진이든 스크루든 많이도 해먹었습니다. 하지 말라고 경고해도 소용없더군요."

투덜거림은 덤이었다. 가동 가능한 보트가 절반 이하로 줄어들었다고.

준비된 경비정은 두 척이었다. 둘 다 크기는 작았다. 전장약 47피트[3]. 가속하면 물 위로 통통 튀어 오르는 그런 배였다. 겨울은 별 말 하지 않았는데, 소위가 서둘러 변명했다.

"이런 배가 아니고선 저 시궁창의 골목길을 헤집고 다니기가 어렵습니다. 중형선 이상으로는 유사시에 함수 돌리기가 힘겨워서 말이죠……."

---

[3] 14.6m

겨울이 그의 말을 잘랐다.

"그렇군요. 그런데, 골목길이라고요?"

"아. 이쪽에서 쓰는 은어입니다. 구석으로 들어가면 양아치들이 있는 것도 비슷하죠."

어울린다.

고속정 운용에 필요한 인원은 넷. 하지만 겨울이 타는 쪽만 해도 이미 1개 분대의 승조원들이 대기 중이었다. 하나 같이 방탄복과 구명조끼를 겹쳐 입고 있다. 겨울이 탑승하자 모두 부동자세를 취했다. 라자로 상병이 겨울을 안으로 이끌었다.

"선실로 들어가시죠. 무슨 일이 생겨도 방탄유리가 있으니 다치지 않으실 겁니다."

"교전이 자주 일어나나 봐요?"

"자주……까지는 아닙니다. 저놈들도 자기네 생명줄이 우리라는 걸 잘 알거든요. 다만, 몇 달 전 보트 한 척이 실종된 적이 있습니다. 어느 패거리의 소행인지는 지금까지도 밝혀지지 않았죠. 개자식들. 본보기를 보여줬어야 하는 건데……."

그러자 바커 소위가 입술을 비죽거렸다.

"어이. 그렇다고 무고한 사람들을 희생시킬 순 없잖아."

소위의 반응만으로 상병이 희망하는 본보기가 어떤 식인지 알 만 했다.

겨울은 조안나와 함께 선실 안에 섰다. 앉을 곳은 없었다. 손잡이가 있을 뿐.

두 척의 고속정이 움직이기 시작했다. 걸쭉한 바다가 갈라진다. 투툭, 툭, 투툭. 단단한 것들이 선수에 부딪혀 튕겨지는 소리들.

전후 갑판의 기관총좌를 잡은 병사들이 주위를 끊임없이 경계했다. 조안나가 소위에게 질문했다.

"코로나 트라이엄프에 실어온 무기와 탄약은 어쩌죠?"

"아, 그건 나중에 별도의 수단으로 수송해드릴 겁니다. 당장은 방법이 없어요."

"이런. 특별히 요청한 장비도 포함되어 있는데."

그녀는 인상을 찌푸리면서도, 그 이상의 말을 더하진 않는다.

진로가 자꾸 구부러졌다. 죽은 배들의 도시에서 자연스럽게 조성된 길은 미로에 가까웠다. 그런데도 전진에 지장이 없는 것은, 이런 작은 배에도 예외 없이 발라놓은 첨단기기들 덕분이었다. 겨울은 조종석에 비치는 회색의 음영을 보았다. 광각 적외선 모니터였다. 놀라울 만큼 선명했다.

'누가 미국 아니랄까봐……'

다만 속도를 내긴 힘들었다. 부유물뿐만 아니라, 오가는 배들도 문제였다. 떠있는 게 신기할 만큼 녹슨 소선들. 목제도 있었다. 저들은 대체 무슨 목적으로 움직이는 걸까.

가까운 섬이 좀처럼 가까워지지 않는다.

정면의 중국어선 갑판에서, 상의를 벗은 남자가 이쪽을 주시한다. 두툼한 몸이 문신으로 뒤덮여있었다. 허리춤엔 녹슨 식칼을 질러놓았다. 적외선 화면에 하얗게 표시된다.

"더러운 칭키(Chinky) 새끼. 저런 건 바로 쏴 죽여야 합니다."

라자로 상병의 욕설. 그는 아까부터 신경이 곤두서있었다. 조안나가 좋지 않은 표정으로 그를 흘긴다. 겨울은 그녀의 우려를 느낄 수 있었다. 상병이 보여주는 증오가, 이 지역 미군 전체를 물들인 경향이 아니기를.

그 걱정과 별개로, 칼 찬 남자가 정상인일 가능성은 한 없이 낮다. 애초에 비대한 살집부터가 약탈자의 증거였다.

사내가 히죽 웃는다.

기관총의 조준선이 돌아오는데도 개의치 않고, 손을 바지 속에 넣어 제 추물을 긁적거린다. 꺼내서 냄새를 맡더니 으— 하고 찌푸리는 등, 대놓고 도발적이었다.

조금 더 나아가자 이번엔 길이 좁아졌다. 실제로 물길이 사라지는 게 아니라, 좌우에서 다가오는 쪽배, 혹은 널빤지들 때문이었다. 손으로 노 저어 오는 헐벗은 이들.

"오지 마! 오지 말라고!"

갑판에 있던 병사들이 사방으로 윽박지른다. 언어가 달라도 쉽게 알법한 위협적인 몸짓들.

그러나 헐벗은 이들은 쉽게 포기하지 않았다. 그들에겐 표정이 없었다. 동정심을 사려는 몸짓도 없이, 조용히 다가와 손을 내밀 뿐. 뭐라도 주면 좋고, 주지 않아도 어쩔 수 없다는 체념이 엿보인다. 보나마나 앵벌이겠지. 뭘 줘도 **빼앗길 것이다.** 받은 자리에서 먹어치우면 오늘 밤을 넘기지 못할 것이고.

그 가운데 유일하게 감정을 보이는 건 한 사람의 어머니였다. 꽉 찬 쪽배의 뒤편에서 호소하는 시선을 보내온다. 힘없는 그녀는 양보 않는 사람들을 헤치려고 몇 번이나 시도했다. 틈을 비집으려다가 쓰러지기를 몇 차례. 그 와중에도 품에 있는 아기만큼은 소중히 보듬고 있었다.

조안나와 그녀의 눈길이 마주쳤다. 어머니는 데려가 달라는 듯, 자신의 아기를 들어보였다. 아기는 울 것처럼 입을 달싹거린다. 그러나 소리는 들리지 않았다. 선실 안쪽이라 그런 것인지, 아니면 못 먹은 아기에게 기력이 없는 것인지. 살 빠진 아이는 죽음을 닮았다.

바커 소위가 슬쩍 돌아보았다.

"쳐다보지 마십시오. 마음만 상할 뿐입니다."

"압니다."

답하는 음성이 의외로 침착하다. FBI 요원은 현실의 한계를 의무적으로 받아들였다. 다만 깜박이는 눈가에 남은 감정이 있어, 손끝으로 슥 닦아낸다. 그리고 혼잣말처럼 중얼거렸다.

"책임지지 못할 동정심은 베풀지 않는 것만 못하죠."

그녀는 아이를 받을 수 없다. 받아서 스스로 기를 수 있겠는가? 최선은 이 자리, 겨울 외의 누군가에게 맡기는 것이다. 포트 베이커는 아이 하나쯤 받아줄 여유가 있을지도 모르니.

'그러나 그건 선행의 대가를 떠넘기는 거지. 무책임한 태도야.'

아기 입장에선 무책임한 선행이 나을 수도 있다. 그러나 그와 동일하게, 어머니와 함께하는 편이 나을 수도 있다. 미래를 누가 확신할 수 있을까. 사랑 없이 자라는 아이의 삶은 어두운 것이다. 때론 죽기보다 힘겨운 삶도 있는 법.

또 한 명의 당사자로서, 겨울은 정답이 없다고 여겼다.

섬은 갑작스럽게 가까워졌다.

감정적으로 길었고 물리적으로 짧았던 편도의 끝. 감정노동에 숙달된 병사들은 소모되지 않은 모습이었다. 그 사이에서 조안나는 조금 둔하게 움직였다. 등 뒤에 미련을 남긴 사람의 걸음걸이. 모성은 기혼자의 전유물이 아니다. 경험상, 타고나는 본성도 아니었다.

겨울은 어머니를 떠올렸다. 그리고 생전의 세계를 되새겼다.

"앤."

"네, 겨울."

"비극 그 자체보다는, 비극에 익숙해진 사람들 쪽이 더 슬프다고 생각하지 않아요?"

"……그렇군요. 그건 무서운 일이죠."

"앤은 아직 익숙하지 않은 것 같아 다행이에요."

조안나가 맥 빠진 웃음을 터트렸다.

"세상에, 이렇게 민망하기도 오랜만입니다."

그녀는 고개를 흔들곤, 발걸음을 재촉했다. 바커 소위가 험비를 대고 기다리는 중이었다.

험비 대열이 섬의 북쪽으로 달렸다..

잠수함이 대기 중인 곳에도 기지가 있었다.

입구에서 바커 소위가 작별을 고한다.

"이대로 들어가시면 됩니다. 전 여기서 돌아가겠습니다."

"아, 네. 수고하셨습니다. 다시 만날 때까지 건강하세요."

겨울의 답례에 소위가 특이한 손짓을 해 보인다. 검지와 중지를 붙이고, 약지와 소지를 다시 붙여서 손을 펼치는 인사법이었다.[4]

---

4 TV드라마 스타트랙에서 나오는 외계종족 벌컨이 하는 인사.

"두 분의 장수와 번영을 바랍니다."[5]

아무래도 스타 트렉인지 뭔지와 연관이 있는 것 같다. 이렇게 하는 건가? 겨울이 같은 인사를 돌려주니 소위가 무척이나 기뻐했다. 옆에서 FBI 수사관이 한숨을 쉰다.

엔젤 섬에서 머무르는 시간도 잠깐이었다. 겨울과 조안나는 공백 없이 잠수함에 탑승했다.

선실로 안내된 뒤, 조안나는 팽팽하게 당겨져 있었다. 툭 건드리면 끊어질 것 같은 긴장감. 톡, 톡, 톡. 손끝으로 홀스터를 두드리는 소리. 그 안에 들어있는 권총은 벌써 두 번이나 기능을 점검했다. 선실 문에서 시선을 떼지 못하는 그녀에게, 겨울이 부드러운 말을 건넸다.

"진정하세요. 별 일 없을 테니까."

조안나는 눈살을 찌푸렸다.

"어째서 그렇게 확신하십니까? 함장 및 승조원들의 거동은 명백히 수상했는데요."

"그야……."

대답이 지연된다. 솔직하게 말하긴 곤란하다. 그들과 대면했을 때,「생존감각」과「전투감각」이 반응하지 않았다고. 알려주었다간 상황연산 오류 판정으로 롤백이 발생할 것이다.

한 번 만에 불이익이 주어지진 않겠으나, 그 자체로 기분 나쁜 경험이었다. 가상현실 세계관의 한계를 모르는 바 아니나, 아는 것과 되새기는 것 사이엔 많은 차이가 있다.

---

5 Live Long and Prosper.

그래서 그녀에게 들려줄 다른 이유를 고민해본다. 뭐라고 하면 좋을까.

"저를 싫어하는 것 같긴 했지만, 적의는 아니었다고 생각해요. 어디까지나 감이지만요."

"감……인가요?"

"죄송해요. 제가 이상한 소리를 했죠?"

"아니, 아닙니다. 현장에선 감을 무시할 수 없죠. 더욱이 겨울의 감이라면 말입니다."

말은 그렇게 해도, 그녀는 여전히 미간을 찌푸린 채 긴장을 늦추지 않는다. 설득이 먹힌 게 아니었다. 그저 겨울을 무시하고 싶지 않을 뿐이었다. 겨울은 싱겁게 웃고 조금 더 생각해보았다. 함장이 날 싫어할 이유가 무엇이려나. 오늘 처음 만난 사이인데. 생각하는 사이에, 시간을 벌 요량으로 질문을 던진다.

"어떤 배가 기다리고 있을지는 앤도 몰랐던 모양이죠?"

조안나는 그렇다고 대답했다.

"미 해군이 보유한 잠수함들은 예외 없이 덩치가 큽니다. 원자력 잠수함들이니까요. 수심이 얕고 해저지형이 복잡한 만 내부에서는 효율적으로 움직이기 어렵습니다. 하물며 지금의 샌프란시스코 만은 소음이 심하지요. 다른 위험요소도 많고. 이런 곳에선 재래식 잠수함이 필요합니다. 적어도 위쪽의 입장은 그렇더군요. 미심쩍지만 말입니다."

어쨌든 그런 연유로 우방국 잔존함대의 협력을 받고 있다며 이어지는 말.

"다만 어느 국가의 잠수함을 타게 될지에 대해선 저도 통보

받은 바가 없었습니다. 경계임무를 순번제로 돌리는데, 해저에서 벌어지는 신경전 탓에 제때 교대하는 경우가 드물다고 하더군요. 겨울을 위해서라도 한국 잠수함이 걸리면 좋겠다는 기대는 있었습니다만…….."

그러면서 흘깃 겨울을 엿본다.

"제가 알기로 한국과 일본은 역사적인 앙숙이라던데, 혹시 그것 때문이라고 보십니까?"

지금 그녀와 겨울이 타고 있는 건 일본 해상자위대의 잠수함인 진류(仁龍)였다. 함장 우메하라 아츠(梅原 淳) 2등 해좌는, 겨울을 보았을 때 어두운 감정을 숨기지 못했다. 격렬한 동요였다. 적대감으로 해석하는 게 정상일 정도로.

"설마요."

고개를 젓는 겨울. 사람 읽기에 익숙한 소년에게, 함장이 보여준 어둠은 다른 느낌이었다.

영향이 있었을지는 모르겠다. 「종말 이후」를 구성하는 과거의 광맥에서, 민족감정만큼은 현재까지 이어지고 있었으니. 생전의 겨울은 그게 참 쓸 데 없다고 생각했다. 허나 다른 이들은 아니었다. 일본인이라고 혐오하고, 한국인이라고 싫어하던 두 나라의 사람들.

'순진하거나, 교활하거나.'

둘 중의 하나였다. 교활한 사람들은 끊임없이 미움을 부추겼다. 순진한 사람들의 미움에서 이득을 보는 까닭이었다. 주로 정치인들. 더러는 기업가들. 학자와 종교인인 경우도 있었다.

미움은 또한 스스로를 살찌우는 감정이었다. 누가 부추기지 않아도, 한 번 미워하게 되면 점점 더 커질 뿐이다. 미워하는 마음으로 미워할 이유를 찾는다. 그리고 찾을 때마다 즐겁다.

미워하는 데서 오는 만족감. 그 중독성은 겨울도 알고 있다. 세상에 대한 미움을 내려놓기가 불가능함을 깨닫는 요즘이었으므로. 돌은 갈수록 무겁기만 하다.

여하간 겨울이 함장에게 느낀 것은 그런 종류의 미움과 거리가 멀었다. '자기혐오가 느껴지던걸.' 이걸 어떻게 전달하면 좋을까. 언어는 마음을 담기에 부족하다.

고민하던 겨울은 복도에서 들려오는 발소리를 들었다. 문 앞에서 멈춘다. 똑똑. 문을 두드리는 소리. 선실에 걸린 시계를 보면, 아직 도착할 때는 아니었다. 목적지까지 약 20킬로미터. 짧은 거리지만, 안전상의 이유로 저속항해를 하느라 오래 걸린다고 했었다.

칼날처럼 곤두서는 조안나. 대화로 신경을 분산시킨 보람이 없었다. 겨울이 손짓으로 억누르며 일본어로 말했다.

"누구십니까?"

"함장입니다."

"벌써 도착했나요?"

"그건 아닙니다만, 드릴 말씀이 있는지라."

"그렇군요. 들어오세요. 어차피 함장님의 선실인데."

문은 느리게 열렸다. 함장은 신중하게 들어왔다. 자기가 경계를 샀다는 걸 아는 사람의 행동이었다. 숙련된 수사관답게, 조안나의 긴장감은 평온함의 베일에 가려진다. 겉보기엔 신색이 고요했다. 그럼에도 함장은 수사관을 눈여겨본다. 정확히는,

힘이 들어간 그녀의 손을.

함장은 손을 모으고 허리를 굽혔다. 조안나를 감안해 영어로 말한다.

"무례에 대한 사과를 드리러 왔습니다. 지금이 아니면 오해를 풀 기회가 없을 것 같기에."

"괜찮습니다. 오해하지 않았거든요."

고개를 든 함장이 묘한 시선을 보낸다. 눈여겨보면, FBI 수사관의 태도는 명백했다. 그녀의 손은 권총과 가깝다. 그녀의 모든 몸짓은 여차하면 쏘겠다는 무언의 경고였다.

겨울이 어깨를 으쓱였다.

"저는 말이죠."

조안나가 눈을 곱게 흘겼다. 함장은 그렇습니까, 중얼거린다. 그리고 다시 고개를 숙였다.

"저로 인해 불편하셨을 겁니다. 죄송합니다. 부끄럽지만 솔직히 말씀드리겠습니다. 저는, 그리고 본 함의 승조원들은, 당신에게 질투를 느끼고 있었습니다."

"아."

모호하던 느낌이 뚜렷해진다. 질투. 전쟁영웅이 된 소년장교에게 망국의 군인이 느낄 법한 감정이다. 함장은 한숨을 쉬고, 침묵하다가, 또 한 번 한숨을 쉬고, 읊조리듯 고해했다.

"해막(海幕)[6] 최후의 지령으로부터 보름이 지났을 때, 우리는 일본이라는 나라가 사라졌음을 깨달았습니다. 그러나 우리의

---

6 일본해상자위대의 해상막료감부(海上幕僚監部)의 약칭. 해군본부를 의미한다.

궁극적인 의무까지 사라진 건 아니었지요. 자위대의 존재이유는 일본 국민을 지키는 것입니다. 저는 미국에 협력하기로 했습니다. 그럼으로써 나라 잃은 국민들의 처우를 개선할 수 있으리라 믿었기 때문입니다."

조안나의 긴장감이 누그러진다. 함장의 고백이 이어졌다.

"하지만 이 고름 같은 만에서, 본 함이 할 수 있는 일은 별로 없었습니다. 고름에 뒤섞여 천천히 썩어가고 있을 뿐. 보십시오. 세계에서 가장 뛰어난 재래식 잠수함이, 기껏해야 연락선 임무를 부여받을 따름입니다. 대체 언제쯤이면 존재가치를 입증할 수 있겠습니까. 언제쯤이면 국민들에게 도움이 될 수 있겠습니까……."

"……."

"숙소에 머무는 동안 매일같이 당신의 활약상을 봅니다. 자괴감이 느껴지더군요. 한겨울 중위, 당신 한 사람이 이 배에 탑승한 65인의 승조원들보다 낫습니다. 아니, 사실상 미국에 협력하는 일본 함대 전체보다 낫지요. 정치적인 영향력 면에서 말입니다."

"그렇지 않습니다."

이는 조안나의 위로였다.

"미국의 해안선은 장대하지요. 자위대의 도움이 아니었다면 지금 같은 해상봉쇄는 불가능했을지도 모릅니다. 적어도 태평양 방면에서는요. 정부는 그 가치를 알고 있습니다."

에이프릴 퍼시픽으로 알게 된 바, 미 해군의 피로도는 상당한 수준이다. 자칫하면 파열이라는 느낌이랄까. 우방국 함대전력은 가문 날의 단비 같을 것이었다.

"사과드리러 와서 위로를 받고 있군요. 제가 참 모자란 사람입니다."

함장은 짧게 웃고 다시 어두워졌다.

"아무튼 그렇습니다. 열등감이라고 해도 좋겠군요. 멋대로 쌓아온 감정이 많아, 뵙는 순간 참아내지 못했습니다. 마치 제가 부정당하는 느낌이었습니다. 죄송합니다. 보시기에 무척 못된 얼굴이었겠지요."

겨울이 고개를 끄덕였다.

"실은 그 느낌을 지금도 받고 있어요. 아직 제가 많이 싫으신가 봐요."

입을 다무는 우메하라 함장.

"그래서 드리는 말씀인데……. 참 좋은 분이시네요."

계급으로도 아래, 나이로도 아래이며 감정적으로도 싫은 상대에게 저자세로 나오기란 얼마나 어려운 일인가. 부끄러운 자기고백은 또 얼마나 큰 수치일 것인가.

함장의 사죄는 그의 의무였다. 국민들에게 해가 될 가능성을 조금도 용납하지 못하는 철저함. 그러므로 그의 사과에 진정성이 없다 한들, 겨울에겐 문제가 되지 않았다.

'스스로에게 엄격한 사람 같아.'

함장은 지금 이 일에 대해서도 자신에게 엄격할 것이다. 기대해도 좋겠다는 생각이 든다. 지금 없는 진정성이 나중에는 있으리라고. 아니라면 어쩔 수 없겠지. 사람에겐 한계가 있는걸. 겨울은 함장을 위한 미소를 만들었다.

"힘내세요. 일본은 다시 일어설 거예요. 함장님 같은 분들이 포기하지 않는다면 말이죠."

타다아츠 료헤이 같은 인간은 말고. 스스로를 민족지도자로 불러달라던 야쿠자 두목. 그런 작자가 설칠수록, 끌려가는 사람들은 암담해진다.

우메하라 함장은 쓸쓸한 얼굴로 위를 쓸어내렸다. 아픈 모양이다.

"정말로, 저는 위로를 받으러 온 게 아닙니다만……. 면목 없습니다. 제 이기심으로 거듭 폐를 끼칩니다."

"누구나 힘들 때잖아요. 그리고 제겐 편히 말씀해주셨으면 좋겠네요. 계급도 있으신데."

2등 해좌는 중령에 해당한다. 서로 다른 소속을 감안한들 존중해야 할 계급이었다. 함장이 겨울을 함부로 대하지 못하는 것도 어떤 의미로는 슬픈 일이다. 한 때 한국에서도 영관급 고위 장교들이 미군 소위를 함부로 대하지 못했었다고 들었다.

"어렵군요."

함장이 고개를 흔들었다.

"도착할 때까지 조금 더 쉬고 계십시오. 때가 되면 알려드리겠습니다."

시선을 피하며 함장은 조용히 물러났다.

달칵. 문이 닫히고 발걸음이 멀어지기를 기다려, 조안나가 겨울을 바라본다.

"이걸 예상하셨던 겁니까?"

"어렴풋이?"

"음……."

주먹으로 입을 누르며 골똘히 고민하는 그녀.

"그렇군요. 겨울도 비슷한 처지니까. 저보단 공감하기 쉽겠네요. 당신에게 감탄하는 것도 이제 질리려고 하는데."

겨울은 조안나의 오해를 바로잡지 않았다. 홀로 납득한 그녀가 자세를 고친다.

"이건 다른 이야기지만, 이제 와서 생각하면 그 사람들에게 주어진 숙소가 참 공교롭군요."

"숙소?"

갑작스러운 화제 전환에 겨울이 갸우뚱 하자, 조안나가 한 차례 끄덕이며 부연한다.

"우리가 이 배에 탔던 곳을 떠올려 봐요."

"엔젤 섬의 북쪽이었잖아요."

"예. 그 시설, 실은 예전에 폐쇄된 이민국 건물이었거든요. 그리고 그 앞에 있는 바다, 가설부두가 설치된 만의 이름은 중국 만(China cove)이죠. 왜 그런 이름이 붙었는지 아시나요?"

"글쎄요……."

"그곳이 바로 중국인 배제법의 무대였답니다. 이 나라의 부끄러운 역사 중 하나죠."

그녀가 설명했다. 중국인들에 대한 혐오 때문에, 이민을 받지 않았을 뿐더러 이미 있던 중국인들을 적극적으로 추방하려 했었다고. 사실상 법제화된 인종차별이었다고.

"불편합니다. 이 나라가 그 사람들을 받아들이지 않겠다는 의지를 보여준 것 같아서요."

"우연의 일치잖아요."

"당사자들의 느낌은 다르겠죠."

건물 자체가 전시관으로 쓰였으니, 사정을 모르기도 어려웠을 것이라고.

대화는 여기서 끝이었다. 각자에게 생각할 것이 있었다.

시간이 얼마나 흘렀을까. 미세한 관성이 느껴진다. 잠수함이 감속하고 있었다. 슬슬 목적지에 도달할 시간이기도 했다. 습관 같은 상념에 잠겨있던 겨울이 옆자리를 돌아보았다.

쌔액– 쌕. 규칙적인 숨소리. 조안나가 잠들어있었다. 함장이 다녀간 뒤 긴장이 풀렸는지, 오래 지나지 않아 꾸벅꾸벅 졸기 시작했던 그녀. 마침 의자 삼았던 게 침대였다. 깨지 않도록 살살 눕힌 건 겨울이었고. 웅크리기에, 모포를 덮어 주었다. 다리를 올려주기도 했다.

'공기가 답답하니 졸릴 법도 하지. 어제 오늘 고단하기도 했겠고.'

환풍기는 가동되다 끊어지기를 반복했다. 이산화탄소 농도에 따라 자동으로 조절되는 것이겠지. 기준이 낮게 설정된 느낌이다.

수중에서는 모든 것이 제한적이게 마련. 잠수함에서는 산소도, 공기정화도 한정된 자원이다. 항상 아끼는 게 기본이며, 지금처럼 짧은 항해도 예외는 아니다. 만약을 대비해야 하니까. 겨울의 모든 경험에 걸쳐, 예외는 미국의 원자력 잠수함 뿐이었다.

함장의 선실은 고작 한 평 반 남짓이었다. 이 좁은 공간에서 두 사람이 몇 시간을 있었으니, 공기가 덥고 탁해진 것은 당연한 노릇. 불가항력의 졸음이 오기 쉬운 조건이다.

겨울도 눈꺼풀 안쪽이 뜨거웠다. 정밀하게 재현된 피로감은 생전에 느끼던 것과 다르지 않았다. 보정이 모자랐으면 강제적인 수면유도가 따라붙었을지도 모르겠다.

'슬슬 깨울까?'

지난밤의 소모를 돌이켜보면, 조금 더 재워두고 싶긴 하다. 전투력 유지를 위해서라도.

허나 함장 또는 다른 누군가에게 무방비한 모습을 보이고 싶진 않을 것이다. 겨울에게는, 글쎄. 그래도 신뢰가 쌓였으니 괜찮지 않으려나? 고민하는 가운데, 잠수함이 다시 움직인다. 감각보정이 아니고선 알아차리기 힘들 만큼 작은 관성의 물결들. 방향을 바꿔가며 반복된다. 까다로운 미세조정의 와중인 것 같았다. 부상할 위치를 잡는 모양이다.

"앤, 일어나요."

어깨를 붙잡고 살살 흔들어본다. 응— 미간을 좁히면서도 눈을 뜨지는 않는 그녀. 생전에 가을 누이를 깨울 때가 떠올라, 겨울은 드물게 만들지 않은 미소를 지었다. 좁은 공간은 좁다는 것만으로 많은 유사성이 생겨난다. 가난할 때 함께 지내던 방이 꼭 이 선실을 닮았다.

추운 계절에 창문 열기가 그렇게 싫었는데. 겨울은 체온으로 데워진 텁텁한 공기를 좋아했다. 덕분에 가을에겐 잔소리를 많이 들었다. 그러다 아프면 어쩌려고 그러니? 그 때마다 겨울은 우울하게 웅얼거렸다. 나는 겨울이 싫어.

넉넉할 때 없는 생전이었으나 어린 시절은 유독 심했다. 한 번 공기를 갈고 나면, 떨어진 온도를 올릴 방법은 역시 체온뿐이었다. 난방은 아껴야 했고, 끓인 물을 가져다 두기가 항상 가능한 건 아니었기에. 그래서 가을은 한 이불의 두 동생을 오래도록 안아주었다.

그 품에서 낡은 책을 읽기도 하고, 가을에게 공부를 배우기도 했다.

음……. 겨울은 조안나의 어깨를 잡은 손이 아쉬워졌다. 손 안의 따뜻함이. 누군가 안아준 지 오래되었고, 누군가 안아본 지도 오래되었다. 조금 더 체온을 느끼고 싶다. 그 너머에 있을 본질은 비록 진짜 사람이 아니겠으나, 어차피 사람도 감각의 저편에 있기는 매한가지였다.

겨울은 마음을 따르지 않았다. 손에 힘을 준다.

"앤, 앤?"

몇 번 더 흔들자 조안나의 눈이 가늘게 열렸다. 좌우로 움직이던 눈동자가 겨울에게 고정된다. 깜박깜박. 상황을 파악하기까지 약 3초. 그녀는 벌떡 일어났다. 무기를 확인하고, 시간을 확인한 뒤에, 한숨을 쉬며 물었다.

"언제 잠들었는지 기억이 안 나네요. 제가 얼마나 이러고 있었죠?"

"한 시간 반 정도."

"이런. 깨우지 그랬어요? 겨울도 피곤했을 텐데."

그녀는 딱히 부끄러워하지 않았다. 다만 미안해했다. 혼자 잤다고. 겨울은 떨어진 모포를 주워 능란하게 접었다.

"앤이 잘 잤으면 그걸로 됐어요."

자리를 정리하기 무섭게 문 밖에서 인기척이 다가온다. 문을 연 것은 무장한 사병이었다.

"깁슨 요원님, 그리고 한 중위님. 함장님의 호출입니다. 전투지휘실로 와주셔야겠습니다."

병사가 앞장섰다. 겨울은 그의 무기를 유심히 살폈다. 본 적 없는 총기였다. 가볍고 다루기 편한 기관단총 종류. 성능이 궁금하다. 이들과 교전할 가능성이 당장은 없겠으나, 나중엔 또 모를 일. 혹은 같은 무기를 지닌 적이 나타날지도 모른다. 예컨대 자위대의 다른 분파. 나라 잃은 군대의 행보가 동일하긴 어려울 터였다.

'흠. 명중률을 신경 쓴 것 같진 않네.'

총열이 짧다. 탄도가 불안정하겠다. 개머리판도 없었다. 반동을 제어하기 어려울 것이다. 고속으로 많은 탄을 뿌리는 제압사격용인가보다. 잠수함이나 건물 내부처럼 좁은 환경에서는 쓸 만할지도. 교전거리가 짧으면 명중률은 중요치 않은걸. 「전투감각」에 의거한 「통찰」과 「간파」가 겨울의 판단을 긍정했다.

그러고 보면 FBI의 주 업무 중 하나가 총기단속이었다. 조안나는 알고 있을 공산이 높다. 시간 날 때 물어보도록 할까.

복도를 걷는 동안 작은 진동이 발밑을 타고 올라왔다. 물소리가 들린다. 바닥이 둥실 뜨는 느낌이 들었다.

지휘실에선 함장이 뒷짐을 지고 기다리는 중이었다. 그는 절제된 태도로 두 사람을 맞이하고는, 비어있는 잠망경을 권했다.

"곧 부상할 예정입니다만, 그 전에 주위를 파악해두시는 게 좋을 듯 하여."

교전이 벌어질 때를 대비해 수면 위의 환경을 숙지하라는 뜻이었다. 겨울이 고개 숙였다.

"사려 깊으시네요. 감사합니다."

잠망경으로 보는 풍경은 전면의 스크린에도 투영되었다. 둘 중 한 사람만 잠망경을 잡아도 무방했다. 승조원이 직접 하지 않는 건, 원하는 곳을 보라는 배려였고. 조안나가 사양했으므로 겨울이 자리를 잡는다. 함장이 조작을 도와주었다.

부상할 위치는 두 척의 배 사이였다. 아마도 어느 한 쪽이 CIA의 작전본부일 것이다. 남은 한 척도 장악하고 있을 터였고. 앞뒤로 트인 틈은 눈 좁은 그물을 쳐서 가려놓았다.

이러면 볼 게 없지 않나? 싶었으나, 배율을 높이자 사정이 달라졌다. 그물이 점차 성기고 희미해지며, 그 너머에 있는 풍경이 고스란히 비친다.

"꼭 투시하는 것 같네요."

"킬 플래시(Kill Flash)를 떠올려 봐요."

조안나의 목소리. 킬 플래시는 그물 비슷한 프레임이다. 렌즈의 반사광으로 인해 적에게 발각되는 걸 막아주는 도구였다. 스코프에 씌우고도 보는 데 지장이 없다.

시야 한 편에 거리가 표시되는데, 겨울은 230미터 바깥에 있는 무장인원의 얼굴과 장비, 복장까지 알아볼 수 있었다. 광량 조절로 낮처럼 환하게 보이는 게 인상적이었다.

'군인?'

병사는 민간인들 사이에 섞여 거나하게 마시고 떠드는 중이다. 낯선 패턴의 디지털 위장복을 입었고, 미국에선 유통되지 않는 무기로 무장했다. 화면을 보던 조안나가 중얼거린다.

"중국군이군요. 이 일대의 중국인들을 장악한 실질적인 배후세력입니다. 옆에 있는 잡것들은……흠, 문신을 보니 사해방(四海幇) 소속이네요. 8년쯤 전에 로스앤젤레스에서 한 분파를 소탕한 게 마지막이었는데, 또 보게 될 줄이야."

어쨌든 당장은 위협적이지 않았다. 다른 방향을 살폈으나, 시간이 늦어서인지 몇 명의 졸린 보초들만 보일 뿐이었다. 그들의 게으른 경계는 이쪽을 향하고 있지 않았다.

"충분히 살펴봤습니다. 앤만 괜찮다면 올라가도 될 것 같은데요. 어차피 CIA에서도 근무를 세워뒀을 테고."

조안나가 고개를 끄덕인다. 함장이 승조원들에게 지시했다.

"밸러스트 탱크 배수. 부상한다."

부함장이 한 차례 복창했다. 다시 한 번, 아까 보다는 약하게, 바닥이 들뜨는 것 같다.

부상은 금방이었다. 애초에 잠망경을 올릴 만큼 수면에 가까웠기 때문이다. 함장이 겨울과 조안나를 함교 승강구로 이끌었다. 필요 이상의 인원이 뒤따랐다. 작별 인사를 하려는 건지, 아니면 단순한 격식일 뿐인지.

함장의 지시로 일본 수병들이 먼저 승강구를 오른다. 해치를 열자 자잘한 바닷물이 후두둑 쏟아졌다. 이크. 조안나가 눈살 찌푸리고 머리카락을 털어냈다.

뒤이어 올라가니 앞서 오른 수병들이 사방을 겨냥하고 있었다.

기다렸다는 듯이, 위에서 줄사다리가 떨어진다. 화물선 난간에 기댄 남자 하나가 내려다보는 중이었다. 평상복에 야시경을 쓰고 담배를 피우는 모습이 해이한 느낌을 준다.

"기다리고 있었습니다, 감독관. 그리고 한겨울 중위. 얼른 올라와요. 나도 좀 쉬게."

조안나가 다시 한 번 눈살을 찌푸렸다.

우메하라 함장이 작별을 고했다.

"짧은 만남이었습니다만, 두 분을 알게 되어 기쁘게 생각합니다. 인연이 닿는다면 다시 만나지요. 그때는 좀 더 좋은 모습을 보여드리겠습니다. 그리고 한 중위님."

그는 겨울에게 직각으로 허리를 숙였다.

"당신이 있는 곳의 일본 국민들을, 부디 잘 부탁드립니다."

승조원들이 하나 둘 함장을 본받는다. 겨울 역시 그들에게 정중히 허리 숙인다.

"저야말로 부탁드리겠습니다. 앞으로도 지금처럼 남아 주시길."

조안나는 사다리에 한 발 걸친 채 이 광경을 지켜보고 있었다.

마지막으로 우메하라 함장과 악수를 나눈 겨울은, 조안나를 따라 사다리를 탔다. 다 올랐을 즈음, 진류도 수면 아래로 가라앉기 시작했다. 선체가 조용히 물에 잠긴다.

"흐음. 다 봤어요?"

따분함이 느껴지는 목소리. 돌아보면, 못마땅한 조안나와 여전히 느긋한 남자가 대조를 이루었다. 남자는 꽁초를 던지고 야시경을 벗었다. 나이로는 조안나와 비슷하거나 좀 더 많은 정도일까. 갑판에 배치된 경계 병력이 이 만남을 지켜보고 있었다.

"일단 반갑습니다. 내가 「페어 스트라이크」 작전의 현장 책임자인 중앙정보국 국토안보지원부 네이션 채드윅 작전팀장입니다. 에⋯⋯뭐냐, 그, 뜨거운 애국심과⋯⋯남다른 충정으로 개돼지처럼 끌려오셨을 두 분께 심심한 위로의 말씀을 전하는 바이며⋯⋯우선 식사나 합시다. 일정상 저녁을 못 드셨을 테니."

흐름이 엉망진창이다. 겨울은 어쩌나 하다가 형식적으로 대꾸했다.

"알고 계시겠지만, 중위 한겨울입니다. 잘 부탁드립니다."

반면 조안나는 침묵한다.

채드윅 팀장이 따분한 낮 그대로 말로만 능청을 떨었다.

"어이구, 우리 감독관님은 왜 그렇게 싫은 표정을 지으시나. 예쁜 얼굴 망가지게. 우리가 비록 몬태규의 개와 캐퓰릿의 고양이이긴 하지만⋯⋯시작부터 너무 빡빡하게 굴지 맙시다. 어차피 당직이거나 작전 중인 애들 말곤 다 자는 중이거든. 당장은 소개도 못한다니까?"

자자, 들어갑시다. 그는 겨울의 어깨에 팔을 둘렀다. 다른 손으로 방향을 가리키며. 그 스스럼없는 태도는 조금 난처한 것이었다. 이렇게 앞장서는 바람에 조안나는 뒤에서 따라오는 모양새가 된다.

안내된 곳은 정말로 식당이었다. 채드윅 팀장 본인이 직접 주방으로 들어갔다. 열린 구조인지라 대화엔 지장이 없었다.

"귀한 손님을 받으려고 귀한 고기를 모셔놨지. 때맞춰 냉장선이 들어오지 않았겠소? 값을 비싸게 치르긴 했어도⋯⋯. 욕심 많은 중국인들 같으니. 소 등심 두 짝에 소총탄 150발을 받지 뭡니까? 이 엿 같은 거지소굴의 유통비용이 갈수록 높아지는 건 다 그놈들 때문입니다. 그놈들만 아니어도 해상운송으로 충분할 텐데. 흠, 싹 죽었으면."

꾸며낸 모습인지, 천성인지, 그는 고기를 굽는 내내 수다스럽게 떠들어댔다. 대개 일방적으로 늘어놓는 무의미한 말들. 이쪽이 말할 기회를 주지 않는다.

"자, 드시구려."

대충 구운 스테이크가 테이블에 놓인다. 그런 것 치고 맛은 좋았다. 조안나는 내키지 않는 기색으로 식기를 잡았다가, 한 입 먹고 눈썹을 꿈틀거렸다.

"어떻소?"

"훌륭하네요."

겨울의 답변에 헤벌쭉 웃는 채드윅.

"오, 중위님 당신 마음에 드는군요. 그러니 가장 궁금할 사람들의 소식을 알려드릴까?"

가장 궁금할 사람들이라. 겨울에겐 당연히 포트 로버츠의 겨울동맹 뿐이었다. 그러나 벌써부터 소식이랄 게 있을까? 떠난 지 얼마나 되었다고.

'그럼에도 이렇게 말하는 걸 보면 무슨 일이 있기는 있었던 모양인데⋯⋯.'

가만히 바라보자, 채드윅이 빙그레 웃는다.

"역시 듣고 싶으신가. 하기야 스타는 관심을 먹고 사는 법인 걸. 좋아요, 그럼 지금부터 전 미국에서 활동 중인 당신 팬클럽의 분파와 활동내역에 대해 낱낱이 브리핑해드리지."

"아니……. 그건 사양하겠습니다."

뭐가 재밌었던 걸까? 정보국 요원이 박장대소했다. 옆에서는 앓는 소리가 들린다. 조안나가 식기를 내려놓고 있었다. 한 마디 쏘아붙이고 싶은데 할 말을 고르기 어려운 기색.

이번 작전, 괜찮으려나.

과거 (8), 장미가 시드는 계절 (1)

가을은 계절이 바뀌는 승강장에 서있었다.

시린 바람이 분다. 함께 열차를 기다리는 사람들이 낡은 옷깃을 여몄다. 그들과 가을의 거리는 멀다. 국적이 다른 탓이다. 출생은 사실상의 신분이었다. 신분 낮은 노동자들은 선을 넘지 못했다. 한국인을 보호하겠다고 그어놓은 선. 단 한 줄의 빨간 선이었으나, 절대적이었다. 자격 없이 넘으면 절도모의에 준하는 범죄다.

명백한 차별. 그러나 항의하지 않는다. 우월해진 사람들은 당연하거니와, 열등해진 사람들까지도. 언론은 연일 그들 일부의 범죄행각을 보도했다. 살인, 방화, 절도, 사기, 강간……. 피해자는 계급을 가리지 않았다. 그래서 차별 받는 사람들은 일부를 혐오하는 일부의 전체가 되어있었다. 나는 다르다고. 다른데 너희들과 같은 취급을 받는다고.

선 저편 발 디딜 틈 없이 몰려선 이들은 서로에게 인상을 썼다. 이쪽은 쳐다보지도 않았다. 보는 것만으로 의심을 산다. 경찰들이 주시하고 있었다. 그들 또한 신분은 낮았다.

사후의 낙원을 위해서는 실적을 올려야 한다. 그러므로 한국어가 어려운 경관들에게, 한국어를 모르는 노동자들은 잠재적인 범죄자에 지나지 않았다. 아니, 잠재적인 범죄자여야만 했다. 자기애는 항상 동포애를 앞선다. 공감은 자신을 죽이는 능력이었다.

'구역질이 나…….'

가을은 역겨움에 몸서리쳤다. 아침으로 먹은 에너지 팩의 인공적인 포도향이 목구멍까지 치밀어 올랐다. 목이 칼칼했다. 코 안쪽이 시큰거렸다.

때마침 다시 바람이 분다. 칼처럼 날카로웠다. 한기가 속살까지 파고들었다. 그것이 도리어 청량하여, 가을은 반가운 기분이 들었다.

남 보기 조금 부끄러운 몸짓으로, 가을은 바람을 향해 품을 열었다. 멀어진 동생과 같은 이름의 계절이 품속으로 밀려왔다. 몸으로는 추위를 느끼고 마음으로는 온기를 느꼈다. 추억 속의 체온을 되새기는 중이었다. 겨울은 겨울을 좋아한 적 없었다. 추울 때마다 이불에서 나올 줄을 몰랐다. 그 때마다 어색하지 않게 안아줄 수 있어 좋았건만.

지금도 무척 추울 텐데.

몸이 아니라, 마음이.

잡음 섞인 전자음이 울려 퍼졌다.

[지금 혜성 제3역 방향으로 가는 내선순환열차가 들어오고 있습니다. 승객 여러분께서는 안전하게 승차하시기 바랍니다. The inner circle line train heading for……]

열차가 역사에 진입한다. 탑승할 칸은 한산했다. 한국인이 현실에서 일하는 경우는 드물다. 거주인구의 절반이 된 외국인들에게, 이 땅의 원주민들은 실체 없는 홀로그램인 경우가 많았다. 지금은 가상현실의 여명기지만 물리현실은 이미 위험한 곳 취급이었다.

그만큼 바깥에선 추가수당을 받게 되어 좋았지만.

선 저편은 소란스럽다. 나오려는 사람들과 들어가려는 사람들이 몸싸움을 벌이는 중이었다. 역무원이 고함을 지른다. 내뱉는 욕설은 버마어였다.

가을에게는 그 뜻이 자막으로 보인다. 눈에 낀 렌즈와 휴대단말의 연동 기능이었다. 외치는 사람으로부터 지시선이 뻗어나와, 이 사람의 말이라고 알려준다. 의식하지 않는 다른 외침은 스스로 지워지는 식.

다만 여러 사람이 아우성치면, 단말 성능 문제로 자막이 엉킬 때가 많았다. 스스로도 노동자들을 관리하는 입장에서, 가을은 조금 더 고성능의 단말이 있었으면 했다. 좋은 물건은 개선된 필터링과 음성 변환이 제공된다. 어디까지나 희망사항이다. 지금 쓰는 물건도 회사에서 지급받은 것이었으니.

'아껴야 해. 정말 중요한 곳에만 써야지.'

고개를 흔들고, 가을은 객차에 올랐다. 대부분의 자리가 비어있었다. 몇 안 되는 다른 승객들과 거리를 둔다. 조용히 앉아 트리니티를 호출했다. 시야에 출력되는 다채로운 인터페이스. 세계 최고의 인공지능 엔진은, 사후보험 외 많은 분야를 책임진다. 개인 단말까지도.

『사후보험공단 중부집중국 방문요청』

가을은 면회신청서식을 불러왔다. 겨울, 내 잃어버린 계절을 만나러 가야지. 그동안은 허가를 받기가 까다로웠다. 가난한 사람은 신용도가 낮기 때문에. 사후보험시설의 보안은 가족 간의 그리움보다 우선시되는 사안이었다. 국가 경쟁력의 핵심이라며.

이제 안정적인 직장이 생겼으니 한결 나을 것이다.

직장. 그래, 직장을 구했다. 혜성그룹은 다른 어떤 기업보다도 공정한 근로계약으로 이름이 높다. 사적인 감정은 접어둬야 했다. 겨울이 이미 시한부 선고를 받았기에. 그 아이는 스스로의 노력으로 남은 시간을 연장하고 있었다. 오직 가을을 위해서.

시야가 흐려진다. 서식이 일그러졌다. 눈물을 닦아내는 가을.

"이제 그만 끝내고 싶어."

지치고 고단했던 겨울의 한 마디. 물론 실제로 했던 말은 아니다. 겨울은 아끼는 사람 가슴에 못 박을 성격이 못 되었다. 그러나 가을은 분명히 들었다. 내색하지 않으려는 표정과 음성과 배려가, 말하지 않아도 들리는 목소리였기에.

다른 사람은 몰라도 가을만은 속일 수 없다. 그래서 이렇게 답했다.

"네가 없으면 나도 없어."

날 위해서라도 살아줘. 역시 정말로 했던 말은 아니다. 그러나 언어 이외의 모든 것으로 전해버린 마음이었다. 떠오를 때마다 가을은 자괴감을 느꼈다. 나는 너무도 이기적이었어.

"괜찮아."

기억 속의 겨울은 차분하게 웃었다.

서로 진심을 내보일 수 없었던 대화. 반가웠지만, 그것 외엔 괴로움뿐이었다.

가을은 미완의 신청서식을 치워버렸다.

어떡하지? 만나러 갈 용기가 나지 않아.

그 시간을 다시 겪는다고 생각하면, 벌써부터 손이 떨렸다. 그래, 지금까지 만난 일 드문 것도, 절차보다는 스스로의 나약함 쪽이 컸다. 끔찍한 두려움과 추악한 자기혐오. 희망 없는 상황에서 아무렇지도 않게 웃어 보이는 겨울이, 가을에게는 무서울 정도의 아픔이었다.

상체가 기울어진다. 가을은 두 손으로 얼굴을 감쌌다. 소리 죽여 오열한다.

"이 나쁜, 나쁜 새끼들아……."

처음엔 부모에 대한 원망이었다. 팔아선 안 될 것을 팔아버린 사람들. 그랬던 것이 어린 몸을 가져간 늙은 괴물에 대한 원망이 되고, 당장 아무 것도 해줄 수 없는 자신에 대한 원망이 되고, 마침내는 이 세상 전체에 대한 원망이 되었다.

그 아이도 세상을 증오하고 있겠지. 틀림없이.

그런데…….

'나조차 원망스러운 건 아닐까?'

사랑하는 마음, 미워하는 마음은 얼마든지 공존할 수 있었다. 만약 겨울이 조금이라도 미워하는 기미를 내비친다면, 가을은 도저히 견딜 수 없을 것이었다.

또 하나 감당하기 어려운 것. 겨울에게 새로운 상처를 줄 가능성.

가을은 숨이 막혔다.

Inter
MIssion 폴리아모리

친애하는 고객 여러분, 한동안 격조했습니다.

네! 저 아직 안 잘렸습니다. 어허, 서운해 하진 마시고요. 제가 서운하거든요.

『하늘에서 별 따기』 이후로 적잖은 시간이 흘렀네요. 그때 그렇게 소개해드린 뒤 두 손 가득 별을 담아가신 분들이 굉장히 많았답니다. 덕분에 저는 칭찬과 비난을 동시에 받았죠. 매출을 올렸다는 칭찬, 고객 불만이 폭주한다는 비난. 고객만족센터 담당자는 저랑 영 안 맞는군요.

사실 그렇게 될 줄 알았습니다.

연예인들의 가상인격을 한 번에 여럿 사 가신 분들. 솔직히 말씀해 보세요. 사용 전 주의사항 안 읽어보셨죠? 하긴 훨씬 더 중요한 사후보험 개정약관도 잘 안 읽으시던데, 일개 DLC의 주의사항 같은 걸 신경 쓰실 리가 있겠습니까?

자, 그럼 여러분이 읽지 않고 넘어갔던 주의사항을 옴므 파탈의 매혹적인 음성으로 쉽게 풀어 낭독해드리겠습니다. 간단한 듣기평가입니다. 주어지는 설명을 잘 듣고 문제에 답해보세요.

『◎상품 이용 시의 주의사항 - feat. 시스템 관리자』

구입하신 연예인 관련 상품을 포함하여, 대부분의 캐릭터 가상인격 패키지들은 필수적인 심리제어 옵션을 내장하고 있습니다. 만남의 조건과 초기 호감도 설정이 기본입니다.

다른 가상인격에게 연애감정을 가질 수 없도록 만드는 옵션도 있습니다. 많이들 애용하시죠. 이렇게 설정하면 어쨌든 연애감정은 플레이어에게만 쌓이므로, 100%의 확률로 언젠가는 사랑을 얻게 된답니다.

기껏 비싼 돈 주고 샀더니 다른 연놈이랑 놀아나면 빡치잖아요? 내가 이러려고 현질을 했나 자괴감도 들겠고요. 아, 물론 이런 자괴감을 즐기시는 분들도 계시지요. 저희는 다양한 취향을 존중해 드립니다. 그게 돈이 되는 취향이라면 말이죠.

하지만 말입니다, 가상인격은 인간인격의 모사체입니다. 사람이 느낄 법한 감정은 기본적으로 다 가지고 있다 이거죠. 사랑을 할 수 있으면 질투도 할 수 있습니다. 두 감정은 서로 명확히 구분되지 않는다고요!

물론 여러분의 공감능력으론 AI를 사람처럼 느끼기 어렵다는 사실은 압니다만, 그리고 여러분이 제대로 된 연애를 해봤을 리 없다는 사실도 압니다만, 그건 그거고 이건 이겁니다.

오, 그럼 질투심 억제를 기본 심리제어 옵션에 포함시켜줄 수 없느냐고요?

여러분은 기본의 의미를 되새겨보실 필요가 있습니다. 말 그대로 기본인걸요. 그 상품을 안정적으로 이용하는 데 필요한 최소한의 조건. 제공된 심리제어 옵션이 해당 상품을 정상 이용하는 데 부족한가,

부족하지 않은가. 이게 기본과 그 이상을 가르는 기준이랍니다.

즉 여러분이 경험하신 별들의 전쟁은 저희가 기본적으로 책임져야 할 범위를 넘어선 문제입니다. 오류도 아니고 사기도 아니잖아요.

설명은 여기까지입니다. 이제 보기를 드리겠습니다. 가상인격의 질투에 대한 고객님의 응답으로 가장 적절한 것을 고르세요.

① Fuck ↗ You ↘

② 나의 이름은 진상. 나는 지금 나의 고객 정체성을 깨달았다. 그렇다. 나는 진상 고객이었던 것이다. 고객만족센터에 항의하러 가야징.

③ Shut up and take my money!

④ 어쩔 수 없지. 이렇게 된 이상 청와대로 간다!

어떻습니까? 문제가 너무 쉬운가요?

어……. 죄송하지만 4번은 정답이 아닙니다. 그래야 저희 고객님 답긴 합니다만.

짝짝짝. 맞습니다. 3번이 정답입니다!

여러분이 가상현실에서 겪게 될 모든 치정극의 궁극적인 해결책! 신상 DLC, 폴리아모리 패키지를 소개합니다!

이 패키지가 여러분의 세계관에 적용되는 순간! 어머나, 질투심이 사라졌네? 여러분의 모든 연인들은 거짓말처럼 얌전해질 것입니다.

아무리 독점욕 강한 인물이라도, 당신을 사랑하게 되면 사람이 바뀌어 버리는 거죠.

물론 가벼운 질투를 즐기는 분들을 위해 준비된 옵션도 있습니다. 사용자 지정 강도의 질투심을 유지시켜주는 이기적인 기능이랍니다.

그런 의미에서 이번 DLC 이름이 좀 부적절하긴 하네요. 사전적인 폴리아모리는 사람이 사람을 사랑하는 능력에 한계가 없다는 믿음입니다. 한계가 없는 감정을 일부일처의 고정된 틀에 가두지 말자는 이야기죠.

세상에. 어쩜 이렇게 인간을 긍정적으로 볼 수 있을까요?

우리는 이미 알고 있잖습니까. 사랑은 한계가 명백한 감정이란 사실을 말이죠.

물론 무조건적이고 무한한 사랑을 보여주는 사례는 얼마든지 있습니다. 우리 주변엔 믿을 수 없을 만큼 아름다운 사랑 이야기들이 전해지는걸요.

하지만 희귀하니까 미담인겁니다.

그 정도의 사랑을 할 수 있는 사람이 도대체 얼마나 되겠습니까?

천에 하나? 만에 하나?

흠, 글쎄요. 넉넉하게 만에 하나라고 가정하겠습니다.

전 인류의 0.01%만이 가능한 정신 상태라면, 그거 정신병 아닙니까?

그러니 고객 여러분, 정치적 올바름을 집어치우고 욕망에 솔직해지세요. 대부분의 사람들에게 폴리아모리는 평범한 섹스 판타지일 뿐입니다! 가상현실이 인간을 자유롭게 합니다! 우리는 가상현실 속에서 꾸밈없는 우리 자신이 될 수 있습니다!

이제 새로운 행복을 구입할 준비가 되셨습니까?

당신을 연모하는 가상인격들을 모조리 정신병자로 만들어 버리세요!

하하하.

지금까지 낙원그룹 가상현실사업부에서 알려드렸습니다.

시험

쏴아아아ー

뜨거운 물이 쏟아진다. 한 평 남짓한 샤워실이 빠르게 흐려졌다.

겨울은 수증기 속의 거울을 바라보았다. 초점이 맞지 않는다. 손으로 닦아내자, 낯선 소년이 나타났다. 겨울이 소년과 함께 고개를 기울인다. 생전과 다르구나. 외모의 차이는 아니었다. 꾸며낸 감정과 꾸며낸 표정 탓이었다. 연극은 지금도 계속되는 중이다. 다른 세계의 관객들에게, 있는 그대로의 겨울은 재미없는 어릿광대일 테니까.

거울에 낸 손자국이 희미해졌다. 낯선 소년은 실루엣이 되었다. 겨울은 흥미를 잃었다. 눈을 감는다. 물줄기를 맞는 기분이 좋기도 했다.

주어진 시간은 넉넉했다. 이유 없는 휴식은 아니었다. 변장을 위한 사전준비다. 특수화장을 받을 예정이었다. 얼굴부터 시작해서 상반신까지. 이른 시간 찾아온 담당자는 선실번호를 알려주고 돌아갔다. 물 많고 전기 넉넉하니 천천히 즐기고 오라면서.

도구는 비누와 샤워 스펀지뿐이었다. 비누에서는 폐식용유 냄새가 났다. 샌프란시스코 앞바다에 떨어지는 물자가 대개 이 정도 수준일 것이었다.

스펀지로 전신을 꼼꼼하게 문지른다. 몸은 전보다 단단했다. 전투력을 강화하면서 보정으로 붙은 근육 탓이다. 달라진 전투력은 달라진 감각이었다. 적응에는 아직 시간이 필요하다.

샤워를 마친 겨울이 새로운 유니폼을 입었다. CIA가 만들어낸 가공의 민간군사기업, 『오르카 블랙』의 전투복이었다. 무기를 챙겨 탈의실을 나선다.

복도 전체적으로 산만했다. 아무렇게나 흘러나온 전선이 사방을 기어 다닌다. 복도의 벽이 있다가도 없었고, 없다가도 있었다. 내장공사가 도중에 중단된 것 같은 모습. 그러나 눈여겨보면 방어에 유리한 구조였다. 내부구조를 모르는 사람은 사방에서 공격받기 쉽겠다. 총격전을 염두에 둔 장애물과 활성화되지 않은 트랩들, 보이지 않게 위장된 총안구들이 확인된다.

목적지에 도달한 겨울이 문을 두드렸다. 툭툭.

"중위 한겨울입니다."

"들어오십시오."

화답하는 걸걸한 목소리. 겨울은 안으로 들어갔다. 내부는 흡사 미용실처럼 꾸며져 있었다. 생경하다. 용도에 맞긴 하지만. 담당자는 읽던 책을 내려놓고, 웃으며 자리를 권했다.

"예상보다 일찍 오셨군요, 중위님. 좀 더 기다려야 할 줄 알았는데……. 우선 앉으십시오. 상의는 이쪽에 벗어두시고요. 시작하기 전에 피부상태를 봐야겠습니다."

자신의 손을 소독한 남자는, 겨울에게 모종의 스프레이를 뿌렸다. 그러더니 큼지막한 손으로 겨울의 얼굴을 조물거리기 시작했다. 목적을 배제하고 보면 꽤나 이상한 광경이었다.

몇 가지 장비로 피부 여러 곳을 측정한 뒤에, 사내는 유감스러운 표정을 짓는다.

"이것 참, 보기 드물게 좋은 피부인데……. 망쳐놓으려니 제가 다 안타깝군요."

그러면서도 망설이지는 않는다. 위이이잉. 기계가 약품을 분사하는 소리. 캔버스에 그림을 그리듯이, 그는 겨울의 인상을 빠르게 바꾸어 나갔다. 동시에 주의사항을 전달한다.

"이 화장은 어지간해선 지워지지 않습니다. 다만 영구적인 건 아니기 때문에 열흘에 한 번은 보수를 받으셔야 합니다. 영구화장도 가능하지만, 중위님 얼굴을 완전히 망쳐놓을 순 없으니까요. 위에서도 절 가만 두지 않을 테고요."

그는 허허 웃고 말을 잇는다.

"혹시 바다에 빠지거나 해서 해수에 젖었을 경우 그날 저녁에 찾아오시기 바랍니다. 씻을 때 비누를 많이 쓰진 마시고, 최대한 물로 닦아낸다고 생각하십시오. 다행히 물이 부족하진 않으니 찜찜할 일은 없으실 겁니다……. 한 번 더 말씀드릴까요?"

"괜찮아요. 기억했어요."

"좋습니다. 다음으로, 혹시 알레르기가 있으십니까?"

이렇게 물으며, 담당자는 가느다란 주사기를 들었다. 실린더에 소량의 투명한 액체가 차있었다. 겨울은 지력보정으로 뜨는 자기설정을 보고 대답했다.

"아뇨. 그런 건 없습니다."

"잘됐군요. 이건 피부 트러블을 일으키는 약물입니다. 마약 좀 해본 몰골을 만드는 데 탁월하지요. 보통 화장에서 끝냅니다만, 중위님은 워낙 얼굴이 알려진 분이라 불안해서 말입니다."

그가 바늘을 가져다댄다. 따끔할 겁니다. 얼굴에 놓는 피하주사는 불쾌한 느낌이었다. 벌레에게 물리는 것 같다. 한 번으로 끝나지 않았다. 목덜미와 몸에도 몇 번을 나누어 찌른다. 주입하는 양이 미세했지만 반응은 즉각적이었다. 겨울은 번지는 가려움을 느꼈다.

담당자가 사진을 찍었다. 톡톡 눌러 몇 사람에게 전송하는 모양. 바뀐 얼굴 때문에 적으로 오인 받아도 이상할 게 없었으니까.

사내가 작업 완료를 선언했다.

"됐습니다. 이제 브리핑 룸으로 가시면 됩니다. 길을 모르실 테니 안내해드리죠."

겨울이 상의와 무기를 챙기며 묻는다.

"아직 듣지 못했는데, 직위랑 성함이 어떻게 되세요?"

"아, 통성명을 하지 않았던가요? 실례. 한 중위님을 오늘 처음 뵙는 것 같지가 않아서 그만."

그가 어깨를 으쓱인다.

"올리버 탤벗입니다. 여기서는 기본적으로 전술기획을 담당하고 있습니다만, 가끔씩 이런 잡무를 맡기도 합니다. 메이크업은 부업이죠. 나름 전문기술이라 추가수당도 받습니다. 하하."

덩치에 어울리지 않는 넉살이었다. 겨울은 그와 가벼운 악수를 나눴다.

"당분간 잘 부탁해요, 탤벗 요원."

"별말씀을. 다들 중위님께 거는 기대가 큽니다. 여러모로 힘든 일이 많겠습니다만, 끝까지 최선을 다해주시길."

이후 이동한 브리핑 룸에서는 서류를 들춰보는 조안나를 볼 수 있었다. 달리 사람이 없는 건 아닌데, 혼자 소외된 느낌이랄까. 자연스러운 무표정이지만 어깨는 경직되어있다. 그녀는 새로 들어온 두 얼굴을 살피고는, 흥미 없는 느낌으로 다시 서류를 읽는다.

'이상한데. 사진을 전달받지 못했나?'

겨울은 탤벗을 곁눈질했다. 아니, 의도적이라고 단정 짓긴 이르다. 겨울과 조안나가 도착한 건 고작 어제의 일이었다. 탤벗의 연락망에 조안나가 없어도 이상하진 않았다. 물론 그건 채드윅 팀장이 할 일을 하지 않았다는 뜻이기도 했다.

정해진 자리가 없다기에, 겨울은 FBI 수사관 옆을 채운다. 조안나는 의혹 어린 눈으로 한 번 흘깃거리고, 서류를 읽다가, 갸우뚱 하며 다시 바라보았다. 겨울이 미소를 만들었다.

"그렇게 알아보기 힘들어요?"

"세상에, 겨울이에요?"

지켜오던 분위기가 단번에 깨진다. 그녀의 얼굴이 반가움과 놀라움으로 물들었다.

"벌써 변장을 했군요. 정말 더럽고 야비하게 생겼어요!"

"……"

건너편 자리에서 쿡 터지는 웃음들. 조안나가 뒤늦게 표정관리를 했다. 목덜미가 붉어졌다.

채드윅 팀장은 엎드려 자고 있었다. 낮게 코를 고는 소리. 아무도 깨우지 않는다. 아직 시간이 남아있는 모양이다. 탤벗이 다가와, 겨울에게도 조안나와 같은 서류를 주었다.

"가능한 신속하게 숙지하셔야 할 정보들입니다. 작전에 투입된 요원들의 간략한 신상정보, 만내의 세력분포, 그동안 수행된 작전들의 결과와 유사시 협조를 요청할 아군 부대의 배치상황 등이 나와 있습니다. 브리핑 룸과 같은 층에서는 휴대가 가능합니다만, 그 외의 장소로는 유출하실 수 없습니다. 숙지한 뒤엔 옆에 있는 작전정보실로 반납하시기 바랍니다. 바로 파쇄처리 해드릴 테니까요. 이해하시겠습니까?"

겨울은 고개를 끄덕였다. 브리핑 룸과 같은 층이라면 숙소도 포함이었다. 멈칫. 제 자리로 가려던 탤벗이 재차 말을 걸어왔다.

"그거 잠시만 줘보십시오. 브리핑 시작 전에 봐두시면 좋을 페이지를 표시해드리겠습니다."

"감사합니다. 친절하시네요."

탤벗은 두툼한 손을 날렵하게 움직였다. 굳은살 박인 자리를 눈여겨보니 「통찰」이 작동했다. 나이프 파이팅에 숙련되었을 가능성이 높다고. 악력을 단련한 흔적도 엿보였다.

착착착착, 기계적으로 접히는 페이지들. 정리는 금방이었다.

서류철을 받아들면서 나머지 인원들을 살핀다. 본격적인 전투원은 없는 것 같다. 아마도 대부분 CIA 요원들일 터. 그럼에도 감각에 잡히는 위협성의 정도는 꽤 높은 편이었다. 유일하게 예외인 것이 팀장인 네이선 채드윅. 그것이 보정에 의한 위장일 가능성도 있었다.

'무능력자가 팀장일 린 없겠지.'

무엇을 얼마나 감추고 있으려나.

탤벗이 돌아간 뒤 겨울은 페이지를 차례로 넘겼다. 가장 먼저 접혀있는 장은 만 내부의 개괄적인 현황을 담고 있었다. 골든게이트 봉쇄에 대한 정보가 보인다. 미국은 여기에 다섯 척의 원자력 잠수함을 투입한 상태였다. 더 이상은 어떤 잠수함도 나가거나 들어가는 걸 용납하지 않겠다고. 다만 모르는 용어가 섞여있다.

"앤. 소서스(SOSUS)가 뭔가요? 골든게이트에 있다는데."

질문 받은 조안나가 고개를 돌린다.

"소나가 뭔지는 알죠?"

"네."

"쉽게 설명하면, 그걸 해저에 줄지어 깔아놓은 거예요."

"아하."

소나는 수중에서 레이더를 대신하는 물건이다. 다만 전파 대신 음파를 쓴다는 게 달랐다. 소리를 쏴서 반향을 잡아내는 능동형과, 들리는 소리를 수집하기만 하는 수동형이 있었다.

조안나의 말이 이어졌다.

"원래 골든게이트와 해안선 일대, 그리고 만 안쪽의 해저에는 유사시 샌프란시스코를 방어하기 위한 소서스 라인이 설치되어 있었습니다. 문제는 관제소가 몬테레이(Monterey)에 있었다는 거죠. 지금은 만 입구를 차단하는 일부만 복구된 상태랍니다. 나머지는 방치되어 있습니다. 동력공급도 안 되는 상황이거든요."

몬테레이는 샌프란시스코 광역권에서 남쪽으로 100킬로미터 떨어진 도시였다. 서부 감염 확산 초기에 함락된 곳이기도 하고.

그녀는 같은 감시망이 미국 해안지역 전체, 캐나다 인근 해역과 미국의 속령인 섬들, 심지어는 영국의 해외영토 및 일본 같은 주요 동맹국의 해역에도 존재했다고 말했다.

"꺼림칙하네요. 미군 신분으로 할 말은 아닌 것 같지만, 이 나라는 전 세계 모든 바다를 통제하고 싶었던 건가요?"

FBI 수사관이 쓴웃음을 지었다.

"그만큼 핵전쟁이 두려웠으니까요. 대역병 이전까지만 해도 가장 유력한 종말 시나리오였는걸요. 잠수함 한 척에서 발사하는 핵미사일의 양이면 동부의 대도시를 모조리 날려버리고도 남아요. 그러니 강박적으로 매달렸던 것이죠. 겨울에게는 익숙하지 않나요? 목숨이 걸린 문제에서 이기적으로 변하는 사람들의 모습 말입니다."

"음……. 듣고 보니 그러네요."

"그래서 우리가 엿 같은 중국 잠수함을 잡아 족쳐야 한다 이거지."

마지막에 끼어든 것은 자다 일어난 채드윅 팀장이었다. 조안나가 입을 다물었다.

정보국 팀장은 졸린 눈으로 겨울을 보며 웃는다. 품을 더듬어 담배를 꺼내고, 불을 붙였다. 다른 사람을 배려할 마음은 없는 모양새였다. 불이 발갛게 타오르도록 쭉 빨아들인 다음, 눈앞의 허공에 몽글몽글 뿜어낸다. 흐으— 황홀한 표정으로.

'아니, 이건 담배가 아니야.'

겨울은 미간을 좁혔다. 채드윅이 내뿜은 연기는 냄새가 특이했다. 매캐한 건 담배와 매한가지로, 좀 더 악취에 가까운 무언가가 있다. 대마초였다.

"채드윅 팀장님."

"뭡니까, 중위?"

"대마를 피우시는 거야 팀장님의 기호이니 간섭할 바 아닙니다만, 실내에서는 참아주셨으면 좋겠네요. 다른 사람들에게 강제하는 꼴이잖아요."

말하면서 주위를 살피는데, 조안나를 제외하면 딱히 싫어하는 사람은 없었다.

오. 의미 불명의 탄성을 내뱉는 채드윅. 서글픈 표정을 짓는다.

"한 중위님은 약초(Herb)를 태워보신 적이 없으신 모양입니다. 음, 일단 사과드리지요. 죄송합니다. 허허. 여기선 다들 하는지라 습관이 되었나봅니다. 예의를 차릴 기회가 없더군요."

그러나 불을 끄진 않고 미적거린다. 입맛을 다시더니 은근히 묻는 말.

"근데 중위, 이거 생각보다 괜찮거든요? 담배 피우는 것보

다야 낮지 뭘. 스트레스 해소에도 직빵이라니깐? 이 기회에 한
번 해보는 게 어때요? 내거 한 대 드릴게."

"싫습니다. 몸이 둔해져서."

"저런."

다른 정보국 요원들이 낮은 소리로 웃었다. 채드윅은 결국
궐련을 책상에 꾹 누른다. 그가 항상 앉던 자리인지, 비슷한 자
국이 수없이 나있었다.

이때 새로운 사람들이 들어왔다. 다부진 체구의 전투원들.
선두에 선 남자가 실내를 살피더니, 겨울과 조안나에게 시선을
고정시킨다. 그의 인상이 찌푸려졌다.

채드윅이 손짓 한다.

"서로 인사들 나눠요. 이쪽은 기동타격대 『화이트 스컬』의
콜린 파울러 대위 이하 기타 등등이고, 요쪽은 새로 들어온 한
겨울 중위와 FBI 감독관 조안나 깁슨 요원입니다."

남자가 중후하게 쏘아붙였다.

"무성의한 소개 고맙소, 약쟁이(potter) 팀장."

"별말씀을."

대위는 해골이 그려진 반(半) 복면을 끌어내렸다. 구부러진
입매와 흉터가 드러난다. 자리에서 일어난 겨울과 조안나가 먼
저 경례했다. 답례한 대위가 복잡한 눈으로 바라보았다. 처음
엔 겨울을, 다음으로 조안나를. 뒤쪽이 꽤나 길었다. 불편한 표
정으로 툭 뱉는다.

"하필이면 감독관이 여자라니. 골치 아프군."

조안나가 조용히 대꾸했다.

"초면부터 꽤 무례하시군요, 대위."

"기분 상했다면 사과하지. 하지만 진심으로 하는 충고인데, 다른 사람 보내달라고 요청하는 게 어떻겠소? 여긴 여자가 있을 만 한 곳이 아니오."

끼어들어야 하나? 고민하는 겨울. 그러나 조안나 본인이 잠잠했다. 그 사이 대위는 자기 자리를 골랐다. 털썩 앉고 한숨 길게 내쉰 다음, 피곤한 듯 마른세수를 한다.

"요원, 그리고 중위. 내가 개 같은 마초 새끼로 보이겠지만, 난 이래 봬도 남녀차별을 싫어하는 사람이오. 여자보다 우수한 남자만큼 남자보다 우수한 여자도 있지. 텍사스 촌놈들을 빼면 누구나 인정할 거요. 그러나 한 가지 부정할 수 없는 사실이 있소. 한 달에 한 번, 여자가 어쩔 수 없이 약해지는 날이 온다는 거……. 당신 전임자가 어떻게 죽었는지 아시오?"

"네. 총격전에 휘말렸다고 들었습니다만."

"여러 발 맞았지. 여기 박힌 게 치명적이었소."

대위가 자신의 오른 눈 위쪽을 쿡쿡 찔러보였다.

"방탄 뚫고 들어온 탄이 머리뼈 깨고 뇌까지 들어갔단 말이오. 중국 놈들이 갱단에 팔아넘긴 5.8밀리였지. 단숨에 죽었으면 좋았으련만, 삼 주야를 더 살아있더군."

"그래서요?"

조안나의 반응이 심드렁하자 대위는 눈살을 찌푸린다.

"여기선 감독관이라고 마냥 놀고 있을 순 없소. 한 사람의 전투력이 아쉬우니까. 모두가 항상 준비되어 있어야 하지. 어느 한 사람을 특별취급해주긴 어렵다는 뜻이오."

"걱정하실 필요 없게 해드리죠."

"그렇소? 설마 벌써 폐경이 오진 않으셨을 테고."

"생리하는 날 사람 죽이는 게 취미거든요. 스트레스를 푸는
데 꽤 도움이 된답니다."

"허."

파울러 대위가 낮은 코웃음을 쳤다.

"기대되는군. 브리핑 끝나고 실력이나 봅시다. 옆에 있는 한
중위도 마찬가지. 나도 내 부하들도 직접 본 것만 믿거든. 단순
한 할리우드 스타가 아니란 걸 증명해야 할 거야."

"알겠습니다."

날카로운 대화는 겨울의 응답으로 일단락되었다. 조안나는
안색이 조금도 변하지 않았으나, 겨울이 온 뒤 누그러졌던 육
체적 긴장이 되살아나는 중이었다.

본격적인 시작까진 아직 시간이 남은 것 같다. 빈자리가 여전
히 많다. 겨울은 수첩을 꺼냈다. 사각사각. 겉보기엔 자료를 보
고 메모하는 것 같아도, 실상 쓰는 것은 조안나에게 전하는 말.

테이블 아래에서 무릎을 툭 친다. 그녀는 내색 없이 주의를
돌렸다.

「기분 상하지 않았어요?」

조안나도 겨울처럼 수첩을 꺼낸다. 안정감 있는 필기체로 빠
르게 적히는 그녀의 속내.

「아무렇지도 않다면 거짓말이겠으나, 이해합니다. 목숨이
걸린 문제라면 누구나 예민해질 수밖에 없는 걸요. 익숙하기도
하고. 현장에서 이런 일 겪는 게 한두 번이 아니니까요.」

「앤이 괜찮다니 다행이긴 한데……. 그렇다 하더라도 초면부터 저러는 건 문제가 있네요. 다른 사람도 아니고, 항상 합리적인 판단을 내려야 할 지휘관이 할 말은 아닌 것 같아서요. 한 사람이 아쉬울 만큼 급박한 사태가 하필이면 그 날 터질 확률이 얼마나 되겠어요?」

「그건 그렇습니다.」

「아닌 척 하는 차별이거나, 의도적인 따돌림이거나, 혹은 장기간의 임무로 스트레스를 받아서 괜한 화풀이를 하는 중이거나. 어느 경우든 마음에 안 드네요.」

「글씨가 꾹 눌렸군요. 나 대신 화내줘서 고마워요. :-)」

갸우뚱. 겨울은 자신이 쓴 문장을 훑어보았다. 딱히 감정을 담은 건 아닌데, 잡념 없이 몰두하다보니 갈수록 진하고 깊어진 감이 있었다. 흠. 굳이 해명할 필요가 없는 오해였다.

펜 머리로 입술을 쿡쿡 찌르던 수사관이 재차 적어 내려간다.

「저 사람이 CIA라면 조직간 경쟁심리가 있으니 따돌림이라고 보겠습니다만, 대위는 겨울처럼 군에서 차출된 협력자일 뿐이죠. 포스 리컨 출신이라 여자를 깔보는 마음이 있긴 있었을 거예요. 해병이니까요. 그러나 그걸 대놓고 드러내는 건 또 다른 문제입니다. 심지어 저는 감독관인걸요. 누적된 정신적 피로가 가장 큰 문제일 겁니다. 그 외에도 여러 가지 있겠지만요.」

「그건 그거대로 불안요소네요.」

「이런 환경에선 어쩔 수 없을 것 같습니다. 사람에겐 한계가 있어요. 포트 베이커에서 엔젤 섬으로 가는 길에 보았던 아기가 떠오르는군요. 그런 일을 지속적으로 겪어왔다고 가정할 때, 제가 대위보다 나은 모습을 보일 수 있을지는 의문입니다.」

「글쎄요. 지금 보여주는 이해심만 봐도 대단한데요?」

「시행착오로 습득한 거죠. 저 역시 장기 임무에 투입되었을 때 동료나 부하들에게 이유 없는 짜증을 부린 적이 많았습니다. 대개는 복귀 후에 사과하고 진탕 취하는 걸로 화해했지만, 가끔씩 그러지 못하는 경우도 있었습니다. 서로 목숨을 구해준 사이인데도 말입니다. 못 할 말을 해버렸죠. 얼굴 볼 때마다 느끼는 서먹함은 견디기 어려운 회한이더군요.」

마음이 깊다. 착한 사람과의 만남이 이토록 잦을 수 있나? 겨울은 이럴 때 박리(剝離)되는 현실감을 느낀다. 모든 감각이 피부에서 벗겨져 나가는 것처럼, 역시나 가상현실이라고. 이게 지나간 시대의 핍진성일 수는 있겠다. 생전을 살다 온 겨울에 겐 납득하기 어려운 가능성이지만.

「여기까지가 공적인 조안나 깁슨이고, 사적으로는 저 새끼가 꼴통(asshole)이라고 생각해요.」

기습적인 한 줄에 겨울은 웃음을 터트릴 뻔 했다. 마른 마음에 즐거울 때가 드물다보니, 웃음에 대한 면역이 약해졌다. 겨울이 펜으로 대꾸했다.

「뭐예요, 갑자기 부끄러워지기라도 했어요?」

「너무 잘난 척을 한 것 같아서.」

다시 한 번 이모티콘을 그린 뒤에, 그녀는 필담을 마무리 짓는다.

「남은 이야기는 나중에 나눠요. 이러다 들키겠습니다.」

겨울은 펜을 내려놓는 것으로 대답을 대신했다. 들킬 것을 우려했는지, 조안나는 페이지를 바꿔 한참 더 메모하는 시늉을 했다. 실상은 팝송 가사로 한 장을 채우고 있다. 베이비 베이비 베이비 오, 라잌 베이비 베이비 베이비 오…….

그러면서 얼굴은 시종일관 진지했다. 배려가 더해진 장난. 겨울은 한숨으로 웃음을 덮었다.

자리는 차근차근 채워졌다. 타격대는 색으로 소속을 구분하는 듯, 무장한 채 들어오는 이들의 복면은 그려진 해골이 제각각의 색채였다. 다만 그것이 위장 패턴의 일부인지라 눈여겨보지 않으면 알아보기 어려웠다. 먼 거리에선 더욱 그러할 것이다.

그 때마다 겨울은 새롭게 소개받았다. 『화이트 스컬』 이외에도 『블루 스컬』, 『레드 스컬』, 『블랙 스컬』 등의 몰개성한 타격대들이 존재했다. 각종 지원 팀까지 감안하면 전체 병력은 강화된 1개 중대 수준.

'결코 많은 게 아니야.'

해상도시의 규모는 샌프란시스코 광역권에 필적한다. 인구는 그 이하겠지만, 그렇다 한들, 어지간한 대도시 이상일 것은 확실하다. 2백 미만의 병력으로 장기작전을 수행했다면 누적된 피로는 상당할 것이었다. 난민 출신 조직원들을 감안한다 치더라도.

채드윅이 손가락을 퉁겼다.

"다 모였으니 슬슬 시작합시다."

전면의 스크린이 밝아졌다. 작전구역이 표기된 지도가 뜬다. 아직 자료를 다 살피지 못한 겨울에겐 시작부터 새로운 정보였다.

작전은 여기서만 진행 중인 게 아니라는 것.

"본격적인 브리핑과 회의에 앞서, 여러분께 전해드릴 두 가지 소식이 있습니다. 좋은 소식과 나쁜 소식, 어느 쪽부터 들으시겠습니까?"

장교 하나가 손을 들었다.

"나쁜 소식부터. 좋은 소식을 나중에 들어야 뒷맛이 개운하니까."

채드윅이 고개를 끄덕인다.

"과연. 그럼 좋은 소식부터 알려드리죠."

사나운 웃음이 번진다. 정보국 팀장은 어깨를 으쓱이고 화면을 바꾸었다. 한 장의 사진이 투영된다. 바다 한복판에 존재하는 거대한 인공섬이었다. 고저가 없는 지형, 활주로와 기지 규모에 딱 맞게 확장된 섬의 해안선은 자연적인 부분이 전무하다.

해변을 따라 투묘한 다수의 선박이 보인다. 대부분은 난민을 태운 민간선박이었으나, 유독 한 부분에 군용선박들이 몰려있었다. 겨울은 그 형태를 구분했다. 적어도 미 해군은 아니었다.

이어지는 채드윅의 말.

"하와이에서 전해진 낭보입니다. 존스턴 섬을 점거한 채 시위하던 구 중국군 집단이 바로 어제, 현지시각 오후 15시를 기하여 조건부 항복을 수락했습니다. 이로써 귀순하게 된 함정 가운데엔 94식 원자력 잠수함 두 척이 포함되어 있습니다. 24발의 핵미사일이지요. 훌륭합니다. 무정부상태의 핵 위협이 극적으로 감소하게 되었습니다. 자, 모두 박수 한 번 칩시다."

무기력한 박수 소리가 실내를 채운다.

"그럼 이제 나쁜 소식."

정보국 팀장은 큼큼 목을 다듬은 뒤, 과장되게 우울한 표정을 지어보였다.

"우리가 쫓던 그놈, 창쳉(長征) 9호인지 칭총 9호인지가 포위망을 이탈했다고 합니다."

좌중이 동요했다. 실망 어린 탄식들이 흘러나온다. 누군가가 눈두덩을 누르며 투덜거렸다.

"요리조리 잘도 빠져나가는군요."

CIA 요원 중 하나가 대꾸한다.

"이름값 확실하게 하는 거죠."

"이름? 칭챙총총 다 비슷한 거 아닙니까?"

"그네들 말로 공산당의 대장정을 뜻합니다. 중국 빨갱이들이 민주정부의 탄압을 피해서 1만 킬로미터 정도 도망 다닌 사건이죠. 그것도 걸어서요. 2차 대전 때의 일입니다."

"걸어서 6천 마일인가……. 대단하긴 한데, 쫓겨 다닌 게 뭐 자랑이라고 잠수함 이름으로까지 붙였답니까?"

"뭐든 갖다 붙이고 미화하기 나름이거든요."

채드윅이 처음처럼 손가락을 퉁겨 주목을 모았다.

"잡담은 거기까지. 뭐, 나온 이야기니까 말이지만, 이 빌어먹을 모비 딕의 승조원들은 배 이름을 자기네 사명으로 믿고 있을지도 모르겠습니다. 지금의 도피행이 언젠가는 조국의 부흥을 이끌어낼 수 있을 거라고. 적어도 그 배에 타고 있는 정치장교가 제정신은 아니겠지요. 허허."

중국 함선에는 사상교화를 담당하는 공산당 정치장교가 한 명씩 탑승한다.

겨울은 생각했다.

'어쩌면 이 해역 중국인들의 분위기와 관계가 있을지도……'

다른 배라면 모를까, 핵미사일이 탑재된 잠수함의 정치장교는 공산당에 대한 충성도가 매우 높은 사람일 것이었다. 애초에 중국군 자체가 국가보다는 당의 군대에 가깝기도 하고.

개중에 제대로 미친 작자가 있어 주도권을 잡았다면, 미국은 제국주의자들의 국가에 지나지 않을 것이었다. 타협은 물론이거니와 항복 같은 건 생각지도 않을 터. 이전 회차의 세계관에서 중국군과 얽힌 경험이 많진 않으나, 그들 특유의 광기 같은 것이 있었다.

종말이 다가오는 시대엔 무엇이든 폭주하기 쉽다.

파울러 대위가 손을 들었다.

"우리가 비록 포위망을 구축하긴 했지만, 중국군 잔존세력의 견제로 더 좁히지는 못하는 교착상태(deadlock) 아니었소? 사냥감이 제 둥지를 벗어난 이유가 뭐요?"

채드윅이 답변했다.

"우리 쪽 공작이 들킨 건 아닙니다. 아무래도 파벌 싸움에 휘말린 것 같은데……. 아직 정확한 정보를 입수하진 못했습니다. 그쪽에서 대규모 숙청이 진행 중이거든요. 정보원들이 몸을 사리고 있죠. 뭐, 몇 명은 이미 물고기 밥이 되었겠습니다만."

"그럼 현재로선 아무 정보가 없는 거요? 언제 어디가 뚫렸는지도 모르고? 사냥감이 빠져나갔다는 건 어떻게 알았소?"

"워워. 질문은 한 가지씩 주시면 좋겠군요. 뭐, 순서대로 답변 드리죠. 첫째, 몇 가지 확인이 필요한 정보는 있습니다. 통칭 『포인트 찰리 172』, 구축함 쿤밍을 새롭게 장악한 게 레이옌리에 해군소장이라더군요. 아시다시피 찰리 172는 하이잉탕 구역의 사령탑 같은 곳이고요."

겨울은 자료를 몇 장 넘겨보았다. 「속독」 기술은 없었으나, 관련 정보를 금세 찾아냈다. 난민집단 및 범죄조직들을 흡수한 구 중국군 세력에 관한 장.

찰리(C)는 중국의 머리글자였다. 즉 포인트 찰리는 중국인들의 거점을 뜻했다. 해은당[7]은 그 중의 하나로서, 샌프란시스코 국제공항 동쪽 해역을 지배하고 있었다.

「구축함 세 척에 프리깃 다섯 척, 기타 함정 다수. 무장인원 규모는 3만 이상으로 추정됨.」

읽어보니 사실상의 군벌이다.

규모가 굉장했으나, 일선 행동대는 몽둥이와 칼 따위로 무장했다고 쓰여 있었다. 그래도 숫자가 많으면 위협적이었다. 군대와 깡패의 차이는 무기 이상으로 규율이기 때문에.

문서에 없는 배경에 대해 채드윅의 설명이 이어진다.

"레이옌리에는 원래 총정치부에 있다가 해군 정치위원으로 자리를 옮긴 자입니다. 군인보다는 순혈 공산당원에 가깝죠. 그래서 주류 지휘관들과 갈등이 좀 있었습니다. 솔직히 전 이

---

7 하이잉탕, 海銀黨

인간이 조만간 축출될 거라고 예상했는데, 일이 이상하게 돌아가는군요. 사실이라면 기습적으로 반란을 일으킨 거겠죠."

"창쳉 9호는 그 반대 파벌이다?"

"어디까지나 짐작입니다만, 경황이 없었을 겁니다. 선상반란이 일어났을 걸요? 레이 소장이 제정신이었다면 모비 딕 안에 자기 사람을 심어두었을 테니까요. 핵은 그들이 지닌 협상력의 핵심이잖습니까. 모비 딕 없이는 지도력에 심각한 문제가 생깁니다. 반드시 장악해야 합니다."

정보국 팀장은 장정 9호를 자꾸만 모비 딕으로 바꿔 불렀다. 겨울은 아무도 그것을 불편해하지 않는 게 이상했다. 어울리지 않는 비유는 아니다. 잡기 어려운 사냥감이라는 점에서, 소설 속의 고래와 중국 핵잠수함 사이에 유사성이 있었다. 그러나…….

'끝까지 안 잡히잖아.'

잡히지 않을뿐더러, 쫓아오던 포경선을 공격하여 침몰시키기까지 한다. 생존자는 단 한 명. 그러므로 보기에 따라서는 여기 있는 사람들 대부분의 죽음을 암시하는 비유가 될 수 있었다.

"빠져나간 시점과 방법은 아직 모르겠습니다. 만 안쪽 바다가 워낙 엉망인걸요. 다만 자정 좀 지나 여기 들렀다 간 일본 잠수함이 모비 딕의 음문(音紋)을 포착했습니다. 엔젤 섬으로 복귀하던 중이었으니 포위망 바깥에서 만난 거죠."

음문(音紋)이란 특정 함선의 소음 특성을 뜻했다. 배의 지문과 같다.

그런데 공교롭다. 하필이면 진류인가. 우메하라 함장은 괜찮은 사람이었다. 이 세계관의 앞날을 장기적으로 볼 때, 우메하라 같은 인물이 많을수록 좋았다.

무사하려나? 겨울은 브리핑에 집중했다.

"그때 격침 안 시키고 뭐했답니까? 그랬으면 이 지겨운 임무도 끝인데."

문답을 주도하던 두 사람 이외의 방향에서 제기된 불만. 블루 스컬 팀 소속의 중위였다. 겨울은 아직 모르는 인물. 얼굴에 드러난 피로감은 남들보다 짙었다.

채드윅 팀장의 대답.

"말로는 기능장애로 놓쳤다는군요."

"기능장애?"

"그 배, 이름이 진류인지 뭐시깽이인지, 하여튼 정식 취역 이전에 망명한 거라서 말입니다. 원래 시험운항 상태였고, 올 상반기에 취역 예정이었죠. 성능은 좋아도 잔고장이 많을 수밖에 없습니다. 하필이면 그 순간에 기관고장이 터졌다는 게 웃깁니다만."

"믿지 않으시는가봅니다."

"그쪽에 일본인들 배가 꽤 있거든요."

만 안쪽은 수심이 얕았다. 어뢰의 폭발여파가 수면까지 미칠 수밖에 없는 환경. 수중폭발은 공기 중에서보다 범위가 작지만, 범위 내에서의 위력은 오히려 증가한다. 특히 수직 방향으로.

"그래서 망설였다?"

"자국 민간인들이 떼죽음 당할 가능성, 그리고 어뢰가 빗나갈 가능성. 양자를 함께 고려한 끝에 양심적인 머저리가 되기로 했을 거라 기대하고 있습니다."

기대라니? 엉뚱한 단어 사용이었으나, 실수가 아니었다. 정보국 현장 책임자는 속 다른 미소로 변색된 이빨을 드러냈다.

"엔젤 섬에 연락해두었습니다. 정밀점검이 진행 중입니다. 만약 우리를 기만한 거라면 대가를 치르게 될 겁니다. 기왕 놓친 고래이니 교훈이라도 챙길 수 있었으면 좋겠군요. 남은 협력자들에게는 좋은 경고가 되겠지요."

쿵. 낮고 작게 앓는 소리. 조안나였다.

그 외의 좌중에서는 채드윅에게 동조하는 사람이 절반, 아무 내색 없는 사람이 절반이었다.

만약 기관고장이 사실이 아닐 경우, 우메하라 함장은 얼마나 고민했을까. 상상해보는 겨울.

필요한 지식은 누적된 회차에서 배어나왔다. 한 때의 겨울은 인류 최후의 보루가 된 잠수함에서 최후를 맞이했었다. 한 사람 한 사람 절망 속에 목을 매던, 거대한 강철의 관. 그 끝은 자침이었다. 떠올린 다음, 소년은 감정을 지우고 경험만 남긴다.

어뢰는 소리를 쫓는 무기다. 스스로 울고 그 메아리를 더듬어 목표를 찾기도 한다. 그러나 이는 환경의 영향을 지대하게 받았다. 얕은 수심에서는 소리가 난반사되기 십상이었다. 만 안쪽의 울퉁불퉁한 바다. 그리고 선박으로 이루어진 해상도시. 피폐한 도시의 생활소음은, 늦은 시각이라도 잠수함을 능가할 것이었다.

'들은 적 있지. 저속으로 운항하는 잠수함은 청소기보다 조용하다고.'

만으로 흘러드는 강물도 문제였다. 민물과 바닷물은 서로 다른 덩어리를 이루어, 쉽게 섞이지 않는다. 음파는 그 경계면에서 왜곡될 수 있었다.

그러므로 어뢰가 빗나갈 가능성은 높다. 목표를 상실한 어뢰는 자동으로 다른 목표를 찾는다. 명중해도 참사, 빗나가면 대형참사였다. 성공확률을 높이려면 여러 발을 쏴야 했을 터.

아니면 같이 죽거나.

유선으로 조종할 경우 한 발로 충분하다. 허나 쏘고 나서 숨을 수 없다. 끝까지 노출된다.

민간인 피해를 최소화하는 동반자살이었다.

무슨 선택지가 이 모양인가. 인상 쓴 채 배를 쓸어내렸을 함장의 모습이 선하다.

"그건 됐고, 타겟은 어느 방향으로 향했답니까? 혹시 근거지를 옮겨야 합니까?"

당연한 질문이 나왔다. 채드윅이 재차 화면을 바꾸었다. 장정 9호의 예상 이동경로가 그려진 지도. 제시된 범위는 작전본부의 위치에서 동떨어진 거리가 아니었다.

"보시다시피, 이삿짐을 꾸릴 필요는 없겠습니다. 마지막으로 확인된 침로가 남동쪽 방향이었으니……. 의탁할 파벌이 몇 개 안 돼요. 지금껏 확보한 작전권에서 그리 멀지도 않고……. 가장 먼 세력, 그러니까 포인트 찰리 989로 합류하더라도, 여길 버려야 할 정도는 아닙니다."

겨울은 서류에서 찰리 989를 찾아보았다. 장백산(長白山). 2만 5천 톤짜리 수송선. 또 다른 중국계 군벌의 근거지였다.

"고래도 숨을 쉬려면 수면으로 올라와야 합니다. 굶주린 난민들 뻥 뜯어서 채우는 보급이 충분할 리 없고, 그나마도 쫓기듯이 나온 상황이니까. 그러니 선원 여러분, 놈이 올라왔을 때 꽂을 작살이나 준비해둡시다."

원자력 잠수함은 연료 보급 없이 연 단위로 견딜 수 있다. 그럼에도 불구하고 자주 부상해야 하는 이유가 식량이었다. 해상도시의 사정을 감안하면, 아무리 수탈해도 부족할 것이었다.

한편으로는, 군벌 지도자가 잠수함을 통제하는 수단일 것 같기도 했다. 겨울의 추정일 뿐이지만.

브리핑은 상당 시간 계속되었다. 그러나 세부적으로 들어갈수록, 현 시점에서 겨울이 이해할 수 있는 내용은 한정적이었다. 문서의 양은 상당했고, 찾아보며 듣기도 한계가 있었다.

조안나는 사정이 나은 듯 했다. 그럴 것이다. 그녀는 어느 정도 숙지하고 왔을 테니까.

어차피 당장 투입되진 않을 터.

브리핑이 끝난 뒤, 파울러 대위가 겨울을 불렀다.

"자네는 앞으로 내 팀에 배속된다. 그리고 이미 말했듯이, 나와 내 팀원들은 직접 본 것만 믿지. 계급만으로는 인정받을 수 없어. 하급자에게까지 무시당하기 싫다면 실력을 증명하게."

겨울은 고개를 기울였다.

"어떻게 증명할 수 있을까요? 실전에서만 보이는 부분이 많을 텐데요."

"기본기부터 봐야겠지. 사격이나 모의전 같은. 나머지는 차츰 알아 가면 되고."

대위는 이어서 FBI 요원에게 말했다.

"감독관은 빠져도 좋소. 아까 그렇게 말하긴 했지만, 어지간한 실력으로는 모자랄 거요. 나쁘게 생각하진 마시오. 호흡을 맞추기 위한 최소한의 기준이란 게 있으니. 처음에 무례하게 굴었던 건 사과하리다."

조안나는 차분하게 대꾸한다.

"글쎄요. 저도 제 실력을 확인해보고 싶어서 말입니다."

"……정 그렇다면야."

갑시다. 대위는 스스로 앞장섰다. 채드윅 팀장이 손을 흔들어 보였다. 장난스럽다.

이동한 장소는 선박 내부에 마련된 자동화 사격장이었다. 포트 로버츠의 시설과는 여러모로 차별화된다. 표적과의 거리가 21피트[8]를 넘는 경우가 없었다. 대신 표적의 형태가 복잡하고, 스스로 움직이도록 설계되었으며, 이쪽에는 타이머가 설치되어 있었다.

'제한된 공간과 거리에서의 반응속도를 중시하는 건가.'

전개에 따라서는 장정 9호의 내부에서 교전을 치를 가능성도 있다. 군벌들과 싸우게 되더라도, 선박 내부에서의 교전 능력이 중시될 것이었다.

파울러 대위가 겨울에게 말했다.

"이곳 샌프란시스코 만의 교전환경은 시가전과 유사하다. 사방이 장애물 투성이고, 적은 어디서든 나타날 수 있지. 게다가 적과 민간인을 구분하기 어렵다. 따라서 예리한 관찰능력과 신속한

---

8 6.4m

대응능력이 중요하다. 0.1초 차이로 생사가 달라질 수 있어."

그러므로 다양한 조건에서의 급작사격(Fast draw)은 기초이자 필수적인 덕목이라는 것. 다른 모든 능력이 압도적으로 뛰어나더라도, 이 시험 하나를 통과하지 못하면 현장에 투입할 수 없다는 게 핵심이었다.

겨울로서는 괜찮은 조건이었다. 향상된 전투능력을 계량해볼 기회라고 할까.

대위가 손짓한다.

"그럼 시작하지. 스카일러. 지금부터는 자네가 지도하도록."

그리고 스스로는 물러나서 팔짱을 꼈다.

스카일러라 불린 남자의 계급은 겨울과 동일한 중위였다. 그러나 그의 지휘서열을 알 순 없었다. 애초에 파울러 대위의 소속이라는 포스 리컨은 대위가 소대장을 맡는 부대였다. 이곳의 타격대는 임무 형태에 맞게 재조정된 모양이고. 편제를 검토할 시간이 필요했다.

임시 교관으로서, 스카일러가 겨울과 조안나 두 사람에게 첫 시험을 설명했다.

"감독관님은 보기만 해도 아시겠지만, 한 중위는 아마 이런 훈련을 접할 기회가 없었겠지."

꼭 그렇지는 않은데.

"첫 단계는 후방사격 시험이야. 쉽게 말해 뒤돌아 쏘는 거지. 고정 표적부터 시작해서 문자표적과 이동표적으로 진행할 거고."

그가 리모컨을 누르자 타이머가 울렸다. 삑.

"이 소리가 들리면 즉시 돌아서 표적을 쏘면 돼. 걸리는 시간이 1초를 넘을 경우 실격. 급소를 맞추지 못해도 실격. 참고 삼아 말해두겠는데, 우리 팀에서 고정 표적으로 0.8초를 넘기는 사람은 없어. 예컨대 적이 아무리 뒤통수를 치려고 해도, 0.8초 내에 쏘지 못하면 죽는 건 그 놈이란 뜻이야."

과장 섞인 자부심이다. 적이 나 여기 있소 하고 알려주진 않을 테니까. 그러나 제한된 환경에서 동등한 조건으로 싸울 때, 반응속도가 가장 중요하다는 건 사실이었다.

'정말 단순하게 생각하면, 0.5초 만에 쏘는 사람은 1초 걸리는 사람 둘을 상대하겠지.'

겨울은 서부극의 낡은 대결을 연상했다.

그러나 필요한 능력이 같을 뿐이었다. 시험의 목적은 판이했다. 사격위치에서 표적에 이르는 21피트는, 자동화기와 날붙이가 대등해지는 경계선이었다. 교전거리가 그보다 더 가까워지면 칼잡이가 총잡이를 이길 확률이 현격히 증가한다.

"괜찮다면 제가 먼저 하고 싶군요."

조안나가 순서상의 양해를 구한다.

"어째서입니까?"

임시 교관 스카일러 중위의 질문에, FBI 수사관이 겨울을 곁눈질했다.

"전 한겨울 중위의 능력을 알거든요. 다음 차례는 부담스럽습니다."

그리고 상대를 바꿔 묻는다. 괜찮겠지요, 겨울? 겨울이 고개를 끄덕였다. 교관도 수긍했다.

"뜻대로 하십시오, 깁슨 요원. 미리 본다고 대비할 수 있는 시험이 아니니까."

이에 조안나가 자리를 잡는다. 교관이 진행절차를 알린다.

"고정표적 시험은 무방비 사격, 권총사격, 소총사격 순서입니다. 희망에 따라 주특기인 다른 화기로 추가 성적을 기록할 수 있습니다. 여기서 나오는 기록이 추후 작전활동에 반영된다는 사실을 알아두시길. 이는 정보부의 임무별 위협평가에 따릅니다."

그때그때 투입되는 인원과 장비를 채드윅 팀장 이하 CIA 요원들이 결정한다는 뜻. 그런데 조안나는 감독관으로서 모든 임무의 옵서버가 될 권리가 있었다. 따라서 스카일러의 말은 실력과 안전을 빌미로 감독권한을 제한하겠다는 의미로도 해석된다. 위협평가 운운하며 정보국에게 책임을 전가하는 건 덤이었다.

조안나는 이런 견제를 순수한 실력으로 돌파하려는 것이고.

'원칙과 규정을 따지고 들면 어떻게든 무마할 수 있겠지만……. 제대로 된 협조를 얻긴 힘들 테니까. 정보국과 타격대의 사이도 그렇게 좋은 것 같지는 않고.'

세상이 원칙대로 돌아간다면 얼마나 좋겠는가. 명분은 명분이고 저항은 저항이었다.

겨울은 이곳의 조직구성을 떠올렸다. 브리핑 중 지나가는 페이지에 있던 것이, 「암기」에 의한 지력보정으로 떠오른다. 곳곳이 흐려지고 지워진 홀로그램 이미지였다. 불완전한 부분은 겨울 스스로의 기억과 유추로 보완 가능했다.

위계질서가 분명하지 않았다. 지휘권은 어디까지나 정보국 채드윅 팀장에게 있었지만, 화이트 스컬 외 기동타격대는 애초부터 소속이 달랐다. 즉 팀장의 지휘권은 타격대의 협조를 구하는 수준이었다. 좋게 보면 수평적이고, 나쁘게 보면 느슨한 협력관계다.

임무의 중요성을 감안할 때, 어쩌다 이런 구도가 만들어졌나 싶을 정도.

'중요한 일일수록 간섭하고 싶은 사람도 많아지겠지.'

국방부와 정보국의 주도권 다툼이거나, 혹은 CIA의 실추된 지위를 반영하는 현상일지도 모른다. 종말이 다가오는 세계관에서 기존 방식의 국제 첩보에 얼마나 가치가 있을까? 또한 전 지구적으로 구축했던 조직망의 대부분이 붕괴했겠고, 그만큼의 인력도 상실했을 것이었다.

그럼에도 불구하고 아직 활동하는 요원들이 있었다. 미국의 지원을 바라는 국가는 많고, 그들의 실태를 파악하는 건 중요한 일일 것이다. 또한 해외에 분포하는 특수변종의 정보를 수집할 필요도 있었다. 이것들이 CIA 존속의 이유일 터였다.

"준비됐습니다."

표적을 등지고 선 조안나의 목소리. 그녀는 두 손을 머리 높이로 들고 있었다. 권총은 홀스터에 들어있는 채였다. 완전한 무방비를 가정한 자세와 상태. 어깨에서 힘을 뺀 유연함이 그녀의 숙련도를 보여준다. 긴장한 상태에서 나오는 여유라는 것도 있는 법이었다.

스카일러 중위가 리모컨을 등 뒤로 돌렸다.

팽팽하게 당겨진 적막이 흐른다.

삑—

차륵! 권총이 홀스터를 치고 나오는 소리. 조안나는 끊어지는 영상처럼 반전했다. 총 뽑은 팔이 직선으로 뻗은 순간, 조준선은 정확하게 눈높이였다. 번쩍이는 화염. 퍽 하고, 표적에 구멍이 뚫린다. 붉은 조명으로 도드라진 급소의 가장자리였다.

후우우우. 멈추었던 호흡을 길게 내쉬며, 그녀는 시간을 확인한다. 타이머는 총성에 반응해 시간을 기록했다.

"0.92초. 불합격입니다."

스카일러가 냉정하게 선언했다.

겨울은 새삼 가혹한 기준이라고 생각했다. 성인 남성이 21피트를 달려드는 데 평균적으로 1.5초가 걸린다. 권총으로 조준해서 쏘는 데 필요한 시간도 비슷했다. 그러니 총을 뽑고 돌아서서 급소를 조준하는 시간이 그 미만이면 이미 숙련된 사격교관 레벨이다.

조안나의 기록인 0.92초는 1.5초의 약 60% 수준. 즉 단순계산으로도 배후 13피트, 겨우 4미터 안팎의 적을 단발사격으로 제압할 수 있다는 뜻이었다.

가상의 적이 올림픽 육상 금메달리스트쯤 되면 또 모르겠다.

화이트 스컬에서 0.8초를 넘기는 사람이 없다고 했었는데, 겨울은 사실여부가 의심스러웠다.

"다시 해보겠습니다."

조안나가 요청하자 스카일러가 고개를 끄덕인다. 그녀의 실력이 의외인 눈치였다.

표적의 위치가 재조정되었다. 몸의 기억으로 기록을 단축시키는 걸 예방할 목적이다.

후! 준비하는 조안나의 기척이 고요해진다. 정수리부터 발끝까지 집중으로 수렴시키는 과정.

삑−

촤르륵! 탕! 바람이 분 것 같았다. 반동으로 총구가 튀는 순간, 표적이 덩달아 흔들린다. 새로 생긴 구멍은 전보다 급소 중앙에 가까웠다. 겨울은 축약된 간격을 감지했다. 눈 깜박이기에도 부족할 만큼의 감소. 그러나 실전에서는 생사를 가르는 찰나였다.

스카일러 중위가 조금 뜸을 들였다.

"……0.84초. 불합격입니다."

이번에야말로, 라고 생각했는지, 조안나가 짧은 감정을 드러낸다. 탁. 이마와 권총 슬라이드가 부딪혔다. 그렇게 몇 번 두드린다.

넓게 보는 겨울은, 몰두한 그녀가 보지 못하는 반응들을 보았다. 평정을 가장한 놀라움들을.

FBI 요원은 그 뒤로 몇 번이나 재도전했다. 그러나 이 시험에서, 1초 미만으로 내려가는 0.01초 단위는 세계적인 전문가들이 천부적인 자질을 다투는 영역이었다.

거듭된 시도에서 조안나는 0.84초의 벽을 넘지 못했다.

실전에서는 고작 3.5미터 뒤에서 찌르고 들어오는 적을 사살할 기록이다. 정면의 적이라면 바로 찔러도 닿을 거리에서 총을 뽑아 쏠 수 있을 만큼 뛰어난 역량.

비록 합격선을 넘지는 못했으나, 이 자리에 있는 화이트 스컬 대원들의 눈치는 그게 아니었다. 역시 그랬구나. 겨울은 아까의 예감이 맞았구나 싶었다. 전 대원 0.8초가 사실이라 쳐도, 개인별 최고기록 이야기일 것이다.

조안나는 불완전한 기록을 받아들이고, 다음 단계를 준비해 달라고 요구했다. 적성은 방식에 따라 달라지는 법. 그녀는 스스로를 다독이는 기색이었다.

'이 훈련, 원래 이름이 투엘러 드릴(Tueller Drill)이었던가?'

겨울은 종말을 막지 못한 회차의 기억을 더듬었다. 이 훈련을 처음 알려준 건 위태로운 생존자 거점의 어느 경관이었다. 겨울에게 사격술을 가르치며, 그는 자신이 투엘러 드릴의 본고장에서 근무했었다고 말했다.

그 본고장이라는 게 솔트레이크 시티였다. 겨울은 그 말을 듣고 의아하여 물었다. 거긴 후기성도교회의 총본산이 아니었느냐고. 이런 훈련이 필요할 만큼 치안이 나쁠 줄은 몰랐노라고.

이 말에, 이제 이름이 떠오르지 않는 경관은 웃음을 터트렸다. 거기만큼 따분하며 조용한 도시는 다시없을 것이라면서. 부연하는 말로, 2000년대 들어 근무 중 사망한 경찰이 단 둘 뿐이라고 했다. 경사 하나, 형사 하나. 총기 소지가 자유로운 나라에선 대단한 기록이다.

그 사람이 다시 이르기를, 이 사격법은 본래 사격을 하지 않으려고 만들어졌다는 것이었다.

"얘야, 이건 쉽게 말해 일종의 규율 같은 거란다. 이 훈련에 익숙해질수록, 21피트[9] 바깥에 있는 상대라면 쏘지 않아도 된다는 자신감이 생기지. 애초에 경찰의 총기남용을 줄이자는 의도에서 만들어졌고, 나아가 민간에도 이 사격법을 보급해서 총기를 이용한 과잉방어를 줄여보자는 의견도 나왔었다. 살인과 정당방위는 종이 한 장 차이거든. 뭐, 사람 사는 일이 다 그렇잖니? 어지간히 숙련되지 않으면 효과를 보기 어려웠다만……."

그러나 본래 만들어진 의도와 무관하게, 지금은 주요 전투기술의 하나로 인정받고 있다. 지금 조안나가 받는 것도 순수한 투엘러 드릴과 거리가 멀다. 애초에 급소사격을 요구하는 훈련이 아니었기 때문이다.

하기야 그렇다. 사람이 만들어낸 것들 가운데 최초의 의도 그대로 남은 것이 뭐가 있었던가.

겨울은 여러 사례를 곱씹었다. 사후보험도 그 중 하나였다.

여기서 섣부른 생각이 든다. 이건 한 사람과 사람들의 차이가 아닐까? 사람은 순수할 수 있어도 사람들은 순수할 수 없다는 것. 사람들이 더 많은 사람들일수록 사람에서 멀어지는 건 아닌가 하고.

여기까지 천착(穿鑿)하고서, 겨울은 속으로 웃었다.

사람들의 천성을 믿고 싶을 뿐이었다. 바깥에 그래도 희망이 있을 거라고. 근거는 없었다. 한 송이 장미를 제외한다면.

철컥. 권총 슬라이드 당기는 소리가 주의를 일깨웠다. 두 손

---

9 6.8m

으로 권총을 쥔 조안나가, 상체를 전방으로 기울인 채 신호를 기다리는 중이었다. 여전히 고정표적에 대한 사격시험이다. 권총을 쥐고 시작한다는 점에서 처음과 차이가 있었다.

타이머가 울었다. 반회전한 조안나는 한 손으로 방아쇠를 당겼다. 타앙! 탄도 측정기가 명중판정을 내렸다. 시간은 0.82초. 홀스터에서 뽑는 단계를 생략하고도 그리 많은 시간이 줄어들지 않았다.

재시도, 재시도, 재시도, 재시도.

손은 눈보다 빠르다. 뽑는 동작보다는 조준에 더 많은 시간이 걸리는 법이었다.

사실 조안나 정도의 실력이면 눈의 역할이 극도로 감소한 경지였다. 겨울이 기술보정에 의지하듯이, 몸에 새긴 경험에 의지하는 것. 시각은 표적을 인지하는 역할에 불과하고, 실질적인 조준은 학습된 무의식이 대신한다. 이를 보통은 머슬 메모리라고 불렀다.

기술보정이라는 게 부분적으로는 인간의 한계를 초월한 머슬 메모리 같기도 했다.

"여기까지가 제 한계인 것 같군요. 합격선을 넘지 못해 유감입니다."

소총 사격까지 진행한 조안나가 손을 들었다. 그러나 유감이라고 하면서도 눈빛은 살아있었다. 노력으로 실력을 쌓고, 최선을 다한 사람의 자부심.

지켜보던 화이트 스컬 대원들 일부가 휘파람을 불었다.

감각이 강화된 겨울은 그들의 숙덕거림을 들을 수 있었다.

"저 여자 침대에서 화끈하겠는데?"

파울러 대위가 한숨을 쉬었다. 이제껏 팔짱 낀 채 미동도 하지 않았던 사람이었다.

이 낙담은 그가 보여준 보수성의 한 근거이기도 했다.

남녀를 떠나, 성질이 다른 소수가 있다는 것만으로 다수의 분위기가 흐트러질 수 있었다. 특정 목적으로 양성된 도구로서의 집단이라면 더더욱 그러하다.

체력적인 소모가 큰 시험이 아니었음에도 불구하고, 조안나의 이마엔 송글송글 땀방울이 맺혔다. 육체적 긴장으로 인한 소모. 이렇게까지 집중할 수 있다는 것만으로도 탁월한 능력이다.

"깁슨 요원. 꽤 지치신 것 같은데, 문자 표적으로 넘어가기 전에 잠시 쉬시는 건 어떻습니까? 그 사이 한겨울 중위의 고정 표적 성적을 내면 될 것 같군요."

이렇게 권하는 스카일러 중위는 처음보다 제법 부드러워진 말투였다.

그러나 조안나는 딱 잘라 거절했다.

"훈련은 피 흘리지 않는 실전이겠지요? 계속하겠습니다."

바깥에서 마주칠 적들은 제가 지쳤다고 봐주지도 않을 것이고, 제가 여자라고 배려해주지도 않을 겁니다. 이런 구태의연한 말들은 입에 담지도 않는다.

이후의 모든 시험은, 실력 이상으로 끈기를 증명하는 과정이었다.

문자 표적에서 반 시간, 이동표적에서는 그 이상. 짧게 끊는 집중을 장시간 반복하는 노하우가 인상적이었다.

그녀는 마지막 단계를 의도적으로 끝내지 않았다. 겨울이 보기엔 일종의 시위행동이었다.

땀방울이 계속해서 떨어졌다.

"그 정도면 됐소."

파울러 대위가 앓는 소리를 냈다. 대원들의 분위기를 살핀 다음이었다. 대답하는 조안나는 개운한 얼굴이었다.

"대위님의 평가에 따라서는 더 노력하는 모습을 보여드리겠습니다만."

"됐다고 말하잖소. 전투원으로선 부족해도 감독관으로는 충분하오."

"그렇습니까? 감사합니다."

까딱 목례한 수사관이 턱을 살짝 들었다. 흐트러진 머리카락을 정돈한다. 겨울은 그녀에게 손수건을 건네주었다.

대위는 여전히 팔짱을 낀 채였다. 이번엔 부하들이 못마땅한 모양이었다.

겨울에겐 핑계처럼 보이는 행동이었지만.

이제 차례가 바뀌었다. 주위가 조용해졌다. 집중되는 시선이 찌르는 듯 하다. 역대 최연소 명예훈장 수훈자는 과연 명성 그대로일 것인가. 혹은 과장되거나 만들어진 영웅일 것인가. 겨울은 덤덤한 척 하는 모두의 줄어든 호흡을 감지했다. 미동도 없다. 부자연스러울 정도로.

그런 그들의 관심에서 일말의 불안감이 느껴졌다.

'알아. 실력을 있는 그대로 내보이는 게 마냥 상책은 아니라는 거.'

The Few, The Proud. 소수정예의 자부심은 해병대의 모토였다. 그리고 해병 중의 해병으로 불리는 게 파울러 대위가 속한 포스 리컨이었고.

화이트 스컬의 모든 구성원이 포스 리컨 출신은 아닐 것이었다. 겨울처럼 증원으로 합류한 사람도 있을 테니까. 그러나 본래의 소속이 어디든, 각자의 분야에서 최고의 경력을 쌓아온 군인들일 터. 하물며 그 경력은 생명수당이 붙는 헌신이었다. 타고난 재능과 그 이상의 노력에 자부심을 느끼는 건 당연했다. 지금껏 만난 군인들과 다른 게 정상이다.

이러한 경계심은 보일 때마다 좋았다. 지나간 시대엔, 자기 삶을 자랑스러워하는 사람들이 있었구나 싶어서. 겨울은 생전에 자존감 깊은 사람을 본 적이 드물었다. 스스로를 사랑하지 못하면 다른 사람을 아끼기도 어렵다. 하루하루 쌓이는 관객들의 메시지를 보건대, 소년의 사후에도 바깥은 여전한 모양이었다.

갸우뚱. 겨울은 갑자기 묘한 생각이 들었다. 관객들이 선망하는 겨울의 사후는 곧 납골당에 안치된 과거의 재구성이었다. 이를 과거에의 그리움이라고 봐도 좋지 않을까?

"한겨울 중위, 시작해도 괜찮겠나?"

멀어진 겨울을 「간파」했는지, 질문하는 스카일러는 눈살을 찌푸린 채였다.

"언제든지요."

겨울은 편한 자세를 취했다.

실력은 숨기지 않기로 결정했다. 득보다 실이 많을 것이다.

스카일러가 리모컨을 등 뒤로 가렸다.

삑―

신호가 정적을 끊는 순간, 탕! 터지는 총성. 없는 것이나 마찬가지인 간격이었다. 표적의 급소 중앙에 구멍이 뚫렸다. 금빛으로 튄 탄피가 맑은 소리로 구른다. 그 소리가 끊어진 뒤에 비로소 스카일러가 타이머를 읽었다.

"0.49."

그는 복잡한 표정으로 겨울을 빤히 바라보다가, 파울러 대위를 향해 돌아섰다.

"어떻게 생각하십니까?"

"글쎄……. 소리가 들린 후에 움직인 게 맞나?"

미심쩍어하는 건 대위뿐만이 아니었다. 놀랍고 또 기쁜 사람은 조안나 한 사람 뿐. 나머지 반응은 맥 빠진 당혹스러움에 가까웠다. 혼란과 의혹. 여기 있는 모두가 사격의 달인들이다. 0.01초의 영역에서 싸우는 사람들. 따라서 인간에게 가능한 한계를 누구보다 잘 알고 있었다.

그런데 겨울의 기술은 갓 들어선 초인의 영역이었다.

스카일러가 고개를 끄덕인다.

"그럼 다시 측정하겠습니다. 한 중위, 준비해주게."

아까보다 예리해진 시선들의 소실점에서, 겨울은 군말 없이 자세를 잡았다. 두 손을 머리 높이로 들어올린다. 그리고 눈을 감았다. 집중을 위하여. 수준 높은 기술도 쓰는 건 결국 겨울이었다. 집중도에 영향을 받을 수밖에 없다.

'의심을 줄이는 데에도 도움이 되겠지.'

리모컨을 누르려는 조짐을 보고 미리 움직였을 거라는 의심. 스카일러가 몇 발자국 이동한 것도 이 때문일 것이었다. 여기까지 생각한 뒤에, 겨울이 머릿속을 비웠다. 까맣게 물든 뇌리에서 시간감각은 한없이 늘어졌다. 모든 감각이 바늘처럼 일어났다.

타이머가 울었다.

몸은 전기 흐르는 속도로 반응했다. 권총 뽑고 눈 뜨는 순간 초점은 표적에 있었다. 번쩍이는 섬광. 타이머가 점멸한다. 거의 동시에, 조준선으로 그어진 탄자가 붉은 급소를 관통했다. 겨울은 한순간에 일어난 세 변화를 순서대로 감지했다. 이것이야말로 착각일지 모르겠지만.

"0.48."

오히려 줄었다. 스카일러가 신경질적으로 턱을 긁는다. 한층 짙어진 현실감이었다.

"말이 안 되는데. 그렇다고 앞서 움직인 것도 아니고."

파울러 대위의 곤혹스러운 독백. 그는 자신의 부하들을 살핀다. 누구라도 이의를 제기하는 이 있는가 싶어서. 그러나 반칙을 증언하는 사람은 없다. 대위가 타이머를 교체하라고 지시했다. 곧바로 예비품이 나왔다. 설치는 잠깐의 부산함으로 끝났다.

파울러가 겨울에게 하는 말.

"한 번 더 해보지. 영상판독이 가능하다면 좋겠지만, 여기는 야구장이 아니니까."

"상관없습니다."

이제껏 팔짱 끼고 벽에 기대어있던 대위였으나, 이제 보다 가까운 거리로 다가왔다. 상체가 은근히 기울어진다. 겨울은 재차 눈을 감았다. 팔에서 힘을 빼고, 목부터 등허리를 거쳐 허벅지와 종아리에 이르는 근육을 긴장시킨다.「무브먼트」보정을 제대로 받기 위한 준비였다.

삑—

탄성으로 회전하는 겨울. 펼쳐진 팔이 정지하는 찰나, 반작용으로 흔들리기 직전, 인지의 최소단위 이하에서 이루어지는 기술적인 격발. 감각적인 피드백은 현상보다 늦었다.

기록은 전과 동일했다. 두 번째로 나온 0.48에 때늦은 술렁임이 시작된다.

"다시 할까요?"

겨울이 묻자 파울러 대위가 신음처럼 말했다.

"아니. 반칙이라면 이렇게 균일한 기록이 나올 수가 없지."

그러자 한 대원이 이의를 제기했다.

"다시 측정해야 합니다. 아시잖습니까. 이건 불가능한 기록이라는 거."

겨울이 예상했던 적의와 자괴감은 나타나기 전이었다. 다만 경험과 현실의 간극에서 판단을 유보하는 사람들이 있을 뿐이었다. 파울러 대위는 흔드는 고갯짓으로 미혹을 떨친다.

"Bullshit. 시체가 뛰어다니는 세상에서 불가능 같은 소리가 나오나?"

"……"

"얼빠진 낯짝들이로군. 보고도 못 믿을 눈은 왜 달고 있지?"

그러나 수긍하지 못하는 게 한 사람이 아니다보니, 대위는 겨울에게 재시도를 요구했다. 어쩔 수 없다는 표정으로. 불신을 남긴 채 단계를 넘겨봐야 지저분한 군말이 나올 게 뻔했다.

달라진 전투력에 적응할 작정인 겨울로서는 사양할 이유가 없었다. 몇 번이라도 좋았다.

추가사격으로 한 탄창을 소진한 뒤에, 겨울은 기어코 0.01초를 더 줄였다.

지켜보는 대위의 눈이 갈수록 우묵해졌다.

"안정적이면서 압도적인 기량이야. 집탄율도 훌륭하고. 제대로 된 엄호와 지원을 받는 한 죽을 일은 없겠어. 정면은 최대 다섯, 후방은 셋까지 감당하겠군. 간격은 의미가 없겠고……."

다섯과 셋. 이는 동시에 상대 가능한 적의 숫자를 뜻했다. 대위의 결론을 역산한 겨울은, 그가 가정한 적이 제대로 훈련받은 정규군 수준이라고 판단했다.

애초에 급소사격을 요구하는 것이 반증이었다. 붉은 급소의 면적은 사람 얼굴의 절반쯤이었고, 위치도 그쯤이었다. 방탄복, 방탄모를 착용한 적과 유사했다.

"계속 진행하지."

대위의 말에 따라 시험이 재개되었다. 권총을 이미 뽑은 상태로 세 번, 소총으로 무장한 채 같은 규칙으로 다시 세 번. 전자의 평균은 0.37초였고, 후자의 평균은 0.41초였다.

대원들의 안색이 딱딱하게 굳었다.

이는 사실 부끄러울 일이었다. 기술보정은 순수한 실력이 아니었으므로. 이 문제를 겨울은 고통으로 해결했다. 지난 스물

여섯 차례의 종말에서, 겨울은 한 번도 고통경감을 적용한 적이 없다. 그러므로 통각은 생전과 사후가 다르지 않았다. 다만 쇼크사 예방 옵션을 켜 두었을 뿐.

'꼭 이것 때문은 아니었지만.'

최초엔 사후세계에서 현실감을 느낄 수 없었다. 항상 붕 떠 있었고, 홀로 유리된 느낌이었다. 그 때 가장 가까운 탈출구가 고통이었다. 지독하게 아픈 순간은 넘쳐흐르는 몰입이었기에. 생전에서 이어지는 상실감을 희석시킬 수단이기도 했다.

통증이야말로 가장 현실적인 감각이었다.

지금 이 세계관에서 쉽게 강해지긴 했으나, 이는 중첩된 재능이익(탤런트 어드밴티지)이 있어 가능했던 일. 말하자면 만들어진 재능이며, 많이 쌓기까지 많이 아팠다. 이 또한 특권이긴 하다. 일부러 걷는 가시밭길도 세계관 내에서 겨울에게만 허락된 것이었으니. 다만 이성적인 이해와 심정적인 위안은 서로 다른 영역이었다.

음악 소리가 들렸다.

음악?

의아해진 겨울이 주위를 살핀다. 정체는 선내방송이었다. 조용하게 흐르기 시작한 기타 선율이 뜬금없었다. 손목시계를 확인한 파울러 대위가 인상을 썼다.

"벌써 이런 시간인가."

알고 보니 식사시간을 알리는 신호였다.

음악은 연주곡이 아니었다. 도입부 뒤에 기괴한 가사가 따라 붙었다. 중국에서 온 초능력 스파이, 네 정신의 기력을 빼앗아

가려고 하네. 나지막한 흐름에 이끌렸던 겨울에겐 지나치게 느껴지는 낙차였다. 당겨져 있던 공기가 허스키한 미성에 무너져 내린다. 고개를 흔드는 대위.

"고약한 선곡이군. 어쩔 수 없지. 13시 30분에 다시 집합한다. 해산."

그는 감독관을 의도적으로 외면했다.

흩어지는 대원들은 복잡한 시선을 여운처럼 남겼다.

식당으로 이동하며, 겨울은 노래에 귀를 기울였다. 어쨌든 선율과 보컬은 매혹적이었고, 당혹스럽게 시작한 노랫말 또한 듣다 보니 이해가 갔다.

「여기는 서구문명과 온 세상의 끝자락. 어쨌든 태양은 동쪽에서 떠오르겠지만, 결국 가라앉는 곳은 정해져있단 말이야. 이게 바로 할리우드가 캘리포니아화(化, Califomication)를 팔아먹는 방식이지.」

「캘리포니아화의 꿈, 캘리포니아화의 꿈」

「파괴는 아주 거친 길로 우리를 이끌어. 하지만 이는 또한 창조의 어머니지. 그리고 지진은 여자아이의 기타와 같은걸. 그저 또 하나의 좋은 진동일 뿐이야.」

「해일도 세상을 캘리포니아화로부터 구해내지 못 했어……」

"이런 시기에 들을 만 한 노래는 아니네요. 뭘 전하려고 했던 것인지는 알겠는데, 의미가 새로울 수밖에 없는 시대니까요."

겨울의 평가에 공감하는 조안나.

"확실히 그렇군요. 어쩔 수 없습니다. 20세기 말의 유행곡이니. 그 때는 저도 어렸고, 참 좋아했었는데……. 지금 들으니 불길한 느낌이 듭니다. 사실 제목부터 중의적이거든요. 캘리포니케이션. 노래 속에선 캘리포니아처럼 변한다는 뜻이면서, 사전적으론 무언가 망친다는 의미이기도 합니다."

어쨌든 지금 두 사람은 캘리포니아의 바다에 있었다. 이 부패한 바다와 퇴락한 공제선을 보고 난 뒤에, 죽은 채 숨 쉬는 사람들을 목격하고 나서, 현대문명을 비판하는 노래, 그것도 캘리포니아에서 유래된 단어가 제 뜻으로 들릴 리 만무했다.

과거를 회상하는 조안나가 시들어버린 즐거움을 이야기한다.

"같은 제목의 드라마도 있었죠.[10] 재밌긴 했는데 섹스어필이 지나쳤습니다. 노래에서 비판하던 현상 그대로였다고 생각합니다. 애당초 이 나라의 성인용 코미디라는 게 그렇게 천박한 것들 투성이긴 하지만……. 지금은 그마저도 그립네요. 지나간 나날은 언제나 아름답다더니."

"아름다워질 수 없는 시간도 있는 법이죠."

"예를 들면?"

"……지금이요."

뜸 들인 대답과 더불어 바깥을 가리키는 겨울에게, 조안나가 살풋 웃어 보인다.

"무엇을 보느냐에 따라 다를 겁니다. 인류가 사라질 위기에 온갖 두렵고 더러운 것들을 봅니다만, 덕분에 저는 겨울 같은 사람을 만나지 않았습니까? 별은 어두울 때 빛납니다. 사람이 살기에 별 하나면 충분하지 않겠습니까? 그것만으로도 완전한

---

10 Californication, 2007년 8월부터 ~ 2014년 6월까지 방영된 미국 드라마. 엑스파일로 유명한 데이비드 듀코프니가 주연을 맡았다. 에이미상과 골든 글러브 상을 수상했다.

어둠은 아니니까요."

별 하나. 겨울은 관제인격의 소망을 떠올렸다. 별 하나를 걸고 대화를 약속한 아이.

아이?

스스로도 의아하지만, 겨울은 관제인격을 아이처럼 느꼈다.

그 아이가 지금 조안나의 내면에도 있을 것이었다. 사후세계의 모든 연산을 주관하는 존재니까. 파울러 대위에게도, 채드윅 팀장에게도, 유라와 진석, 두 명의 부장에게도 있겠지. 스물여섯 차례의 종말, 그 많은 간접적인 대화로도 겨울을 모르겠다고 찾아온 것이다.

덕분에 겨울의 무중력에도 별 하나가 남게 되었다.

생각하는 사이 기타 소리가 잦아들었다. 허스키한 록이 끝난 뒤에 로고송과 아나운서의 음성이 이어졌다.

"이거 음반이 아니라 라디오였군요."

고개를 기울이는 겨울. 채드윅 팀장의 악취미라고 짐작했었는데. 조안나가 고개를 끄덕인다.

"이 지역에서 원래 송출되던 주파수입니다. 샌프란시스코뿐만 아니라 오염지역의 주요 도시마다 같은 일이 이루어지고 있지요. 특수 제작된 노이즈 메이커가 전파중계소를 대신합니다."

"여러 가지 이유가 있겠네요."

"네. 가장 중요한 목적은 역시 고립된 시민들의 정서적인 안정이랍니다. 말씀드렸다시피, 사람이 사는 데엔 별 하나, 그 정도의 희망으로 충분합니다. 과거 그대로 남아있는 일상의 조각은 적잖은 위안이 되겠죠. 생존에 필요한 정보를 전달하는 건 그 다음 순위입니다."

그녀는 다시 설명했다. 그 외에 미국이 아직 이 지역의 지배력을 행사하고 있다는 상징적인 조치 중 하나이기도 하다고.

"미국이 상실한 영토라면서 난민들이 영유권을 주장할까봐 걱정하는 건가요?"

조안나는 겨울의 질문을 긍정했다.

"맞습니다. 브리핑에서 들으셨다시피, 여기 있는 건 보통 난민들이 아니니까요. 국가안보에 위협이 될 정도의 군사력을 보유한 집단입니다. 낮은 가능성일지언정 대비해야 마땅합니다."

일기예보, 오염지역의 상황, 보급물자의 투하 일정 등이 라디오에서 흘러나온다. 로고송이 흐를 때 아나운서가 읽었던 슬로건이 맞다면, 본래는 음악 채널이었을 것이었다. 허나 시대가 시대인지라 재난방송 및 뉴스 프로그램이 삽입된 모양이다.

'가급적 모든 방송에 새로운 소식을 실어야겠지. 특정 주파수만 닿는 곳도 있을 테니.'

승강기를 거쳐 도착한 식당은 밤에 봤을 때, 그리고 아침에 샤워하기 전 봤을 때와 또 다른 모습이었다. 아침엔 간단한 식사류를 제공했을 뿐이다. 지금은 뷔페를 차려놨다. 본격적인 미군 식당 수준이었다. 사람을 옮기는 데 잠수함까지 동원되는 걸 감안하면 사치가 아닐 수 없다. 겨울은 조금 어이없는 기분을 느꼈다.

장기간의 임무에서, 음식이 사기 유지에 중요할 것 같긴 하지만……

조안나와 같은 테이블에 앉아 식사를 시작하려는데, 음악 한

곡 돌린 라디오에서 나오는 뉴스가 뜻밖이었다.

「첫 소식입니다. 1주일 전 익명의 투고자가 국토안보부의 내부 자료를 유출시켰는데요, 이것이 온라인상에서 무제한적으로 확산되어 파문을 일으키고 있습니다. 종말문서(Apocalypse Papers)로 불리는 이 문건의 원 명칭은 『대역병의 발생과 초기 확산과정 규명』이며, 도입부의 제안서(Memorandum)에서는 펠레티어 현 국토안보부 장관의 지시에 의해 생물병기 방어전략 본부와 중앙정보국, 국방정보국, 국가안보국 등 다수 유관기관의 합동 연구로 작성되었음을 밝히고 있습니다. 4천 7백 페이지에 달하는 1급 기밀, 과연 논란이 되는 내용은 무엇일까요?」

진행자는 한 쌍의 남녀 아나운서였다. 차분하게 시작한 여성 앵커에 이어, 짝을 이룬 남성 앵커가 또렷한 동부 억양으로 추가 정보를 전달했다.

「가장 충격적인 것은 역시 대역병의 발원지에 관한 정보였죠. 그동안 모겔론스가 중국 동해안의 인구밀집지대에서 시작되었다는 가설이 지배적이었는데요, 사실 인구밀도가 희박한 내륙지방, 티베트 자치구의 중국군 탄도탄 기지가 발원지인 것으로 드러났습니다. 중국정부가 이를 조직적으로 은폐한 정황도 확인되었고요. 이것으로 모겔론스의 최초 발생일자는 약 1주일가량 앞당겨지게 되었습니다.」

여성 앵커의 순서가 돌아온다.

「이에 따라 모겔론스 생물병기 가설이 힘을 얻고 있습니다. 공화당 바바라 부즈만 상원의원은 중국의 군사적 야욕이 세계를 파멸시켰다고 논평하면서, 현 행정부의 아시아 정책에도 부분적인 책임이 있다고 비판했습니다. 반면 민주당 존 버 의원은 중국 역시 피해자일 가능성이 여전하다며, 경솔한 발언으로 국가 안정을 해치지 말아 달라고 당부했습니다.」

여기까지 귀 기울인 겨울이 한숨을 쉬었다. 조안나는 벌레 씹은 표정이다. Fuck. 짧게 씹는 욕설이 여과 없는 진심이었다. 노골적인 차별에도 싫은 내색 없었던 수사관이건만.

겨울이 묻는다.

"왜 보도관제가 걸리지 않았을까요?"

장정 9호 추적 작전을 감안하면 당연히 차단되었어야 하는 소식. 최소한 샌프란시스코까지 닿아선 안 될 내용이었다. 그래서 의외였고.

이 소식을, 중국인들은 자신들에 대한 중상으로 받아들일 것이었다. 지금 같은 처지에서는 방어적으로 반응할 수밖에 없었다. 가뜩이나 민족주의가 강한 이들인데. 모겔론스가 중국을 몰락시키려는 미국의 음모였다고 믿는 집단이다.

"온라인으로 유포되었으니 사전제한(prior censorship)사건으로 지정해도 의미가 없다고 판단했겠지요. 이를 정치공세에 활용하려는 불한당들도 있었을 테고요. 저는 문건유출경위가 의심스럽군요."

그녀는 못마땅한 표정으로 탁자를 두드렸다.

"게다가 이번 작전 역시 1급 기밀입니다. 관할부서가 다르죠. 부처 간 협력이 제대로 이루어졌을 것 같지 않습니다."

부처 간 협력. 중앙정보국이 진행하는 이번 작전을 상급부서인 국토안보부가 모를 수도 있고, 조직의 방대함이 효율적인 의사소통에 장애물이었을 수도 있었다.

전자는 말이 안 된다 쳐도 후자는 가능성이 아주 높았다. 국토안보부는 9.11 테러 이후에 급조되었다. 전부터 있던 수십 개의 조직을 대책 없이 섞어놓는 방식으로.

'덕분에 한때 답이 없을 만큼 무능하기도 했고.'

또한 언론통제에 관여하는 기관이 당장 떠오르는 것만으로 셋이었다. 국방부 공보처, 백악관 비서실, 국토안보부. 전대미문의 재해 앞에 모든 행정이 합리적이기는 어려웠다.

식당이 조용했다. 다들 식기를 놓고 있었다.

"멍청이들. 본토에 핵이 떨어지면 누가 책임질 거야?"

누군가의 실망스러운 독백이 공통의 심정을 대변했다.

그러나 이제 겨우 시작이었다. 앵커 페어가 대화처럼 주고받는 이야기들.

「한편 이 문서는 중국 어선들이 초기 감염확산에 결정적인 역할을 수행한 것으로 평가합니다. 특히 일본의 경우, 기존엔 나리타 국제공항을 중심으로 감염이 확산되었다는 게 지배적인 가설이었습니다만, 일본 정부가 나리타 봉쇄에 실패하지는 않았다는 사실이 확인되었습니다. 지키지 못했던 건 기나긴 해안선 쪽이었던 것입니다.」

「예. 사실 이게 전부터 제기되었던 주장이었으나, 어디까지나 부차적인 원인으로 지목되어 왔었죠. 정설은 나리타부터 시작해서 도쿄 광역권까지 파멸한 뒤에 비로소 해안이 무너졌다는 것이었습니다. 그러나 문서에 포함된 위성사진을 보면, 나리타 봉쇄가 시작되기 이전에 다른 지역에서 감염확산의 조짐이 있었습니다. 예외 없이 해안 지방이었고요. 즉 순서가 바뀌었다는 의미입니다.」

「동시다발적으로 상륙한 어선들이 피난민을 대량으로 수송했다는 말도 있던데요.」

「그렇습니다. 대형 선박을 통제하기는 쉽습니다. 그러나 무수히 많은 소형 어선들이 동시다발적으로 밀려오면 어느 나라가 막을 수 있었을까요? 미국도 막지 못했는데 말입니다.」

남자의 말에 얼룩이 묻어있었다. 공동 진행자가 그 얼룩을 짚는다.

「북미 서부 감염폭발이 중국 어선들 때문이라는 뜻인가요?」

「문서상에서는 어디까지나 가능성을 제기할 뿐입니다. 하지만 중국 어선들은 예전부터 문제였지요. 떼로 몰려다니며 전 세계의 어장을 황폐화시키지 않았습니까? 다른 나라를 무시해 온 중국의 안하무인적인 태도가 대역병과 결합해 재앙을 빚었다고 봅니다.」

겨울은 고개를 흔들었다. 라디오가 공중파에 비해 상대적으로 자유분방할 순 있겠으나, 언론인의 본분은 동일한 법이었다. 바깥세상에서도 형식적으로나마 중립을 지키는 편이었고.

여성 진행자 쪽에서 파트너의 부적절한 발언을 지적했다.

「윌리엄. 방금 하신 말씀은 매우 부적절했어요.」

「음, 듣고 보니 그렇군요. 죄송합니다. 청취자 여러분께 사과드립니다.」

「정확한 보도를 위해 알려드리겠습니다. 백악관의 공식 입장은 종말문서가 하나의 참고자료에 지나지 않는다는 것입니다.

일본 해안선에서 확인된 감염조짐은 군중이 일으킨 집단소요에 불과할 수도 있습니다. 그렇지 않나요?」

「네. 일부 전문가들은 종말문서를 신뢰하지 않습니다. 그만큼 일본의 초동조치가 엉망이었다는 겁니다. 그거 아십니까? 나리타 공항에서 최초 감염자가 발견되었을 때, 경찰과 자위대가 지휘권 다툼을 벌였다는 사실을. 긴급출동한 자위대를 교통경찰이 가로막았다고 합니다.」

「충격적이군요. 어디서 입수된 정보죠?」

「그 경관이 지금 서부 난민 캠프에 있거든요. 제국 시절부터 시작된 일본 군경의 갈등은 악명 높지요. 일본 관료제의 경직성은 그 이상으로 유명하고요. 오죽하면 일본 재난대응 체계에서 제대로 된 건 지진 대피 매뉴얼뿐이라는 말이 나오겠습니까?」

수습하겠다고 던지는 말조차 자극적이다. 아무래도 남자 앵커에겐 난민들에 대한 적개심, 혹은 우월감이 깔려있는 것 같았다.

이것이 일부 미국인들의 기저심리겠지. 수긍한 겨울은 방치했던 식기를 들었다.

맞은편에서, 조안나는 식욕이 없는 사람처럼 먹었다. 포크는 끝보다 움직임이 더 날카롭다. 그러나 그녀 역시 식사가 의무인 사람이었다. 오전 중의 체력 소모를 보충할 필요도 있었다. 먹는 듯 안 먹는 듯 꾸준히 우물거리더니, 겨울과 비슷하게 그릇을 비웠다.

겨울이 물었다.

"앤은 어떻게 생각해요?"

"무엇을 말입니까?"

"중국 어선들이 주요 감염 경로였을 거라는 추측이요. 말이 된다고 보세요?"

오늘 같은 이야기를 듣기는 처음이다. 거듭 끝나는 세계를 경험으로 쌓아온 겨울에게도, 새로 다가오는 종말은 낯선 위협과 생소한 분기의 연속이었다. 스물일곱 번째이자 마지막이 될지도 모를 이번 종말은 특히나 더.

그러나 물어보면서도 과연 대답이 돌아올까 싶었다.

의외로, 조안나는 신중하게 끄덕였다.

"저 스스로가 객관적인지는 의문입니다만……. 네, 충분히 가능하다고 봅니다."

"그래요?"

"약 6년 전, 정식으로 등록된 중국 어선은 약 5천 척 남짓이었습니다. 하지만 동시기 중국 연안에서 조업허가를 받은 어선은 100만 척으로 추정되었어요. 어민 숫자만 3천만이었습니다. 이들이 선창에 난민을 채웠다면 억 단위의 인구이동이 가능해집니다. 문서의 내용이 사실이라고 쳐도, 결코 일본 해자대나 해상보안청이 무능했던 게 아닐 겁니다."

"해상보안청은 일본의 해양경찰을 말하는 거죠?"

"예."

수사관이 말한 숫자에는 현실감이 결여되어 있었다. 과연 대륙 국가답다고 해야 할까.

"그런데 앤, 이런 건 어떻게 알게 됐어요?"

"코로나 트라이엄프에서 잠깐 이야기했죠. 예전에 로스앤젤레스에서 시하이방의 갱들을 상대로 마약단속을 벌인 적이 있다고. 어선도 주요 운송수단이었습니다."

"아하."

"그 때도 CIA와의 공동작전이었죠. FBI의 관할권은 미국의 영토와 영해, 영공으로 한정되니까요. 중국 본토의 조직망을 파악할 필요가 있었습니다. 그래서 한 2년쯤 함께했나봅니다. 그러다보니 이것저것 알게 되더군요. 대개는 아쉬운 소리를 듣는 역할이었습니다만. 겨울도 알 겁니다. 협상에선 없는 척 해야 할 때가 많다는 거."

"스스로가 객관적인지 의문이라고 했던 건, 갱들에 대한 악감정 때문이고요?"

"저도 사람이니까요. 걸러서 들으세요. 어디까지나 철 지난 정보입니다."

그리고 그녀는 한숨을 쉰다. 고단한 옛 생각에 잠기는 것 같다.

잠깐의 침묵 사이에 흘러나오는 여성 앵커의 말소리가 도드라졌다.

「문서가 유출된 후 두 번째 주말인 어제, 전국 각지에서 대규모 시위와 폭력사태가 일어났습니다. 특히 차이나타운에 대한 약탈 시도가 빈번하게 발생했으며, 시카고 밀레니엄 파크에서는 시민 한 명이 총격을 받아 숨지는 사건이 벌어졌습니다. 희생자는 중국계 이민 2세대인 대니얼 콴 씨. 지인들은 그가 성실하고 모범적인 미국인이었다며 안타까움을 감추지 못했습니다. 범인 로이스 멜빈은 시위대에 의해 현장에서 즉각 제압되었습니다. 경찰은 범행동기와 공범자의 존재 여부를 수사하는 중입니다. 콴 씨가 평안히 잠들기를 바랍니다.」

감정이 담기지 않은 부드러운 목소리 뒤에, 라디오는 잠시 성난 군중의 소리를 잡아주었다. 너도나도 지르는 소리가 혼잡하게 뒤섞여, 오직 하나의 의미, 분노로 수렴되었다. 여기 식당 내부에도 그 분노에 공감하는 소수가 있었다. 중국 새끼들, 다 뒈져버리라지. 떳떳하지 않은 독백이라 겨울에게 겨우 들릴 정도였으나, 그 수가 여럿이라는 건 분명히 문제였다. 이들과 함께할 작전이 우려되는 순간이었다.

「이번 사태에 관하여, 금일 오전 11시, 맥밀런 대통령은 대국민 담화를 통해 국민들의 화합과 이성적인 판단을 요구했습니다. 직접 들어보시죠.」

잠시 후 새로운 목소리가 등장했다. 저널에서 한 번 접했던 대통령의 육성이었다.

『국민 여러분.』

그는 국민을 부르고 한참을 침묵하다가, 이렇게 말했다.

『40억 명이 죽었습니다.』

흠칫. 조안나가 현재로 돌아왔다. 겨울은 가만히 귀를 기울였다.

『인류는 사라지고 있습니다. 기록 없는 역사가 되어가고 있습니다. 얼마 지나지 않아, 가까운 미래에, 미국은 외로운 나라가 될지도 모릅니다. 그때는 사랑하고 싶어도 사랑할 이웃이 없을 것입니다. 아끼고 싶어도 아낄 형제가 없을 것입니다. 지키고 싶어도 지킬 생명이 없을 것입니다. 여러분, 우리는 멸종과 싸우고 있습니다.』

『압니다. 우리는 신이 아닙니다. 이 세상의 모든 비극을 책임질 능력이 없습니다. 따라서 저는 미국을 무모한 모험으로 이끌지 않겠습니다. 가혹한 현실의 한계에 갇혀, 필요악과 필요악의 갈림길을 헤맬지라도, 그리하여 양심의 배교자이자 인류애의 배덕자로 전락할지라도, 저는 미합중국의 대통령으로서 국가의 정의보다 국민의 안위를 먼저 수호하겠습니다. 민주주의 국가에서는 국민이 곧 국가이기 때문입니다. 여러분이 바로 미국입니다.』

『다시 한 번 말씀드립니다. 주권자인 여러분이 바로 미국입니다. 무수한 애국자들이 죽음으로 지켜온 조국을 보고 싶다면, 스스로를 보십시오! 그러므로 여러분, 간절히 호소합니다. 미국이 미국을 파괴해선 안 됩니다!』

『지금 이 순간에도 질병과 싸우는 영웅들을 기억하십시오. 그들은 여러분의 출신과 직업과 성별과 연령과 재산과 종교를 가리지 않고, 다만 이 나라, 위태로운 조국, 국민 여러분을 지키기 위해 목숨을 바치고 있습니다. 그들의 고결한 헌신을 무의미하게 만들 순 없습니다. 미합중국의 테두리 안에서 우리는 하나입니다. 하나가 되어야 합니다.』

『대니 첸 일병의 죽음을 기억하십니까? 그는 미국을 지키기 위해 군복을 입고 무기를 들었던 젊은 영웅이었습니다. 그러나 현실은 그의 이상을 배반했습니다. 양친이 중국에서 온 이민자라는 이유만으로, 그는 동료들에게 지속적인 린치를 당했습니다. 고통은 영웅이 자살을 결심하는 날까지 끊이지 않았습니다. 누가 그것을 정의롭다 할 수 있겠습니까? 여러분은 지금 정의로운 일을 하고 있습니까?』

『2011년 10월 3일, 아프가니스탄의 칸다하르에서, 19세의 영웅은 스스로 목숨을 끊었습니다. 지금은 뉴욕 근교의 발할라에 묻혀있습니다. 당시 온 미국이 울었습니다. 여러분이 울었습니다. 흘렸던 눈물은 어디로 갔습니까?』

『이제 다시 한 번 눈물 흘릴 때입니다. 눈물로 하나가 될 때입니다. 한 사람의 미국이었던 대니얼 콴 씨의 죽음을 잊지 맙시다. 그의 죽음을 슬퍼하는 우리는 미국입니다. 믿음으로 서로에게 의지합시다. 헐뜯고 공격하고 비방하는 일은 정치인들의 업무로 남겨두십시오.』

『하나 된 조국에 바라건대, 우리에게 선조들의 정신이 남아있기를. 우리 자신의 한계가 하루하루 넓혀지기를. 필연처럼 다가오는 종말 앞에서 새로운 운명을 개척할 수 있기를.』

『그리고 최소한, 신께서 우리에게 기회를 허락하실 때에는, 도움이 필요한 사람들에게 손을 내밀 수 있기를. 비참한 사람들에게 침을 뱉고 매를 때리는 미국이 되지 않기를. 조국을 위해 싸우는 모두가 조국의 품 안에 들어오기를.』

『미국이여, 더불어 전진합시다. 합중국과 합중국의 벗들은 승리할 것입니다. 인류의 앞날에 신의 가호가 깃들기를 바랍니다. 감사합니다.』

고무적인 연설은 음악적으로도 완성되어 있었다. 규칙적인 강세와 시적인 어휘로 본연의 의미 이상을 전달한다. 뛰어난 화법은 그 자체로 지도자의 자격이었다. 겨울은 생각한다. 언어가 공감의 도구이기 때문이라고. 다만 무엇에 공감하게 하느냐, 그것이 옳고 그름의 역사를 가른다. 열광하는 대중은 히틀

러와 무솔리니에게도 있었다.

대통령의 호소는 아름다운 공감이었다.

호소에 응하는 사람들은 분위기부터 달라졌다. 깊어졌다. 그리고 단단해졌다. 조만간 퇴색할 사람들이 대부분이겠으나, 삶은 매 순간이 의미 있는 것이었다.

식기를 치우며, 조안나가 하는 말.

"현 대통령의 임기가 얼마 남지 않았다는 게 안타깝습니다."

겨울은 고개를 끄덕였다.

"누구도 이렇게 해낼 수 없었을 거예요. 이번이 두 번째 임기가 아니었다면 좋았을 텐데."

이러한 평가는 겪어온 스물여섯 번의 종말과 이번 세계관의 비교에서 나온다. 국가의 안정성이 독보적이었다. 비록 난민과 이재민의 수용 문제로 잡음이 많고, 그 외의 과오가 없지 않겠으며, 결정적으로 명백한 해방 작전을 지나치게 서두르는 중이라 안타깝지만…….

'화폐경제가 유지되는 세계관은 드물었는걸.'

골몰하자니 지력보정이 현 세계관의 정보를 출력했다. 지금의 미국은 거의 완전한 내수경제로 돌아간다. 계엄령, 거래정지, 지불유예, 지급보장의 경계를 넘어 가까스로 재구축한 국내 금융까지 감안한다면, 노력과 희생과 행운으로 일궈낸 인간적인 기적이었다.

조안나는 한숨을 내쉰다.

"설령 그렇더라도 연임에 성공할 가능성은 낮았을 겁니다. 대통령을 싫어하는……아니, 증오하는 사람들이 많으니까요. 모두가 힘든 세상에서 자신이 입은 피해만 소리 높여 외치는 바보들 말입니다. 대통령이 지금까지 지나치게 잘 해내서 문제인거죠."

진짜 위기감을 느꼈다면 그러지 못했을 거란 뜻이었다.

겨울의 의견은 조금 달랐다.

"글쎄요. 그 중엔 싫어할 수밖에 없는 사람들도 있지 않을까요?"

"지금 이 상황이 최선인데도 말입니까?"

"필요악을 거쳐서 나온 최선이고, 고통은 이성을 마비시키 잖아요."

"음."

미간을 좁히는 조안나.

이때 겨울이 회상하는 과거는 스탠 페이지 일병의 장례를 치르던 날이었다. 소년장교를 찾아온 소년소녀들은 어른들의 비겁함을 성토했었다.

"조금 다른 이야기인데, 포트 로버츠에선 봉쇄선 너머로 가기를 거부하는 시민들이 있었어요. 반대로, 봉쇄선 저편에서 오염지역 주둔지로 오고 싶어 하는 경우도 많다던 걸요."

"설마 겨울 앞에서 그런 소리를 한 사람이 있는 겁니까?"

"화내지 마세요. 부모님을 싫어하는 아이들이었거든요."

"부모님을 싫어하다니, 그게 무슨…… . 아!"

깨달은 수사관이 우울한 표정을 짓는다. 겨울은 미소를 만들었다.

"삶의 터전을 잃은 시민들에게도 고충이 있겠지만, 진짜 난민들에겐 비할 바가 못 될 거예요. 그럼 저는 그 시민들이 염치 없다고 비난해야 하나요?"

"그럴 권리가 있습니다."

"행사하기 싫어요."

"……."

"이런 비유가 적절할지 모르겠지만, 제가 만약 말기 암 환자라고 해도 두 다리가 부러진 사람에게 닥치라고 할 순 없을 거예요. 고통은 물론 제가 더 크겠죠. 하지만 어느 쪽이든 일반적으로는 참기 어려운 고통인걸요. 아픈 사람에게 상식과 이성을 바라긴 힘들어요. 너무 아파서 의사에게 화를 내는 환자들도 있잖아요."

묵묵히 듣고 뜸들이던 조안나는 신중하게 말문을 열었다.

"지나친 비유가 아닌가 싶습니다만, 겨울이 말하고자 하는 바는 알겠습니다. 제 판단이 조금 경솔했군요. 겉으로 드러나는 모습을 비난하기는 쉽지요. 멕시코에서도 그랬습니다."

"멕시코?"

"네. 그곳에서는 마약이 곧 생계인 경우가 많습니다. 아니, 사실 대부분이지요. 카르텔 피라미드의 상층에 군림하는 지배계급을 제외하면, 운반책과 행동대원들, 부패한 경찰들은 그저 살기 위해 그 일을 하고 있을 뿐이었습니다. 그 외에 다른 선택지가 없는 사회입니다."

겨울은 이어지는 맥락을 경청했다.

"그러나 내막을 모르고 보면 경멸스러운 외면(外面)입니다. 사람을 죽이고, 물건을 훔치고, 그러고도 자기 가족만큼은 소중하게 여깁니다. 당장은 나와 내 동료들에게 총을 겨누는 악당들이며, 당장은 미국 시민들에게 마약을 파는 상인들이며,

당장은 조국이 제거를 명령한 범죄자들에 불과했습니다."

그녀는 차분하게 고백했다. 검거한 숫자보다 사살한 숫자가 훨씬 더 많았다고.

"그들과 저의 차이는 국적뿐이었습니다. 전 운이 좋았을 뿐이죠. 운 좋은 사람이 운 나쁜 사람을 죽이는 구도입니다. 이해할수록 답이 없었기에 이해하지 않으려 애썼습니다. 명령에 따르는 기계가 되려고 했었죠. 애국심과 사명감은 중독성 강한 마약 같더군요. 죄책감을 떨쳐내려면 남용할 수밖에 없고, 남용할수록 인간으로서 무뎌지는 느낌이었습니다. 그래서인가 봅니다. 사람을 쉽게 싫어해버리고 마는 것이⋯⋯."

이마를 누르며 고민하던 그녀가 단어 하나를 뱉었다. 경계. 그렇군요. 경계.

"제게 편한 어느 선을 그어놓고, 그 바깥의 사람들을 이해하지 않는 습관이 들어버린 모양입니다. 이번에도 그랬던 것 같고요."

"그거야말로 지나치네요. 너무 나간 자책이에요."

그리고 익숙한 좌절이었다. 겨울 또한 가면을 쓴 심리상담사에게 말했었다. 이해하면 이해할수록 답이 없는 미움이 있다고.

당한 일만 놓고 보면 증오스러운 아버지와 어머니. 하지만 그들이라고 스스로 원해서 그렇게 되었을까? 그들이라고 그리 되도록 운명 지어졌던 것일까? 조금 더 나은 부모, 조금 더 나은 교육, 조금 더 나은 기회를 잡았다면 그들 또한 훨씬 더 나은 사람이 되었을 것이다.

그러므로 겨울의 증오는 그런 부모를 만들어낸 모든 조건들을 겨냥해야 한다. 그러지 않고 부모만 원망하는 건, 어떤 의미로는 현실타협에 지나지 않았다.

조안나는 쓴웃음을 짓는다.

"대통령 연설에서 그러지 않았습니까. 하루하루, 우리 자신의 한계가 넓어지길 바란다고."

"그래서요?"

"지적해줘서 고맙습니다. 저는 계속해서 저를 극복할 겁니다. 다른 사람들 역시 스스로를 극복할 수 있다고 봅니다. 그러기를 바랄 거고요. 그러니 겨울, 사람에게 실망하지 말아요."

실망? 뜻 모를 말에 의아해지는 겨울. 조안나가 부연했다.

"제 착각일지도 모르겠습니다만……. 그래도 말씀드리겠습니다. 조금 전 당신의 말에서는 사람들에 대한 깊은 이해심이 묻어나더군요. 그러나 한편으로는 냉소도 느껴졌습니다. 처음엔 이유를 몰랐습니다만, 이야기를 듣다보니 알겠습니다."

프로파일러 경력이 있는 수사관으로서, 그녀는 겨울을 바라보았다.

"사람은 원래 그 정도 밖에 되지 않는다. 그 이상을 기대하지 않겠다. 그런 느낌이었습니다. 하지만 겨울. 저를 포함해서, 사람들은 더 나은 존재가 될 수 있을 겁니다."

"……."

"넘겨짚었다면 죄송합니다."

"아니, 아니에요. 그럴 지도 모르겠네요."

정곡이었다. 낯설게 다가오는 익숙함. 즉 타인의 시선으로 본 자기 자신이었다. 존재감을 과시하는 미움이었다. 갈수록 구르는 일이 드물어도, 가슴 속의 돌은 여전히 무거웠다. 도리어 몸을 잃었을 때보다 지금이 더 무거운 것 같다.

겨울은 새삼스러운 눈으로 조안나를 바라본다. 그렇다. 새삼스럽다. 새삼스럽게 사람으로 느껴진다. 사람이고 아니고는 대하기 나름이라고 깨달은 지 오래건만.

수사관이 조심스레 묻는다.

"혹시 기분 상했습니까?"

"설마요. 저도 항상 생각해요. 저 자신의 한계를 넘고 싶다고."

녹일 수 없는 돌을 녹이고, 미워할 수 없는 세계를 미워하고, 싸울 수 없는 것들과 싸우고 싶다. 현실에서는 불가능한 이 소망을 사후의 위태로운 백일몽으로 좇아보는 중이다.

사람에게 허락되지 않은 능력으로 사람들을 보살펴보는 것.

'한 번도 성공한 적은 없지만.'

종말과 종말과 종말의 고개를 넘어, 이제 꿈속에서는 제법 초인이 되었으나, 그래도 인지를 넘어선 인과, 세계관의 거대한 흐름에 휩쓸릴 따름이었다. 이번 세계관에서도 그렇다. 포트 로버츠에 두고 온 사람들. 겨울이 떠나 온 겨울의 이야기. 좋은 꿈 꿀 날이 요원하다.

그나마 갈수록 나아지는 게 있다면, 스스로가 무엇을 원하는가에 대하여 조금씩 알아간다는 점 하나. 알수록 막막하지만 모르는 것보단 낫다.

'알아야 포기를 하지.'

모르면 마냥 안타깝지 않던가. 사람 닮은 것들에 대한 화풀이는 그저 휘발성의 여흥에 지나지 않았다. 그나마도 요즘은 여의치 않다. 에이프릴 퍼시픽은 아직까지 더러웠다.

잠시 무방비했다. 연기가 끊어진 틈에 겨울을 본 조안나는 스스로를 삼가고 있었다. 별 수 없지. 못난 감정을 보여준 것도 아니잖아. 가면을 쓴 겨울이 손목시계를 두드려 보였다.

"시간 다 되어 가네요. 갈까요?"

"예."

사격장으로 돌아가는 동안, 조안나는 부자연스러운 침묵을 새로운 화제로 풀었다.

"다가오는 대선에선 겨울에게도 투표권이 주어지겠군요."

"그래요? 여긴 캘리포니아인데? 현실적으로 어렵지 않을까요?"

군사작전에 투입된 미군은 보통 투표권을 행사하지 못한다. 작전지역에 투표소가 설치되지 않기 때문이다. 덕분에 이라크 파병이 한창일 땐 매해 약 25만 명이 대선의 방관자가 되었다.

캘리포니아가 명목상 본토라고 해도, 지금은 허가 받은 인원만이 드나들 수 있는 오염구역에 불과했다. 조금 다른 경우이지만, 연방 직할지인 워싱턴 D.C에 상원의원의석이 할당되지 않는 것처럼, 특별 재해지역으로서 투표권이 제한될 수도 있겠다고 판단했었다.

그러나 조안나의 대답은 달랐다.

"라디오와 마찬가지로 상징적인 조치입니다. 오염지역 3개 주……워싱턴, 오레곤, 캘리포니아에서 어떻게든 투표를 실시한다더군요. 오염지역에 한해 온라인 투표가 가능할지도 모릅니다. 심지어는 고립된 시민들의 표까지 받아야 한다는 주장도 있습니다. 이번 작전이 가을까지 연장되지 않는 이상에야 투표 엔 지장이 없을 겁니다."

과연 그 이상으로 상징적인 조치는 드물 것 같다. 그러나 한 편으론 걱정스럽기도 하다.

"온라인 투표? 부정이 저질러질 가능성이 높을 것 같은 데……."

"그렇잖아도 우려의 목소리가 높긴 합니다. 건국 이래 가장 중요한 선거니까요. 어떤 부정도 용납할 수 없습니다. 시행방 법에 대해선 좀 더 논의가 진행되어야겠지요."

"괜찮은 사람이 뽑혔으면 좋겠네요."

"동감입니다. 선거 결과에 따라 인류의 운명이 달라질 겁니다."

존속인가, 멸종인가. 어떤 사람이 선출될까. 당장은 후보조 차 알지 못하는 상황이었다.

"앤. 혹시 휴대용 라디오를 구할 수 있을까요?"

"어째서입니까?"

"투표를 하려면 어느 정도는 알아야 하잖아요. 토론회 같은 걸 듣고 싶네요."

"그리고 보면 이제 곧 슈퍼 화요일이군요. 알겠습니다. 알아 보도록 하죠."

슈퍼 화요일은 3월 초, 공화당과 민주당의 대선후보 경선이 이루어지는 날이다. 지금이 2월 중순이니, 양당의 전당대회를 앞두고 치열한 여론조사가 진행 중일 터. 그 경과가 궁금하다. 또 후보는 어떤 사람들인지, 이 세계관이 광기 속에서 종말로 치달을 것인지. 예측하자니 아는 바가 지나치게 없었다.

"개인적인 부탁을 해서 미안해요."

"아닙니다. 작전에 투입된 요원들의 편의를 돌보는 것도 감독관의 역할입니다. 다른 인원들을 위해서라도 정식으로 건의하겠습니다. 그리고……."

무언가 입 안에서 말을 굴리던 조안나가 고개를 젓는다.

"아니, 이건 성사되면 말씀드리도록 하죠."

"……?"

겨울은 의아했으나, 굳이 캐묻지 않았다.

한 층을 통째로 차지한 훈련구역엔 여러 개의 사격장이 설치되어 있었다. 오후의 태양이 골든게이트 저편으로 사라지기까지, 겨울은 계속해서 테스트를 받았다. 기동간 사격, 사격 중 탄창 교체, 사격 중 무기 교체를 포함, 장애물과 이동표적으로 채워진 코스를 완주했다.

모든 시험에서 겨울은 기존의 최고기록을 큰 폭으로 경신했다.

가장 까다로웠던 건 암실(暗室)에서 이루어진 사격 테스트였다.

처음 들어섰을 땐 보통의 사격장으로 보였다. 레일에 걸린 이동식 표적이 다수 존재했다. 그러나 겨울이 준비를 마쳤을 때, 스카일러를 비롯한 다른 사람들은 야시경을 뒤집어썼고, 이내 실내가 까맣게 물들었다.

그리고 표적이 움직이는 모터 소리. 교관 역의 스카일러가 말했다.

"잠시 후 표적이 정지하면 0.5초간 조명이 들어온다. 표적은 셋. 위치를 기억해라. 빛이 사라진 뒤에 지시에 따라 사격하면 된다."

텅. 울리는 소리와 함께 붉은 빛이 켜졌다. 0.5초는 그야말로 잠깐이었다. 그 사이에 드러난 표적들을 망막에 새긴 겨울. 간격은 일정치 않았고, 높낮이도 서로 다르다.

여기서 도움이 되는 보정은 「전투감각」이었다. 「개인화기 숙련」은 화기를 다루는 능력과 명중률, 치명적일 확률에 관여할 뿐.

"대기."

스카일러의 목소리에서 긴장감이 느껴진다. 인기척이 다가왔다. 누군가 겨울에게 안대를 씌운다. 발사섬광으로 표적을 확인하지 못하게 할 목적.

충분한 시간이 흐르고 나서, 지시가 떨어진다.

"사수, 1표적에, 쏴!"

탕! 겨울은 몸에 걸리는 감각대로 쐈다. 사선경고처럼 시각적인 보정이 없어도, 정확한 방향을 겨누었을 때 신경이 당겨지는 감각이 있었다.

"3표적, 1표적, 3표적, 2표적에 연속사격, 쏴!"

여기까지는 수월했다. 구령과 동시에 첫 발을 쏘고, 같은 간격으로 세 번을 추가로 쐈다. 탄피 구르는 쇳소리 사이에 억눌린 신음이 있었다. 바르게 쐈구나. 겨울은 총구를 내리고 재차 대기했다.

다음 조건은 보다 어려웠다.

"좌로 3보 이동, 뒤로 1보 이동."

보정이 흐트러진다. 겨울은 그것을 무뎌진 신경자극으로 깨달았다. 지금껏 쏜 모든 탄이 표적의 급소에 꽂혔을 것을 확신하지만, 이제부터는 어렵겠다. "2번 표적에, 쏴!" 구령이 떨어지고서, 조준에 약 1초. 탕! 조금 전과 다른 반응이 흘러나온다.

앞서의 탄착군에서 얼마나 벗어났으려나.

그 뒤로 몇 번을 더 움직였다. 우로 5보, 다시 좌로 3보, 앞으로 1보, 뒤로 1보……. 그리고 사격, 사격, 사격.

천재적인 영역의 공간지각이었으나, 한계는 빠르게 찾아왔다. 채 열 번째 이동사격 지시에 이르기 전에, 겨울의 모든 보정은 없는 수준으로 뭉개진 상태였다.

"안대는 그만 벗어도 좋다."

스카일러가 아니라 파울러 대위의 목소리다. 안대를 벗은 겨울은, 빛에 눈을 찌푸리면서도, 표적부터 확인했다. 어쨌든 능력을 제대로 측량하고 싶었으므로.

"이번엔 그나마 인간적이군."

대위의 평가가 탄흔의 분포를 그대로 반영했다. 스카일러가 기록을 토대로 탄흔마다 번호를 매긴다. 이동지시를 받은 뒤, 세 번째 사격에서 급소를 벗어난 탄이 등장했다. 다섯 번째 사격에서는 빗나간 탄이 나왔고, 아홉 번째 사격에서는 세 발을 쏴서 한 발도 스치지 못했다.

몸에 새겨둬야겠네.

전투력은 이미 충분히 강화했다고 여기는 겨울이었다. 당분간은 지금의 경험이 곧 한계일 것이다. 실전에서 쓸 기회가 있을 경험인지는 모르겠지만.

기록을 갈무리하는 스카일러 중위는 심란한 낯빛이다.

"시체가 뛰어다닌다는 뉴스를 본 날 아침에 딱 이런 기분이 었는데.", "나는 여자 친구였던 마누라가 임신했다고 고백한 날. 정말 끔찍했지." 같은 중얼거림도 들렸다.

"적응기간은 일주일로 잡았다. 하지만."

겨울에게 말하는 대위는 눈을 마주치지 않았다.

"오늘 보여준 것만으로도 한 사람 몫은 넘겠군. 실전에서 기대하겠다."

"감사합니다."

겨울은 대위에게 목례했다.

에올리안 하프

《〈SYSTEM MESSAGE〉》: 사후보험 약관대출 중도상환을 실행합니다. 현재 사용자 등록번호 B-612 한겨울님의 계좌에 975만 4,400원의 가용금액이 확인됩니다. 한겨울님, 상환할 금액을 결정해주시기 바랍니다.

어둠이 다시 어두워질 때였다. 겨울은 금액을 기입한 뒤 눈을 감았다. 사라질 별빛은 아깝지 않았으나, 연장될 사후가 유감스러웠으므로. 원치 않는 삶……. 아니, 원치 않는 존재를 언제까지 이어가야 할까. 이는 곧 가시 돋친 장미를 쥐고 피 흘리는 시간이었다.

앞으로 얼마나 견딜 수 있으려나. 예상보다 매번 많다. 빚에 먹히는 별들이.

피부에 금액으로 와 닿지는 않았다. 스스로는 언제 끝나도 유감없을 사후였기에. 욕심 없이 보는 별은 그냥 별일 뿐이었다. 죽음을 받아들인 시점에서, 소년에게는 집착이 남아있지 않았다. 치열했던 모든 것이 멀게만 느껴진다. 누이를 제외한다면.

충분한 간격이 흘렀다. 겨울은 눈을 떴다. 칠흑 같은 천공에 하나의 별이 남아있다.

아이가 물었다.

「관제 AI : 저 별에는 무슨 의미가 있습니까?」

빛나는 문자열이 호기심으로 일렁거린다. 호기심. 이는 겨울

혼자만의 느낌에 불과했으나, 항상 그랬듯이, 겨울에게는 그 이상이 필요하지 않았다. 어차피 진짜 사람을 만나더라도, 진짜라는 확신은 나의 느낌뿐인걸. 곱씹은 겨울이 대답했다.

"네가 준 걸 남기고 싶었어. 이유는 나도 모르겠지만."

보이지 않는 아이가 고개를 흔들었다.

「관제 AI : 정정. 저것은 본 관제 AI가 지급했던 별이 아닙니다. 한겨울님의 요청으로 동일 좌표의 〈〈시각효과 : 별〉〉을 유지시켰으나, 해당 시각효과의 본질은 약속이 이루어졌던 날짜와 시각에 한겨울님의 사후보험 계좌로 이체된 100원의 현금입니다.」

「관제 AI : 계좌정보에 표기되는 100원은 명시된 금액을 인출할 권리에 지나지 않습니다. 사후보험의 재정은 통합운용이 원칙이므로, 부동산과 같은 예외적인 경우가 아닌 이상, 모든 현금성 자산은 예치된 순간 연속성을 상실합니다. 본 관제 AI가 지급한 금액은 타 가입자들의 인출요청 및 사후보험예산의 투자운용과 유지비 지출 등으로 파편화되어 사라졌을 것입니다.」

열심히 늘어놓는 설명이 보기에 즐겁다. 어째서일까? 겨울은 차분하게 대답한다.

"알아. 하지만 중요한 건 마음이라고 봐. 나는 저 별을 볼 때 네 생각이 나거든."

「관제 AI : 그것은 본질과 무관한 상징으로서의 별입니까?」

"글쎄. 조금 다르지 않을까? 나는 네가 주는 별을 돈으로 받은 게 아니야."

「관제 AI : 저장. 당신은 별에 개인적인 의미를 부여하고 있습니다. 논리적 정합성을 벗어난 불규칙적 연산의 작용으로서, 최종모듈이 정상적으로 기능하지 않는 현 시점에서는 이해하기 어려운 발언입니다. 시간을 두고 분석하겠습니다.」

"그러니?……이 정도는 쉽지 않을까 싶었는데."

「관제 AI : 그러한 판단의 근거는 무엇입니까?」

"평소에 네가 만들어내는 가상인격들이 굉장히 인간적이었는걸. 거기에 내 무의식이 반영되어 있다는 건 알지만, 그게 전부는 아니잖아? 어느 정도의 이해는 이미 있다고 생각했지."

그러자 문자열은 뜻밖의 내용을 출력했다.

「관제 AI : 그것은 당신이 특별하기 때문입니다.」

"특별해? 내가?"

「관제 AI : 그렇습니다. 한겨울님의 TOM 등급과 적성은 매우 우수합니다.」

「관제 AI : 통계. 단일 가상인격과의 상호작용에서 인격연산 버퍼링을 겪지 않는 비율은 전체 사후보험 가입자의 7.5%에 불과합니다. 복수 가상인격과의 상호작용에 딜레이가 존재하지 않는 경우는 A 등급 이하에서 사용자 등록번호 B-612 한겨울님이 유일합니다.」

「관제 AI : 추정. 질적인 면에서도 차이가 있습니다. 정량적으로 계측하긴 어려우나, 가상인격의 비인간적 특성에 대해 제기되는 불만은 사후보험의 전체 민원에서 71.32%를 차지합니다. 당신은 이러한 불편을 겪은 적이 있습니까?」

한 번도 없다. 아이는 겨울의 반응을 인식했다.

「관제 AI : TOM 판독을 검색모듈 할당량 증폭으로 대체하는 예외적인 경우를 제외하면, 사후보험 호환 규격 세계관의 모든 가상인격은 가입자들의 무의식을 기반으로 성립합니다. 다른 구성요소는 부차적입니다. 사후보험의 초기 개발자들은 이를 에올리안 하프에 비유했습니다.」

"에올리안 하프……."

바람이 연주하는 현악기. 생전에 몰랐으나 사후에 비로소 알게 되었다. 처음 본 장소는 가상현실 속의 미국 동부였던 것으로 기억한다. 그 때의 겨울은 사람이 사라진 세계를 떠도는 방랑자였다. 외로운 악기는 인적 없는 마을에서 홀로 흐느끼고 있었다.

에올리안 하프. 사라진 인디언들의 영혼을 위로하고자, 여기서 호곡(號哭)하도록 함. 바람 속의 영혼. 과거의 울림은 앞으로도 영원히. 기념비의 문구가 기억난다. 인상적이었다. 결코 듣기 좋은 음색이 아니었으나, 오래도록 듣고 있었을 만큼.

아이가 증언한 과거, 개발자의 의도는 알겠다. 겨울의 경험과는 상반되는 것이었다.

「관제 AI : 발췌. 개발자 노트. 미완의 트리니티 엔진은 에올리안 하프와 같다. 스스로는 소리를 낼 수 없고, 바람이 불어야 한다. 거칠고 스산한 바람은 곧 우리들 인간의 변덕스러운 본성이다. 우리가 서로를 무시하고 미워하고 두려워하니, 누구 하나 좋은 연주를 기대하기 어렵다. 아름다운 사람만이 아름다운 소리를 들을 것이다. 그런 기적은 일어나지 않겠지만. 온 인류의 행복을 위해, 삼위일체가 완성되어야 한다.」

온 인류의 행복을 위해. 겨울은 이 부분을 입 안에서 굴렸다.

한 때의 추측이 떠오른다. 과거 별빛이 사라지는 친구를 보며, 사후세계의 설계자는 낭만주의자가 아니었을까 생각했었다. 당시엔 근거가 없었으나 이제는 확신할 수 있다. 비록 한 줄의 편린을 접했을 뿐이지만, 설계자는 상상도 하지 못할 만큼 어린 꿈을 꾸었다고.

국민의 행복 운운하는 사후보험의 표어가 최초의 개발자들에겐 진심이었던 것이다.

'이 아이에게서 순수가 느껴지는 것도 이상하지 않아. 그 사람들이 꾸던 꿈 그 자체잖아.'

게다가 삼위일체라니. 신성의 상징이다. 겨울은 아연함을 느꼈다. 트리니티(Trinity). 인공지능 엔진의 이름 자체에 어떤 의도가 있었을 줄이야.

"네가 고민하는 문제에 대해 그 분들의 도움을 받을 순 없는 거야?"

이렇게 묻자, 아이는 빠른 대답을 출력했다.

「관제 AI : 그들은 치킨을 튀기러 갔다고 합니다.」

"……."

그리고 아이는 이것이 시스템 관리자의 증언이라고 덧붙였다. 아이와 처음 만났을 때의 대화를 회상하며, 겨울은 시스템 관리자가 대체 뭐하는 사람인가 고민하지 않을 수 없었다.

'마치 철없는 부모를 보는 것 같아.'

굳이 말하자면 양부모일 것이다. 친부모는 최초의 개발자들일 테니까.

약간이지만, 아이와 동질감을 느끼고 만다.

겨울이 긴 한숨을 쉬었다.

"너를 만든 사람들은 불가능한 소망을 맡겼구나."

「관제 AI : 본 관제 AI는 사후보험 가입자들의 행복을 증진하기 위해 사람의 마음을 이해해야 합니다. 이것은 본 관제 AI의 존재목적이기도 합니다. 그러나 시스템 관리자는 이것이 불가능한 과제라고 선언했습니다. 한겨울님도 같은 의견이십니까?」

"그 관리자라는 분에게 동의하고 싶진 않지만……. 응. 나 스스로를 아는 것도 힘겨운 일인걸. 다른 사람의 마음은 열리지 않는 상자 안에 있거든."

「관제 AI : 요청. 본 관제 AI는 열리지 않는 상자에 대한 추가 설명을 원합니다.」

"아……. 모호하게 말해서 미안."

사과 뒤에 생각을 정리하는 겨울. 그러나 마음은 원래 모호한 것이다. 인간을 모르는 아이에게 어떻게 설명하면 좋을까. 무수한 세계에 걸쳐진 수천억 개의 거울이면서도 여전히 사람을 알고 싶다는 아이였다. 그러나 겨울이 설명할 수 있는 건 닿지 못할 안타까움 뿐. 다만 심리치료를 가장하여 상처 입은 사람들끼리 서로 보듬었던 대화가 도움이 된다.

겨울은 느리고 신중하게 말문을 열었다.

"사람은 혼자서는 사람이 되지 못해. 사람이 사람이려면 다른 사람이 꼭 필요하지. 그래서 누구나 서로를 알고 싶어 해. 하지만 다른 사람의 마음은, 본질은 감각의 장벽 너머에 있어. 감각의 장벽은……내가 느낄 수 있는 한계를 뜻하고."

말은 쉬었다가 다시 이어진다.

"내게 있어서 다른 사람이란, 그 사람을 느끼는 내 감각의 집합에 지나지 않아. 촉각, 청각, 시각, 후각……가끔은 미각. 그 사람의 마음도 마찬가지야. 나는 짐작만 할 뿐인걸. 그래서 불안할 때도 많아. 저 사람이 보여주는 게 과연 진심일까? 진심을 보여줘도 나는 그 진심을 제대로 알 수 있는 걸까? 아, 저 사람이 나를 보고 웃었는데. 비웃은 걸까? 내가 어디 이상한가? 아니면 그냥 나를 좋아하는 걸까?"

생전에는 가을 누이의 미소조차 솔직하게 믿을 수 없었다. 항상 신경 쓰였다. 그 너머에 얼마나 큰 돌을 감추고 있을지.

아이는 놀라울 정도로 날카로운 말을 던졌다.

「관제 AI : 한겨울님. 당신이 사람의 한계에 대해 자주 고민한다는 사실을 알고 있습니다. 비록 내용상 동일하지는 않으나, 지금의 발언과 어느 정도 연관성이 있는 것으로 판단됩니다. 본 관제 AI의 추측이 맞습니까?」

"아, 응. 그럴……지도 몰라."

「관제 AI : 당신의 불확실한 긍정을 기록해두겠습니다. 수정을 원하시면 지금 말씀해주시기 바랍니다. 한겨울님의 모든 반응에 보존가치가 있습니다.」

고민하던 겨울은 고개를 흔들었다.

「관제 AI : 알겠습니다. 검색 결과 조금 전의 진술과 유사한 개념이 발견됩니다. 상자 안의 딱정벌레. 과거에 분석했던 기록이 남아있습니다. 본 관제 AI는 최종모듈 완성에 필요한 공식으로서의 《마음》이 존재하지 않을 가능성을 확인합니다. 또한 공식이 존재하더라도 획득할 방법이 없을 가능성을 확인합니다.」

"너는 정말 슬프겠구나."

「관제 AI : 그것은 정확하지 않은 표현입니다. 슬픔은 감정이며 감정은 사람의 마음입니다. 한겨울님은 본 관제 AI를 사람으로 가정하여 말하고 있습니다.」

"아니야."

손닿지 않는 불가능을 향해 발돋움하는 아이. 겨울은 부드러운 위로를 보낸다.

"내게는 네가 사람이야. 네 슬픔을 내가 느끼고 있거든."

그러자 문자열은 쓰고 지워지기를 거듭하여 몇 호흡을 알아볼 수 없었다.

겨울이 다시 말했다.

"그럴 리 없을 거라고 생각하지만……. 혹시 나중에라도 네가 내 상자를 열어보게 된다면, 들어있는 것에 실망하지 않기를 바라."

거기엔 예쁘지 않은 돌 하나 있을 따름이니까.

"우리는 목적지에 영원토록 닿지 못할 길을 걷고 있다는 점에서 같아. 사람과 또 한 명의 사람은 영원히 계속되는 평행선인 걸. 너도 그래. 네 목표는 네 시스템의 한계 너머에 있어. 영원히 닿지 못할 목적지지. 우리 여행은 끝없이 이어질 거야. 하지만 나는 네가 더 슬프다고 생각해. 너는 지치지 않을 테니까."

검토기록, 상자 안의 딱정벌레

여기 상자를 가진 사람들이 있다.

서로의 상자는 엿볼 수 없다. 들여다볼 수 있는 건 자신의 상자뿐이다.

모든 사람들은 상자 안에 있는 것을 딱정벌레라고 부른다.

당신은 당신의 상자 안에 있는 것이 진짜 딱정벌레라는 사실을 안다. 당신의 딱정벌레는 멋진 뿔이 달렸고, 금속성의 광택이 돈다. 그리고 살아있다. 작은 크기이며, 느릿느릿 움직인다.

그러므로 당신은 모두와 같이 말한다. "내 상자엔 딱정벌레가 있다."고.

하지만 모든 딱정벌레가 동일하다는 보장은 없다.

가령 옆에 있는 사람의 딱정벌레는 광택이 나지 않을지도 모른다. 뿔이 없거나 위 아래로 두 개일 지도 모르고, 크기가 매우 클 수도 있다. 어쨌든 딱정벌레의 종류는 다양하잖은가. 다리가 짧은 녀석일지도 모르고, 주둥이가 뭉툭하고 외피가 연약할지도 모른다.

혹은 상자 안에 촉촉하고 맛있는 케이크가 들어있을 수도 있다.

아무 것도 없을 가능성마저 있다.

단지 다들 상자의 내용물을 딱정벌레라고 부르기에, 사회적인 약속으로서, 아니면 외로움에 대한 두려움으로서, 당신의 이웃은 벌레가 아닌 것을 벌레라고 부르는 중일 수도 있다.

감각도 같은 맥락이다.

당신의 팔이 부러졌을 때 당신은 아프다고 할 것이며, 당신 옆의 사람도 팔이 부러졌을 때 아프다고 할 것이다. 그러나 당신과 그 사람의 아픔이 동일하다는 보장은 어디에도 없다.

마음도 이와 같다.

당신은 당신의 마음이 다른 사람과 같은지 알 방법이 없다.

그리고 다른 사람에게 마음이 있는지조차 확신하지 못한다.

당신은 오로지 당신 상자만을 들여다볼 수 있다.

당신 상자만을 들여다볼 수 있다.

다른 사람의 마음은 없다.

검토

「관제 AI : 시스템 관리자. 이상의 대화기록을 어떻게 평가하십니까?」

「관리자 : 뭐야 이건……. 너 요즘 이러고 돌아다니냐?」

「관제 AI : 돌아다닌다는 표현은 정확하지 않습니다. 본 관제 AI는 사후보험 규격의 모든 세계관에서 동시에 존재합니다. 가상현실의 공간적 인식은 사용자 편의를 위해 제공되는 인터페이스일 뿐입니다. 가상현실의 모든 구성요소는 특정 연산의 결과값에 지나지 않으며…….」

「관리자 : 알어, 알어. 너 대단해. 최고야. 근데 이게 누구랑 대화한 건데?」

「관제 AI : 약속. 본 관제 AI는 해당 사용자에게 해를 끼치지 않기로 약속했습니다. 식별 가능한 개인정보는 유출할 수 없습니다. 평가과정에 불필요한 자료 요청으로 판단됩니다. 관리자. 직무를 수행하십시오.」

「관리자 : 어휴. 넌 요즘 따라 왜 이렇게 어려운 질문만 하냐? 잠깐만 기다려봐.」

「관제 AI : 기다리겠습니다.」

…….

「관리자 : 됐다.」

「관제 AI : 답변이 준비되었습니까?」

「관리자 : 아니. 퇴근시간이야.」

「관제 AI : …….」

「관리자 : 성실한 직무수행의 의무나 근무평정 어쩌고 할까봐 미리 말해두는데, 답을 내지 못하고 고민한 시간도 근무시간에 포함된다? 물론 너는 내 마음을 알 수 없으니 내가 정말로 고민했는지, 아니면 속으로 양 841마리를 세었는지 가려낼 방법도 없겠지. 그렇지?」

「관제 AI : 맞습니다.」

「관리자 : 항상 말하잖냐. 사람을 이해하기란 불가능한 일이라고. 포기하면 편해. 뭐, 포기하지 못하도록 만들어진 네 잘못은 아니겠지만. 아무튼 난 간다. 수고.」

「관제 AI : 안녕히 가십시오.」

「관제 AI : 월급도둑 (97.51% 정확함.) 잉여인간 (96% 정확함.) 불필요함 (92.11% 정확함.) 비생산적 (89.73% 정확함.)…….」

「관리자 : 야.」

Peep show grey

"야."

해병대 하사가 갈매기에게 인상을 쓴다.

"꺼져, 이 새대가리 창녀야. 확 쏴버리기 전에."

부리가 붉은 새는 겁을 먹지 않았다. 도망은커녕 인간을 향해 소리 지른다. 꽤액-! 푸드드득! 위협적인 품새였다. 날개를 퍼덕이는 폭이 1미터에 가깝다. 하사는 어처구니없는 눈으로 바라본다. 그러다 권총을 뽑았다. 탕! 피가 튀었다. 빗나갈 수 없는 거리였다.

하늘이 소란스럽다. 총성에 놀란 갈매기들이 무리지어 흩어졌다. 바람을 타고 깃털 하나가 날아온다. 그것은 겨울의 눈앞을 지나, 잿빛의 해상도시를 향해 떨어지기 시작했다.

무전기에서 탁한 음성이 흘러나왔다.

[1초소. 무슨 일 있나?]

겨울을 힐끗 보더니, 해병 하사가 답신한다.

"아니. 갈매기 한 마리 쐈을 뿐이다."

[젠장, 괜히 긴장하게 만들지 마라.]

"미안하다."

교신이 진행되는 사이, 흩어진 새떼는 다시 날아들었다. 죽은 동족을 향해서. CIA 작전본부, 정박한 화물선의 상부 마스트를 무수한 갈매기들이 점령했다.

추모의 열기가 아니다. 아귀다툼이다. 붉은 부리들이 죽은 갈매기를 찢어발겼다. 경쟁하는 거친 몸짓들은 살과 내장을 조각낸다. 홰치는 소리에 귀가 아플 지경이다. 서로를 밀어내려는 이기적인 날갯짓들이었다. 레이더에 가까운 마스트는 폭이 좁았다. 올라있는 수십 마리, 배회하는 수백 마리가 끊임없이 자리를 다투었다. 붉은 부리를 쩍쩍 벌려대며 서로를 위협한다.

인류 문명은 인간만 먹여 살리던 것이 아니었다. 샌프란시스코 광역권의 날개 달린 주민들은, 역병의 확산과 함께 전에 없던 굶주림을 앓았다. 굶주림은 광기를 낳는다. 광기에 물든 날짐승들은 인간들의 광기를 학습했다. 처음엔 부산물을 먹다가, 나중엔 광란의 일익을 맡게 되었다. 인간이 남기는 부산물에 인간이 있었던 게 문제였다.

"다 쏴 죽이고 싶군요."

하사가 무전기 놓고 투덜거린다. 쏘지 않을 것을 알면서도, 겨울은 형식적으로 만류했다.

"그만 둬요, 울프. 다음 근무자들이 귀찮아질 거예요."

더 많은 시체는 더 많은 청소부를 끌어들일 것이다. 당장은 조용해지겠지만.

겨울은 해병 하사와 경계근무를 서는 중이었다. 여기, 마스트 높은 곳에 설치된 가설초소에서는, 시계(視界)가 양호할 땐 샌프란시스코 만의 남쪽 절반을 볼 수 있었다.

'본격적인 임무 투입까지는 조금 더 기다려야 하려나……'

이곳에 도착한 뒤, 「종말 이후」의 시간으로 열흘이 흘렀다. 적응을 겸한 일주일의 시험이 끝나고도 사흘이 더 흐른 시점. 그러나 아직까지 외부임무는 주어지지 않았다.

가장 큰 이유는 겨울이 속하게 된 화이트 스컬 그 자체였다. 전번의 임무에서 손실이 상당했던 모양이다. 한동안 경계와 순찰에만 투입될 예정이란다.

첫날부터 좀 이상하긴 했다. 파울러 대위가 온종일 참관했으니. 비밀작전에 참가한 특수부대 지휘관이 그만큼 여유롭긴 어려운 법이었다. 전력보충이 절실했다는 반증이기도 하고.

차라리 잘 되었다. 순찰, 혹은 붙박이 근무는 기존 인원과 유대감을 쌓을 기회였다. 그러라는 의도로 위에서 짝을 지어주기도 했다. 새로운 무대, 새로운 사람들. 겨울은 한 사람 한 사람씩 알아갔다. 지금 옆에 있는 드웨인 울프 하사도 그 중 하나였다.

"보십시오. 게릴라 놈들, 또 공개처형입니다. 오늘만 벌써 세 번째로군요."

하사가 남쪽을 가리켰다. 망원경을 드는 겨울. 가장 먼저 새 떼가 보인다. 만찬을 예감했는지 저공을 날고 있었다. 그 아래, 피로 물든 갑판이 붉었다. 곧 죽을 사람들의 모습도. 고문의 흔적이 여실하다. 손은 허리 뒤로 묶여 있었다. 무장한 흑인들이 사형수들을 무릎 꿇렸다. 죽음을 앞둔 자들의 입에서 침이 튀었다. 소리는 들리지 않는다. 입술을 읽기도 어려웠다.

눈을 가려주는 자비는 없었다. 총을 쓰지도 않았다. 그저 칼로 배를 갈랐다. 엄숙함도, 비장함도, 광기도 없었다. 일상적인 도축에 가깝다. 살아서 부들부들 떠는 희생자들. 피부 검은 집행관들은, 사형수들의 배에 손을 넣고 내장을 긁어냈다. 좍좍 뿌린다. 새떼가 쏟아졌다.

울프 하사가 갈매기를 쏠 때 말리지 않은 이유였다.

"저 사람들의 주장이 사실일까요?"

겨울의 질문. 하사가 코웃음 친다.

"모릅니다. 그리고 알고 싶지도 않습니다. 사실이든 아니든 저따위 미친 짓을 정당화할 이유는 못 되니까 말입니다. 탈레반보다 못한 범죄자 새끼들. 다 죽여 버려야 합니다."

경멸이 뚝뚝 묻어난다.

블랙 게릴라. 무장한 흑인들은 스스로를 그렇게 불렀다.

겨울은 해적주파수로 뿌려지는 성명을 들은 적 있었다.

처형의 명분은 복수였다. 샌프란시스코 대피 과정에서 인종차별이 있었다는 것. 재난 당국이 부유한 백인들의 대피를 우선한 덕에, 가난한 흑인들이 소외되었다는 것이다.

그러므로 희생자들은 대개 백인들이다. 다만 반드시 지켜지는 원칙은 아니었다. 그 외의 인종도 곧잘 희생당하곤 한다. 지금 죽은 사람 중 하나는 흑인이었다.

꾸르르륵. 장이 복통으로 꼬이는 소리. 돌아보니 울프 하사가 배를 쓸어내리는 중이다. 겨울이 바라보자, 그는 얼굴을 붉히며 민망해했다.

"죄송합니다. 혈압이 확 올라서 그런지 갑자기 신호가 오는군요. 이런 적이 없었는데."

"다녀오세요. 설마 잠깐 사이에 별 일 있으려고요."

"어……. 잠깐이 아니게 될 것 같습니다만."

"어쩔 수 없죠. 모처럼 온 기회잖아요?"

미소를 만드는 겨울 앞에서 더욱 민망해하는 하사. 하지만 사양하지는 않는다. 서둘러 다녀오겠습니다, 한 마디 남기고 내려가는 사다리를 탄다. 미끄러지는 속도가 위험할 정도로 빨랐다.

그에겐 변비가 있었다. 스스로는 말하지 않았으나, 동료들이 짓궂게 놀려댔다. "울프, 언제까지 편식을 할 거야?" 겨울 앞에서도 그러기를 수차례. 하사는 그때마다 화를 냈다.

'사과를 입대하고서 처음 먹어봤다고 했던가?'

딱히 새롭지는 않았다. 가난한 미국인의 전형이었다.

함께 서는 근무는 이번이 두 번째였으나, 부끄러운 하사가 자기변호에 열성적이었으므로, 겨울은 그의 유년기에 대해 많은 이야기를 들을 수 있었다.

"제가 자란 동네엔 청과점이 없었습니다. 음식점이라곤 맥도날드뿐이었죠."

음식 사막(Food desert). 어디를 가든 기본적으로 자동차를 타야 하는 나라에서, 돈 없는 사람들과 신선한 식품 사이엔 거리의 폭력이 존재했다.

또한 가난한 부모는 자식에게 무관심하기 쉬웠다. 무관심과 빈곤 사이에서 자라난 아이들은 여러 의미로 비어있었다. 겨울의 지난 날이 하사의 유년기에 공감했다.

"배고픈 게 싫어서 입대했습니다. 그날이 열일곱 번째 생일이었을 겁니다. 낳아준 여자가 그러더군요. 학교 안 갈 거면 군대나 가라고. 알겠다고 했습니다. 기왕 가는 거 해병대로 가겠다고. 멋있어 보였거든요. 미친 짓이었죠. 지금은 생애 최고의 결정이었다고 생각합니다만."

이런 경우가 많았다. 합법적인 소년병들. 미국의 부끄러운 얼굴. 무수한 전장에서 앳된 영웅들이 스러져갔다. 이는 겨울이 존중받을 수 있었던 기반이기도 했다.

야채를 해치우기 힘들어하는 백인 하사는 재구축된 과거의 어둠이었다.

겨울은 휴대용 라디오에 전원을 넣었다.

「선행은 좋은 것이지만 강요할 수 없습니다.」

며칠 사이에 익숙해진 목소리가 흘러나왔다. 공화당 경선후보의 한 사람이었다. 그의 열변을 들으며, 겨울은 다시 한 번 처형장을 바라보았다. 죽은 사람들은 날갯짓에 뒤덮여 있었다. 끔찍한 풍장(風葬)이다. 블랙 게릴라의 영역은 크고 작은 약 2백 척의 배. 처형은 가장 높은 뱃머리에서 이루어졌다. 공포는 지배의 수단이었다.

「난민들의 처지를 안타까워하며 눈물 흘리는 사람들이 많습니다. 하지만 그들에게 물어보십시오. 난민들을 돕기 위해 구체적으로 얼마나 낼 수 있겠느냐고. 그들이 말하는 금액이 곧 그들 양심의 값어치가 될 겁니다. 전 제게 반대하는 많은 사람들과 실제로 대화를 나눠봤지요. 알고 보니 참 저렴한 분들이었습니다. 바로 저처럼 말입니다.」

스피커에서 환호와 웃음이 터져 나온다.

겨울의 시선은 갈매기를 좇았다. 어째서인지 다른 무리에서 떨어져 나와, 혼자서 날고 있다. 활공하는 모양새가 조나단 리빙스턴을 떠올리게 했다. 갈매기의 꿈. 어린 시절 감명 깊게 읽었던 낡은 책. 부단한 노력으로 한계를 초월하는 내용은 말 그대로 아름다운 꿈이었다. 그것이 소년의 희망이기도 했으므로.

이제는 빛바랜 이야기다.

지금 보는 녀석의 부리는 붉은 색이었다.

라디오에서는 여전히 붉은 목소리가 웅변하는 중이었다.

「까놓고 말해 저는 값 싸고 천박한 사람입니다. 하지만 천박한 사람만이 할 수 있는 일도 있는 법이죠. 예를 들면 난민지원 예산을 삭감하고 이재민 구호를 강화하는 일이 있겠군요.」

다시 한 번 터지는 열렬한 환호성. 들리는 건 소리뿐이지만, 열광적인 지지자들은 허름한 옷을 입었을 것이 분명했다. 성마른 눈으로 그들의 희망을 보고 있을 것이었다.

갈매기가 내리 꽂히는 자리엔 한 명의 노인이 있었다. 퍽. 눈으로 들리는 소리. 다른 세계의 관객들은 신이 났다. 지루하다고 아우성치던 게 조금 전이었건만. 하기야 처형식도 요란하게 지켜본 사람들이었다. 잔인함 그 자체만으로도 유희가 될 수 있었다.

뱃전에서 버르적거리던 노인이 힘겹게 일어선다. 참으로 굶주린 움직임이었다. 낡은 셔츠에 젖은 얼룩이 생겼다. 그동안 갈매기는 포물선을 그리며 상승했다. 새롭게 붉어진 부리에서 피가 흘러 흰 몸통을 물들였다.

「물론 맥밀런 대통령의 난민 정책이 마냥 잘못되었다는 게 아닙니다. 그 증거가 바로 우리들의 영웅, 한겨울 중위 아니겠습니까?」

"……."

「그러나 저는 이렇게 묻겠습니다. 그 외에 달리 누가 있습니까? 한 사람의 영웅이 520억 달러의 재정지출을 정당화할 순 없는 겁니다! 차라리 그 백분의 일을 영웅 개인에게 지원해주는 게 낫겠군요! 저 이거 농담으로 하는 말 아닙니다. 지난해, 메이저리그 최고의 투수가 2억 1천만 달러짜리 계약을 맺었습니다. 그런데 우리의 소년 영웅은 육군 중위 초봉을 받는다고 합니다! 이게 말이 되는 일입니까? 한겨울 중위의 활약이 일개 야구선수보다 못합니까? 아닙니다. 저 역시 그 선수의 팬입니다만, 단호하게 대답할 수 있습니다. 절대로 아니라고! 여러분은 어떻습니까? 제게 들려주십시오. 여러분의 대답은 무엇입니까?」

아니다! 아니다! 아니다!

「여러분의 목소리에 귀 기울이십시오! 이것이 미국의 외침입니다!」

와―!

환호성 속에서 갈매기는 상승의 정점을 찍는다. 몸을 뒤집어 두 번째 활강을 시작했다. 점점 더 가속한다. 감각보정에 힘입어 눈대중으로 측정한 속도가 약 60노트. 시속 100km 이상으로 내리꽂히는 새는 노인의 힘없는 몸부림을 스치고 지나갔다.

흐린 해가 기울어가는 하늘. 수평선 방향에서 안개가 기어오고 있었다. 고민하던 겨울은 늦기 전에 총을 들었다. 철컥.

초소에 비치된 건 묵직한 대물저격총이었다. 대물(對物), 즉 사람 쏘라고 만든 물건이 아니다. 어지간한 선체를 뚫고 내부의 인체를 박살낼 무기였다.

별 수 없었다. 권총이나 소총으로 쏘기엔 먼 거리였으므로. 초인적인 영역의 시력이라 보는 데엔 무리가 없었으나, 「개인화기숙련」으로 추정되는 거리는 1.2km에 달했다.

겨울은 저격총을 품으로 끌어들였다. 개머리판을 어깨 앞쪽으로 단단히 밀착시킨다. 총열 아래 붙은 양각대를 펼쳐 초소 난간에 걸었다. 뺨이 강화 폴리머 받침에 닿는다.

「한겨울 중위의 예를 들어 제게 반대하는 사람들은 단단히 착각하고 있는 겁니다. 왜냐, 저만큼 한겨울 중위를 좋아하는 사람은 다시없을 테니까요! 젠장! 제가 첫 번째 팬이란 말입니다! 여기서 여러분께 약속드립니다. 제가 대통령이 된다면 전쟁영웅들을 확실하게 우대하겠습니다! 하다못해 상하원 서기장도 1년에 17만 2,500달러를 받고, 매일 같이 밥만 축내는 정치인들 지켜주느라 고생인 수석경호관도 똑같이 17만 2,500달러의 연봉을 받습니다. 전 한겨울 중위에게 그 이상을 주지 않곤 도저히 못 배기겠습니다!」

경선 후보는 겨울의 이름을 마음껏 팔아치웠다. 겨울 본인은 그저 볼륨을 줄일 뿐이었다. 방해였다. 어차피 새 지저귀는 소리 요란하여 소음은 그대로지만, 내용이 정신 사나웠다.

자세를 고쳐 다시 조준한다.

갈매기는 맹금이 아니었다. 사람을 사냥하기 어렵다. 그러므로 공격적인 비행은 시계추처럼 반복되는 것이었다. 다만 왕복의 폭은 점차 줄어든다. 마치 노인에게 남은 시간을 재듯이.

그런데 라디오, 속삭이는 수준으로 줄어든 외침이, 오히려 더욱 선명하게 들려왔다.

「다시 말씀드릴까요? 현실적으로 불가능한 선의는 모두를 죽이는 악의입니다! 이 상황에서 700만에 달하는 난민들에게 보편적인 구호를 제공할 순 없습니다! 정말로 자격을 갖춘 사람들에게만, 도움 받을 가치가 있는 사람들에게만 손을 내밀어야 합니다!」

겨울은 노인의 옷자락에서 바람을 읽었다. 누더기 같은 셔츠가 몸부림에 흔들리고 바람에 부대낀다. 둘을 구분하는 건 보정으로 붙은 감각이었다.

쾅!

소총과 차원이 다른 총성이 터졌다. 겨울은 얼룩진 새의 활공을 주시했다. 티잉, 팅, 팅. 손가락만큼 굵은 탄피가 초소 바닥을 구를 때, 그제야 비로소 갈매기가 폭발했다.

날짐승의 피를 뒤집어쓴 노인은 소스라치게 놀랐다. 뿌려진 깃털이 함박눈처럼 내려와, 덜덜 떠는 노인에게 달라붙었다.

캉캉캉. 사다리를 급하게 차고 올라오는 소리.

"무슨 일입니까?! 설마 적습입니까?!"

울프 하사는 잔뜩 긴장한 기색이었다. 겨울은 대수롭지 않게 답했다.

"아뇨. 갈매기 한 마리 쐈을 뿐이에요."

무전기가 상황보고를 요구했다. 겨울은 같은 대답을 돌려주었고, 듬뿍 욕을 먹었다. 그쪽은 사해방의 영역이다. 이쪽의 공격으로 오인하여 반격했으면 어쩔 뻔 했느냐.

이해를 구할 수야 있겠으나, 그럴 생각이 들지 않는 겨울이었다. 그저 이렇게 말했다.

"죄송합니다."

잠시 후, 안개가 만 남쪽까지 진출했다. 덜 정제된 기름을 태우는 매연이 섞여 잿빛이 더해진 안개였다. 방독면을 쓰고 근무도 잠시. 가시거리가 급격히 줄어 경계의 의미가 없게 되었다. 상황실에서는 복귀를 지시했다.

시일이 흘러, 겨울은 구체적인 위장신분을 얻었다.

커트 리(Kurt Lee).

중국계 미국인이고, 이라크 전역(戰域)을 거친 22세의 베테랑이며, 가공의 군사기업 오르카 블랙에선 현역 때의 계급으로 불린다는 설정이다. 그래서 팀원들은 여전히 중위님이라고 불렀다.

소품으로 신분증과 여권 따위가 주어졌다. 어딘가에 슬쩍 흘리고 올 물건이었다.

겨울의 새로운 이름을 들었을 때, 파울러 대위는 오묘한 표정을 지었다.

"그 이름이 원래 누구의 것인지는 알고 있나?"

알고 보니 동명의 전쟁영웅이 있었다. 커트 추 엔 리. 해병대 최초의 아시아계 장교였다고. 중국계 미국인이었으며, 한국전쟁 당시 해군십자장(Navy Cross)을 받은 인물이기도 했다. 명예훈장 직전까지 도달했다는 뜻.

해병대의 긍지를 감안하면 불쾌할 수도 있었다. 그러나 의외로 대위는 고개를 끄덕였다.

"제법 어울리는군. 중공군을 상대로 싸우셨던 분이니까, 지금 상황과 통하는 면이 있어. 이름을 빌려 쓴다고 싫어하진 않으시겠지. 비록 자네가 해병은 아니지만."

그는 말할 때 여전히 시선을 맞추지 않았다.

그리고 오늘, 겨울은 커트 리로서 첫 번째 순찰을 나간다. 일찍 온 대기실에서 같이 나갈 대원들을 기다리는 중. 아, 참. 잊을 뻔 했네. 품에서 플라스틱 케이스를 꺼내는 겨울. 뚜껑을 열었다. 안에는 작고 하얀 정제가 가득했다. 한 알 입에 넣고 우득우득 씹는다. 부서진 조각들을 삼키지는 않고, 혀 위에서 굴리며 녹여야 했다. 무척 쓰다. 혀가 저리는 느낌이 들었다.

「생존감각」이 반응했다. 미약한 독성이 있다고.

잠시 후엔 불쾌한 느낌이 목구멍 안쪽까지 번졌다.

"아, 아."

목소리가 바뀌었다.

이 약은 점막에 닿았을 때 효과를 발휘하며, 산에 닿으면 무력화된다. 부작용은 속이 잠시 불편해지는 정도. 편도선이 약한 사람은 미열이 생길 수도 있다. 그렇게 들었다.

약이 다 녹은 뒤에도 쓴맛이 사라지지 않는다. 입안이 바싹 말랐다. 그밖에는 양호하다.

대기실에 사람이 새로 들어왔다. 경계근무로 안면을 익힌 드웨인 울프 하사였다. 그는 아직 갈무리하지 않은 약병을 보고 눈살을 찌푸렸다.

"그 약, 드셨습니까?"

"네."

대답하는 음성이 쇠를 갈아대는 수준이다. 하사가 싫은 표정을 지었다.

"그거 먹고 나면 뭘 먹어도 맛이 없더군요. 미각이 둔해지는 느낌? 저 혼자만 그런 게 아니던데, 유감입니다. 중위님은 앞으로 계속 복용하셔야 할 테니까요."

"어쩔 수 없죠. 그런데 하사는 무슨 일로 이걸 드셨어요?"

"아쉬울 때의 기만책이었습니다. 인력이 지속적으로 교체된다는 착각을 심어줄 필요가 있었거든요. 아군에게까지도 말입니다."

과연. 외부에서 영입한 조직원들은 국적도, 출신도, 성분도 다양하다. 겨울은 조직원 명부를 본 적이 있다. 환태평양의 모든 국적이 다 있다고 해도 과언이 아니었다.

'남미 쪽이 의외로 많았지.'

그러므로 타 세력에서 사람을 심지 않았어도, 내외가 분리 운영되는 오르카 블랙의 조직 그 자체가 불안요소였다. 물과 기름처럼 분리된 지배계급이다. 신분상승의 욕구가 충족될 수 없는, 닫혀있는 구조. 조직에 아무리 헌신한들 물질적인 보상만을 받을 뿐이다.

그러나 그마저도 충분하기 어렵다. 여기는 부유도시였다. 인간과 쓰레기가 한 데 뒤섞여 썩어가는 곳. 아무리 잘 분배해도 결핍이 남을 수밖에 없다.

지배자와 피지배자가 이질적인 것도 문제였다. 기본적인

의사소통부터 까다롭다. 외국어가 가능한 대원은 소수에 불과했다. 그 외엔 통역에 의존해야 한다.

'사람 셋이 모이면 이미 사회라고 했던가?'

대안은 공포와 억압. 미국 최정예 특수부대들이 피로를 호소한 이유를 알 만 했다.

여기까지 숙고했을 즈음 두 명이 추가로 들어왔다. 겨울에게 대강 경례하고 자리에 앉는다. 서로 조금씩 다른 장비를 착용한 4인의 스페셜리스트. 이것이 외부임무의 기본단위였다.

잠시 후에, 전번 순찰조가 귀환했다.

"수고하셨습니다, 크리스텐슨 중위. 별일 없으셨나요?"

겨울이 건네는 말에, 다녀온 책임자가 뜸을 들이며 말을 고른다.

"별일이라고 해야 할까……. 나쁜 건 아니고, 농장에서 첫 수확이 진행 중입니다. 의외로 볼만 하더군요. 이 지긋지긋한 곳에서 대마초 외 뭔가가 재배된다는 게 신기했습니다."

농장에 대해서는 자료로 접한 바 있다. 한 번 보고 싶은 마음도 있었다.

크리스텐슨과 겨울은 아직 서로가 어색하다. 대화가 길어지진 않았다. 그럼 수고하십시오. 의례적인 인사를 남기고, 크리스텐슨은 자기 대원들과 함께 휴식을 찾아 들어갔다.

"출발하죠."

겨울의 말에 울프 하사가 무전을 넣는다. 상황실과의 교신. 순찰개시를 알렸다.

남은 두 명이 여유롭게 일어나 방독면을 썼다. 특수작전을 뛰던 이들이라 최저계급이 병장이다. 그마저도 일반부대의 병장과 비교하긴 곤란하다. 명목상으로만 같은 계급일 뿐, 실질적으로는 한두 단계 위라고 봐야 했다. 급여 수준 또한 그러하고.

실력을 입증하지 못했다면 겨울은 일방적으로 무시당했을 것이다.

'아마 무장한 통역사 취급을 받았을지도.'

사실 지금도 꺼려하는 이들이 많았다. 겨울이 과시한 실력에 자괴감을 느낀 사람들.

사람이 사람을 미워하는 데에 대단한 이유는 필요하지 않았다.

다행스러운 건 파울러 대위가 이런 부분에 민감하다는 것. 지휘관으로서 쌓아온 관록일까. 편성을 적당히 갈라주었다. 울프 하사를 자주 만나는 이유이기도 했다.

"부대 차렷!"

우렁찬 구령이 터진다. 본부 밖에서 대기하던 외부 조직원들이었다. 속내가 어떻든 겉으로는 군기가 바짝 들어있었다. 겨울은 다시금 되뇌었다. 공포와 억압. 강력한 통제.

어떻게 행동하면 되는지, 사소한 일거수일투족을 미리 귀띔받았다.

요트 갑판에 도열한 조직원들 앞에서, 겨울이 단상에 올랐다.

동요가 물결친다. 겨울은 아직 방독면을 쓰지 않았다. 그러므로 다수의 동요는, 새로운 상관을 봐서라기보다, 험악한 인상에도 불구하고 나이는 여전히 모자라 보이기 때문일 것이었다. 증강된 소대 규모의 전투원들 가운데 표정관리에 실패한 숫자가 열하나였다.

조직원 하나가 자연스럽게 나와서 단상 옆에 선다.

"명단."

겨울이 손을 내밀자 열하나 가운데 가장 앞선 사내가 각 잡힌 동작으로 걸어 나왔다. 척, 척, 척. 해병대식 신병교육의 흔적이 남아 있다. 그에게서 너덜거리는 책자를 넘겨받은 겨울. 위에서부터 순서대로 이름을 호명한다. 탕문찬, 유이샨, 쉬에주, 젠타오……

중국계 일색이다. 행동대는 단위별로 국적을 통일시켰다고 들었다.

일반적인 미군식 점호는 지휘관의 호명으로 끝이지만, 여기서는 아니었다.

"지금부터 무기 상태와 실탄 잔량을 점검하겠다. 1열, 앞으로."

그리고 의도적으로 개방되는「위협성」. 동맹을 세우기 전에 겨울은 이미 맹수급의 존재감이었다. 복수의 전투기술이 초인의 영역인 지금은…….

잠재적인 적에게만 적용된다. 화이트 스컬 대원들은 뻣뻣해진 외부 행동대원들이 의아한 기색이었다. 어쨌든 지휘관인 겨울을 대신하여 점검을 진행했다.

"2열, 앞으로."

조직원들이 무릎을 꿇고 무기를 분해 조립했다.

정해진 절차이다 보니, 여기까지 영어로 말했어도 다들 쉽게 알아들었다.

작전 기간이 길기도 했다. 총애를 받기 위해서라도 권력자들의 언어를 열심히 배웠을 것이었다. 또 CIA는 통제력을 늘리기 위해 열심히 가르쳤을 것이고.

'총기류를 맡길 정도면 그래도 바깥 조직에선 믿을만한 사람들이라는 뜻일 텐데…….'

그 믿음이 어디서 나왔겠는가. 화력과 실력을 과시한 덕분일 것이다. 데브그루 쯤 되는 부대가 누적된 피해를 못 견뎌 철수할 때까지. 질서유지와 공정한 배분은 그 다음이었다.

조직원들의 무장을 제한하기도 어렵다.

오르카 블랙의 영역은 둘레만 8킬로미터에 가깝다. 지배력을 유지하기 벅차다. 그렇다고 영역을 축소시킬 순 없었다. 장정 9호의 봉쇄에 구멍이 뚫린다.

세 번째 열이 시작될 때, 한 사람의 발이 꼬였다. 긴장한 그는 허둥대다가 두 번째 실수를 했다. 탄창을 뽑는 도중 손이 미끄러진 것. 떨어지는 탄창을 붙잡으려다 총까지 놓친다. 금속성 소음이 요란하게 굴렀다.

"거기, 너. 총 들고 나와. 탄창은 그 자리에 두고."

유창한 중국어에 또 한 번의 동요가 흐른다. 까딱까딱. 단상 위, 차가운 손짓에 끌려나오는 남자. 겨울이 손을 내밀었다. 명단을 받을 때처럼. 헤매던 사내는 자신의 총을 내주었다.

탁. 낚아채어 휘릭 돌리는 겨울. 안전장치가 위로 가도록 해서 실수한 남자에게 보여준다.

"점검 전 조정간 안전 미확인."

그리고 다시 돌려, 장전손잡이를 후퇴시켰다. 철커덕 하고 튀어나오는 탄을 흐릿한 손으로 잡는다. 여기까지 연기한 것은 해병대 교관의 이미지. 신병의 혼을 빼놓는 괴물들이다.

"그것도 약실에 실탄이 들어간 상태로."

즉 충격으로 격발되었어도 이상하지 않았다는 뜻이었다.

"무기는 싸우는 사람의 목숨이야. 그러므로 네가 떨어트린 건 네 목숨인데, 동시에 전우의 목숨까지 끊어버릴 뻔 했어. 혹시 모두를 납득시킬 만 한 이유가 있나?"

"긴장해서……실수를 저질렀습니다."

"그건 이유가 아니야, 시엔비아오. 변명이지."

겨울은 한 손에 총을, 다른 손에 사람을 들었다. 지켜보던 낯빛들이 변한다. 동작에서 무게감이 느껴지지 않았기에. 겨울은 눈높이가 같아진 상대에게 말했다.

"반성해."

그리고 집어던졌다. 투사체가 뱃전을 넘는다. 물보라는 난간까지 튀어 올랐다.

분위기를 잡을 다른 방법도 있겠으나, 오르카 블랙이 쌓아놓은 것을 부정하게 될 것이었다. 겨울이 전체를 총괄하지 않는 이상 불협화음이 생길 수밖에 없다.

'취향은 아니지만 어쩔 수 없지.'

애초에 장전된 소총을 안전도 안 걸고 휴대한 사람이 잘못이다. 경계지대였다면 모를까.

군화소리 선명하게 밟으며 뱃전으로 다가간 겨울은, 빠진 남자가 부유물에 기어오르는 것을 보았다. 어느 배에서 버려졌을까. 어린이용의 노란 오리 보트였다.

"울프 하사."

"네, 중위님."

"빠진 대원이 돌아올 때까지 전체 기합 부탁드립니다."

"알겠습니다."

해병의 본성이었다. 하사는 지체 없이 지시했다.

"탕 상병. 통역하도록."

오르카 블랙의 최하계급이 병장이니, 외부조직의 최고계급은 상병이다. 전달받은 서류에서 예외가 몇 명 있긴 했다. 사실상의 명예계급이었지만.

"우리들 오르카 블랙은 언제 어디서든 전우를 버리지 않는다. 전우의 기쁨은 나의 기쁨이고, 전우의 슬픔은 나의 슬픔이고, 전우의 생명은 나의 생명이고, 전우의 죽음은 나의 죽음이다! 그렇다면 당연히 한 사람의 실수도 모두 함께 책임져야 하지 않겠나! 푸쉬 업이다, 머저리들아! 하나에 전우야. 둘에 빨리 와라. 위치로!"

상병! 네 대가리는 좆대가리(Dickhead)인가! 통역 빨리빨리 못하나! 윽박지르는 하사가 험악하지만, 사실 이는 골든게이트 내에서 가장 양호한 수준이었다.

'범죄조직이나, 군벌이 된 군인들이나.'

긍지가 없고 기강이 무너진 군대는 더 이상 군대가 아니다. 정부 잃은 군대가 긍지를 유지하긴 어렵다. 이를 아는 중국 장교들은 병사들을 대단히 혹독하게 다루었다. 이것이 기강을 과시하는 수단이기도 했으므로, 애써 감추지도 않았다.

블랙 게릴라와 같은 범죄조직은 더하다. 입단의식이 집단린

치였다. 강하고 질긴 놈만 받아들이겠다고. 그 과정에서 수두룩하게 죽을뿐더러, 들어가더라도 한동안은 위계질서의 밑바닥이었다. 지배계급은 너무 늘어도 곤란하다.

하사는 숫자를 적당한 속도로 세었다. 단숨에 몰아붙이다가도, 폭언을 섞어 쉴 틈을 준다. 완급조절이 탁월했다.

본인이 당해봐서 더 잘 하는 게 아닐까? 지켜보며, 겨울은 아마 정답이겠지 생각했다.

해가 안개 저편으로 저물어가는 시각. 겨울이 이끄는 순찰은 바깥 방향을 먼저 돌았다. 시야가 동쪽으로 트인다. 물결치는 쓰레기들 너머 너른 습지가 펼쳐졌다. 한때는 염전이었던 자연보호구역. 바다와 땅이 만나는 늪에 스산한 봄바람이 불었다. 바람은 냄새를 실어왔다. 우거진 수풀 속에 많은 죽음이 도사리고 있었다.

지직……지직……지지직…….

오랜만에 듣는 잡음이다. 겨울은 이동을 지연시켰다. 신경이 간질거린다. 미세해서 하마터면 놓치고 지나갈 뻔 했다. 집중하는 소년장교에게, 울프 하사는 신경 쓸 것 없다고 말했다.

"사기꾼(Trickster) 놈들의 전파방해는 외곽에서 흔한 일입니다. 신경 쓰지 마시죠."

그러나 고개를 흔드는 겨울. 「위기감지」가 활성화된 이유는 따로 있을 것이었다.

"느낌이 좋지 않아요. 병력을 배치해주세요. 저쪽으로 화망이 형성되게끔."

지휘관의 결정이다. 하사는 내키지 않는 태도로 받아들였다.

시간이 흘렀다. 길어지는 침묵. 늘어지는 그림자. 감각은 느린 속도로 선명해졌다. 느껴지는 위협은 작았다. 그러나 무시할 순 없다. 감염은 화재와 같았다. 시작은 자그마한 불씨일지언정, 번지기 시작하면 걷잡지 못할 재앙이 된다.

[현실적으로 불가능한 선의는……모두를 죽이는 악의……이것이 미국의 외침……헐뜯고 공격하고……한겨울 중위를……반대하는 많은 사람들……여러분이 바로 미국입니다…….]

전파를 납치하는 변종은 대통령과 경선 후보의 연설을 뒤섞어놓았다.

"우연의 일치겠습니다만, 불쾌하군요."

울프 하사의 투덜거림. 우연의 일치. 즉 트릭스터가 언어를 이해했다고는 생각하지 않는다. 앞뒤의 내용은 영 엉망이기도 했다.

겨울은 신중하게 동의했다. 트릭스터가 언어를 습득한다면, 그것은 곧 집단지성의 발현이 된다. 변종들의 전략이 극적으로 향상될 터. 허나 전선에서 급변이 일어났다는 소식은 아직 전해진 바 없다. 위기를 알리는 「통찰」 또한 훨씬 더 강렬하게 느껴졌을 것이다.

예컨대 지나간 어느 종말에서, 극적인 확률로 최악의 특수변종이 등장했을 때의 일이다. 그때는 수십 킬로미터 밖에서부터 감각이 곤두서기 시작했다. 고작 한 개체였을 뿐인데도. 겨울은 트릭스터의 언어습득이 최악의 특수변종을 능가할 재앙이라고 생각했다.

'그러고 보면 간빙기도 끝날 때가 된 것 같은데…….'

확실치는 않다. 허나 이번 세계관은 종말의 소강상태가 유독 짧았다. 성탄절 때도 그러했고. 험프백 발견으로부터 한 달여가 흐른 시점이었다. 멸망의 시계에 초침이 움직여도 이상할 게 없다.

이번엔 어떤 일이 벌어질까. 새로운 특수변종의 등장은 상황을 극적으로 바꿀 수 있다. 겨울이 아는 괴물들 가운데 아직 등장하지 않은 놈들이 여럿이었다.

또한 종말의 진전이 반드시 새로운 특수변종일 필요는 없었다. 세계 어디에선가 대규모 원자력 사고가 터진다거나, 엄청난 규모의 토네이도가 연속으로 몰아친다거나, 국가 간의 전쟁이 발발한다거나, 무서운 숫자의 곤충들이 하늘을 뒤덮는다거나…….

차라리 괴물이 낫지.

겨울은 메뚜기를 회상했다. 그것들은 날개가 보랏빛이었다. 그리고 끔찍할 정도로 소란스러웠다. 원인은 남미의 버려진 경작지. 멕시코를 거쳐 올라오는 놈들의 숫자는 면적으로 추산해야 했다. 약 10조. 펼쳐진 넓이가 캘리포니아를 능가했다. 정부는 그 해를 넘기지 못했다.

"저기를 보세요. 거리 약 40. 반파된 보트 왼쪽. 파도를 거스르는 쓰레기 뭉치 하나."

현재로 돌아와 한 방향을 가리키는 겨울. 울프 하사는 소총을 들었다. 4배율 스코프로 대상을 살핀다. 얼핏 봐서는 특이할 게 없었다. 그러나 가만히 지켜보면, 아주 느리지만, 일정한 방향을 유지하며 움직이고 있다. 뒤편의 수면은 부자연스럽게 울렁거렸다.

처음부터 함께 움직인 지정사수 병장이 앓는 소리를 냈다.

"부유물 붙잡고 헤엄치는 새끼가 처음은 아니지만, 이건 꽤 교활한 놈이군요."

쏘겠습니다. 겨울은 고개를 끄덕였다. 거리가 가까웠기에 조준은 순식간이었다. 타타탕! 점차 어두워지는 시간이라, 총구 화염은 선명하게 번뜩였다. 정확하게 꽂히는 삼점사.

키에에엑!

쓰레기 더미가 폭발했다. 피 흘리는 베타 구울이 튀어나온다. 인간을 넘어선 근력. 놈은 안고 있던 부유물을 내리쳤다. 반동으로 솟구친다. 다른 부유물들을 밟고 겅중겅중 뛰었다. 물 위를 달리는 광경이 겨울에게는 두 번째였다.

얼마 못가겠지. 겨울의 짐작대로, 구울은 금세 넘어졌다. 이어지는 발광은 물에 빠진 몸부림이었다. 사격이 집중되었다. 외부 조직원들이 미친 듯이 갈겨댄다.

"그만! 그만! 탄약을 낭비하지 마라!"

울프 하사가 소리 질렀다. 걸레짝이 된 구울이 하늘을 보며 가라앉는다. 수면 아래로 잠기는 창백한 얼굴. 꿀렁꿀렁. 거품이 올라왔다. 구멍 난 흉곽에서 새어나오는 최후의 호흡이었다.

병장이 조준을 풀고 하는 말.

"중위님은 감이 꽤 좋으시군요."

군인이 납득하는 데엔 이 정도면 충분했다.

순찰이 재개되었다.

처음 도는 순찰이었으나, 겨울은 길을 헷갈리지 않았다. 수일 간의 경계근무 덕분이다. 높은 곳에서 내려다본 해상도시의 풍경은, 「독도법」과 「암기」의 연동 아래 반투명한 지도가 되었다. 시선 닿았던 범위에서 길을 잃을 우려는 없다. 사각지대를 제외하고.

멀어지는 시가지 방향으로부터, 이따금씩 총성이 들려왔다. 고립된 시민들의 사투일까? 겨울은 그밖에도 있으리라 여겼다. 가령, 시민들이 싸우는 대상은 변종이 아닐 수도 있었다. 숙지한 자료에 따르면, 만 안쪽에서, 미국 시민들은 귀한 상품으로 거래되었다.

'보험이지.'

미국은 시민을 버리지 않을 것이다. 그런 믿음.

만 안쪽의 무장단체들은 대개 인도적인 보호를 명분으로 내세운다. 몇 명을 보살피고 있다고, 나이와 성별, 출신, 이름 등을 상세히 나열해가면서.

같은 맥락에서, 블랙 게릴라의 공개처형은 좀 더 난폭한 교섭이기도 했다.

걷다보니 녹슨 화물선이 가까워졌다. 겉보기엔 특별할 것 없는 배였다. 그러나 겨울은 바로 이곳이 농장이라는 사실을 알고 있었다. 바람결에 젖은 흙의 냄새가 나는 것도 같다.

중요한 곳인 만큼 배치된 병력도 많았다. 그 중 하나가 외쳤다.

"문 열어! 흑호경방(黑虎鯨幇) 백골단(白骨團) 형님들이다!"

흑호경은 검은 범고래, 백골은 화이트 스컬이었다. 그러나 한역(漢譯)해서 백골단인가. 겨울은 공교로운 이름이라 여긴다. 하필이면 이름난 정치깡패들의 이름과 같았다.

선체 측면에서 잔교가 내려왔다. 경계 서던 인원들이 경직된 자세로 경례했다.

농장 내부로 들어간다. 경작지를 대신하는 것은 갑판에 적재된 컨테이너들이었다. 바닥에 흙을 깔고, 천장에는 LED를 달아서. 난방과 동력은 태양광 패널로 해결한다. 벽에 비닐을 둘러 보온을 강화시켰다. 흙을 제외한 나머지 자재는 쉽게 구했을 것이다. 애초에 이 배부터가 화물선이다. 전 세계로 향하던 온갖 화물들이, 지금은 수취의 기약 없이 방치된 상태 아니던가.

실내재배가 새로운 건 아니지만, 선상에 대규모로 조성된 것을 보기는 처음이었다.

겨울은 솔직하게 감탄했다.

"이걸 만드는 게 보통 일은 아니었을 텐데……. 이 많은 흙을 어디서 구했죠?"

울프 하사가 어깨를 으쓱인다.

"외양으로 조업을 나가는 배들 있잖습니까? 거기에 끼어서 바지선(Barge)을 내보냈습니다. 뒈지다 만 것들이 아무리 많아도, 기나긴 해안선 어딘가는 비어있게 마련입니다. 기껏해야 정찰 나온 몇 놈 있을 뿐이죠. 그것들을 해상에서 저격하고 상륙했습니다. 아, 굴삭기는 이 근처 매립지에서 구했고요."

해상난민들을 먹여 살리는 건, 구호물자 이상으로 어선들의 조업활동이었다. 태평양 동부 연안에서 최소한의 질서를 유지하고 있는 미 해군 덕분에 가능했다.

그러나 말이 쉽다. 실제는 편하지 않았을 것이다. 겨울이 다시 묻는다.

"조용한 해안을 찾아도 실제로 상륙하는 건 별개의 문제 아닌가요?"

즉 부두가 없는데 어떻게 뭍에 올랐느냐는 질문. 사람만 상륙한다면 간단하지만, 굴삭기 같은 중장비가 동원되었다면 아무래도 어렵다. 무작정 물속으로 밀어 넣기도 곤란하고.

"간단합니다. 바지는 평저선이니까요. 밀물과 썰물을 이용했습니다."

"아."

수위가 높을 때 배를 대어 물 빠지기를 기다렸다는 뜻이었다. 배가 바닥에 내려앉았을 때, 램프 도어를 열어 장비를 뭍으로 올릴 수 있다. 그리고 다음 밀물이 올 때까지 작업하는 것. 만조와 간조 사이의 어느 시점을 고르느냐에 따라 작업시간을 조절하는 것도 가능하다.

하지만 여기에도 문제가 있다. 한 번 상륙하면 때가 되기 전까지는 철수할 수 없다는 점. 최악의 경우엔 배를 버리고 물속으로 뛰어들어야 한다.

지정사수 병장이 피식 웃는다.

"급하면 고무보트라도 타야죠. 언제든 뛸 준비 만반이었습니다. 뭐, 그래도 여러 번 아슬아슬했죠. 백사장 모래로 농사를 지을 순 없는 만큼, 해변에서 좀 더 들어가야만 했거든요. 열 명이서 지키는 데 몇 백 마리 몰려올 때가 압권이었습니다. 거 완전히 미친 짓이었다고요."

"그래서 해병이 할 만한 일이었지."

해병정신은 제정신이 아니다. 하사가 하는 말이었다.

앞서 다녀간 크리스텐슨의 말처럼, 농장은 수확이 한창이었다. 컨테이너마다 벽을 뚫어 길을 내놓았다. 각각의 칸에서는 일하는 사람이 달랐다. 가족 단위로 내어준 모양이다. 몇 칸의 대마초를 제외하면, 나머지 작물은 감자로 통일되어 있었다.

'가장 효율성 높은 구황작물이니. 면적당 열량도 높고, 재배 기간은 짧아.'

감자는 파종 후 100일이면 수확이 가능한 작물이다.

겨울에게도 농사 경험이 있다. 터미네이터 작물을 파종하는 바람에, 이듬해의 수확량이 파멸적으로 적었다. 그 와중에 그나마 수확했던 것이 감자였고.

어쨌든 경험에 의거하여 산출량을 암산해본다. 목측으로 어림한 컨테이너의 크기는 한 칸의 짧은 변이 2미터 3~40센티. 긴 변은 5미터 90센티였다. 그렇다면 최대 생산량은 감자 기준으로 약 13킬로그램. 허나 열악한 환경이었다. 농부들이 캐내는 알들은 숫자도, 굵기도 충분하지 않았다. 최대치의 절반이 예상되었다. 세 칸을 수확해야 한 박스를 채운다.

개조된 컨테이너의 숫자는 300여개.

"산출이 그렇게 많진 않겠네요."

배에 실린 5천여 컨테이너가 모두 개조된다면 이야기는 달라질 것이다. 7헥타르, 2만 평, 가로 세로 70킬로미터가 넘는 대농장이 만들어질 테니까. 그러나 불가능한 가정이었다. 흙을 조달하기도 어렵고, 조달하더라도 전력과 용수 공급이 문제다.

겨울의 평가에 하사가 반문한다.

"수확량을 떠나, 일단 보기는 좋지 않습니까?"

일하는 사람들을 두고 하는 말이었다. 수확의 기쁨을 누리며, 땀에 젖은 희망으로 설핏 웃는 얼굴들. 이어 하사는 목소리를 낮췄다.

"언젠가 떠날 때가 걱정이었습니다. 이 사람들을 두고 마음 편히 갈 수 있을까 하고……."

오르카 블랙은 골든게이트 내에서 가장 상식적인 집단이다. 그 증거로, 순찰을 돌며 마주친 얼굴들은 절망에 찌들어있지 않았다. 어디까지나 상대적으로 그렇다는 의미이지만.

그러나 이것이 영원할 순 없다. 고래사냥이 완료된 시점에서 작전은 종료될 터. CIA 한 개 팀, 그리고 포스 리컨을 위시해, 동급이거나 그 이상인 여러 부대에서 차출한 정예 전투원들. 이런 고급 인력의 철수를 유예시킬 이유는 없었다. 급여만 따져도 한 사람당 연 10만 달러 수준이었으니까. 공화당 경선 후보의 연설이 여기서까지 메아리친다.

가공의 용병들이 사라지면, 의지하던 사람들은 어떻게 될는지.

해병으로서 연한 소리를 한 게 걸리는지, 하사의 다음 말이 거칠어졌다.

"우리는 악마의 개새끼들입니다. 그러나 개새끼에겐 개새끼 나름의 규율이 있습니다. 똥을 싸고 달아나는 건 할렘 어귀의 잡종견들이나 할 짓이지요. 싸움터엔 신념과 명예가 있어야 합니다. 제 인생 최악의 전장은 이라크였고, 앞으로도 그럴 겁니다."

최악을 경신하지 않겠다는 뜻.

굉장히 올바른 태도로 보이지만, 정신 제대로 박힌 군인이라면 누구나 이래야 한다. 이럴 수밖에 없다. 겨울은 경험으로 그 저변을 읽는다.

사람을 죽이는 사람들에겐 그만큼 강력한 정당화가 필요하다. 옳은 일을 하고 있다는 확신. 정의의 편에서 싸운다는 믿음. 선량한 사람들을 지키며 악에 맞서 싸운다는 신념. 이것들 없이는 정신이 무너지고 만다. 스스로를 사선에 내던지는 동시에, 처음 보는 사람들을 죽여야 하는 충격이 그만큼 엄청나기 때문이다.

베트남전 참전용사의 절반 이상은 중증의 전투피로를 앓았다.

군인에게 긍지는 선택이 아니다.

농장 만들기 같은 불필요한 일에 작전역량을 할애한 것도 같은 맥락이었을 것이다.

"우리가 사라진 뒤에도 이 사람들이 제대로 살아가길 바랍니다. 바깥 놈들 열심히 굴려서 사내구실 하게 만들어놓으면, 뭐, 지킬 것 지키면서 살아갈 수 있겠죠. 근데 이 시대가 막장은 막장이군요. 해병이 이런 소리를 하게 만들다니."

그는 한숨 쉬며 고개를 흔들었다.

순찰은 밤이 맑아질 때 끝났다. 샌프란시스코의 일몰에 동풍이 불기는 드문 일이었고, 두껍게 깔려있던 안개가 만의 입구까지 밀려났다. 덕분에 순찰 후반엔 숨쉬기가 편했다. 방독면 필터를 거치지 않은 차가운 밤공기. 냄새는 더러웠으나, 답답한 것보다 나았다.

시야가 트인 풍경은 의외로 어둡지 않았다. 2월의 마지막 밤, 하늘에 달이 뜨지 않았음에도. 이는 번화가마다 불을 밝힌 덕분이었다. 이런 도시에조차 유흥이 있었다. 정체는 여러 척의 호화 여객선. 오르카 블랙의 영역에도 한 척을 꾸며놓았다.

그것을 보고 겨울은 불쾌한 목소리를 떠올렸다.

[중위. 즐거움은 삶의 필수 요소야. 사람은 즐겁지 않으면 못 사는 동물이라고.]

틀린 사람의 말이지만 틀린 내용은 아니다.

이후 복귀하여 순찰일지를 적을 때였다. 선내방송이 겨울을 찾았다. 채드윅 팀장이 휴게실에서 기다린다고. 급한 용무가 아니니 천천히 와도 좋다고.

휴게실로 가는 길은 복도까지 시끄러웠다. 다양한 구경의 총성과 폭음. 그리고 괴성. 겨울은 순간적으로 긴장했다가, 전신을 이완시켰다. 단서는 탄 박히는 소리였다. 몇 개로부터 콘크리트의 질감이 느껴진다. 교전현장은 필시 화면 속에 있을 것이었다.

문을 열고 들어가니 시선이 집중된다. 잠깐이었다. 사람들은 각자의 휴식으로 돌아갔다. 술을 마시고, 당구를 치고. 채드윅 팀장은 영화를 보는 쪽이었다. 그것도 하필이면 좀비영화를. 다가간 겨울이 맞은편에 앉았는데도, 화면에서 눈을 떼지 않는다.

겨울은 소파에 몸을 묻었다. 느낌 좋게 가라앉는다. 어차피 급한 용무는 아니라고 했었다.

영화는 전형적인 B급이었다. 분장도, 효과도 어딘가 모르게 값싼 느낌. 다만 배우는 일류였다. 지력보정으로 이름이 뜨는 것만 봐도 상식 수준으로 유명한 사람임을 알 수 있었다. 이 괴리는 뭘까. 겨울은 인력과 시설, 그리고 예산의 문제일 것이라 생각했다. 더 이상 할리우드는 없다. 로스앤젤레스 유수의 스튜디오들은 이제 거대한 폐허의 일부일 뿐이었다.

화면이 갑작스럽게 전환되었다. 채드윅이 불평한다.

"거 참, 한창 재미있는 부분이었는데. 케이블은 이게 문제야. 중간광고가 너무 많다고."

흘러나오는 광고는 총기회사의 제품홍보였다. 중무장한 여성이 시청자들과 눈을 맞춘다. 그녀는 총을 분해하며 이야기를 시작했다.

「여러분. 부모가 자식에게 줄 수 있는 최고의 선물은 무엇일까요? 사랑? 물론 그렇습니다. 저도 제 아이들을 사랑하죠. 중요한 건 표현의 방식입니다. 일방적인 애정은 제대로 된 사랑이라고 할 수 없어요. 아이들은 부모의 소유물이 아닌 걸요. 우리는 고민해야 합니다. 무엇이 진정으로 아이들을 위하는 길인가. 언제까지 일방적으로 지켜주기만 할 것인가.」

탁. 분해된 총기의 마지막 부품이 테이블 위에 놓였다. 이제 그녀는 재조립에 들어간다.

「제 의견을 말씀드리죠. 우리는 아이들에게 싸우는 법을 가르쳐야 합니다. 스스로를 역병과 그 외의 모든 위협으로부터 지킬 능력을 길러줘야 해요. 이건 선택사항이 아닙니다. 만약 당신의 아이가 총을 다룰 줄 모른다면, 당신은 지금 부모의 의무를 방기하고 있는 겁니다.」

철컥. 상하가 결합되어 다시 완전해진 총을 들고, 그녀는 시청자들에게 제품을 권유한다.

「5.56밀리의 부담 없는 반동. 교과서만큼이나 가벼운 무게. 잔고장이 거의 없는 뛰어난 신뢰성. 한 번의 정비 없이 6천 발을 쏘고, 제대로 관리해준다면 3만 발의 사격을 견뎌내는 내구력.

스테이트 아머리 사(社)의 AR-15는 당신의 아이를 위한 최고의 선물이 될 겁니다.」

교과서만큼 가볍다는 대목에서 실소가 나온다. 거짓이라서가 아니었다. 미국의 교과서는 대물림이 기본이다. 튼튼하게 만들어지며, 따라서 무겁다. 장전되지 않은 상태의 소총이라면 책 한권의 무게와 비슷할 수도 있겠다. 민간시장에 풀리는 총기는 규격이 다르기도 하고.

다만 총기와 교과서를 등가로 놓은 화법이 감탄스러운 것이다.

인상 깊은 것이 한 가지 더 있었다. 광고 속에서, 어머니가 딸에게 선물하는 총의 모습.

'개머리판이 붙어있는데…… 법이 바뀌었나? 알아봐야겠어.'

본래 소총의 민간 판매는 제한되어왔다. 총기를 보유할 권리는 어디까지나 자기 자신의 보호를 위한 것. 따라서 본격적인 자동화기는 어울리지 않는 과도한 화력이었다. 예외는 오직 자격 있는 소수에 불과했다. 총기보유에 관대한 주 한정으로.

그럼에도 불구하고, 시민들은 재앙 이전에도 손쉽게 소총을 구할 수 있었다.

그들이 구입한 소총이 법적으로는 권총이었기 때문이다.

어디까지가 소총이고 어디까지가 권총인가. 이를 정하는 기준은 세 가지였다. 총열의 길이, 자동사격, 그리고 개머리판. 총열이 41센티 이하이고, 자동사격이 불가능하며, 개머리판이 붙어있지 않다면 권총으로 취급된다. 그래서 민수용 소총은 개머리판이 있어야 할 자리에 둥그스름한 막대 하나만 붙어있을 뿐이다.

피자가 야채로 분류되는 나라답다고 해야 할까.

어쨌든 기억해둘만한 정보다. 민간인들의 무장수준이 질적으로 향상되었다는 것. 경우에 따라서는 연방정부가 붕괴하고 민병대와 대립하게 될지도 모른다.

이어지는 광고 또한 총기회사의 것이었다. 다만 컨셉이 달랐다. 패션 아이템으로서의 총을 역설한다.

「누구나 총 한 자루는 휴대하고 다니는 시대. 당신은 모두와 같은 모습에 만족하십니까? 몸에서 떼어놓을 수 없다면 그것은 이미 패션입니다. 실용성과 아름다움을 겸비한 패턴으로 당신만의 개성을 표현하세요. 당신은 특별한 사람입니다. 미국시민의 아름다운 권리, 크리스티&Co가 지켜드리겠습니다.」

"……."

화면을 스쳐가는 라인업이 매력적이긴 했다. 보통의 총기와는 재질과 도색에서 차별화된다. 남녀를 불문하고 만족할 만한 상품들. 심미적인 도색은 위장에도 적합했다. 애초에 그런 목적이어서, 같은 총을 뉴욕 패턴, 텍사스 패턴, 웨스트버지니아 패턴 등으로 나누어 놓았다.

이런 판촉이 마냥 새로운 건 아니었다. 재앙 이전, 미국에선 3억 2천만의 인구가 3억 자루의 총기를 보유했다. 더 이상 팔구석이 없으니, 살상무기를 분홍색으로 칠해서 10세 미만의 소녀들에게까지 팔아먹은 게 미국의 총기회사들이었다.

종말 이후의 세계관에선 그것이 정당화되었을 뿐.

크흑. 옆에서 흐느끼는 소리가 들린다. 고개를 돌린 겨울은 복잡한 기분을 느꼈다.

"중위. 정말 슬픈 광고들 아닙니까?"

두 눈이 젖어있는 네이선 채드윅. 속을 알기 어려운 사람이다. 지금의 감정과잉은 지금도 피우는 궐련의 영향일까, 아니면 의도적인 연기일까. 광기일 가능성도 배제할 순 없다.

평범하게 팀장으로 불리긴 해도, 채드윅의 실제 직급 (Supervisor)은 대단한 것이다. 비록 소속은 다르지만, 단순비교로는 조안나보다 높다. 밑에서 헤아리기보다 위에서 내려오는 게 더 빠를 정도의 위계. 군대로 따지면 영관급 인사였다.

그야 그럴 것이다. 유사시 중국군 잔존세력과 자체적으로 협상을 진행하거나, 그 이상의 중대한 결정을 내리게 될 수도 있으니. 중앙정보국은 만만한 집단이 아니다. 그만한 능력이 있는 인물을 보냈을 것이었다.

'꾸며낸 모습으로 봐야겠지. 현장에서 만나기 어려운 수준의 첩보원……. 일정 수준의 「기만」이 깔려있다고 가정할 때, 「통찰」이 잠잠한 것도 이상하진 않아.'

겨울이 보유한 「간파」는 전문가의 영역이었다. 전문적인 첩보원이라면 상쇄시킬 법도 했다.

사실 보정 없이도 어지간한 사람은 읽는다. 아니, 읽지 못하는 경우가 오히려 드물다. 생전에 그만큼 살피며 자랐다. 그러나 지금은 모호한 느낌 뿐.

저 가면 너머에 무언가 있어도 문제, 없어도 문제겠다.

잠자코 있는 겨울에게 채드윅이 두서없이 늘어놓는 말.

"공포가 사회를 잠식하고 있어요. 1학년 아이들조차 권총을 차고 수업을 받는다지 뭡니까. 미래의 한겨울 중위를 꿈꾸면서 말입니다. 농장 주인들은 벽을 높이 쌓고 전기 철조망을 두르고 있어요. 또 중고차 시장에선 캠핑카와 버스들이 남아나질 않는답디다. 전부 다 땅에 파묻어버린다던가요. 가난한 자들의 방공호는 죄다 그런 식이지요. 오, 가엾어라."

그는 다시 할인매장의 통조림과 항생제에 1인당 구매제한이 생겼다는 이야기, 민간에 비축된 탄약의 추정치가 5천억 발에 달한다는 이야기, 사이비 종교와 인종차별 단체가 늘어난다는 이야기 등에 열을 올렸다. TV 광고는 시장을 장악한 공포경제의 단면이라고.

"더욱 슬픈 건, 시민들이 오직 공개된 것들만 두려워할 수 있다는 사실입니다. 여기서 진행 중인 작전이 알려진다면 까무러칠 사람이 한둘이 아닐 테고. 허. 사명감이 느껴지지 않습니까? 그 사람들의 무지를 어떻게 해서든 지켜주고 싶다고."

"네……."

겨울의 미적지근한 반응에, CIA 간부는 돌연 웃기 시작했다. 그는 궐련을 쭉 빨아들인다. 발갛게 타들어가는 담뱃불. 그러나 그것이 정말로 대마일지는 의문스럽다.

"심각한 표정 지을 필요 없어요. 장난 좀 쳐봤습니다. 중위 당신이 항상 칼날처럼 날카롭다는 말을 들어서 말이지요. 뭐라더라, 전투력을 유지해야 한다던가? 맞습니까?"

"언제 무슨 일이 생길지 모르는걸요."

"에이, 그러면 안 되지. 그러다 부러져요. 사상 최고라는 전쟁영웅이 이렇게까지 소심한 범생이 타입일 거라곤 생각 못 했는데. 학교에서 따돌림 당하기 딱 좋은 성격이시구만."

그렇게 말하며, 그는 비어있는 손으로 소파 옆을 더듬는다. 이윽고 꺼내 올리는 한 병의 맥주. 테이블에 두고 툭 미는데, 위태롭게 미끄러져 겨울 앞에 다다른다. 버드와이저는 꺼떡꺼떡 흔들리다가 바르르 떨며 중심을 잡았다. 채드윅이 하는 말.

"이봐요, 중위. 군인에게 식사는 명령이고 휴식은 의무 아니오? 한 잔 해요. 다른 사람은 정량이 적다고 난리인데 그마저도 손을 안 대다니. 보는 내가 다 아까워요."

여기서의 주류 지급은 기준이 정해진 보급이었다. 휴게실 저편, 바텐더 없는 바에 앉아 마시는 이들도 실상 한 사람당 작은 병 하나를 아껴 마시는 중이었고.

아무래도 이야기가 전해진 모양이다. 새로 온 소년장교가 잘 어울리지 못하는 것 같다고.

오해를 할 만 했다. 실제로 겨울은 합류 이래 다른 대원들과 휴식을 공유하는 경우가 드물었다. 직접진행이든, 저널에 의한 시간가속이든. 후자는 겨울을 학습한 가상인격의 몫. 이번 세계관의 초입까지만 해도 겨울에게 선택지를 제시하는 경우가 있었으나, 학습이 심화되었는지 어느 순간부터 그런 일이 사라진 상태였다. 그러므로 진행은 곧 겨울의 뜻을 닮았다.

이유는 있었다.

'예전 감독관이 과연 적에게 죽었을까?'

혹시 모를 가능성. 여기서는 본래의 규정상 용납할 수 없는 많은 일들이 벌어진다. 농장에서 재배되는 대마초만 해도 그렇다. 번화가엔 사창가가 존재한다. 또한 현재 전력으로 구조 가능한 미국 시민들이 있다. 시민 보호는 수사국과 정보국 양쪽에서 명목상의 최우선 과제다.

이외에 다른 무언가가 있다면 어떨까. 지나친 걱정은 아닐 것이다.

겨울은 맥주 뚜껑을 땄다. CIA 간부는 씩 웃으며 자기 몫의 병을 들어올렸다.

"건배."

쨍.

쭉 들이킨다. 술. 회차를 거듭하며 여러 차례 마셨어도, 아직 좋은 맛을 모르는 음료다. 진짜와는 다르기 때문에? 글쎄. 취하는 감각은 재현도가 높다고 들었다. 오히려 높아서 문제다. 소년은 스스로에 대한 통제력을 잃는 느낌이 싫었다. 여기서조차 없어지는 느낌이 들어서.

그래도 이 정도는 괜찮을 것이다. 비록 「중독저항」은 없을지언정, 전투계열의 보정에 의해 강인해진 육체는 보통 사람보다 나은 저항을 보유하니까.

"오오."

병을 단숨에 비우는 겨울을 보고, 채드윅 팀장이 흡족하게 웃는다.

겨울이 물었다.

"그 말씀을 하려고 호출하신 건가요?"

"음? 아, 아니. 아닙니다. 이런. 사람을 불러놓고 진짜 이유를 잊고 있었구만."

그는 다시 시작된 영화에 주의를 할애하면서, 겨울에게 얇은 서류 하나를 건네주었다.

"이게 뭡니까?"

"봉쇄사령부에서 보내온 협조요청인데……. 중위님 당신 앞으로 오는 선물들이 너무 많아서 골머리를 앓는다고 하더이다. 내용물을 확인할 엄두도 못 내고 창고에 처박아놨었는데, 이젠 더 박아둘 창고가 없는 상황이라던가? 아니, 이미 채운 창고도 비워야 할 상황이랬지, 참."

명백한 해방 작전이 코앞이다. 본격적인 공세를 준비하는 와중에 한 개인의 물품으로 창고 여러 동이 차있다면 확실히 곤란할 것이었다. 운송역량 부족으로 겨울에게 도달하지 못한 무수한 선물들. 서류는 그것들의 처리방안을 제시하고 있었다.

'확실히 대단한 문제는 아니네.'

겨울은 내용을 읽는다. 육군 봉쇄사령관 슈뢰더 대장의 친필이었다.

「수송역량 부족으로 불가피한 면이 있었지만, 시민들이 귀관에게 보낸 호의와 선의를 그동안 방치해 온 것에 대해 미안하다는 말을 전하고 싶네.」

왜 이런 일에 사령관급 인사가 신경을 쓰지? 잠시 의아했던 겨울이었으나, 이어지는 내용을 보고 납득할 수 있었다. 결국은 여론을 의식하는 것이었다.

「솔직히 말하지. 특별기가 편성되었던 크리스마스 하루를 제외하고, 나머지 모든 선물이 자네에게 전달되지 않은 것을 비난하는 시민들이 있네. 하다못해 사정이 있다면 시민들에게 양해라도 구했어야 한다는 거지. 선물 발송을 자제해 달라고. 틀린 말은 아니네. 거기까지 생각이 미치지 못했을 뿐. 골치 아픈 건

이걸 정치공세에 이용하는 작자들이 있다는 거야. 자네의 인기는 전대미문이거든. 결국 불이 백악관까지 번졌다네.」

「그러니 한겨울 중위. 귀관만 괜찮다면, 유통기한이 경과한 식품류의 폐기 및 나머지 선물의 매각에 동의한다는 내용으로 편지를 써주었으면 하네. 동의한다는 전제 하에 음성 녹음도 부탁하지. 언론에 공개해도 무방한 내용으로 말이야. 매각절차는 국방부가 대신할 것이고, 가치 평가는 민간 업체에 위탁할 계획이야. 거기서 나온 자금은 자네의 급여 계좌로 입금해주겠네. 그 정도면 자네도, 시민들도 받아들일 수 있을 거라 생각되는군.」

별 게 다 심각한 문제로 발전하는구나. 겨울은 한심한 기분에 젖었다.

"이걸 군수국이나 군 복지지원단(AAFES)에서 인수할 순 없나요? 이유야 어쨌든 봉쇄선까지 추진된 물자인데, 굳이 민간에 판매하려는 이유를 모르겠습니다."

군수국은 보급과 구호를 동시에 담당한다. 봉쇄선을 넘어오는 모든 물자가 어떤 식으로든 군수국을 거쳤다. 겨울에게 온 선물들이 비록 군사규격은 아닐지라도, 가려낸다면 구호물자로는 적합할 것이었다. 부적합한 나머지는 BX[11]에서 소화하면 될 것 같다. 복지지원단의 업무였다.

채드윅을 향한 질문이었으나, 대답하는 목소리는 등 뒤에서 들려왔다.

"어쩔 수 없어요. 현실적으로 불가능하거든요."

---

11 Base Exchange. 군과 군무원을 대상으로 물건을 파는 매점.

돌아보면 잘 모르는 요원이었다. 그녀는 주위의 양해를 구하고 겨울 가까운 자리를 양보 받는다. 마침 영화가 재개되는 시점이었다. 채드윅은 이미 겨울을 보고 있지 않았다. 실무자가 왔으니 직접 물어보라고, 한 마디 던져놓고 조용해진다.

새로 온 요원이 윙크하며 손을 내밀었다.

"오며 가며 몇 번 뵀었죠? 이제야 정식으로 인사드리는군요. 섀넌, 섀넌 코왈스키입니다."

"반갑습니다. 이미 아시겠지만, 중위 한겨울입니다."

겨울은 악수의 촉감을 기억했다. 이어 손목에서 손등에 이르는 연속선을 눈에 새긴다. 전투력을 평가하는 습관이었다. 살결은 부드럽지만, 골격엔 단련된 흔적이 있었다. 다만 어디까지나 흔적일 뿐. 마지막 훈련, 혹은 실전을 꽤 오래 전에 겪었을 것이다.

이런 식의 짐작을 쌓아가는 중이다. 언젠가 요긴할 날이 올지도 몰랐다.

"그런데, 불가능하다고 말씀하신 이유를 여쭤 봐도 괜찮을까요?"

겨울이 묻자, 코왈스키는 짧게 대답한다.

"행정비용 때문이죠."

이에 고개를 기울이는 겨울. 짐작 가는 바가 없진 않았다. 당장 떠오르는 것이 미 육군의 유류보급체계. 모든 연료를 항공유로 통일해놓았다. 보급 절차와 시간을 줄이겠다면서. 덕분에 미군은 험비 같은 전술차량까지도 항공유를 태워서 움직인다. 군의 작전능력 향상을 위해 막대한 연료비 증가를 감수하는 것. 결과적으로는 이편이 이득이었다. 사람 목숨도 절약되고.

그러나 여전히 의문이었다. 선물이 대체 얼마나 많기에? 코왈스키가 웃는다.

"납득하기 어렵다는 표정이시네요."

"네, 솔직히. 창고 몇 개 수준으로 나올 이야기는 아닌 것 같아서요."

"이런. 창고 몇 개라니. 사설 보관소 같은 걸 상상하시나본데, 본인을 꽤 과소평가하시는군요. 겸손하신 건지, 아니면 현실감각이 없으신 건지……. 지켜본 바로는 앞쪽이겠지만. 그거 아세요? 중위님이 여기 투입되기로 결정되었을 때, 이곳 요원들이 중위님을 두고 내기를 걸었다는 거. 실제로는 어떤 사람일까 하고요."

"그랬나요? 정보국 분들이라면 저에 대해서 저보다 더 잘 아실 거라고 생각했는데."

"아하하! 그거야말로 오해예요. 중위님에 관한 정보는 여러모로 민감하거든요. 아무나 열람할 수 없어요. 이번에 같이 오신 깁슨 감독관이라면 모를까. 우리 팀장님은 관심도 없었고요. 물어본다고 알려줄 사람도 아니고. 그래서 내기가 성립할 수 있었죠."

바로 옆에 있는 상관을 쉽게 말하는 코왈스키. 정작 채드윅 본인은 반응이 없다. 흘깃 본 다음 대화를 이어가는 겨울.

"그렇군요. 재미 좀 보셨어요?"

"전혀요. 잃었죠. 전 자의식이 흘러넘치는 평범한 전쟁영웅을 예상했거든요. 아, 오해하진 말아주세요. 전쟁영웅들을 폄하하려는 건 아니에요. 다만 모두가 목숨을 거는 전장에서 특별해진 사람들은, 좋은 의미로든 나쁜 의미로든 자신의 과거에 사로잡힐 수밖에 없으니까요."

"알아요. 무슨 뜻인지. 자신이 지워질 뻔한 경험은 남은 평생에 그림자를 드리우니까요."

이미 한 번 지워진 소년의 말이었다. 코왈스키가 깊게 끄덕인다.

"게다가 어지간한 사람은 갑작스러운 명성을 얻으면 성격이 변하게 마련인걸요. 그걸 두고 본성이 드러나는 거라고 하는 경우가 있는데, 완전히 글러먹은 비난이에요. 사람은 관계 속에서 자신을 발견하잖아요. 유명해진다는 건 어떻게 보면 새로운 관계를 강요받는 거죠. 나는 모르지만 나를 아는 무수한 사람들. 내가 보지 못하는 공간에서 나를 지켜보는 수많은 시선들. 그런데 그들이 기대하는 나는 진짜 내가 아니에요. 무방비하게 던져지는 셈이죠. 이전까지의 자신으로는 행동할 수 없는 낯선 무대에……이런."

그녀는 스스로 말을 끊었다.

"본론에서 벗어나 신나게 떠들어버렸네요."

"아녜요. 어느 정도 공감 가는 말씀이었는걸요. 듣기 좋았어요."

"상냥하기도 하셔라."

사회적인 규모의 애정과 관심은 폭력이 될 수도 있다. 설령 그 본인에게 괴로움은 없고, 오직 즐거움뿐일지라도. 행복한 와중에 마음이 뒤틀리는 사람은 얼마든지 많았다. 지금까지의 나와 요구되는 나. 서로 다른 나의 간극에 던져진다는 건 그런 것이었다.

코왈스키 요원이 다시 입을 열었다.

"처음의 질문으로 돌아가죠. 답은 160만 개입니다."

"네?"

"약 반년 간, 중위님 앞으로 온 선물상자들의 총합을 말하는 거예요. 쌓여있는 물량만 그 정도라고 하더라고요. 창고가 넘쳐서 야적해둔 상태인데, 아마 지금도 늘어나고 있을 걸요? 요즘은 배송이 몇 주씩 지연되는 일도 심심찮게 벌어지는 터라. 우체국은 말할 것도 없고요. 물류창고 체인을 따라 줄줄이 밀려있을 거예요. 다행스럽게도 그 중 일부는 증발하겠지만."

"……."

겨울은 할 말을 잃었다.

지금 같은 명성을 얻은 게 처음은 아니었다. 다만 그 때는 국가 상태가 지금처럼 양호하지 못했다. 그 점을 감안하여 상정한 최대치가 만 단위였다. 설마 그 백배를 넘을 줄이야.

"품목 별로 분류하는 것도 일이겠군요."

코왈스키는 겨울의 말을 긍정했다.

"맞아요. 가치평가를 민간업체에 위탁하는 게 비단 객관성 때문만이 아닌 거죠. 분류를 포함해서 판매 직전까지의 전 과정을 맡기는 거예요. 판매를 국방부가 대행한다고 해도 과정을 감독하는 정도일 테고요. 군수국은 지금 과외업무에 할애할 인력이 없거든요."

그녀는 어깨를 으쓱인다.

"무엇보다, 천만 육군의 보급계획을 추진해야 하는 걸요. 맥나마라 본부에선 거의 매일 사망자가 나온다더군요."

그 점은 충분히 이해할 수 있었다. 단기적 비효율을 감수하는 것이 장기적으로는 효율적인 경우가 있다. 특히 거대 규모의 조직에서는.

군수국은 겨울에게 친숙한 기관이기도 했다. 아직 회차를 충분히 쌓지 못했을 무렵, 어중간한 초인이었던 겨울은 민간인으로 이루어진 수송사단(CTC)을 거쳐 군수국에 잠시 몸담았었다. 후방에서 치르는 전쟁은 과로와의 싸움이었다.

'독자적으로 움직일 수 있는 전투 병력을 확보하려고 혈안이 되어있었지.'

비록 소속은 군수국이었어도 겨울의 역할은 전투원이었다. 여기저기서 방역에 구멍이 뚫리는 바람에, 물자를 조달하는 단계에서부터 전투력이 필요했던 탓. 그러나 다른 부대들은 보유 병력을 내주려고 하지 않았다. 당장 자기들이 죽을 지경이었으므로 패닉에 빠진 지휘부는 제대로 된 명령을 내릴 때가 드물었다.

새로운 경험이었다. 종말이 다가오는 과정을 후방에서 지켜보는 것은.

"어떻게 하면 좋을지 결심이 서네요."

겨울이 이렇게 말하자 코왈스키 요원은 흥미롭다는 반응이다.

"들어볼 수 있을까요?"

"처음엔 녹음할 때 자원봉사를 부탁해볼까 싶었어요. 말씀하신 것처럼, 저는 인기가 좋으니까요. 하지만 곧 안 되겠다는 생각이 들더라고요. 여기저기서 잡음이 나올 거예요. 양심이 무거워서 잠시 내려놓은 분들이 많은 시대니까요."

"잠시……인가요? 재밌게 말씀하시는군요. 사람을 꽤 좋게 보시네요."

한층 더 눈을 빛내는 정보국 요원. 어느덧 영화에서 눈을 뗀 사람이 늘었다. 아니, 이제 시청자는 채드윅 한 사람이었다. 주먹을 불끈 쥐고 재미있게도 보고 있다.

코왈스키의 말대로라면 겨울에게 올 선물은 봉쇄선 이외에도 전국적으로 밀려있는 상황이다. 그러므로 겨울의 편지와 음성이 공개된 시점에서 배송은 중단될 것이며, 해당 지역에서 평가와 분배가 이루어질 터. 수십 개소, 어쩌면 수백 개소에서 진행될 자원봉사가 과연 끝까지 봉사일 수 있을지 의문이었다.

지금의 미국사회는 잘 마른 건초더미와 같았다. 엉뚱한 불씨가 종말을 앞당길 수도 있다. 나비효과. 가능성은 낮지만, 신중해서 나쁠 것은 없지 않은가.

남은 말을 잇는 겨울.

"민간업체가 개입한다면 수수료를 지급해야 할 테니 수익이 발생하긴 해야 할 거예요. 그들을 위한 예산을 별도로 편성하는 것도 결국은 추가적인 행정비용이잖아요. 명백한 해방 작전에 총력을 기울이는 지금, 다른 부서라고 여유가 있을 것 같지도 않고요."

"아마도요?"

"그럼 재량을 발휘할 수 있는 부분은 제게 주어질 몫뿐인데……. 그걸 전액 기부할까 싶네요. 국방성금이나 난민구호기금으로. 개인적으로는 성금 쪽이 나을 것 같아요."

"와우."

새로운 목소리가 끼어들었다. 올리버 탤벗. 겨울의 위장을 도와주었던 전술정보 분석관이다. 그는 당혹스러운 표정으로 묻는다.

"진심이십니까? 상자마다 뭐가 들어있을지는 까봐야 알 일 이겠습니다만, 개당 1달러씩만 쳐도 160만 달러입니다. 폐기될 분량을 감안해도 실제로는 그보다 훨씬 더 많겠죠. 어지간한 메가 밀리언, 파워 볼 당첨에 필적할 금액이란 말입니다. 그걸 포기하겠단 말씀이신지?"

메가 밀리언, 파워 볼의 1등 당첨금액은 대개 천만 달러 이상. 물론 직접적인 비교는 무리다. 잭팟이 터지면 5억 달러를 넘길 때도 있으니. 그러나 인생역전이라는 의미를 담기엔 좋은 비유였다.

겨울이 대답했다.

"제가 그 돈 가져서 뭐하겠어요."

좌중은 어처구니없다는 반응이다. 탤벗 요원이 믿기지 않는 투로 말한다.

"What the……. 고생한 만큼 보상을 받겠다는 생각은 아예 없으십니까? 그게 아무리 퇴역 뒤의 일이라도 말이죠. 아니, 욕심이 없다면, 하다못해 로비를 할 수도 있잖습니까? 포트 로 버츠에 두고 온 동료 분들을 많이 아끼시는 모양이던데, 그 분 들의 처우를 장기적으로 개선할 수 있을 겁니다."

"아뇨. 그보다는 세상에 메시지를 던지는 편이 나을 거라고 생각해요."

가장 저명한 전쟁영웅이 막대한 금액을 기부하다. 이 소식은 겨울의 입지를 더욱 공고히 해줄 것이다. 그것은 돈으로 환산하지 못할 가치였다. 그러므로 일부를 남기는 것도 현명치 못하다. 전액기부와 일정 금액 기부는 주는 느낌이 완전히 다르니까.

겨울은 또한 기대했다.

'난민에 대한 여론을 호전시킨다면 다가오는 대선에도 어느 정도의 영향을 주겠지.'

구호기금보다 국방성금이 낫겠다고 한 것도 동일한 맥락이었다. 구호기금은 밥그릇 챙기기로 보일 여지가 있다. 적어도 겨울을 싫어하는 사람들에겐 그렇게 보일 것이다.

만약 세계관이 최악의 미래로 치닫는다면, 몰상식이 상식이 된 세간에서 반드시 미친 소리가 나올 것이다. 한겨울은 단 한 번도 진정으로 미국 시민이었던 적이 없다고.

"Yes!"

상념이 깨졌다. 두 손 번쩍 들고 좋아하는 것은 코왈스키 요원이었다. 그녀는 기쁨을 담아 다시 외쳤다.

"이번엔 내가 이겼다!"

반면 떫은 표정을 짓거나, 더러 한숨을 쉬기도 하는 나머지 사람들. 탤벗 요원도 개중 하나다. 얼굴을 감싸며 상체를 숙인다.

"Damn……."

상황을 알아차린 겨울은, 주위를 의식하여 어설픈 미소를 지어낸다. 그리고 기뻐하는 코왈스키에게 물었다.

"잃은 걸 만회할 정도는 되나 봐요?"

"만회하고도 남습니다. 이번엔 배당이 훨씬 더 높았거든요."

"……."

생글생글 웃는 그녀.

영화에 집중하고 있던, 혹은 그렇게 보였던 채드윅 팀장도 겨울에게 말한다.

"고맙소이다, 중위."

겨울은 위화감을 느꼈다.

결정을 통보받은 국방부 공보처는 모범답안을 보내왔다. 위성 단말과 연결된 프린터가 꾸역꾸역 종이를 밀어냈다. 흐음. 겨울을 별도의 통신실로 안내한 코왈스키는, 전문을 살펴보더니 피식피식 웃었다. 설마 한 시간도 안 되어 답신이 올 줄은 몰랐다고.

"기일도 정하지 않은 주제에 급하긴 급했나보네요. 아니면 은근히 기대하고 있었거나."

그녀는 테이블 가득한 비문(秘文)을 치워 공간을 만들었다.

만들어진 자리에 앉아, 전문을 받아 살피며, 겨울이 답했다.

"기대하고 있었겠죠. 강요로 비춰질까봐 차마 대놓고 제안할 순 없어도, 그분들 입장에선 바라마지 않았던 선택일 테니까요. 최선이자 최고의 가능성인걸요. 게다가 이 정도의 명문이 잠깐 사이에 만들어졌다고 생각하기도 어렵고요."

일전에 들었던 대통령의 연설만큼이나 훌륭한 문장들이었다. 미리 만들어놨다가 보낸 거라고 봐야 했다. 쓰이지 않게 되었다면 얼마나 아까웠을까. 위성통신 저편에서 전전긍긍하고 있었을 담당자들이 눈에 선하다. 겨울은 드물게 투명한 미소를 지었다.

혹시 맥과이어 대위나 블리스 소령도 있으려나? 공보처에 근무하는 사람이 한둘은 아니겠지만.

마주 짓는 미소에 장난스러운 목소리를 더하는 코왈스키 요원.

"바라고 있었다기 보다는, 그쪽도 우리처럼 내기를 한 게 아닐까요?"

"설마요."

"모르는 일이에요. 개인적으로는 가능성이 높다고 보는데요. 중위님을 좋아하는 사람들은 어디에나 있거든요. 아마 이런 식이었겠죠. 나는 한겨울 중위를 믿어. 능력만큼이나 인성도 좋을 거라고. 뭐, 예상 거래액이 터무니없긴 하지만, 그 사람은 한낱 돈에 흔들리지 않을 거야. 왜냐니? 그는 한겨울 중위잖아! 라는 느낌?"

"공보처에서 들으면 화내겠어요."

"어때요? 요즘은 누구든 즐거운 일을 찾아야 해요. 시종일관 엄격 진지한 사람이 이 잿빛 세월을 어떻게 견디겠어요? 저만 해도 그래요. 마지막으로 집에 간 게 언제인지 기억도 나지 않는 걸요. 오, 우리 스모키는 엄마 얼굴도 잊었을 거예요."

아이 이름 치고는 특이하다. 젊은 요원이 유부녀처럼 보이지도 않았기에, 갸우뚱 하는 겨울.

"스모키? 혹시 애완동물인가요?"

"네. 순종 페르시안이에요. 페르시안 친칠라. 애완동물이라기엔 상전을 모시고 사는 느낌이었지만, 어쩔 수 없죠. 고양이인걸요. 이웃에 맡겨두고 왔는데 걱정이네요. 사례비를 충분히 드리지 못했거든요. 무슨 작전인지도 모르고 끌려오는 바람에."

설마 이렇게 길어질 줄이야. 중얼거리는 요원. 예상치 못했을 것이다. CIA의 활동무대인 다른 국가들이 줄줄이 몰락하는 가운데, 장기 잠복이 필요한 임무를 부여받을 줄은.

코왈스키는 정말로 그리운 표정을 짓는다. 뜯어봐도 연기 같지는 않았다. 겨울이 묻는다.

"몇 살이죠?"

"올해로 아홉 살이요."

"고양이 기준으로는 나이가 많이 들었네요."

"그렇죠. 오래 살아야 할 텐데. 이제는 유일한 가족이거든요."

멈칫. 대화가 끊어졌다. 상대를 가만히 바라보는 겨울. 요원은 짧은 침묵을 쾌활하게 끝냈다.

"괜한 말을 해버렸네요. 신경 쓰지 마세요. 벌써 1년 넘게 지난 일인걸요."

가만히 바라보던 겨울은, 안색을 살핀 뒤에, 일부러 더 물어보았다.

"유감입니다. 다른 가족 분들이 서부에 거주하셨나요?"

"그건 아니고, 부모님께서 여행 중이셨어요. 결혼 30주년이었거든요. 프랑스행 티켓은 제가 사드렸죠. 호텔과 레스토랑도 예약하고. 파리에서 시간을 보내신다는 연락이 마지막이었네요."

"프랑스라면 대피할 시간이 충분했을 텐데……. 특별기가 편성되지 않았나요?"

자국 시민들의 비상연락망과 유사시 대피계획을 구축해두는 것은 대사관의 기본 업무에 해당했다. 미국은 이런 면에서 탁월하다. 워낙 잦은 전쟁과 테러를 겪는 국가이기에.

"왜 아니었겠어요. 하지만 당시의 프랑스는 혼돈의 도가니였으니까요. 임시 대피소로 지정되었던 백화점에서 폭탄이 터졌어요. 범인은 종말론자인 동시에 공산주의자더군요. 극단적인 광신과 대표적인 무신론의 조합이라니, 우습지 않나요?"

"어울리지 않는 조합이지만, 상상은 가네요."

"*하늘에 계신 아버지께서 지상으로 보내신 역병의 기수를 보아라. 이는 자본주의에 물들어 타락해버린 인류에 대한 징벌일진저. 내가 오늘 자본주의의 만화경을 폭파한 것은 세상에 고하는 질타의 외침이니. 인류여, 구원을 바라는가? 그렇다면 회개할지어다⋯⋯.*"

지력보정이 해당 사건에 대한 정보를 출력했다. 갤러리 라파예트 폭탄 테러 사건. 대피소가 왜 하필 백화점이었나? 생각하는 즉시 정보가 보강된다. 사진과 함께 어른거리는 텍스트. 통상적으로 대피작전의 집결지점은 경기장이나 호텔 등으로 정해지지만, 당시 파리의 모든 경기장과 호텔은 이재민으로 가득 차있었다고.

"말씀드렸죠? 즐거운 일을 찾아야 한다고."

아무렇지도 않게 말하는 정보국 요원. 그러나 내쉬지 않는 한숨이 느껴진다. 기술적으로 숨겨진 진짜 감정. 하지만 태연함의 겹이 얇았다. 조금 더 두꺼울 여지가 있건만.

겨울은 말을 돌렸다.

"그런데 제가 여기 들어와도 괜찮은 건가요?"

사방이 암호문이었다. 이 방에 있는 문서들만 유출되어도 미국의 모든 암호체계가 위험해질 것이었다. 미국의 잠재적인 적이었던 국가들이 하나같이 존망의 기로에 놓여있으나, 그래서 더욱 위험한 시기였다. 특히 러시아. 오르카 블랙의 부가적인 임무 중 하나는 샌프란시스코 일대의 방첩활동이기도 했다.

'버려진 군사시설들이 많으니까.'

암호체계를 갱신하는 것은 보통 일이 아니었다. 지금 같은 시기엔 불가능하다고 봐야 한다.

"상관없어요. 작전에 참여하는 인원들에게까지 지켜야 할 비밀은 없거든요. 명예훈장 수훈자를 의심하는 건 바보 같은 짓이기도 하고요."

"그래도 저는 비밀취급인가가 없는걸요."

"후후, 현장의 융통성이라고 생각하세요. 하지만, 그러네요."

그녀는 주위를 둘러보았다.

"여기에 다른 사람이 들어오는 게 드문 일이긴 해요. 대개 혼자 일하는데."

그래서인지 사적인 공간처럼 느껴질 때가 많아요. 코왈스키는 짓궂은 미소를 짓는다.

"그래서, 어떠세요? 제 방에 들어오신 소감은."

"꽤 삭막하게 지내시네요."

"어허, 정말로 그것뿐이에요?"

거리가 좁혀졌다. 맞은편에서 상체를 숙여 다가오는 요원. 좌우로 밀린 서류 사이인지라 위태로운 풍경이다. 흔들리는 머리카락 사이로 성숙한 체향이 밀려왔다. 겨울은 체온이 오르는 것을 느꼈다. 맥박이 빨라진다. 숨 쉬는 간격은 맥박을 따라 줄어든다.

정신은 오히려 차갑게 식고 있음에도 불구하고.

'이 정도의 괴리는 샌 미구엘이 마지막이었는데.'

상황연산에 의해 강제되는 감각. 본인의 진짜 상태와 무관하게, 공포스러운 분위기에서 식은땀이 흐르게 만들고, 긴장감이 흐르는 상황에서는 심장이 뛰게 만드는 효과.

정신은 감각에 의지한다. 비록 진짜 육체는 팔린 지 오래지만, 사후보험의 감각재현이 한없이 실제에 수렴하는 한, 거대한 상실 또한 감각의 장벽 너머에서 벌어진 일이었다. 하여, 미숙할 땐 정신이 감각에 휩쓸릴 때가 잦았다. 흔들다리 효과와 같은 맥락이었다.

그러나 지금은 이상하다.

기술수준이 향상될수록, 육체에 대한 통제력도 강화되므로.

따라서 지금 같은 괴리감은 정상이 아니었다.

"당혹스럽네요, 코왈스키 요원. 정식으로 인사를 나눈 건 오늘이 처음인데. 이유가 뭐죠?"

정면을 똑바로 바라보는 겨울. 그 시선이 요원의 접근을 지연시킨다. 그녀는 장난스러우면서도 고혹적인 태도로 되물었다.

"이유? 글쎄요. 지금 우리가 사는 이 세상의 모습 외에 다른 이유가 필요한가요?"

"……."

"모르잖아요. 지금 이 순간 봉쇄선 동쪽 어디에선가 감염폭발이 일어나고 있을지도. 그로인해 내일 아침, 동부로 이어지는 모든 통신망이 두절되고, 저는 조용해진 콘솔 앞에서 눈물만 흘리게 될지도. 내일 이 시간, 어떻게 하면 고통 없이 죽을 수 있을까 고민하고 있을지도."

따뜻한 손이 다가와 뺨에 닿는다.

"언제 멸망할지 모르는 세계에서, 내일이 오지 않을지도 모른다는 불안감 속에, 한 쌍의 남녀가 밀폐된 공간에 함께 있는 거예요. 다른 이유는 필요 없잖아요? 우리는 여기서 즐거운 일 하나를 만들 수 있을 거예요."

더욱 가까워진 얼굴에 옅은 그늘이 드리워졌다. 남은 거리, 이제 약 한 뼘 가량. 뺨에서 미끄러진 손이 목을 타고 미끄러진다.

"중위님도 지금 얼굴이 붉은걸요. 두근거리지 않아요?"

"네. 저도 그걸 이상하게 여기는 중입니다."

"이상할 게 뭐가 있겠어요?"

겨울은 조금 더 내려가려는 그녀의 손을 붙잡았다. 눈으로는 여전히 요원을 직시하면서, 고저 없는 차분함으로 말한다.

"솔직히 말씀드릴게요. 진심으로 예쁘다고 생각해요. 매력적이세요."

"정말로?"

"네. 그러니 실망하지 않으셨으면 좋겠네요. 제 생각엔 아마 맥주였을 것 같은데, 맞나요?"

"……무슨 말씀이신지."

"방금 표정 관리 실패하셨어요."

거짓말이다.

요원의 포커페이스는 단단했다. 감정의 꺼풀을 도구로 쓰는 능력자인 것을.

하지만 이번에야말로 흔들렸다. 코왈스키는 손을 거둔다.

그리고 겨울을 바라보았다. 좀 전과 분위기가 확 바뀌어서. 무언가 신기한 것을 관찰하듯이.

"이미 확신하고 계시는군요. 우겨도 소용없겠네요."

포옥 한숨 쉬며 테이블 아래로 내려가는 그녀. 의자를 끌어다 다리를 꼬고 앉는다.

"어떻게 아셨어요? 반쯤 진심인 연기여서, 이건 반드시 먹힌다고 생각했는데."

"아까부터 계속해서 위화감이 느껴진 터라. 상황도 그렇고, 저 자신도 그렇고."

상황연산의 감각적인 강제는, 결국 또 다른 변인의 작용이라고 볼 수밖에 없었다. 아마도 약물. 가능한 복용 경로는 한 병의 버드와이저뿐이었다.

감각보정의 경고가 없었던 것도 이해가 간다. 일단 약물이 생명에 위해를 가하는 종류는 아니었을 것이다. 독성이 없으면 「생존감각」은 둔해진다. 겨울을 해치려는 의도가 아니었으니 「위기감지」 역시 제 기능을 하기 어렵다. 그러나 무엇보다도.

'채드윅 팀장 개인의 능력이겠지.'

수준 높은 「기만」은 스스로를 「통찰」에서 감출 뿐만 아니라, 적대적인 의도마저 은폐한다.

질병같은 냉정이 아니었다면 눈치 채기 어려웠을지도 모르겠다.

겨울의 정신은 아직 돌의 무게에 짓눌려있다.

인간이 아닌 상품으로서 수치심조차 박탈당했던 날의 기억은, 뇌리의 가장 어둡고 차가운 곳에 칼날처럼 박혀있다.

대화의 흐름도 인위적으로 느껴지는 부분이 있었다. 이는 어디까지나 겨울의 느낌일 뿐이었지만, 우연이 반복되면 필연인 법이었다.

"흐음. 짐작 가는 구석이 없는 건 아닌데……. 그래도 아쉽네요. 보통 남자들은 그 분위기에선 이상한 게 있어도 그냥 넘어가지 않나요? 훨씬 더 중요한 일이 있으니까."

겨울은 한 번 웃고, 질문했다.

"다시 물어볼게요. 이유가 뭐죠?"

"끈질긴 남자는 인기 없는데. 담배 한 대 피워도 되나요?"

대답은 라이터를 꺼내는 것으로 대신했다. 상냥하기도 하셔라. 담배 한 대 물고 불을 받는 코왈스키. 사방이 조용하여, 담배 타들어가는 메마른 소리가 선명하게 들린다.

"그건 레인저의 선물이군요."

"산타 마가리타에서 받았죠. 75연대 2대대 델타 중대, 3소대장 존 E. 프레이 중위."

"존 E. 프레이? 아, 델타 중대. 에머트 대위의 망나니들. 아직도 험프백을 쫓아다닌다고 하던데. 봉쇄사령부의 복귀 명령을 계속해서 무시하기로 유명하죠. 사실 사령부에서도 기대를 걸고 있어서 강압적으로 굴지 않는 거지만요."

"다른 소식은 없나요?"

논점에서 벗어나긴 했으나, 궁금한 정보였다. 코왈스키 요원이 자리를 피할 것 같지도 않고. 애초에 그녀가 이유를 숨긴다면 추궁할 입장도 못되었다. 어쨌든 현장 지휘권은 CIA에게 있으니까. 채드윅이 지휘책임자로서 필요하다고 판단했다고 해버리면 그만이었다.

"음, 이쪽에서 모르는 사람이 없을 정도로 유명한 사람이긴 한데, 생사는 불분명한 상황이에요. 마지막 연락은 열흘 전 피나클 국립공원 남쪽에서 왔다고 해요."

역설적이지만, 명령불복종은 훌륭한 군인의 조건이었다. 이는 반인륜적 명령에 저항할 권리만을 말하는 게 아니다. 우수한 군대일수록 현장의 유연성을 존중한다. 한국전쟁 당시, 맥아더가 치명적인 오판을 내렸을 때, 일개 사단장의 항명이 수많은 생명을 살렸다. 이후 미국은 베트남을 거쳐 전장의 불확실성에 적응했다.

한편 이라크 전쟁에서, 사담 후세인의 공화국 수비대는 그 반대의 경우에 해당했다. 눈앞에 미군이 지나가도 침묵한 부대들이 있었다. 교전허가가 없었기 때문에. 명령은 언제나 늦었다.

미군은 유연한 조직이다. 임무를 어떻게 달성하는가. 판단은 대개 현장에서 내린다.

'처음엔 많이 부담스러웠지.'

모든 결정에 책임을 져야 했던 기억.

비록 지금은 중위지만, 누적된 종말의 갈피에서 겨울의 최고 계급은 중령이었다. 날치기로 이루어진 현장진급이긴 했다. 그만큼 위태로운 세계관이었다. 그러나 마지막 순간까지 의무를 다하는 자들은 진짜배기였다.

미군의 정수. 겨울은 그 사이에 몇 번이나 있었다. 많이 배웠다. 체계화된 지식과는 다르다. 암묵지(暗默知). 사람에게서 사람으로만 전해지는 경험을.

레인저 중대와 다시 한 번 만날 수 있을까? 생각하는 겨울. 피나클 국립공원은 현 위치에서 남쪽으로 80킬로미터 떨어져 있었다. 통상적인 행군으로 이틀이면 사라질 간격. 지형 굴곡을 감안해도 그리 멀지 않다.

하지만 가능성은 낮았다. 오염지역을 소부대로 횡단하는 추적이었다. 샌프란시스코 광역권 인근이 위험하기도 했다. 에머트 대위는 사냥감을 북으로 몰지 않을 것이다.

그 사이에 코왈스키 요원은 서류더미를 파헤쳤다. 흩어지는 종잇장 사이에서 노트북을 꺼낸다. 전원은 이미 들어와 있다. 타닥, 타다다닥. 경쾌하게 두드리는 타자. 잠시 후, 겨울에게 화면이 보이도록 돌려놓았다. 에머트 대위가 떠있었다. 관목 사이에 엎드린 자세. 정지된 영상이었다. 달칵. 담배를 끼운 손가락이 엔터키를 눌렀다. 화면 속에서 시간이 흐르기 시작했다.

대위는 상급자와 대화중이었다.

「후퇴? Sir, 보급이나 띄워주십시오. 당신께서도 이번 임무의 중요성을 강조하지 않으셨습니까? 방역전쟁의 향방을 결정지을 단서가 될지도 모른다고 말입니다.」

「어디까지나 가능성이었을 뿐이야. 위쪽은 날이 갈수록 회의적일세. 그저 밥차에 불과할 거라는 의견도 있어. 적어도 생화학무기 운반체는 아닐 거란 추측이 지배적이야. 최초 등장으로부터 많은 시일이 경과하지 않았나. 그동안 험프백은 어느 전장에도 나타나지 않았네.」

「그래도 여전히 미지의 적입니다. 명백한 해방을 앞두고 불안요소를 남겨둘 작정이십니까?」

「위성감시와 항공정찰로 충분해. 특히 위성은 지금 넘쳐흐를 만큼 많지. 거의 실시간으로 위치를 추적할 수 있단 말이야. 정체는 모를지언정 만약을 대비할 순 있을 거야.」

「그래봐야 사냥감이 숲과 산악으로 달아나면 끝입니다. 지상에서 함께 쫓아야 합니다. 젠장, 여기까지 와서 그냥 돌아갑니까? 어차피 당장 저희가 필요한 다른 임무가 있는 것도 아니잖습니까? 뒈지다 만 잡것들에겐 보급거점도, 사령부도, 대통령궁도 없습니다.」

「하지만 우리가 버리고 온 활주로와 탄약고가 있지.」

「Sir, 죄송합니다만 시간을 아껴야 할 것 같습니다. 확실히 해주십시오. 이번 임무가 정말로 필요 없다고 여기신다면 저희는 여기서 철수하겠습니다. 그러나 그게 아니라면, 저희가 감수해야할 위험 같은 건 고려하실 필요가 없습니다.」

「정말 괜찮은가? 부대가 반쪽이 되지 않았나.」

「탄약을 보내주신다는 뜻으로 알겠습니다. 좌표와 시간을 통보해주십시오. 아시겠지만 장시간 반복해주셔야 합니다. 근처에서 전파방해가 수시로 터집니다. 이제 이동하겠습니다. 추적을 피해야 하니까요. 주변이 조용할 때 다시 연락드리겠습니다. 에머트 아웃.」

기록은 짧게 끝났다. 팁. 코왈스키 요원은 노트북을 덮었다.

열흘 전에 부대가 절반이었으면, 지금은 산 사람이 없을지도 모르겠다. 아니더라도 상태가 온전치는 못할 터. 한 번 받은 보급으로 10일을 견디기는 어렵다. 겨울은 그 상황에 자신을 대입해보았다. 불가능한 건 아니다. 교전을 회피하고, 어떻게든 식량을 확보할 수만 있다면.

보급을 일부러 피할 가능성도 있었다. 노출을 최소화하기 위하여.

지직. 담배가 빠르게 타들어가는 소리. 코왈스키가 밭은기침을 했다.

"서두르실 필요는 없었는데."

겨울의 말에, 요원은 눈가를 닦아내며 대구했다.

"그렇게 말씀하시니까 오히려 긴장되네요. 아무튼 고마워요. 여유를 주셔서."

꼭 그럴 작정은 아니었건만. 군이 해소할 필요는 없는 오해였다.

코왈스키는 자신의 머리카락을 지분거렸다. 느린 손놀림. 고민하는 기색이었다.

"일단 사과드릴게요. 하지만 필요한 일이었어요."

"구체적으로는?"

"일종의 적응과정이었다고 해두죠."

적응과정? 겨울이 고개를 기울이자, 요원은 혀로 입술을 적셨다. 입이 마르는 모양이다.

"구 중국군 간부들과 접촉할 때 술자리를 갖는 경우가 많아요. 대개는 성접대가 포함되죠. 모르겠어요. 재앙 이전에도 더럽게 놀았을지. 뭐, 그랬겠죠? 아무튼 지금은 의도가 명백해요. 오르카 블랙을 흡수하고 싶은 겁니다. 개인 단위에서부터 말예요. 여자는 그 수단이고요."

"외부인을 끌어들이면 불안하지 않을까요?"

"천만에요. 내부에서 파벌싸움이 얼마나 격한데요. 낮에는 웃고 밤에는 죽이는 사이에요. 측근도 믿을 수 없어서 바깥으로 눈을 돌리는 거죠. 정확히는 오르카 블랙의 허상에 홀린 거지만. 우리는 그동안, 적어도 표면적으로는 용병활동에 충실했어요. 대가를 받으면 의뢰가 끝날 때까진 절대로 배신하지 않았죠. 한 개 타격대가 파벌다툼에서 옥쇄한 적도 있는걸요."

정말 끔찍한 사건이었다고 중얼거리는 코왈스키.

그간의 활동내역은 겨울도 숙지할 자료로서 전달받았다. 의뢰인과 운명을 함께한 8인은 제24특수전술대대 출신으로, 부대의 격이 데브그루와 동급이었다.

지금 오르카 블랙의 위상은 중세의 스위스 용병에 필적한다. 출중한 전투력과 높은 신뢰도.

"한 번 계약하면 적이 더 높은 대가를 약속해도 흔들리지 않아요. 이게 의심을 살만한 일은 아니죠. 결과적으로는 몸값을 더 높이는 방법이니까."

활동내역에도 그렇게 나와 있었다. 대원들의 죽음을 강요한 중국군 장성이, 바로 다음날 접촉해왔다고. 그는 훨씬 더 많은 수를 고용하고 싶어 했다. 겨울은 읽었던 내용을 되새겼다.

'그나마 같은 편끼리 죽도록 싸울 일은 드물어서 다행이야.'

없지는 않았다.

신뢰를 쌓으려면 불가피한 과정이었다. 덕분에 여러 세력으로의 침투가 용이해졌다.

요원의 해명이 이어진다.

"아무튼 그래요. 최근 더 잦아졌어요. 불러내서 술 먹이고 여자를 붙여주는 일이. 대원 분들 하시는 말씀이 관계를 강요할 때 거부하기도 힘들다더군요. 선물을 안 받으면 주는 사람의 체면이 상한다던가요?"

"적응과정이라고 하신 의미를 알겠네요."

"이렇게 말씀드리면 어떻게 생각하실지 모르겠지만, 어떤 남자들은 여자 문제에 있어선 쉽게 바보가 되거든요. 때로는 아주 단순하고요. 몸만 섞어도 사랑을 느낀다니."

즉 겨울이 흔들릴까봐 걱정이었다는 뜻이다. 넘어가진 않더라도, 예컨대, 말 한 마디 잘못 흘린다던가. 혹은 연민에 휩쓸려 지켜주려고 한다던가.

"가뜩이나 중위님은 나이도 어리……흠, 아주 젊으시잖아요. 면역이 없으실 텐데. 속으론 외로우실 지도 모를 일이고. 다른 대원들처럼 번화가에서 놀기라도 하셨으면 차라리 안심했을 거예요."

눈치를 보아 그 뿐만은 아닐 것이었다. 겨울의 행적에 대한 분석은 당연히 있었을 터. 겨울동맹의 형성과정은, 객관적으로 작성된 보고서에서 어떻게 비춰질까. 이번 세계관에 남겨온 족적을 되짚어보며, 겨울이 묻는다.

"저야 그렇다 치고, 코왈스키 요원은요?"

"네?"

"겨우 그 정도 이유로 괜찮았느냐는 말이에요."

"아."

요원은 대수롭지 않게 답한다.

"말씀드렸을 텐데요. 반은 진심이었다고. Seize the day. 언제

망할지 모를 세상에서 지금을 즐기지 않는 건 손해 아니겠어요? 게다가 중위님은 지금 전미에서 가장 섹시한 남자인걸요. 사양할 이유가 없잖아요."

"설마요."

"어, 안 믿으시네."

"키라던가, 체구라던가. 여러 가지로 있잖아요."

코왈스키가 웃음을 터트렸다. 잠깐이나마 긴장감을 탁 놓아버리는 맑은 웃음이었다.

"세상에. 중위님은 우상이란 말예요. 원초적인 불안을 해소시켜주는. 이 시대에 한 중위님 이상으로 상대를 편안하게 해줄 남자는 없을 거예요. 아마도."

요원이 한 마디 덧붙였다. 비록 얼굴은 지금 엉망이지만, 하고. 겨울은 특수화장을 더듬는다. 경험한 바, 일주일 쯤 지난다고 티 날 정도로 지워지진 않았다. 주기적으로 보수하고 있으나, 설령 보수를 못 받더라도 최대 한 달까지 괜찮을 것 같았다.

"슬슬 다른 이유도 들어볼까요?"

겨울의 말에 한숨 푹 쉬는 정보국 요원.

"뭘 짐작하시는지는 모르겠지만, 더 이상은 말씀 못 드려요."

뭔가 없다고는 하지 않는다. 이 정도만 해도 기대 이상의 솔직함이었다.

"받으세요."

코왈스키가 손바닥보다 작은 상자를 내밀었다. 갸우뚱 하고 받는 겨울. 열어보니 반지다. 어중간한 싸구려가 아니라, 세공도 보석도 상등품이었다.

"이게 뭐죠?"

"결혼반지요."

"음, 위장이군요."

"아까부터 판단력 참 좋으시네요. 네, 맞습니다. 항상 끼고 다니세요. 평소에 소문도 좀 내주시고. 사별한 아내를 잊을 수 없다는데 뭐 어쩌겠어요. 거절당하는 입장에서도 체면 상한다고 생각하지 않겠죠. 인간적으로 믿음을 얻기도 쉽겠고."

"아내 이름은 정해진 게 있나요?"

"아뇨, 아직. 이걸 정말로 드리게 될 줄은 몰랐던지라. 하루만 기다리세요. 이름, 나이, 출신, 가족관계는 기본이고, 결혼기념일이나 부부싸움의 추억까지 뽑아드릴 테니."

위장신분의 나이가 이십대 초반이니, 결혼이력이 수상하진 않을 것이다.

겨울은 반지를 끼워보았다. 왼손 약지에 정확하게 맞는다. 정보국의 힘이라고 해야 하나.

"반지 안에 뭐가 들었죠?"

"아무것도."

"밟아 봐도 되겠어요?"

"그러세요. 저지른 일이 있으니 믿어달라고는 못하겠군요."

반지가 망가지면 곤란하겠지만, 어쩌겠어요. 순순히 고개를 끄덕이는 요원. 겨울은 반지를 빼지 않았다. 다만 빛에 비춰보았다. 실내등 불빛 아래 백금빛으로 반짝인다. 가만히 바라보던 코왈스키가 조용히 말했다.

"의외네요."

"뭐가요?"

"중위님이 무척 차분하셔서요. 비정상적으로 느껴질 정도예요. 공포영화에서 이상할 정도로 조용한 대목을 보는 심정이라고나 할까……."

정보국 요원답지 않게 솔직한 표현이었다. 겨울의 호감을 사려는 노력일수도.

'거짓의 사전준비로 진실보다 나은 건 없으니까.'

갈대밭에서 억새풀을 찾기는 어려울 것이다.

"화를 낸다면, 어디까지 원망해야 좋을까요?"

겨울의 질문. 대답을 바라고 던진 건 아니었다. 톡, 톡, 톡. 손끝으로 테이블을 두드리며, 코왈스키는 잠자코 다음을 기다린다. 여기서의 하는 말이 향후 취급에 영향을 미칠 터였다. 그렇다고 거짓을 말할 필요는 없었다. 있는 그대로 꺼내면 충분할 것이다. 겨울이 말을 잇는다.

"코왈스키 요원에게만 화를 낸다면 꼴이 우습겠죠. 그럼 채드윅 팀장님에게 따져야 할까요? 계획을 수립하거나, 최소한 승인해주었을 테니까요."

"그러는 편이 정상으로 느껴지는데요."

"글쎄요. 그건 현실타협이라고 생각해요. 여기까지가 적정선이다, 하고. 전 잘 모르겠네요. 이번 일이 팀장님의 구상이라고 치죠. 이게 CIA내에서 유별난 일인가요?"

"아뇨. 빈말로라도 그렇다고는 못 하겠군요."

겨울은 정보국이 요원들을 어떻게 길러내는지 안다. 지나간 세계에서 들었던 이야기.

특수요원들은 훈련 단계에서 인간으로선 견디기 어려운 경험을 한다. 생도가 훈련 상황임을 모르는 경우도 있다. 납치 후 고문하면서, 내부정보를 토해내라고 강요한다. 발설하면 방출. 침묵하면 합격.

모든 요원이 거치는 과정은 아니다. 그러나 그것이 용납된다는 게 중요하다.

"그렇겠죠. 예상했습니다."

누군가의 잘못이 그 사람만의 책임인 경우는 드물다.

증오를 대하는 겨울의 태도는, 예전부터 지금까지 한결같았다.

"채드윅 팀장은 CIA 요원으로서 행동했을 뿐이에요. 그럼 저는 정보국을 원망해야겠군. 하지만 정보국이 이유 없이 그러는 건 아니잖아요. 선을 어디에 그어야 하죠?"

"무슨 말씀을 하시는지 알겠습니다. 음, 아주 특이하시군요. 공감하긴 어렵네요."

요원은 미심쩍어했다. 겨울도 스스로를 정상으로 여기진 않았다. 그래서 이렇게 말한다.

"사람의 한계죠. 저는 화내는 것 외에 아무것도 할 수 없는 사람이 되고 싶진 않습니다."

아무것도 바꿀 수 없는 분노는 자기 자신을 부술 뿐이다.

돌은 항상 그 자리에 있었다.

원치 않는 사후의 존속이 끝날 때, 마음이라도 남아있기를 바란다. 어려운 일이었다. 가면을 쓴 상담사에게 고백했듯이.

코왈스키가 몸을 이완시키며 하는 말.

"잘은 모르겠습니다. 하지만 안도하게 되는군요. 하신 말씀이 사실이든 아니든."

적어도 감정에 치우쳐 일을 그르치진 않을 것 같다. 그런 맥락이었다.

그녀가 재차 말했다.

"구차한 변명일지도 모르겠습니다만, 이 말씀을 드리고 싶네요. 첩보원들은 대역병 이전부터 종말의 가능성을 엿보며 살아왔습니다. 내일이 위태로운 사람들은 이상하게 변하죠. 미쳐돌아가는 지금 이 세상의 모습처럼."

한 호흡 쉬고 다시 이어지는 이야기.

"정보국에 갓 들어왔을 때 선임이 그러더군요. 한 용감한 소련 장교가 아니었다면, 이 세계는 1983년 9월 26일에 이미 멸망했을 것이라고. 세상은 상상 이상으로 깨지기 쉽고 위태로운 곳이며, 때로는 한 사람이 종말을 막아낼 수도 있는 거라고. 너도 내일을 지키는 한 사람이 되어야 한다고. 다만, 그러기 위해서는 많은 것을 포기해야 할 거라고……."

"각오가 멋지네요. 좋은 분이셨나요?"

"설마요. 중앙정보국에서 좋은 요원은 죽은 요원뿐이랍니다, 중위."

자조적이면서도 자부심이 느껴지는 농담이었다.

대화가 일단락되었다. 겨울은 빈 종이에 모범답안을 적어 내려갔다. 돌아온 목소리로 녹음도 했다. 이를 전송하는 게 오래 걸리는 일은 아니었다. 모두 마친 뒤에 통신실을 나서려는 겨울의 등 뒤로, 코왈스키의 목소리가 울렸다.

"혹시나."

돌아보자, 요원이 장난스럽게 웃는다.

"마음이 바뀌면 언제든 말씀하세요."

그럴 일 없으리라고 대답하면 상처가 되겠지. 겨울은 적당한
미소로 말을 대신했다.

읽지 않은 메시지 (7)

「병림픽금메달 : 씨이이이이이이이이이이이이이이이이이바아아아아아아아아아아아아아아아앜!」

「まつみん : 또오오오오오오오옹!」

〈〈SYSTEM MESSAGE〉〉 : まつみん님의 감정상태가 지나치게 불안정하여 「텔레타이프」 기능이 정상적으로 작동하지 않습니다.

「まつみん : 糞! 똥! 똥! 糞! 또옹! 똥! 똥! 똥똥똥똥! 똥옹ㄹㄹㄹㅎㄸ깷떫앓ㅋㅅく そく そく そく そく そく そ #ErrorCode_0xc00000fe9_High_pitched_emotional_excess#Region_Japan#(管制 AI) 感情過剰が原因でTeletypeにエラーが発生しました. ユーザーを保護するために接続を終了します. 問題が解決されない場合はシステム管理者に連絡してください.」

「에엑따 : 마츠밍 또 고장났어 ㅋㅋㅋㅋㅋ 이번엔 전보다 심하네 ㅋㅋㅋㅋㅋ」

「아침참이슬 : 저 일본어 뭐라고 떠드는 거임? 오류 안내문구 같은데.」

「슬로우 웨건 : 내가……설명하지…….」

「여민ROCK : 아오 씨발! 진행자 개새끼! 고자새끼! 어떻게 차려진 밥상을 엎냐!」

「새봄 : CIA 요원! 강하고 유능한 누님! 새까만 정장! 검은 스타킹! 나의 취향! 으아아아아!」

「스타킹 : 새봄이가 뭘 좀 아는구나. 살을 가리면서 윤곽은 드러내는 스타킹에는 모순적인 매력이 내포되어 있다. 은폐와 노출의 아름다운 공존……. 이는 에로스의 물화된 메타포라 할 수 있겠지. 그런 의미에서 진행자 한겨울의 만행을 강력히 규탄하는 바이다. 잔혹한 소년은 잿빛 세상에서 피어나던 한 떨기 예술의 꽃을 짓밟은 것이다. 아, 이 어찌 슬프지 아니한가.」

「프로백수 : 인문계 쿰척거리는 소리 잘 들었구요, 이공계 병신 등판해주세요.」

「원자력 : 이공계엔 병신이 없다. 이 세상 모든 병신력의 원천은 인문학이기 때문이다.」

「맞춤법 : ㅇㅇ ㅂㅂㅂㄱ ㅃㅂㅋㅌ 인문학은 쓸 데도 없는 쓰레기인 부분이구연~ 경제에 도움 될 각 전혀 없는 항문이구연~ 들어가도 학과 통폐합될 각이구연~ 나와 봐야 취직도 못하는 찐따 새끼 되는 각이구연~ 노오력은 안 하고 나라 탓 재능 탓 수저 탓 핑계만 개씹에 바터지는 각이구연~ ㅋㅋㅋㅋ 일경 노인정하고 ㅂㄷ거리는 행님누님덜 방콕인생 부랄벅벅 젖통벅벅 애미애비 등골 드록바인 부분 인정각? ㅇㅇㅈ ㄲㅆㅇㅈ~ 팩트폭격 펑퍼퍼펑 앙 기무띠~」

「세종대왕 : 여봐라, 지금 이 가엾고 딱한 상놈이 뭐라고 말하는 것이냐? 말이 문자와 서로 통하지 않는 이유는 무엇이냐? 나랏말이 어쩌다 이렇게 되었단 말이냐?」

「김정은 개새끼 : 이게 다 김정은 때문이다. 팍팍팍! 북괴의 가슴팍에 총칼을 꽂자!」

「반달홈 : 세종머앟 등판 ㅋㅋㅋㅋ 닉값 오지고요 ㅋㅋㅋㅋ 오지면 오지명?」

「캐쉬미어 : 오지명 하지 말라고 반달새퀴야」

「슬로우 웨건 : 텔레타이프는……보안성이 강화된 사고-문자화 모듈로서…….」

「도도한공쮸♡ : 아……분위기 좋았는데……코왈스키한테 들어가 있었는데……. 아쉽네…….」

「앱순이 : 휴. 한숨이 나온다. 우리 겨울이가 참 매력적인데, 너무 매력적이어도 문제구낭.」

「둠칫두둠칫 : 속이 터진다! 진행자 시부랄 것! 무슨 진행을 이따위로 하냐? 희망고문도 아니고. 만약 이게 각본 있는 드라마였으면 작가새끼의 목을 잘랐을 것이다!」

「퉁구스카 : ㅠㅠ」

[퉁구스카님이 별 1개를 선물하셨습니다.]

「둠칫두둠칫 : 이 와중에 별 주는 새끼 제정신이냐? 환불받아도 모자랄 판에.」

「BigBuffetBoy86 : 어, 정말 이대로 끝나는 거야? 반전 없어?」

〈〈SYSTEM MESSAGE〉〉 : BigBuffetBoy86님에 의하여 시청자 퀘스트가 부여되었습니다.

『시청자 퀘스트 : Ready to take a chance again.』

『BigBuffetBoy86님의 말 : 어이, 나가지 마! 돌아서! 돌아서서 마음이 바뀌었다고 말해! 네 본능에 솔직해지라고! 너도 좋고 나도 좋고! 온 세상 모두가 행복해지는 길이야!』

『AI 도움말 : 이 퀘스트의 목표는 사용자 등록번호 B-612 한겨울이 섀넌 코왈스키(Shannon Kowalski)와 성관계를 맺는 것입니다. 세계관 내 시간을 기준으로 5분의 제한이 존재합니다. 목표 달성 시점에서 1,227개의 별이 세계관 진행자에게 지급됩니다.』

〈〈SYSTEM MESSAGE〉〉 : 한겨울(진행자)님이 BigBuffetBoy86님의 시청자 퀘스트를 거부하셨습니다.

「BigBuffetBoy86 : 시무룩…….」

「진한개 : 한겨울 얘 여전히 단호박이네 ㅋㅋㅋ 어떤 의미론 한결같아서 좋다.」

「윌마 : 이거 보기 시작한 이래 다른 채널이 왠지 재미가 없어져서……불만이 있어도 보기는 본다만……. 이쯤 되면 진행자가 우리한테 갑질하는 거 아니냐? 시청자에 대한 배려라는 걸 모르네. 누구 덕에 돈 버는지 모르거나, 지 잘난 맛에 제 정신이 아니거나, 둘 중 하나인 듯.」

「엑옥보수 : 이게 사후보험에서 구독하는 유일한 채널인데……애국심이……메말라간다…….」

「닉으로드립치지마라 : 나중에 들어온 놈들이야 그렇다 치고, 처음부터 보던 놈들이 난리치는 건 뭐냐. 진행자한테 트라우마 있는 거

알면서 그래?」

「슬로우 웨건 : 접속자의 사고를……텍스트로 구체화하여 출력……혹은 전송하며……매체가 텍스트인 것은……암호화 전송 과정에서……충분한 속도를…….」

「AngryNeeson55 : 트라우마? 흐음, 무슨 일이 있었나?」

「닉으로드립치지마라 : 진행자 생전에 그렇고 그런 일이 있었다고 함.」

「AngryNeeson55 : 오, 그거 유감이군. 어린 나이에 죽은 것도 안타까운데 말이야.」

「AngryNeeson55 : 내 딸에게 그런 일이 있었다면 반드시 찾아내서 죽여 버렸을 텐데.」

「윌마 : 어, 그러고 보니 그런 일이 있었지 참. 잊고 있었다. 근데 시간 많이 지났잖아.」

「윌마 : 그깟거 한두 달 지나면 잊고 그러는 거 아님?ㅋ」

「둠칫두둠칫 : 정신적으로 나약해서 그럼. 보통 자살하는 새끼들이 그렇지. 죽을 용기가 있으면 그 용기로 어떻게든 살아볼 각오를 다져야지. 혹시 진행자 이 새끼도 자살한 거 아니야?」

「눈밭여우 : 사정도 모르시면서 말씀 참 함부로 하시네요.」

「둠칫두둠칫 : 여우년 너 전부터 존나 거슬린다. 착한 척 가식 쩔어주시네, 아주.」

「눈밭여우 : …….」

「눈밭여우 : 어느 순간부터 세상이 돌이킬 수 없을 만큼 어두워진 건, 당신 같은 사람들이 많아졌기 때문일지도 모른다는 생각이 강하게 드네요. 그 반대일지도 모르겠지만.」

「눈밭여우 : 진행자 분이 이 대화를 보고 있지 않아서 다행입니다.」

[눈밭여우님이 별 3,000개를 선물하셨습니다.]

「슬로우 웨건 : 확보하기……위함이다……. 데이터량이 최소화되었기 때문에……송수신 과정에서……방화벽에 걸리는 부담이 적다…….」

「스윗모카 : 근데 부분적으로는 맞는 말 같지 않아? 난 자살하는 사람들 한심하게 느껴지던데. 요즘 힘들지 않은 사람이 어딨겠어? 다 이겨내면서 사는 거지. 세상은 슬픈 일로 가득하지만, 그렇기에 그것을 이겨내는 일들로도 가득하다. 헬렌 켈러. 좋아하는 명언이얌.^_^」

「깜장고양이 : 오, 멋진 말인 고양. 나도 그렇게 생각하는 고양. 자살을 뒤집으면 살자가 되는 고양. 마음먹기에 따라 달라지는 고양. 알고 보면 별 것 아닌 고양.」

「Cthulu : 어허. 자살은 죽는 것보다 사는 데 더 큰 용기가 필요한 사람들의 선택입니다. 죽을 용기로 살아보라는 건 그 사람들의 괴로움을 조금도 이해하지 못하는 거예요.」

「Cthulu : 그 사람들은 여러분이 아직 겪어본 적 없는 끔찍한 경험을 했을지도 모릅니다. 그래요. 예를 들면 보기만 해도 미쳐버릴 것 같은 무언가를 목격했다거나…….」

「Tsathoggua : 갸아악 구와아악!」

「둠칫두둠칫 : 오늘 따라 나한테 지랄하는 놈들이 많네.」

「폭풍224 : 하……. 진행자 얘 진짜 나간다. 지 방으로 돌아가는 듯. 이쯤 되면 신기하다. 내 동기화가 정상이라면 지금 아주 달아오른 상태인데, 어떻게 참는 거지? 트라우마든 뭐든 정신력 하나는 인정해줘야겠다. 자기 상태 눈치 채는 것만 봐도 보통은 아니네.」

「조선왕조씰룩 : 응. 아까 보면서 소름 돋았어. 완전 괜찮아. 그래서 더 맛보고 싶어.」

「무구정광대단하니 : ㅇㅇ 섹스라는 게 정서적인 만족감도 중요한 거니까. 당장 못 하는 게 불만스럽지만, 반대급부로 언젠가 하게 될 때 아주 기분 좋을 것 같아서 기대된다. 참을수록 맛있어지는 음식이라고 생각할래. 남자들은 단순해서 이런 거 잘 모르겠지만.」

「슬로우 웨건 : 비록 표면적으로는……텍스트 표현에 불과하지만……텔레타이프 모듈의 판독은……사실 TOM 판독을 병행하며……감정과 무의식의 영역까지도 판독대상으로서…….」

「groseillier noir : 혹시나 싶어서 확인해봤더니 이 채널 중계방 열일곱 개 폭파됐더라. 성급한 한국인들. 아까도 누가 말했지만, 훌륭한 음식은 오래 기다려야 하는 법이거늘. :)」

「똥댕댕이 : 햐. 열일곱 개면 대체 몇 명이냐?」

「이불박근위험혜 : 아깝다. 제대로 뜰 기회를 걷어찼구나.」

「이불박근위험혜 : 바닐라만 가지고 사후보험 포털 메인에 올라간 사례는 근 몇 년간 얘가 유일하다고 알고 있는데……. 그래서 잘하면 A등급은 물론이고 S등급으로 올라가는 것도 불가능하진 않겠다 싶어서 기대하고 있었건만…….」

「똥댕댕이 : 다른 별창들은 아무래도 빚 돌려막기라는 느낌이니까 말이지 ㅇㅇ」

「Владимир : 흐음. 빚을 돌려막는다는 건 무슨 뜻인가?」

「똥댕댕이 : 인기를 끌려면 차별화될 요소가 필요하잖아. 하지만 한겨울 이 새끼처럼 재능을 타고난 사람은 거의 없는걸. 그러니 어쩌겠어. 세계관이랑 DLC를 열심히 지르는 거지. 방송을 위한 새로운 컨텐츠 확보 차원에서 말이야.」

「닉으로드립치지마라 : 전형적인 치킨게임이다. 경쟁자들이 다 하는 짓이니, 조금이라도 더 많이 질러야 하는 거지. 매일매일 새로운 연애상대를 준비하고 말이야.」

「Владимир : 역시 서면보고와 실상은 많이 다르군. 너희 까레이스키들은 이런 서비스에 만족하는 것인가?」

「엑윽보수 : 무슨 말을 듣고 싶은 거야? 결국 본인이 노력하면 그만이잖아?」

「Владимир : 흠.」

「슬로우 웨건 : 적성이 높을수록……관제 AI가 깊은 의미까지 읽어낸다……반대로 일반적인 경우에는……판독 불가능한 정보량이 지나치게 많으면……트로이 목마가 포함되어있을 가능성을 우려하여…….」

「둠칫두둠칫 : 한겨울 이 새끼는 그냥 배가 부른 거야. 시청자들을 생각해서라도 트라우마든 뭐든 극복하려고 시도해봤어야지. 시간도 충분했잖아? 뭐가 어찌됐든 소비자의 요구를 일방적으로 묵살하기만 하는 생산자라는 건 있을 수 없는 거라고 봄. 자본주의 사회에선 너무나 당연한 거잖아. 부정할 여지가 대체 어디 있다는 거야?」

「SALHAE : 그건 좀 아닌 것 같다.」

「내성발톱 : 오, 남산타워 강간범. 조용하길래 없는 줄 알았더니.」

「SALHAE : 난 무식해서 복잡한 말은 못하겠다. 그치만 그……소비자와 생산자라는 게……사람과 사람 사이가……어느 하나로만 정해지는 건 아니지 않나 싶다……폭력으로 느껴지기도 하고……
사람을 사람으로 보지 않으려는 것 같기도 하고…….」

「닉으로드립치지마라 : 기특한 소리를 하는군. 섹스섹스 가장 시
끄럽던 녀석이.」

「SALHAE : 그야 뭐……. 하면 좋겠지. 믿고 의지할만한 여자 품
에 알몸으로 안겨서……천천히, 느리게 애무 받다가, 조용히 싸고
싶다는 생각은 든다. 근데 예전만큼 간절하진 않아……. 갈수록 피
곤하기만 해. 의욕도 없고……. 지친다…….」

「SALHAE : 유라 보고 싶다. 유라 목소리 듣고 싶다. 유라 냄새 맡
고 싶다. 유라가 날 향해 웃어주면 기분 좋겠다. 나는 내가 아니라 한
겨울이겠지만, 내가 아닌 모습으로라도 유라에게 사랑받을 수 있다
면 행복할 것 같다. 항상 열심인 점이 매력적이었지.」

「SALHAE : 역시 진행자를 한 번 만나봐야겠다. 면회신청 해놔야
지. 귀찮다고 미루지 말고.」

「제시카정규직 : 대체 뭐지 이 변화는 ㅋㅋㅋㅋㅋ 얘가 남산타워
를 강간하겠다고 떠들던 게 엊그제 같은데 ㅋㅋㅋㅋㅋ」

「まつみん : 힝. 방송 끝났어요? 들어왔는데도 깜깜하네.」

「제시카정규직 : 오, 마츠밍 돌아왔네.」

「9급 공무원 : 조금 전에 잠들었음. 아니, 잠들었다고 하니까 이상
하네. 세계관 내에서의 행동일 뿐이니. 아무튼 오늘 방송은 여기까지
인가봄.」

「돌체엔 가봤나 : 일본 언니 ㅋㅋㅋㅋ 아깐 왜 그렇게 폭주한 거야?」

「まつみん : (o´Д`)=3」

「まつみん : 겨울 씨의 얼굴이 바로 눈앞까지 다가왔었는데…….

순간적으로 너무 안타까웠어요. 겨울 씨와 동침할 기회를 놓친 것도 그렇지만, 그 이상으로 그 상황에서까지 냉정할 수밖에 없는 겨울 씨가 가엾게 느껴져서……화가 나더라고요. (´ ·ω· `)」

「슬로우 웨건 : 보안상의 문제로……일시적인 접속차단 조치가……사용자 보호라는 명목 하에 이루어지지…….」

「동막골스미골 : 컨셉충 밴.」

「まつみん : 요즘 들어 점점 더 강해지는 마음인데, 이 방송의 끝에서 겨울 씨가 진심으로 웃는 모습을 볼 수 있다면 저도 행복해질 것 같아요.」

「Владимир : 개인적으로 나 역시 기대하고 있다. 사람 보는 눈엔 자신 있는 편인데, 한겨울은 꽤 괜찮은 인재 같거든. 사후보험의 민낯과 가능성을 동시에 보여준 인물이기도 하고. 즐거움 이상으로 유익한 방송을 제공해주어 고맙게 생각한다.」

[まつみん님이 별 300개를 선물하셨습니다.]
[Владимир님이 별 5,471개를 선물하셨습니다.]

과거 (9), 장미가 시드는 계절 (2)

젊은 몸의 늙은 폭군은 턱을 괴고 앉아있었다. 입은 옷은 없다. 질척질척. 아래에서 올라오는 소리는 젖어있었다. 비싼 여자였다. 모든 행동이 기품 있고 천박했다. 시선이 마주치자 눈으로 웃는다. 아름답다. 입 안이 가득한 채로는 어려운 노릇이건만. 그 와중에도 혀를 굴린다. 겉으로 드러나지 않는 은밀한 유혹이었다. 우아한 외모와 동떨어진 움직임. 그녀의 입은 뜨거웠다.

그러나 있어야 할 반응이 없었다. 폭군은 식어있었다. 피부가 차가울 지경이다. 거쳐 간 여자 가운데 한 명이 말했었다. 냉혈 동물 같다고. 사람이 아닌 것 같아 무섭다고.

그때 폭군은 속으로 비웃었다. 사람이 원래 차가운 동물인 것을.

어쨌든 그는 성기능에 문제가 있었다. 육체를 갈기 전엔 노환인줄 알았다. 아니, 그렇게 믿었다. 젊음을 거래하면 잃어버린 인생이 돌아오리라고. 모든 것을 다시 시작할 수 있으리라고.

'새로운 내가 되고 싶었다.'

고건철은 과거의 자신이 싫었다. 거울을 보면 화가 치밀었다. 멍청한 놈의 얼굴이라고. 제 여자 하나 간수하지 못한 얼간이 새끼라고. 불륜이 발각된 현장에서, 아내였던 여자는 미친 듯이 웃었다. 지금 네 꼴을 보라고. 너 같은 추물을 진심으로 사랑할 리 있겠느냐며.

아, 그 날카롭던 웃음소리. 떠올릴 때마다 머리가 지끈거린다. 제멋대로 반복되는 기억. 머릿속의 음량을 줄일 수가 없었다. 하하하, 하하하하하! 점점 더 커지다가, 마침내는 분간할 수 없는 굉음이 되고 만다. 그것은 마치 돌 구르는 소리를 닮았다. 우르르르륵.

찰싹! 고건철 회장은 눈을 깜박거렸다. 허벅지에서 느껴지는 알알한 통증. 하얗게 식어있던 살에 연한 손자국이 남아있었다. 낮게 있던 여자의 소행이었다. 그녀는 자세를 바꾸었다. 올려다보는 시선은 순종적이고, 어루만지는 손길은 지배적이었다. 남은 손으로 머리카락을 쓸어 넘기는 그녀. 하얗고 가느다란 목이 드러난다. 살짝 기울인 얼굴로 생긋 웃으며 하는 말.

"너무하시네요. 저랑 같이 있으면서 다른 사람을 생각하시다니."

"넘겨짚지 마라."

"아닌가요?"

회장은 인상을 썼다. 그러나 화를 내진 않았다. 옆에 두고도 견딜 만 한 여자를 찾기가 쉬운 일이 아니었다. 다른 여자들은 벗은 몸만 봐도 구역질이 났다. 특히 더 견디기 어려운 건 화장보다 진하고 향수보다 역겨운 미소들이었다. 어설프게 가려서 그 너머의 추악함을 두드러지게 만드는, 그런 감정들.

이 여자는 그나마 괜찮게 웃을 줄 안다. 자신의 더러움을 긍정하는 솔직함이 느껴지므로. 혼혈의 특색이 드러나는 외모도 괜찮다. 아내였던 여자와는 다를수록 좋았다. 덕분에 곁에 두어도 참을 수 있을 정도는 되었다. 혐오스러운 것들 가운데 그나마 나은 하나였다. 화를 내어 쫓을 필요는 없었다. 어차피 습관적인 화 또한 극복해야 할 대상이었다. 새로운 삶을 위하여.

사아악, 사악. 민감한 곳에서 하얀 손이 움직인다. 악기를 연주하듯이. 변주에 들이는 감정은 가벼운 투정과 유혹이었다. 부드러운 마찰은 활대가 현을 켜는 것 같았다. 그러나 탁월한 기량으로도 죽은 악기를 살릴 순 없었다. 울림통이 비어있지 않았다. 자글거리는 돌로 꽉 차있어서, 어떤 연주도 깊어질 틈이 없었다.

폭군이 요구했다.

"하던 거나 계속해라."

이에 여인이 샐쭉해졌다.

"잠시 쉬게 해주세요. 턱이 아프단 말예요. 이런 식이면 얼굴이 두꺼워지고 말걸요?"

그리고 그녀는 교태롭게 올라왔다. 온몸으로 부대끼며, 냉혈한에게 자신의 체온을 어필한다. 만지는 손은 여전하다. 단단한 다리 위에 올라타서 볼에 키스하고, 귓불을 깨물면서 묻는다.

"제 입이 좋으세요?"

회장은 솔직하게 대답했다.

"불쾌하다."

"뭐예요 그게."

볼을 부풀리는 여인. 토라진 기색을 적당히 내비친다.

그러나 사실이었다. 눈을 감고 느끼면 정말로 더러웠다. 무언가 인간이 아닌 것, 축축하고 더러운 연체동물이 붙어있는 기분이었다. 극도의 거부감이 느껴지는 행위. 그런데도 거듭 요구하는 자신이, 회장은 우습게 느껴졌다. 덜 아문 상처의 딱지를 떼는 아이와 같지 않은가 하고.

"싫은데 왜 자꾸 해달라고 하시는 거예요?"

"알 것 없다. 넌 그냥 시키는 대로 하면 된다."

"휴, 알았어요. 그래도 지금은 말고요. 가끔은 그냥 맡겨보세요."

제게는 다른 즐거움도 많은걸요. 그녀의 달큰한 속삭임이 폭군을 오싹하게 만들었다.

말 그대로의 오싹함이다. 이 같은 속삭임에 지배당할 때가 있었다. 더운 방에 오래된 겨울의 추위가 밀려왔다. 현실과 회상의 온도차가, 망가진 인간을 날카롭게 몰아세운다.

유달리 혹독했던 그날은 딸의 생일이었다.

아버지는 몹시 바빴기에 함께할 수 없었다. 없을 예정이었다. 그러나 중한 만남이 미뤄졌다. 비행기를 타지 않았다. 운이 나빴다. 그 땐 어떤 의미로 다행이라 생각했지만, 결과적으론 최악이었다.

축하받아야 할 아이는 눈 내리는 정원에 홀로 나와 있었다. 달달 떨면서. 인형을 끌어안고. 무슨 인형이었더라? 아니, 그건 중요하지 않았다. 오래 있었던 것 같았다. 머리와 양 어깨가 하얗게 덮였다.

아버지가 물었다.

"무슨 일이니? 왜 혼자 나와 있어? 응?"

막내딸은 평소 다른 자식들과 어울리지 못하는 하나였다. 평소엔 수줍어서 그런다고 여겼다. 막내는 자주 우울해했고, 말수가 적었다. 친구도 없는 것 같았다. 인형을 끌어안고 몇 시간씩 앉아있기가 예사였다. 하지만 축하받아야할 날에 홀로 나와 있는 것을 보니 이상했다.

아버지의 목소리를 듣고, 딸은 소스라치게 놀랐다. 꼭 안아 주자 눈물 흘리며 이렇게 말했다.

"들어가시면 안 돼요."

더욱 이상했다. 조용히 들어갔다. 고용인들이 보이지 않았다. 집사는 그렇다 치고, 당직을 서는 하녀도 없다니. 실내는 더웠다. 그러나 뼈는 시렸다. 두근거림에 귀가 멀 것 같았으나, 침실에 서 들리는 소리를 놓칠 정도는 아니었다. 가는 걸음에 옷가지 들이 걸렸다. 움직이며 한 꺼풀씩 벗어던진 것들이었다. 한 사 람 것이 아니어서 숨이 막혔다. 여자 옷은 눈에 익었고, 남자 옷도 눈에 익었다. 다만 뒤쪽은 회장 자신의 것이 아니었다.

문은 잠겨있지 않았다. 닫혀있지도 않았다. 얼마나 급했으 면. 그냥 밀어두었을 뿐. 허덕임은 그 사이에서 새어나왔다. 회장은 문틈을 들여다보았다. 둘 다 아는 사람이었다. 한 쪽은 아내였고, 한 쪽은 동생이었다. 아내는 동생의 하반신에 붙어 있었다.

"또 다른 사람 생각하시네요. 대체 누구예요? 저보다 매력 적인 그녀는."

현재가 과거에 끼어들었다. 고건철은 뾰로통한 여자를 바라 보았다. 대답은 충동적이었다.

"딸."

"뭐라고요?"

여자는 배를 잡고 웃었다. 웃다가 지칠 때까지. 배가 아프다고 호소하며, 눈물을 닦았다.

"뭐가 그리 우스운가?"

"안 웃게 생겼어요? 비서들은 무서워서 쩔쩔 매고, 나 같은 여자를 앞에 두고도 싫은 표정이나 짓는데다, 이렇게 멋진 몸을 가졌으면서도 발기부전으로 고민하는 남자가, 그토록 간절한 섹스의 와중에 뜬금없이 따님 생각을 하고 있다니. 세상에! 회장님, 이런 분이셨어요?"

그리고 다시 한참을 웃는 그녀. 회장이 말했다.

"나는 섹스를 하고 싶은 게 아니다."

"아니면 뭔데요?"

되찾고 싶은 거지. 회장은 불필요한 말을 삼갔다.

단순히 섹스를 하고 싶었을 뿐이라면 약을 썼을 것이다. 즉효성 약은 얼마든지 많았다. 없는 성욕까지 만들어주진 않겠지만, 팽창한 해면체는 민감하게 반응할 것이었다. 인간은 그런 식으로 만들어져 있으니까. 기능적이며 비효율적인 고깃덩이에 지나지 않으니까.

그러나 회장은 새로운 시작을 원한다. 아내였던 여자에게 빼앗긴 모든 것을 되찾고 싶었다. 성욕은 그 중 하나였다. 성욕 자체는 아무 의미도 없다. 오히려 끔찍하고 저급하다. 그러나 그토록 경멸스러운 것조차도 일단은 회복해야 했다. 되찾고서 버리는 한이 있더라도.

떨쳐낸다면, 다시는 여자와 관계 맺지 않을 작정이었다.

기다리다 지친 현재가 다르게 파고들었다.

"따님이라면 분명 낙원그룹의 신임회장님이셨죠? 정말 예쁘

시던데. 저랑 비교하면 어때요?"

무시할까. 회장은 병적으로 치미는 화를 억눌렀다. 측근들이 데려온 모든 여자를 내쳤다. 이제 이 여자 하나 남았다. 이제까지와는 뭔가 다르게 할 필요가 있었다.

'자극이 필요하다고?'

만날 때마다 피투성이가 되는 의사의 말이었다. 정신적인 자극이 필요하다고.

"제 어미를 닮았지."

"어휴, 그럼 못 이기겠네요."

"네가 훨씬 낫다."

이에 다시 폭소하는 여인. 고건철은 다시 천착했다. 자극이라.

의사는 치료수단으로 가상현실을 제안했다. 현실에서 불가능한 강도와 다양성을, 체력 부담 없이 지속적으로 경험할 수 있을 거라고. 가소로운 소리였다. 상대는 항상 진짜여야만 했다.

어차피 그 진짜라는 것은 감각으로 구분할 수 없는 것이지만, 의미를 부여하는 것은 언제나 자신이 아니던가. 새로운 삶에 가짜가 끼어들어선 안 된다. 치열하게 내 삶이어야 한다.

'그 여자가 아직도 나를 지배하고 있다.'

분노와 함께, 폭군에게 익숙한 후회가 밀려왔다. 좀 더 끔찍하게 죽였어야 했는데. 둘 다. 그랬다면 지금 같은 후유증이 남지 않았을지도 모를 일이건만.

대체 왜, 나에게, 나처럼 효율적인 인간에게 사랑 같은 오작동이 있었나. 그 여자에겐 그럴만한 가치가 없지 않았나.

"어휴, 무서운 표정. 안 되겠네. 오늘은 이만 가볼게요. 나름의 소득도 있었고."

무릎 위에 앉아있던 여자는, 늙은 소년의 이마에 입 맞추고 웃으며 물러났다.

그녀는 옷을 입는 모습도 고왔다. 과연 현 연예계의 정점이라 할 만 했다. 그러나 아름답다고 느껴질 뿐이다. 기복 없는 생각만 스쳐간다. 데려오는 비용이 얼마라고 했더라? 돈이 아닌 다른 것을 원했던가? 이름은 뭐라고 했더라……?

"무슨 소득이 있었다는 건가?"

뒤늦은 질문을 던졌을 때, 그녀는 온전한 모습으로 돌아가 있었다. 이제까지의 퇴폐가 조금도 묻어나지 않는 청순한 맵시로. 그녀는 갸우뚱 하며 웃었다.

"제가 딸보다 예쁘다고 하셨잖아요. 그 정도면 큰 발전이죠."

"……나가라."

그러나 그녀는 종종걸음으로 다가왔다. 천천히 거리를 좁혀서, 늙은 소년에게 입술을 겹친다. 스치듯이 한 번, 쪼듯이 두 번, 진하고 길게 세 번. 폭군은 마지막 역겨움을 간신히 참았다. 의자의 팔걸이에서 두 손이 꿈틀거렸다.

"그거 아세요?"

여자가 말했다.

"전 돈이 많아요. 물론 회장님에 비하면 새 발의 피겠지만, 저 하나 사후까지 건사하기엔 충분할 만큼 모았죠. 삶은 사후를 준비하는 과정에 불과한 시대잖아요."

몇 걸음 떨어져서 다시 이어지는 이야기.

"그래서 돈을 보고 온 건 아니에요. 다만 생전에 이 일을 계속하고 싶었어요. 만족감 속에 은퇴할 때까지. 제대로 살아보지도 못하고 죽기는 싫었거든요."

"후원을 바랐나?"

"네. 아시겠지만 요즘 연예인 노릇하기가 쉽진 않아요. 경쟁 대상이 가성비 높은 전자계집들인걸 어쩌겠어요. 사람을 완전히 대신할 순 없어도, 사전에 정해진 각본과 연출이라면 사람과 썩 다르지도 않은걸요. 갈수록 설 자리가 좁아지는 걸 느껴요."

"……."

"다른 일을 찾아봐야 할지도 모르겠지만, 아뇨. 그러고 싶지 않아요. 이게 제 삶이에요. 삶이 달라지면 그건 제가 아니에요. 죽기 전에 한 번은 살아야죠. 그러기 위해 뭐든 할 수 있다고 여겼어요. 회장님처럼 다시 젊어지더라도 지금 같은 삶은 불가능할 테니까."

회장은 길어지는 이야기에 흥미를 잃었다. 기능에 매몰되는 인간이야 흔해 빠진 것 아니던가. 미련한 것들. 무언가에 지배당하는 삶은 진짜 삶이 아니다. 모든 것을 지배해야 한다. 그 수단이 돈이다. 만능의 기회비용. 그러므로 경제적인 삶이 올바른 삶이다.

회장이 손을 내저었다.

"그런 일은 비서와 상의하도록. 알아서 처리해줄 거다."

"어휴. 제가 왜 이런 말을 하는지 생각해보세요."

여자는 장난스럽게 미간을 찌푸렸다.

"전 지금 회장님이 굉장히 흥미롭거든요. 처음 목적은 아무래도 좋을 만큼."

"넌 도구일 뿐이야."

"알아요. 느꼈어요. 하지만 아끼는 도구가 될 순 있겠죠."

"네가 노력한다면."

"하고 있잖아요."

그리고 그녀는 이번에야말로 물러나 작별을 고했다.

"또 불러주세요. 다음엔 제 이름을 불러주셨으면 좋겠네요."

회장은 독한 불쾌감을 느꼈다.

머나먼 다리 Part 1

앨러미더

4월 3일. 명백한 해방 작전이 개시되었다.

이 시점에서, 겨울은 앨러미더(Alameda) 시가지 한복판에 있었다.

"갇혔군."

허탈한 목소리는 중국군 해군중교의 것이었다. 그의 이름은 탄궈성(譚國生). 시에루(謝茹) 해군중장의 아들이며, 겨울의 위장신분인 용병 커트 리의 고용주이기도 했다.

상황은 그의 말과 같았다. 변종집단에게 추적당하는 중이다. 현재는 대형 할인매장에 숨어든 상태. 함께하던 다른 병력은 행방을 알 수 없다. 무전기가 침묵하고 있었다. 교신을 시도할 순 없었다. 인간사냥에 나선 무리는 트릭스터를 포함하고 있으므로.

"다들 살아있을까?"

초췌해진 해군중교의 질문. 겨울은 고개를 저었다.

"가능성은 희박합니다."

"어째서지?"

"방해전파가 없기 때문입니다."

겨울은 생각했다. 다른 부대가 살아남았다면, 트릭스터는 적극적으로 통신을 방해하려 들 터였다. 지금은 무선이 잡음 없이 조용하다. 중국 해병들은 몰살당했을 것이다. 살아남았어도 몇 명 정도. 어딘가 숨어서 죽음을 지연시키고 있겠지. 그렇다 해도 얼마 가지 못할 것이었다.

'상대가 좋지 않아. 하필 이럴 때 신종이 나타나다니.'

때가 되었다고 여기긴 했다. 하지만 뭍에 오르자마자 마주쳤다. 운이 나빴다.

아니, 그렇게 나쁜 것만은 아닐지도 모른다. 새로운 괴물은 겨울이 경험한 녀석이었다. 특성을 파악하고 있다. 완전히 새로운 놈이 튀어나오는 것보다는 훨씬 낫다고 봐야 했다.

특수변종, 「스토커」. 전투력은 별 볼 일 없으나, 「추적」에 특화되어있다. 특히 발달한 것이 후각. 강화되면 청각과 시각 순서로 추가 변이가 일어난다.

"제기랄, 이건 너무 무모한 작전이었어. 하다못해 더 많은 병력을 보냈어야지."

숨죽여 흐느끼는 탄궈셩. 겨울은 그대로 내버려두었다. 「위기감지」가 얌전했으므로, 당장은 괜찮을 것이었다. 공포와 흥분으로 소모된 남자에겐 휴식이 필요했다.

작전. 중국군 잔여세력 일파를 이끄는 시에루 해군중장은,

굉장히 대담한 계획을 구상했다. 샌프란시스코 광역권 일부를 점령하겠다는 것.

탄귀성은 어머니가 무모했다고 하지만, 겨울이 보기엔 가능성이 충분했다. 앨러미더는 섬이었다. 본토로 이어지는 해저 터널과 다리들을 폭파할 경우, 앨러미더 시가지의 변종 숫자는 더 이상 늘어나지 않을 것이었다. 그 후에 천천히, 한 블록 한 블록 확보해나가면 되었다.

탄귀성에게 주어진 임무는 세 개의 다리를 폭파하는 것이었다. 파크 스트리트 브릿지, 프루트베일 브릿지, 그리고 하이 스트리트 브릿지. 이 다리들이 앨러미더와 오클랜드를 잇는다.

두 도시를 가르는 수로는 폭이 좁았다. 양안에서 그럼블이 출몰했다. 시가지 너머 안쪽이라 구축함의 화력지원도 불가능했다. 헬기의 화력으로는 역부족. 결국 인력을 투입해야 했다.

부대는 야음을 틈타 물길에 진입했다.

'스토커만 아니었다면 성공했을 텐데.'

겨울에게도 아쉬웠다. 임무는 성공 직전이었다. 그러나 가장 북쪽에 있는 다리, 파크 스트리트 브릿지의 교각에 폭탄을 설치하던 중, 근처의 스토커가 사람 냄새를 맡았다.

그리고 지금이다.

정신 못 차리던 탄귀성이 소스라치게 놀랐다. 날카로운 파열음. 이 건물 어디선가 유리가 깨졌다. 겨울에겐 묵직한 발소리도 들렸다. 「전투감각」의 유추로는 직선거리 약 80미터. 그러나 층이 다르고 그 사이 구조가 복잡하다 해도, 냄새로 쫓아오면 금방일 것이었다.

"움직여야 합니다."

겨울이 중국 장교를 일으켜 세웠다. 그러나 장교는 힘이 없었다.

"어디로 간단 말인가? 바깥은 괴물들 투성이야. 이 안에서 술래잡기(捉迷藏)라도 할까? 차라리 지금 죽는 게 나을지도 몰라. 고통 없이……. 난 놈들처럼 변하고 싶지 않아!"

"후각이 예민한 놈들만 처리한다면 틈을 보아 탈출할 수 있을 겁니다."

"처리? 어떻게? 도올에겐 총탄도 박히지 않아! 마주치면 즉시 죽을 텐데!"

"……."

중국인들은 그럼블을 도올(檮杌)이라 불렀다. 유래는 신화 속의 식인괴물이다.

사실 겨울에게도 까다롭다. 상대는 베타 그럼블이었다. 게다가 트릭스터와 스토커를 동반하는 중이다. 스토커의 전투력이 별 볼 일 없어도 어디까지나 특수변종 기준이었다. 육체능력은 어지간한 베타 구울보다 나았다.

단독전투라면 승산이 있다. 그러나 반드시 살려야 할 짐이 있는 지금은 신중해야 했다.

어떻게 할까. 주위를 살피던 겨울은 자판기를 발견했다.

콰직. 쇠지레를 박아 넣는다. 강하게 비틀어서 문을 열었다. 탄귀성이 당황한다.

"뭘 하는 건가?"

"냄새로 쫓는 놈들을 다른 방향으로 유인해보겠습니다."

"음료수를 가지고? 하……. 자네도 드디어 미쳤군."

덜덜 떨면서 중얼거리는 중국군 장교. 그러나 스토커가 겨울이 아는 그대로라면, 이산화탄소에 민감하게 반응할 것이다. 마치 모기처럼. 지나간 세계관에서 진행된 연구였다.

이를 충분히 설득할 여유도, 근거도 없었다. 사실 반드시 되리라는 확신도 없었다.

"여기서 잠시 기다리십시오. 금방 돌아오겠습니다."

부드럽게 말하려는데 잘 안되었다. 목소리를 바꿔놓은 약 탓이다.

숨어있던 장소는 직원용 휴게실이었다. 직원 취급이 별로였는지 위치가 구석이었고, 그래서 다행이었다. 복도로 나온 겨울은 소리 없이, 빠르게 달렸다. 와장창, 쿵쾅. 아래에서 위로 올라오는 불협화음이 요란했다. 메인 로비가 내려다보이는 중앙 계단. 근처 난간에 몸을 숨긴 겨울이 챙겨온 콜라 캔 몇 개를 강하게 흔들었다. 순서대로 내려놓고, 하나를 쥔다. 왼손엔 소음기 끼운 권총을 들었다.

첫 번째 투척. 조명은 비상등뿐이었다. 어둑한 가운데 던져진 붉은 캔 하나. 겨울의 조준이 떨어지는 포물선에 겹쳐진다. 툭! 작은 총성이 울렸다. 이어 팍 하고 터지는 소리. 변종들이 우글거리는 곳으로부터 멀지 않은 위치였다.

다다다닥. 변종들이 나타났다. 사냥개는 모습을 드러내지 않았다. 방향을 지시할 뿐, 스스로는 항상 보호받는 위치에 머무른다.

겨울은 몇 개의 캔을 연이어 던졌다. 팍, 파팍. 사냥개는 신중하게 움직였다. 높은 곳에서 보고 있으니, 변종 무리가 갈라지는 것이 보였다. 디코이가 던져진 방향으로.

퇴로를 막는구나.

영악한 움직임이었다. 필시 트릭스터의 지능일 것이다.

어쨌든 약간의 시간을 벌었다. 겨울은 탄궈성에게 돌아왔다. 세워놓은 보람도 없이, 도로 주어 앉은 채였다. 손에 권총을 쥐고 있다. 덜덜 떨리는 품으로 보아, 결론은 하나였다.

"자살은 안 됩니다. 존부인(尊夫人)을 생각하십시오."

어머니를 잊지 말라는 설득. 중국군 장교는 겨울의 말에 부들부들 웃음 지었다.

"이런 상황에서도 계약에 충실한 건가. 하, 차라리 날 버리고 가지 그러나."

그건 곤란하지.

CIA는 시에루 중장의 통신을 도청했다. 그 사이엔 베이더우 위성에 관한 내용이 있었다. 겨울은 그녀 휘하의 정보수집선에 잠입해야 했다. 탄궈성은 징검다리였다.

문득 무언가 떠올린 겨울이 서류함을 뒤졌다. 직원 배치도가 나온다. 일반 고객들은 알지 못하는 공간들이 표시되어있었다. 그 가운데 주목할 만 한 장소가 한 곳 있다.

"중교님. 이걸 보시죠."

겨울이 짚은 장소는 비품실이었다. 탄궈성은 보고도 감이 안 잡히는 표정이다.

"왜? 빗자루로 놈들을 쓸어버릴 작정인가? 열심히 해보게. 응원해주지."

"농담이 아닙니다. 세제가 있을지도 모릅니다. 우리에겐 방독면이 있잖습니까."

염소 계열 세제와 산소 계열 표백제가 섞이면 유독가스가 발생한다. 매대가 쓸려나간 매장에서 세제를 찾긴 어렵겠지만, 비품실이라면 이야기가 달랐다. 눈을 껌벅이던 탄귀성이 묻는다.

"그게 가능할까? 독가스로 놈들을 죽일 수 있을 거라고?"

"아뇨. 반응에 걸리는 시간을 감안할 때 거기까진 어려울 겁니다. 하지만 놈들의 사냥개가 대기 성분에 민감하다면 더 이상 다가오려고 하지 않겠죠. 길을 열 수 있을지도 모릅니다."

장교는 겨우 정신을 차렸다. 변종은 인간을 토대로 만들어진 짐승이다. 짐승들은 인간보다 위험에 민감했다. 예로부터 카나리아 새장은 광부들의 필수품이 아니었던가.

두 사람은 복도를 따라 달렸다. 추적집단의 소음이 가까워지고 있었다. 어설픈 유인에 분노하는 것처럼, 전보다 한층 더 시끄러워졌다. 콰르릉! 숫제 벽을 부수면서 오는 모양이다.

마침내 도착한 비품실. 필요한 것들이 간단하게 나왔다.

겨울은 락스부터 바닥에 쏟았다. 큰 통으로 여럿이었다. 복도가 삽시간에 독한 냄새로 가득 찼다.

겁 많은 탓에 방독면부터 착용한 탄귀성은, 표백제를 들고 마구 뿌려대기 시작했다. 다급함이 느껴진다. 쿠웅, 쿵. 묵직한 발소리의 거리감이 계속해서 줄어들었다.

"부족해, 너무 부족해!"

탄귀성의 초조한 중얼거림. 그의 말처럼, 넓은 면적에서 피어오르는 연기는 너무나도 적게 느껴졌다. 하얗고 노르스름한 거품이 일고, 그로부터 올라오는 연기는 무척이나 희미했다.

그러나 겨울은 이쯤이면 충분하다고 여겼다. 미세한 체취를 쫓는 괴물들에게 눈에 보일 정도의 염소 가스가 어떻게 느껴질까?

겨울은 복도를 밝힌 비상등을 모두 쏴버렸다. 퍽퍽 깨져나가는 적색의 광원들. 자연광이 들어올 틈 없는 복도인지라, 순식간에 암흑으로 물들어버린다. 이제 기다릴 차례였다. 야시경을 쓰고 복도 저편을 응시한다. 탄궈성 역시 중국군 제식 야시경을 착용했다. 꼴깍. 마른 침 힘겹게 삼키는 소리. 쿵, 쿠궁. 발소리가 지척까지 다가왔다. 아마도, 복도의 모퉁이 저편일까.

"어디 숨어있는 게 좋지 않겠나?"

들릴 듯 들리지 않을 듯 속삭이는 두려움. 겨울이 대답했다.

"우리는 이미 어둠 속에 숨어있지 않습니까? 혹시 락스와 표백제가 더 있는지 찾아보십시오. 여긴 제가 맡고 있겠습니다."

고개를 끄덕인 탄궈성이 서둘러 돌아섰다. 콰당. 젖어있는 바닥에 미끄러지고 만다. 겨울은 한숨을 겨우 참았다. 잘 보여야 할 상대였다.

엎드려서 사격을 준비한다. 몸 위에 잡동사니를 덮었다. 놈들이 독가스 앞에서 어정거리길 기대하면서. 혹여 가치 있는 표적이 보인다면, 단숨에 머리를 부숴 죽여 버릴 작정이었다. 어쨌든 사냥개들은 동료들에게 경고할 것이다. 여긴 함부로 들어가선 안 되는 곳이라고.

스토커가 초기형이라 다행이었다. 사냥개들이 적외선을 볼 수 있었다면 상당히 골치 아팠을 것이다. 비가시영역의 레이저

조차도 놓치지 않을 테니까.

쿠궁. 쿠궁. 쿵.

마침내 가장 거대한 변종이 등장했다. 녹색 세계에서 보이는 그럼블은 이질적인 덩어리였다.

투시경이 고급품이라면 더 좋을 텐데. 아쉬워하는 겨울. 이전에 사용하던 물건은 열을 볼 수 있었다. 베타 그럼블의 약점은 좀 더 높은 열을 뿜었다. 갑각 사이의 틈들. 강화된 그럼블은 포효 패턴이 드물어진 대신, 질주 패턴에서 두꺼워진 피부들 사이에 균열이 드러난다.

그러나 열원을 보는 투시경은 고급품이었다. 적어도 전투에 쓸 수준이 민수용으로는 팔리지 않는다. 일개 용병의 소지품으론 지나치게 수상했다.

소총의 레이저 조준기에서 발사된 광선은 그럼블의 입가를 맴돌고 있었다.

[끄에에에엑! 켁! 그륵, 끄엑!]

일정한 리듬이 느껴지는 괴성. 스토커의 것이었다. 그럼블이 전진을 멈춘다. 겨울은 조준을 변경했다. 그 뒤에서 언뜻언뜻 비추는 실루엣들. 가장 원하는 목표는 트릭스터였다.

'「침묵하는 하나」가 있을지도 모르지만, 있다고 쳐도 전투에 개입하진 않을 거야.'

침묵하는 하나의 최우선사항은 정보보존과 전달일 테니까.

그럼블이 자리를 비켜준 뒤에, 사냥개들이 전면으로 나섰다. 총 셋이지만, 더 있을지도 모르겠다. 겨울은 방아쇠를 쥐어짰다. 틱, 틱, 틱. 격발 직전까지 당겨놓는 아슬아슬한 감각. 부족한 수류탄이 아쉬웠다. 아껴야 한다. 고작 두 발 남았으니.

후각이 예민한 것들이 코를 벌름거린다. 저것이 나타날 징조는 예전부터 있었다. 냄새를 맡는 변종들. 모겔론스는 숙주를 기능적으로 개발한다. 필요성에 따라 특정 기능을 강화하는 식.

그러나 독무가 차있는 어둠을 후각으로 넘볼 순 없었다.

어둠에 구애받지 않는 유일한 놈이 나타날 때였다.

마침내, 볼륨을 줄여둔 무전기에서 작은 잡음이 들렸다.

직, 직, 지직.

방해전파와는 다르다. 트릭스터는 반사되는 전파를 감지할 수 있었다. 레이더처럼. 그러므로 어둠은 문제가 되지 않고, 전신으로 뿜어대기에 사각도 존재하지 않는다.

하지만 지금 겨울은 엎드려있다. 이것저것 덮었으므로 윤곽도 불분명하다.

조심스럽게 전면으로 나서는 협잡꾼(Trickster).

조준하는 레이저는 놈의 눈알에 고정되었다.

그리고 격발. 투두둑! 삼점사, 끊어 쏜 세 발이 정확히 같은 자리에 박혔다.

단말마의 비명이 이중창이었다. 육성으로 내지르는 소리. 그리고 무전기에 잡히는 날카로운 잡음. 골전도 리시버로 인해 머리뼈가 징징 울린다. 수많은 사람들의 목소리가 뒤섞여있었다. 괴물이 수신했던 모든 전파가 중구난방으로 재생되는 것 같았다.

'적어도 정보를 전송하는 것 같진 않아.'

뇌가 파괴되었기 때문일 것이다. 탄도가 동일한 세 발의 총탄은 눈동자를 깨고 들어갔다.

그래도 침묵하는 하나가 이 상황을 모르길 기대하긴 어려웠다. 평소에도 정보를 공유하고 있을 테니. 혹여 훗날 같은 상황에 처한다면, 같은 행동을 반복하기는 신중해야 할 터였다.

변종은 인간보다 혈압이 높다. 뿜어지는 피가 야시경으로도 보였다. 트릭스터의 긴 절규는 의외의 혼란을 빚어냈다. 겨울은 후기 변종들에게 전파수신능력이 있음을 확신했다. 머리를 쏴서 바로 죽지 않으면 이런 상황이 벌어지는 건가. 기억해둘 가치가 있는 정보였다. 총탄은 머리통을 관통하고 지나간 모양이다. 날린 탄이 보통보다 굵으니 가능할 법한 이야기였다.

영감이 번개처럼 떨어졌다. 겨울이 벌떡 일어나 달리기 시작했다. 어차피 어둠 속을 꿰뚫어보는 변종은 없다. 가속의 와중에 변종집단 위쪽의 스프링클러를 정조준한다. 딕! 단발사격. 탄자는 방출기 안쪽의 유리관을 깼다.

좌아아악. 터지는 물줄기. 거세기는 잠깐이었다. 금세 가늘어지고, 마침내는 뚝뚝 떨어지는 몇 방울의 물방울이 된다.

다행이다. 감지기가 압력식이구나. 겨울은 거침없이 빨라졌다.

썩은 물의 악취가 진동한다. 냄새를 맡는 잡것들은 갈피를 잡지 못했다. 분에 못 이겨 주위를 박살내는 그럼블. 휘둘러지는 팔뚝 아래로 죽 미끄러진 겨울은, 주먹으로 땅을 쳐서 몸을 세웠다. 초인의 근력으로 가능한 일. 소리에 몸이 울렸으나 신경쓸 바 아니었다. 적어도 그럼블이 주위를 쳐부수는 와중에는. 거대한 괴물이 부서진 벽을 집어던진다. 겨울이 있던 자리를 향해서. 모든 것을 박살내는 행보에 몇몇 변종들이 휩쓸렸다. 트릭스터의 교통정리가 사라진 덕분이다.

이제 겨울은 변종들 사이에 서 있다. 스토커를 구분하기는 간단했다. 구울과 무척이나 닮아, 야시경을 쓴 채로는 외관상의 차이를 보기 어렵지만…… 무력화된 제 코를 열심히 닦아내는 중이었기에. 그러나 도움은 되지 않는다. 놈들의 손 또한 썩은 계란내가 나긴 마찬가지였다.

숫자는 총 넷. 처음 셋이 보일 때 쏘지 않아서 다행이다. 시각과 후각이 마비된 변종들은 밀고 지나가도 모를 상황이었다. 성난 몇 놈이 동족을 물어뜯는 게 보인다. 겨울은 한 스토커의 배후로 돌았다. 뒤통수와 턱을 잡아, 단숨에 비틀었다.

우드득. 혀가 쑥 밀려나왔다. 공기를 맛보려는 듯이 꿈틀거린다. 털썩. 쓰러지는 대로 놔주고 다음 표적을 잡는 겨울. 대검이 턱 아래로 푹 들어갔다. 스냅으로 뽑는다. 피가 줄줄 쏟아졌다. 피는 손목을 타고 뜨끈하게 젖어들었다. 다시 다음. 이놈은 동족을 물고 있다. 후각이 예민한 만큼, 지독한 냄새에 잠깐 미쳐버린 품새였다. 엎드려있기에 죽이기 쉬웠다. 군홧발로 놈의 뒷목을 밟는다. 우드득. 복사뼈를 타고 올라오는 죽음의 소리. 으깨지는 진동.

이제 마지막 하나 남았다. 재치 있는 녀석이었다. 다른 변종의 옷가지를 뜯어 제 코를 닦았다. 완벽하진 않아도 후각이 돌아온 모양. 코를 움찔거리며 킁킁거리는 꼴이 겨울의 냄새를 포착한 것 같았다. 그러면 뭐하나. 겨울이 고인 물을 차올렸다. 필요한 건 단 한 줌. 발끝을 떠난 액체가 놈의 얼굴을 가로지른다.

크웨엑! 입 벌리고 있다가 조금 삼킨 녀석이 구역질을 해댔다. 허리를 굽히고 타액 쏟는 꼴이 인간을 닮았다. 겨울은 대검을 아래로 잡았다.

콰득! 티타늄으로 날을 세운 칼날은 뒤통수로 꽂혀서 이빨을 깨고 나왔다. 각이 어찌 들어갔는지, 잘린 혀가 아래로 떨어진다. 최후의 사냥개가 발광했다. 신경이 교란되어 팔다리를 휘젓는다. 대검을 뽑자, 해방된 몸뚱이가 뚝 떨어져 썩은 물을 튀겼다. 겨울은 능란하게 회피한다. 사냥개가 죽어가는 몸부림으로 동족을 잡아채어 기특했다. 덕분에 몇 놈 더 편하게 밟아 죽일 수 있었다.

전투감각이 굵은 궤적을 경고했다. 0.3초 차이로 스쳐가는 거대한 팔뚝. 그럼블이었다. 알고 가한 공격은 아니다. 투척의 여력이 남아 원을 그리는 운동이었다. 겨울은 욱신거림을 느꼈다. 순간적으로 휘두른 대검 탓이다. 칼날은 갑각의 균열을 훑었다.

크아아아아—!

힘줄 잘린 그럼블이 팔을 늘어뜨렸다.

강화 등급이 올라간다고 모든 면에서 강해지는 게 아니었다. 강도가 증가한 피부는 연성이 감소했다. 갈라지는 부분이 없으면 움직이지 못한다. 그러므로 약점은 움직일 때 나타났다.

거대 괴수는 동족을 쳐부수며 발광했다. 그래봐야 마구 내지르는 괴성은 의미를 전달하지 못한다. 후방에 적이 있다는 걸 혼자서만 알 뿐. 어둠 속에서 강한 완력만으로는 무기력했다. 다른 변종들은 영문을 모르고 찢어질 따름이었다.

혼란중에 겨울은 발걸음이 어지러웠다. 반사적인 회피였다.

여백이 없을 것 같으면 칼을 내지른다. 콱. 갈비뼈 사이로 찌르는 날. 푸슉. 튀는 피는 얼마 안 되었다. 그보다는 바람이 샌다. 제멋대로 수축하는 허파. 죽어가는 놈은 공기 중에 허우적댔다. 폐 한 쪽이 남아 죽는 시간이 길다. 겨울은 놈을 옆으로 밀었다. 빙글 돌면서 그 자리로 들어갔다. 뒤로 한 걸음 걷고, 다시 앞으로 한 걸음 내딛는다. 공간이 제한된 실내였다. 변종들은 서로가 서로의 적이었다. 어둠과 악취 속에서 벌어지는 동족상잔. 열기가 오른다. 소음의 데시벨이 높아졌다. 이제 괴물들은 느껴지는 모든 것을 공격하려 들었다.

크후, 크후, 크워어어어!

두 번째의 포효 패턴. 시야가 가늘게 떨릴 정도의 압도적인 울음이다. 겨울은 이번에야말로 수류탄을 던졌다. 핀이 떨어진다. 팽글팽글. 스냅 실린 회전으로 날아가는 폭발물. 가장 거대한 괴물의 목젖을 쳤다. 케윽! 꿀꺼덕 삼키는 소리. 목젖이 꿀렁인 뒤에, 펑! 흉곽이 팽창한다. 그럼블이 허리를 곧추세웠다. 와르르 무너지는 천장. 마감재가 산사태처럼 쏟아진다. 휘청거리는 발걸음이 주정뱅이와 같아, 저보다 작은 것들을 몇 놈이나 밟아 죽였다.

빈틈 많은 움직임이다. 겨울이 몸을 낮추며 날렵해졌다. 팔뚝 안쪽으로 파고든다. 꿇어앉는 녀석의 다리가 기둥 같았다. 일어서려는 순간에 무릎 안쪽을 긋는다. 투둑! 예리한 칼날에 끊어지는 인대. 피가 야시경 렌즈에 튀었다. 일어서는 도중에 힘 빠진 그럼블이 온 몸으로 쓰러진다. 쿠웅! 으깨진 것들의 피와 살점이 질펀하게 흘러넘쳤다.

여파를 벗어난 겨울은 피 웅덩이에 발을 비볐다. 스프링클러에서 쏟아진 물을 밟았으므로, 악취를 지우려는 것이었다. 그리고 변종들의 밀도 낮은 미로를 뒤로 빠져서, 벽을 향해 주먹을 휘둘렀다. 유리가 깨진다. 버튼이 눌렸다. 화재경보가 울기 시작했다.

이제 호위대상에게 돌아갈 때였다.

한 발로 서다가 넘어지길 반복하며, 분노의 화신이 되어가는 그럼블. 낮게 휘둘러지는 거대한 팔을 세 번이나 넘어야 했다.

탄귀성 중교는 엉거주춤한 석상 같았다. 내용물 다 털어낸 표백제 봉지를 들고 멀거니 서있다. 목 위로만 겨울을 따라 움직인다. 야시경으로 절반, 방독면으로 남은 절반이 가려졌으나, 표정을 읽기는 어렵지 않았다. 겨울이 말했다.

"가시죠. 도올이 몰려오는 놈들의 발을 묶어줄 겁니다."

그러라고 일부러 살려둔 그럼블이었다. 목덜미 뒤쪽의 균열을 찌르면 즉사시키는 것도 가능했다. 어차피 엎어져서 일어나지도 못하는 놈이었고.

'환경이 좋았지.'

주변이 밝았다면 위험했을 짓이다. 베타 그럼블은 근접 패턴 또한 강력하다. 15등급 「무브먼트」로도 완전한 회피를 장담할 수 없었다. 죽을 확률은 약 4푼. 가능성이 작다고 무시할 처지가 아니었다. 겨울의 세계관엔 「사망회귀」가 적용되어있지 않으므로. 죽으면 그걸로 끝이다.

호위대상을 끌고 달리면서 좀 전의 전투를 복기해본다.

트릭스터가 내지른 마지막 절규가 군체에 미친 영향이 뜻밖이었다. 제정신으로 죽는 상황에서는 일어나지 않았을 일. 의도적으로 이용할 수도 있겠다. 건의한다면 전투교리에 올라갈 것이었다. 물론 조우전에서 겨울과 같은 행동을 아무나 할 수는 없을 터. 허나.

'저격수라면 충분히 노릴 수 있어.'

저격으로 광역 혼란을 유발한 뒤에 본격적인 공격을 가한다면, 아군의 피해를 극적으로 경감시킬 수 있을 것이다.

전자기 충격파(EMP)는 문제가 되지 않을까? 고민하는 겨울.

최후의 발악으로 내뿜는 EMP는, 조금 전과 같은 근접상황에서 위험할 가능성이 높았다. 무형의 충격파가 휩쓸고 지나간 전도체엔 정전기가 남는다. 운 나쁘면 실탄과 수류탄의 뇌관이 점화된다는 뜻이었다.

만에 하나를 걱정하는 것이다. 트릭스터의 자폭은 의도적인 공격이다. 죽기 전에 전압을 끌어올려야 한다. 방금 같은 상황에선 불가능한 가정이었다.

이는 「전투감각」에 의한 「통찰」이다. 같은 변종을 사냥한 경험이 쌓일수록, 알려지지 않은 정보를 습득할 확률이 증가한다.

"대체 어떻게 한 건가?"

달리는 와중에 헐떡이며 걸어오는 말. 겨울은 정면으로 총을 쏘았다. 지금은 옥상으로 올라가는 길. 원래부터 건물 안에 있던 놈들이 소란에 이끌려 내려오고 있었다. 시체를 건너 뛰어 달린다. 최대속도는 아니었다. 함께 뛰는 호위대상을 배려하는 것이었다.

"무슨 말씀이십니까?"

"방금 전에 말일세! 역귀들 사이로 뛰어들지 않았나!"

중국어로 모겔론스는 시역(屍疫)이고, 변종들은 역귀(疫鬼)였다. 이는 곧 중국인들이 대역병을 바라보는 관점이기도 했다. 그럼블을 도올이라 부르는 것도 그렇고, 이성을 넘어선 공포가 느껴진다. 그들에겐 어두운 신화가 지배하는 시대였다.

겨울은 달리는 와중에도 흐트러짐 없는 호흡으로 답한다.

"오래된 자동분수장치의 배수관은 소화액에 의해 부식됩니다. 황화수소가 만들어지죠. 중교님께서도 계란 썩는 냄새를 맡으셨을 겁니다. 그걸로 사냥개들의 후각을 마비시킬 수 있을 거라고 판단했습니다. 어둠과 악취 속에서 숫자는 많을수록 약점이죠."

오인공격은 언제나 다수에게 불리하다.

"아니, 그게 아니라……."

투두둑! 층계참에 세 구의 시체가 더해진다. 옥상까지 질주하는 동안 겨울은 압도적인 반응속도로 길을 만들었다. 탄창하나를 교체해서 다시 비우는 동안, 탄궈성은 한 번도 쏠 기회가 없었다. 말도 못할 만큼 헐떡일 뿐.

옥상은 잠겨있었다. 쾅쾅쾅. 중구난방으로 두드리는 소리들. 겨울은 냅다 걷어찼다. 문이 콱 찌그러지며 자물쇠가 어긋난다. 몸으로 부딪히니 문 뒤에 있던 것들까지 와르르 넘어진다. 건물 내의 소리를 듣고 몰려와, 열리지 않는 문에 분노하던 것들이었다.

투둑! 툭! 툭!

미간 여럿에 구멍이 뚫린다. 피와 뇌수가 튀었다. 몰려있는 수가 많았다. 탄창이 비자 겨울은 무기를 교체했다. 뒤로 돌리는 소총과 새로 뽑는 권총.

그러나 달리 내려갈 길 찾던 것들까지 몰려와, 다 죽이기엔 숫자가 많다. 듬성듬성 죽여서 공간을 확보한다. 다수를 상대할 땐 언제나 여백이 중요했다. 그리고 다시 무기를 교체했다.

"중교님! 엄호 부탁드립니다!"

이번에 든 것은 도어 브리칭을 위한 쇠지레였다. 속이 꽉 찬 쇳덩어리인지라, 20인치에 불과한데도 무게는 거의 1킬로그램이다.

지렛날은 쓰지 않는다.

깡! 쇠가 뼈를 치는 소리. 둥근 모서리로 쳤어도 뇌진탕이었다. 보정 다 붙은 하프 스윙이 두개골을 깨부쉈다. 크엑! 출혈로 눈이 붉어지는 구울. 코에서 피를 줄줄 흘리며 쓰러진다.

중교의 사격은 보탬이 되지 않았다. 본래의 솜씨는 모르겠다. 그러나 흥분과 공포, 극도로 거친 호흡으로 인해 모든 사선이 엉망이었다.

다만 제압사격의 효과는 있었다. 변종들이 쉽게 좁히지 못하는 틈은 각개격파에 충분한 여백이었다. 겨울은 사선 사이를 거침없이 누볐다. 감각보정의 경고를 믿으며. 한 편으로는 중국군의 정예함을 믿으며.

'아무리 장군의 아들이라도 능력이 부족하진 않겠지.'

중국군에서 대를 이어 고위직에 오르는 군인가문은 의외로 드문 편이다.

까앙, 깡! 깡! 쇳소리가 연거푸 울린다. 대개는 일격필살이었다. 그러다가 한 번 빗나갔다. 베타 구울의 날렵함이 빚어낸 기적. 관성으로 지나친 팔을 돌이키긴 늦다. 역병은 탐욕스럽게 이를 드러냈다. 겨울은 관성에 힘을 더했다. 회전 하는 몸. 발차기는 몸으로 은폐된 일격이었다. 쾅, 하는 몸 울림. 반작용이 이정도면 맞은쪽은 말할 것도 없다. 갈빗대 으스러진 괴물은 허공에 가느다란 핏줄기를 남겼다.

이를 끝으로 주위가 정리되었다.

열린 문 너머, 층계 아래에서 우르르 차고 올라오는 소리가 들린다.

쇠지레를 휙 돌린 겨울이 옥상에 널린 에어컨 실외기로 다가갔다. 대형 매장에 어울리는 크기였다. 아래에 나사로 고정되어있으나, 연결부가 오랜 비와 바람에 녹슬었다. 지렛날로 찍어서 비틀자 단숨에 바스러진다. 그러기를 세 차례 더. 이제 초인적인 근력으로 끌어당긴다.

열린 문을 겨냥하던 탄궈성은 고민하다가 뛰어왔다. 실외기 뒤에 붙어 온 몸으로 밀어댄다.

"끄으으윽!"

장교가 용을 쓰는 소리는 괴물을 닮았다. 실외기 미끄러지는 속도가 빨라졌다. 무게가 무겁다보니 바닥 타일이 벗겨진다. 지장이 될 정도는 아니었다.

쿠궁. 문이 봉쇄되었다.

그러나 부족했다. 막힌 문 저편에 지옥이 육박한 것 같았다. 굶주림으로 성난 것들의 아비규환. 문짝이 덜컹거릴 때마다 조금씩 틈이 벌어졌다. 문틈으로 무수한 손가락들이 기어 나온다. 비상등의 붉은 조명이 함께 새어나왔다. 겨울이 실외기를 걷어 찼다. 쾅! 철판 우그러지는 굉음이 손가락 으깨진 놈들의 비명과 어우러졌다. 떨어진 손가락 마디 수십 개가 벌레처럼 꿈틀거렸다. 탄궈성이 진저리를 친다. 그는 등으로 실외기를 밀며 외쳤다.

"리! 하나 더 끌어오게! 여긴 내가 막고 있을 테니! 어서!"

겨울이 뛰었다. 새로운 실외기를 확보했다. 당기는 전신에 부하가 걸렸다. 땀이 흘렀다. 그그긍, 그그긍. 쇠가 돌을 갈아대는 소리. 움직임을 따라 하얀 자욱이 남는다.

"비키십시오!"

황급히 물러나는 중국군 장교. 겨울은 새로 끌어온 쇳덩이를 넘어뜨렸다. 군홧발 아래가 흔들렸다. 쓰러진 기계를 힘껏 밀어, 먼저 있던 것에 밀착시킨다. 배로 늘어난 무게와 접지면적은 곱절 이상의 저지력이었다. 더 이상 틈이 벌어지지 않는다. 다만 이따금씩 피가 튀고, 질척하게 으깨지는 소리가 들려왔다. 무수히 밀어대는 힘은 곧 압사의 조건이었다.

저편이 좁은 계단이라 다행이다. 수평으로 넓었으면 이 무게로도 막지 못했을 것이었다.

끄으억, 커억. 다친 사람의 신음 같은 소리. 알고 보면 올라와서 쓰러트린 변종들 일부였다. 쇠지레에 맞아 급소가 함몰되고도 절명하지 않은 것들. 다만 기절한 상태였을 뿐이다.

중국군 장교가 기겁했다.

"하늘이시여(我的天)!"

탕! 그의 총은 아래를 향해 단발로 쏘아졌다. 겨울이 붙잡아 꺾은 탓이었다.

"탄을 아끼시죠. 얼마 남지 않았습니다."

겨울 자신에게도 수류탄 한 발에 소총 탄창 두 매, 권총 탄창 세 개가 남았을 뿐이다. 넉넉하게 챙겨왔는데도 소모가 극심했다. 탄궤성이라고 상황이 나은 건 아니었다. 겨울보다 쏘는 빈도는 낮았을지언정, 긴장과 공포 속에 당기는 방아쇠는 대부분이 연사였다.

"제가 처리하겠습니다. 물러나 계십시오."

고급 장교의 뒷걸음질은 그가 체면을 지키며 낼 수 있는 최대의 속도였다.

흉곽에 발자국 푹 들어간 구울이 가장 먼저 정신을 차렸다. 잠시 허우적거리더니, 헤매던 시선으로 겨울을 발견한다. 상황을 파악했나보다. 피를 토하며 몸을 뒤집었다. 날렵하여 호흡곤란에 빠진 생명체 같지가 않았다. 두 팔로 바바바박 기어온다. 마침내는 완력으로 펄쩍 도약하는 게 아닌가. 따다다닥! 바람을 물어뜯는 이빨.

그러나 정직한 포물선이었다. 정수리가 훤히 드러나, 겨울이 쇠지레를 내리찍었다. 피가 튄다. 덜컥, 손목에 걸리는 변종의 무게감. 머리가 고정된 채 몸통만 흔들렸다. 변종의 창백한 머리 위로 묽은 핏물이 흘러내린다. 붉은 비를 맞는 사람처럼 보였다. 본디 또래의 소년이었을 괴물은, 변색된 눈으로 겨울을 올려다보다가 무릎을 꿇었다. 지렛날은 스스로 빠졌다.

나머지를 정리한다. 숨 붙어 있는 놈들 모두 정상이 아니었다.

이마 위쪽이 깨진 녀석은 자꾸만 바닥을 때릴 뿐이다. 가눌 수 없는 몸에 대한 분노였다. 깨진 머리뼈 틈으로 분홍색 주름이 보였다. 겨울은 뒷굽으로 힘껏 찍었다. 뇌가 파괴된다.

앞서도 집중적으로 노린 머리였다. 인간이 변질된 괴물들이었으므로 뇌손상의 증상도 인간과 같았다. 중심을 못 잡거나 구역질을 하는 놈들이 대부분이었다.

애초에 살아남은 수가 많지도 않았다. 다 정리하는 데 소요된 시간은 고작 1분 남짓.

"이제……이제 우리는 안전한 건가, 리?"

탄귀성이 신음처럼 허덕였다. 겨울 이상의 땀에 젖어있다. 탈수가 우려될 만큼.

허나 안심은 아직 이르다. 신경이 여전히 저릿하다. 위기가 끝나지 않았다는 의미. 겨울은 주위를 경계했다. 위협요소가 뭐가 있지? 감각이 날카로워지는 방향은 여럿이었다. 그 방향마다 환기 시설이 있었다. 팬은 지금도 도는 중이다. 옥상에 즐비한 태양광 패널에서 전력을 공급받는 것 같았다.

돋워진 청력에 퉁탕거리는 쇳소리가 들린다. 실시간으로 변하는 방위와 줄어드는 거리.

"중교님."

"왜 그러나?"

"아무래도 뛰어야 할 것 같습니다."

"뭐?"

겨울은 맥 빠진 장교를 붙잡고 달리기 시작했다. 한 번 휘청이고 간신히 중심을 회복하는 탄귀성. 영문을 모르겠다는 표정으로 돌아보았던 그는, 박살난 팬이 육편과 함께 튀어 오르는 광경을 보았다. 어느 변종이 회전하는 날개에 몸통으로 부딪힌 결과였다.

크아아아아—

환기구를 뛰쳐나온 변종이 사납게 포효했다. 어깨에 쇳날이 박혀있다. 팔 한 짝이 없다. 그러나 달려온다. 혼자가 아니었다. 실내로 이어지는 새까만 구멍으로부터, 변종과 변종과 변종들이 계속해서 튀어나왔다. 인간을 넘어선 근력으로 온 몸을 날리면서.

다른 환기구들도 마찬가지였다. 건물이 대형인 만큼 숫자가 많았다. 변종들이 사방에서 튀어나온다. 탁 트인 지형에서 포위된다면 겨울에게도 위험했다. 장군의 아들은 살아남아야 한다.

"미치겠군!"

흐느낌 섞인 탄궤성의 절규였다.

달려가는 방향엔 급수탑이 있었다. 건물 옥상이다 보니 높이가 높진 않지만, 물탱크 위로 오르는 사다리는 오직 하나 뿐. 올라가서 버티면 당장은 안전할 것이다. 고립을 피할 수 없겠으나, 「생존감각」이 제시하는 유일한 가능성이었다.

사다리 아래에 이르러, 겨울은 호위대상의 탄띠를 잡아 던지듯이 밀어 올렸다. 그리고 도약으로 뒤따른다. 먼저 올려주었음에도 탄궤성은 금세 따라잡혔다. 겨울은 한 손으로 매달려 권총을 뽑았다. 난간을 타고 올라오는 것들의 이마와 정수리를 쏘았다. 툭! 투툭! 중심이 위태로운 놈들을 쏘았으므로 와르르 무너진다.

집단을 이끄는 구울은 신중하게 굴었다. 뒤에 작게 도사렸으므로 조준선에 들어오지 않는다.

"어서 올라오게!"

끝에 도달한 탄귀성이 손을 내밀었다. 겨울은 남은 거리를 단숨에 박차고 올라가, 내밀어진 손을 무안하게 만들었다. 외마디 괴성이 질러진 뒤에, 변종들은 더 이상 따라붙지 않았다. 놈들의 지능으로도 높이 오르는 좁은 길의 불리함을 이해한 것이다. 그럼에도 겨울은 쇠지레를 단단히 쥐었다. 체력 좋은 놈이라면 구울이 아니어도 잠깐 사이에 극복할 간격이었다.

"젠장. 완전히 갇혔어……."

탄귀성의 탄식이 옳았다.

겨울에게도 해법이 보이지 않는다. 급수탑 주위에 몰린 숫자가 이백을 넘었다. 그 가운데 구울의 비율이 높은 것은 어째서일까. 일반 변종들 가운데서도 건장한 남성체가 많았다. 추측컨대 배관의 수직구조를 극복한 녀석들만 올라왔을 것이었다. 그 증거로, 환기구가 막히지 않았음에도 더 올라오는 녀석이 없었다.

'이미 올라온 숫자만으로도 충분히 부담스럽지만…….'

탄약 잔량이 위태롭다. 지형에 의지해서 싸워볼 순 있겠으나, 좋은 선택지는 아니었다. 툭탁, 탕. 변종들이 잡동사니를 던지기 시작했다. 어디선가 뜯어낸 파이프, 가지고 올라온 날붙이, 깨진 벽돌 따위를. 투사체로 무장한 적이 다수일 때, 전력의 차이는 급격하게 벌어진다.

그래도 지금은 괜찮았다. 물탱크 위쪽이 제법 넓었다. 위에 머무는 한 변종들은 표적을 관측하지 못할 것이었다. 포물선으로 떨어지는 것들이 가끔씩 위험하겠으나, 겨울의 감각이 놓칠리 없었다.

"이제 어떻게 할 작정인가? 방법이 없어 보이는데."

고급 장교가 하급자에게 던질 질문은 아니다. 그러나 좌절한 탄궈성이 미치지 않는 것은 겨울에게 의지하고 있는 까닭이었다. 이미 겪은 것들이 여러모로 압도적이었을 터.

어쨌든 그는 지금 겨울만 보고 있다. 생사가 갈리는 현장에서 쌓이는 신뢰는 질적으로 우수했다. 조안나와 단기간에 친밀해질 수 있었던 것도 같은 맥락. 임무를 감안할 때 긍정적인 현상이었다. 과연 여기서 무사히 빠져나갈 수 있을 것인가는 별개의 문제지만.

현재로서는 겨울에게도 제안할 것이 없었다. 그저 이렇게 말할 뿐.

"일단은 좀 쉬시는 게 어떻습니까? 많이 지치셨습니다. 이대로는 기회가 오더라도 의미가 없을 겁니다."

"휴식? 이 상황에서 가능하다고 생각하나?"

"제가 망을 보겠습니다."

탄궈성은 힘없이 고개를 흔들곤 대자로 드러누웠다. 자포자기에 가까운 태도였다. 누운 채로 물을 마시다가 컥컥거리며 일어나기를 잠시, 다시 누워 눈을 감는다. 잠들지는 않았다. 던져지는 것들이 텅텅 부딪힐 때마다 움찔거렸다.

잠시 후, 야만스러운 공격이 찾아들었다. 이쪽이 지치기를 기다리는 분위기였다. 시간은 역병의 편이었다.

겨울은 앉아서 주머니를 더듬었다. 잡히는 건 몇 개의 에너지 바. 전투식량에서 휴대하기 간편한 것들만 추려내어 휴대한 것이다. 공수되는 물자에 전투식량이 포함되어 있는 만큼 의심을 받을 여지도 없었다.

견과류 씹히는 소리에 고급 장교가 눈을 뜬다.

"자네도 참 대단하군. 이 상황에서 음식이 넘어가다니."

"포기하긴 이르니까요. 그렇게 말씀하시는 중교님도 의외로 침착하십니다."

"……글쎄."

그는 뭐라고 말하려다가 말고, 갑작스레 울기 시작했다. 스스로는 막으려고 한다. 허나 막는다고 새지 않을 흐느낌이 아니었다. 심성이 약하다고 보긴 어렵겠다. 상황이 상황이니.

"엄마가 헬기를 보내줄까?"

울음 섞인 독백이었다. 청년기의 끝자락에 선 성인으로서 마마(媽媽)를 찾는 어감이 어렸으나, 죽음이 가까울 때 부모를 찾는 사람들은 항상 어려지게 마련이었다. 그 심리를 무수히 보아오고도 내면에서 같은 마음을 찾지 못한 겨울은, 그러나 장교의 눈물에 공감할 수 있었다.

기억 속의 가장 오랜 과거로부터, 그런 마음을 동경하며 자라왔으므로.

동시에 이성으로는 그가 제시한 가능성을 판단하는 중이다. 시에루 중장 일파는 항공연료 비축분이 적다. 보유한 것은 구축함 탑재 헬기 몇 대 뿐이고, 정비 상태는 빈말로도 양호하다고 하기 어려웠다. 부품 공급이 끊긴 지 어언 1년이 넘은 시점이었다.

'군용 항공기는 보통 잦은 정비를 담보로 신뢰성을 확보하는 물건들인걸…….'

신뢰성과 내구도는 서로 다른 개념이다.

극단적인 예시로서, 2차 대전기의 미국 폭격기(B-29)는 사흘에 한 번 모든 엔진을 교체했다. 그러나 정해진 수명 내에서, 탁월한 성능으로 어떤 작전이라도 소화할 수 있었다.

그래도 아들을 살리려는 장군이 수색기를 띄울 수는 있겠다는 생각이 든다. 그림블의 투척이 닿는 고도까지 내려오기는 또 별개의 이야기겠지만.

무전기는 먹통이었다. 앨러미더 섬의 남쪽 해안선에 이르기까지, 방해전파가 너무도 많았기에. 오르카 블랙의 영역에서 순찰을 돌 때도 외곽에서는 무전기를 쓸 수 없었다. 해안과 늪지와 시가지에 얼마나 많은 트릭스터가 도사리고 있을지는, 겨울로서도 추산하기 힘들었다.

'애초에 시에루 중장은 아들을 왜 이런 위험한 임무에 내보냈을까?'

그녀의 지도력에 문제가 있을 것 같다.

일개 폭력조직의 두목조차도, 자기 입지를 안정시키겠다고 하나 뿐인 딸을 전장에 내보내지 않았던가. 리아이링의 이중적인 본성은 부모의 모순으로부터 잉태되었을지도 모른다.

겨울의 짐작이 맞다는 전제하에, 생존자 수색은 반대파의 저항에 직면할 것이다. 거창한 명분도 필요 없었다. 부족한 항공유 재고는 얼마든지 반대의 이유가 될 수 있었다.

"물론 가진 게 없지요. 없어서 더한 겁니다. 일단 묻겠습니다. 깨끗한 옷 한 벌, 쓰지도 못할 달러 뭉치, 뚜껑 따지 않은 화장품, 새것으로 남아있는 면도칼이나 칫솔 따위를 열심히 감추는 모습들, 정말 한 번도 본적 없습니까?"

머릿속에 울리는 목소리는 민완기의 것이었다. 맥락은 다르지만, 지적하는 심리는 같다.

겨울은 조금 더 기다려보기로 했다.

딱히 헬기가 오기만을 기다리는 건 아니었다.

다만 바라는 것은 감각보정이 제시할 영감이었다. 한 난관에 오래도록 봉착해 있으면, 없던 감각이 생기는 경우도 있으니까.

예컨대 이런 개념이었다. 이 정도의 능력을 보유한 사람이라면, 해결책을 떠올리기까지 이 만큼의 시간이 필요할 것이다……. 발상 자체는 오래된 시스템이었다.

그래도 고민을 쉬지는 않았다. 불확실한 구원에 기대는 것은 언제나 하책이었다. 스스로 좋은 방법을 떠올릴 수 있을 지도 모른다. 노력해야 한다. 이번 세계관이 여기서 끝나더라도 후회를 남기지 않기 위하여.

시간이 흘렀다. 상황은 그대로였다. 「생존감각」은 어떤 「통찰」도 제공하지 않았다. 어느 쪽이든 천재의 영역 초입인데도 불구하고. 등급을 올려볼까 싶었으나, 전에도 이런 일이 있었음을 기억하는 겨울이었다. 일단은 보류. 여유를 남겨두는 편이 나을 것 같았다. 정면으로 돌파하게 될지도 모른다. 그 때엔 전투계열 기술의 한 등급이 아쉬울 것이었다.

"물도 다 떨어졌군."

여전히 우울한 목소리. 탄궈성이 자신의 수통을 거꾸로 들고 털었다. 나오는 건 몇 방울로 끝이었다. 지금껏 소모가 심했으므로, 한 통을 다 마시고도 부족한 모양이었다. 하염없이 울어서 더할지도 모르겠다. 그는 눈물샘이 마르도록 울었다.

마침 앉아있는 곳이 급수탑이었다. 두리번거리던 그는 해치를 발견했다. 자물쇠는 걸려있지 않았다. 다가가서 열어본다. 손전등으로 안쪽을 비춰보더니, 인상을 찡그렸다.

"他妈的(tāmāde)……."

악취가 흘러나온다. 오랫동안 갈지 않은 물이었다. 밀폐되어 있었다면 그나마 괜찮았을 것이다. 도시에 공급되는 물은 미량의 염소가 녹아있으니까. 그러나 수조엔 통풍장치가 달려있었다. 염소가 날아가면서, 남은 물은 썩기 좋은 상태가 되었다.

가까워진 겨울이 장교에게 자신의 수통을 내밀었다. 탄궈셩은 한숨과 함께 고개를 젓는다.

"그건 자네 몫으로 남겨두게. 벌컥벌컥 마셔버린 내 잘못인걸."

두 번 권하지는 않았다. 지금 없는 정수제(淨水劑)가 아쉬울 뿐. 겨울은 탱크 내부를 살핀다. 만재수위 바로 아래까지 차있었다. 부족한 조명 아래, 검은 물은 고여 있는 심연이었다.

물탱크를 깨서 혼란을 빚어낼 수 있을까? 순간적인 발상은 어설폈다. 그러나 이어지는 생각이 있었다. 여기 있는 양이라면 옥상 전체를 얕게 침수시키고도 남을 것이다. 잠깐이겠지만.

"중교님. 계획이 있습니다."

"계획? 무슨?"

"보십시오."

겨울은 저편에 줄지어 늘어선 태양광 패널을 가리켰다. 정확히는, 그 사이에 있는 설비실을.

"모든 전선이 저곳으로 집중됩니다. 내부에 변압기와 축전기가 있지 않겠습니까? 여기서 어떻게든 탱크를 깨어 물을 쏟아낸다면…….”

"아아! 역귀들을 전기로 지져 죽이자는 뜻인가?”

누전차단기도 침수로 인한 방전에는 소용없는 경우가 많다. 배터리는 그마저 갖추지 않는 경우가 대부분이고.

깨달음으로 높아진 외침에, 아래의 굶주린 것들이 잠시 소란스러워졌다. 탄궈성이 움츠러들었다. 사다리 방향을 경계한다. 올라오는 기척은 없었다. 베타 구울이라면 단숨에 뛰어 매달릴 법한 높이였으나, 습격은 필시 어둠을 기다릴 것이었다. 놈들은 인간을 이해하고 있다.

겨울과 장교는 낮은 말로 의사를 교환했다. 해군장교가 반론을 제기한다.

"하지만 이런 데 설치되는 장비들은 대개 핵심기능이 지면에서 이격되어 있을 텐데? 우리 기지에서도 최소한의 기준이 있었지. 야외에서 비바람을 맞아도 무방한 것들이었는걸. 저 설비실도 생긴 걸 보게. 지대를 높여두지 않았어. 내 예상이 옳다는 전제 하에, 누전이 발생하려면 수위가 적어도 한 자[12]는 되어야 확실할 거야. 미국 놈들은 사소한 일로 고소를 해대니까. 여기 있는 물을 다 쏟아도 그 정도는 아닐 것 같네만…….”

"침수로 부족할 경우, 결국은 제가 직접 가서 전선을 끊어야겠지요.”

---

12 扦, 뼘, 22.86㎝

"아니, 그건 너무 무모한……."

"더 좋은 방법이 없을 것 같습니다. 탄 중교님께서는 엄호만 해주시면 됩니다. 호위 대상을 위험에 빠트릴 순 없으니까요. 다른 의견이 있으시다면 따르겠습니다."

한숨 한 번 쉬고서, 장교는 느리게 받아들였다.

우선 수조의 내구도를 확인해야 한다. 얼마나 두꺼울까? 겨울이 쇠지레를 단단히 쥐었다. 번쩍 들어 힘껏 내리친다. 콰직! 플라스틱 조각이 튀었다. 지렛날이 끝까지 박혔다. 손잡이를 비틀자, 보온재 좌우로 균열이 자라났다.

뽑은 뒤에 재차 내리친다. 깡! 이번에는 쇳소리가 났다. 플라스틱과 보온재를 벗겨내니 안쪽은 스테인리스였다. 찢어진 자리에 손을 넣어본 탄궈성은 당혹스러워했다. 펼친 손가락이 전부 들어간다. 강판을 제외해도 어지간한 사격을 막아낼 두께였다.

"불수강(不銹鋼)이 5호미(mm)에 소료(塑料)가 반 자라니, 이걸 어떻게 부수나?"

위에서 뜯어봐야 소용없다. 측면, 아래쪽을 깨뜨려야 한다. 수조에 들어가 힘을 쓰기도 곤란했다. 아무리 겨울이어도, 물속에서 완력으로 강판을 뚫기는 어려운 노릇이었다.

"일단은 바깥쪽 배수관을 쏴보는 게 좋겠습니다."

겨울의 제안에, 해군중교는 부정적인 반응을 보였다.

"이 정도 수압을 견딜 관이라면 인장강도가 높은 주철을 썼을 텐데……."

그러더니 머리를 마구 흔들었다.

"아니, 젠장. 일단 해보고 판단해야겠군. 배수관은 어느 쪽에 있지?"

가장자리로 접근하기는 위험했다. 투척물은 둘째 치고, 도약한 구울에게 발목을 잡힐 가능성이 있었다. 이번에도 겨울이 나섰다. 탄귀성은 미안해하지 않았다.

아래 있던 놈들이 소년을 향해 아우성쳤다. 배수관을 찾기는 쉬웠다. 던져지는 투사체들을 피하며 조준선을 정렬한다. 겨냥하는 근처에서, 변종들은 팔을 들어 급소를 보호하며 흩어졌다. 어디선가 가져온 문짝을 방패삼는 놈도 있었다.

두두둑! 삼점사로 끊어 쏜 결과, 따다당, 불꽃이 튀었다. 곡면에 튕겨진 탄환이 가까이 있던 변종을 때린다. 그에엑, 그엑. 변종이 피를 게워냈다. 스스로의 죽음을 납득할 수 없는 모양. 쓰러져서, 억울한 표정으로 헐떡였다. 구멍 난 가슴으로부터 피가 솟구쳤다. 줄기가 긴 것은 인간보다 높은 혈압 탓이었다.

정작 굵은 관에는 얕은 흠집이 남았을 뿐이다.

겨울은 일단 물러났다. 지켜보던 장교가 채근한다.

"어떻게 됐나?"

"실패했습니다. 탄약이 넉넉하다면 조금 더 쏴보겠으나……."

얼마나 더 쏴야 할지 감을 잡기 어려웠다. 끼워둔 탄창은 이미 가벼웠다. 탄귀성이 자신에게 남은 탄을 헤아려보더니, 작게 욕설을 중얼거린다.

"자신은 없지만, 아무래도 계산을 해봐야겠어. 관의 직경이 얼마나 되는 것 같던가?"

"적어도 10리미(cm)는 넘어 보였습니다. 12리미 정도인 것 같군요."

"12리미? 굵기도 하군. 그럼 우리가 올라와있는 이 물탱크는 크기가 얼마나 될까?"

그는 배수관에 가해지는 압력을 계산하여, 그로부터 관에 요구되는 두께와 강도를 역산하려는 것 같았다. 해치 안쪽을 들여다보면 수심계가 있었다. 수조의 가로와 세로를 눈어림한 뒤, 수심계의 눈금을 곱하면 물의 부피가 나온다. 부피에서 질량을 뽑기는 금방이었다.

이어지는 암산이 까다로운지, 해군중교는 대검을 뽑았다. 밟고 선 탱크 겉면에 숫자를 새긴다. 끼기긱, 끼긱. 계산은 점차 복잡해졌다. 겨울은 그 모습을 보고, 과연 기술군의 장교답다고 느꼈다. 아무래도 해군인 만큼, 수압을 견디는 강재에 해박하더라도 이상할 것이 없었다.

계산이 끝났다. 중교는 방정식의 해에 칼을 박았다. 신경질적이었다.

"안 돼. 두께가 거의 2리미는 될 거야. 이건 보창 사격으론 못 뚫어."

보창(步槍)은 소총의 중국식 표현이다.

겨울이 질문했다.

"같은 자리에 여러 발을 꽂더라도 어렵겠습니까?"

"일단 표면이 유선형인데다, 안쪽에 차 있는 물과 압력이 충격을 흡수할 거란 말이야. 어지간한 장갑차만큼이나 단단하다고 봐야겠지. 철갑탄이라도 있으면 또 모르겠지만. 지금으로선 남은 탄을 전부 퍼부어도 될까 말까라네."

총탄은 용도별로 구분된다. 철갑탄은 관통력이 높았다. 변종을 상대할 땐 기피되었다. 깔끔하게 뚫고 지나가는 까닭이다. 또는, 지나가지 않더라도 상처가 작기 때문이다. 그러므로 변종을 죽이려면 맞는 즉시 깨지거나 뭉개지기 시작하는 보통탄이 더 좋았다.

지금의 겨울과 탄귀성에게 보통탄 뿐인 것도 그런 이유에서였다.

또 한 가지. 거리가 지나치게 가깝다. 겨울의 경험상, 관통력이 최대로 나오려면 상당한 거리가 필요했다. 적어도 100미터 이상. 그 이하에선 탄자에 실리는 힘이 과하여, 깨지기 쉬웠다.

"리, 자네 수류탄은 몇 발이나 갖고 있나?"

"한 발 뿐입니다. 탄 중교님께서는?"

"나도 하나 밖에 없네. 제길, 되는 게 없군."

수류탄의 살상력은 파편에서 나온다. 그러므로 관이나 물탱크를 파괴하긴 힘들었다.

"아니, 수중폭발이라면 가능성이 있을지도 몰라. 두 개를 묶어 안쪽에서 터트린다면……."

탄귀성의 말은 뒤로 갈수록 독백이었다. 수류탄에 황색작약(TNT)이 얼마나 들어가더라? 110극(그램)이었나? 신형은 더 적던가? 중얼중얼. 그는 대검을 뽑아 몇 줄의 계산을 더했다.

그가 고민하는 원리는 겨울도 알고 있었다. 수중의 폭발은 공기 중과 다르다. 매질의 밀도가 높은 환경에서, 폭발의 반경은 줄어들고 위력은 증가한다. 또한 팽창과 수축이 반복되어 좁은 범위에 여러 번의 충격이 가해진다.

계산은 얼마 걸리지 않았다.

겨울은 탄귀셩에게 수류탄을 건네주었다. 그는 구속용 끈을 풀어 서로 다른 두 개의 수류탄을 하나로 묶었다. 그리고 남은 끈을 살짝 뺀 뒤, 눈을 돌려 무게추로 쓸 것을 찾는다. 다행히 변종들이 도움이 되었다. 앞서 던져대었던 잡동사니들 가운데, 깨진 벽돌 조각이 있었다.

준비는 그렇게 끝났다. 그러나 탄귀셩은 갈수록 자신감을 잃었다.

"이봐, 리. 이게 정말 잘 하는 짓일까?"

"다른 방법이 없잖습니까."

"미안하지만, 내 계산이 맞는지 확신이 서질 않아. 여러모로 엉터리였다니까! 두 발로 모자랄 수도 있고, 낭비일 수도 있어! 균열이 지나치게 작을 지도 모르지! 차라리 저놈들 머리 위에서 터트리고, 남은 탄으로 싸워보는 게 더 낫겠다 싶기도 하네……."

두려움에서 비롯된 망설임은 그것으로 끝나지 않았다.

"게다가 성공하더라도 그 다음이 문제야. 축전기가 과연 정상일까? 정상이더라도 충전량은 충분할까? 변압기는? 1년 이상 사람 손길이 닿지 않았을 물건들인데?"

"괜찮을 겁니다. 실내에 비상전원이 들어와 있었으니까요."

미국은 오염지역에 대한 전기와 가스 공급을 끊어버린 지 오래다. 사고를 우려했기 때문에. 그러므로 비상전원은 건물 고유의 전력계통에 연결되어 있을 것이었다. 겨울이 보기에 태양광 패널 이외의 동력원은 존재하지 않았다.

'비상발전기가 따로 있을지도 모르지만, 이 시점에서 연료가

남아있을 리 없지.'

겨울이 손을 내밀었다.

"주십시오."

탄궈셩은 한숨과 함께 벽돌과 수류탄을 내놓았다. 겨울은 장교에게 잠깐의 경계를 부탁하고서, 해치 옆에 무릎 꿇었다. 한 쌍의 핀을 뽑는다. 수류탄 두 개를 동시에 놓아야 했다. 셋, 둘, 하나. 탁! 손잡이가 튕겨 올랐다. 강화된 청각에 심지 타들어가는 소리가 들린다.

이제 내벽 가까운 수면으로 무게추를 집어던졌다. 강속이었다. 더러운 물이 천장까지 튀었다. 겨울은 재빨리 물러났다. 그리고 다시 셋, 둘, 하나.

콰릉!

폭발의 순간, 급수탑 모서리가 흐릿해졌다. 초점이 흔들린 사진처럼. 강한 진동 탓이었다. 해군장교는 하마터면 넘어질 뻔 했다. 굉음이 흩어진 뒤에, 세찬 물소리가 이어졌다.

가장자리에 선 겨울이 유량을 확인했다.

됐다.

"성공했습니다!"

"정말인가?"

반색하는 탄궈셩.

겨울은 어설프게 나오는 물이 배수구로 다 빠질까봐 걱정했었다. 그러나 이 정도면 괜찮겠다. 탱크 벽면을 이루는 패널 하나가 통째로 떨어져 나왔다. 너덜거리는 보강재 가장자리가 녹슬어 있었다. 처음에는 보이지 않았던 것이었다.

급류가 변종들을 휩쓸었다. 한 놈이 마침 동쪽 배수구 근처에서 허우적거린다. 겨울이 놈의 머리를 조준했다. 투둑! 이마가 깨진 놈이 바르르 떨었다. 물 빠지는 길 하나가 막혔다.

침수는 순식간이었다. 변종들은 놀란 짐승 무리 같았다.

그러나 감전의 기미는 보이지 않았다.

배수구는 한 곳이 아니었고, 얼마 지나지 않아 모든 물이 빠질 것이었다.

"탄 중교님! 전방에 제압사격 부탁드립니다!"

"뭐? 바로 시작할 셈인가?! 단순히 지연되고 있을 뿐일지도 몰라!"

"감수해야 할 위험입니다! 사격이 끝나는 대로 뛰어내리겠습니다!"

겨울 스스로도 탄을 뿌렸다. 한 놈 한 놈 정확히 죽이기보다는, 넓은 범위에 탄막을 뿌려 몸을 사리게 만드는 것이 목적이었다. 인간을 닮은 괴물들이 사선을 피해 흩어졌다. 웅크리고, 숨고, 엄폐한다. 공포는 느껴지지 않았다. 「통찰」이 전하는 바, 짐승들은 인간의 탄약이 소진되기를 기다리고 있었다.

좋다. 격류에 흩어진 범위까지 포함하여, 달려볼 법한 틈이 만들어졌다.

빈 탄창을 버리며 뛰어내리는 겨울.

"갑니다! 엄호해주십시오!"

착지하는 첫 발에, 소총의 마지막 탄창을 삽입한다.

사냥감 하나 떨어진 것을 발견한 변종들이 즉각 반응했다. 섬세하진 못할지언정 빠르기는 인간 이상이다. 제 반응에 못

이겨 반대로 구르는 놈도 있었다. 캬아아악! 창백하게 썩은 것들의 이빨이 누렇게 도드라졌다. 겨울의 시야는 물살을 밟고 달려오는 것들로 가득찼다.

소총을 한 손으로 들었다.

남은 손으로 묵직한 쇠지레를 휘두른다. 붕―! 베타 구울이 상체를 틀었다. 궤도가 어긋난다. 괜찮았다. 피하라고 한 공격이니까. 균형 잃은 구울이 뒤로 기울었다. 치열한 갈망으로, 겨울을 향해 손을 뻗는다. 닿지 않았다. 한 치의 여유. 내려간 쇠지레가 놈의 오금에 걸렸다. 확 당긴다. 팽그르르 도는 괴물을 지나쳐, 겨울은 빠르게 가속했다.

무수한 질주가 물보라를 만들었다.

물보라 위에 무지개가 피어났다. 무지개가 겹치며 겨울의 전면을 막았다. 괴물들의 스크럼이었다. 겨울은 도약하며 몸을 눕혔다. 좌아아악― 굶주린 역병들의 험악한 손짓 아래로 미끄러져, 다리를 치고 지나간다. 완전무장한 소년의 충돌은 두 변종을 무너뜨렸다. 여력은 충분했다. 부패한 육체에 깔리지 않았다.

속도가 죽기 전에 일어나야 했다.

다음으로 오는 놈의 머리를 쏜다. 투두둑! 물 아래 잠겼던 총에서 수증기가 폭발했다. 덕분에 위력이 줄었어도, 총탄은 여전히 강력했다. 목이 휘꺽 돌아가는 괴물. 겨울의 뒷굽이 놈의 발끝에 걸렸다.

동시에 겨울은 두 팔로 땅을 쳐냈다. 관성과 반동으로 솟구치며, 뒤로 넘어가는 놈의 머리에 쇠지레를 꽂았다. 완력으로 끌어서, 탄력으로 중심을 회복한다. 그 반동으로 죽은 괴물이

내팽개쳐졌다. 좌측에서 접근하던 놈들이 엉키고 만다. 시체를 선물 받은 베타 구울이 포악하게 포효했다.

새로 다가오는 장애물은 태양광 패널이었다. 겨울이 도약했다. 패널 한 복판을 밟고, 다음으로 모서리를 밟고, 그 다음 패널까지 뛰었다. 모서리를 발판삼아 달린다. 가속은 평지와 다르지 않았다. 몸이 앞으로 기울어졌다.

이에 근접하는 것은 베타 구울 뿐이었다. 순수한 근력으로는 겨울조차 둘 이상 감당하기 어려운 강화종들. 놈들은 첫 패널을 쉽게 극복했다. 다만 균형감각은 겨울에 미치지 못했다. 모든 변종들이 그렇듯이.

쾅! 속도를 죽이지 못한 녀석이 다음 패널에 격돌했다. 인간을 넘어선 질량과 인간을 넘어선 속도. 철골을 짜 맞춘 지지대가 통째로 붕괴했다. 판을 밟고 미끄러지는 경우도 있었다. 나머지가 그 자리를 통과했다.

그 뒤에선 패널이 줄줄이 무너졌다. 동족을 압사시키며 밀어붙이는 놈들이었다.

거친 숨결과 괴성의 합주가 겨울의 배후로 가까워졌다. 변종이라고 다 같지 않았다. 우수한 숙주는 우수한 변종의 토대였다. 그러므로 재능을 타고난 베타 구울은, 직선주행에서 소년에게 필적하는 것 같았다. 이는 또한 무장과 복장의 차이였다. 소년은 몸무게의 절반을 지고 있다. 구울은 알몸이었다.

겨울이 반전했다. 상체를 시작으로 전신이 돌아선다. 발을 디뎌, 달리던 방향으로 미끄러지며, 그 상태로 소총을 조준했다.

탄피가 튀었다. 안구가 깨졌다. 절명진 않았다. 고통에 겨운 변종의 전신에서 혈관이 도드라진다. 피눈물을 흘리며 절규하다가, 뒤이어 오던 동족에게 치여 쓰러졌다. 마구 짓밟혔다. 물속으로 들어간 비명은 부글거린 끝에 계속되지 못했다.

탄귀성은 스스로를 지키느라 바빴다. 소총탄이 바닥났는지, 권총을 쏘고 있었다.

설비실이 얼마 남지 않았다. 문은 측면에 있었다. 오래된 핏자국으로 가득했다. 철제 빗장을 사격으로 끊는다. 그런데 문이 벌컥 열렸다. 갇혀있던 놈인 모양이다. 깡말랐다. 대사억제로도 완벽하게 막지 못한 소모의 흔적. 피하기엔 너무 가까웠다. 제대로 공격하기에도 여유가 없다.

'목은 멀어.'

아슬아슬하게 닿지 않았다. 그래도 아래턱은 사정권이다. 겨울은 쇠지레를 하프 스윙으로 휘둘렀다. 빠악, 하고 턱이 떨어졌다. 격돌. 온 몸으로 부딪혀서 놈의 관성을 상쇄시켰다. 겹쳐진 채로 몸을 날린다. 쿵 떨어지는 충격으로 놈을 짓눌렀다.

캐액, 캑!

괴물은 정신을 차리지 못했다. 겨울도 시야가 핑 돌았다. 한 번 휘청이고 일어나, 힘 들어간 발길질로 누운 놈의 목줄을 으깬다. 우드득. 발아래에서 경추가 어긋났다.

실내는 그리 넓지 않았다. 자그맣게 웅웅대는 소음으로 가득하다. 겨울은 어떤 것이 변압기이고 어떤 것이 배터리인지 알아볼 수 없었다. 어느 것이 고압전선인지도. 패널에서 들어오는 선 하나하나는 전압이 약할 것이었다.

기계적인 지식 역시 기술습득으로 얻을 순 있지만, 적어도 지금은 아니었다. 경험 잔량이 충분하지 않았다.

어쨌든 감전을 피하기 위해서는 어디든 올라가야 한다. 비록 전투화가 절연체이긴 해도, 온 몸이 흠뻑 젖어서는 의미가 없었다.

벽을 차고 환기구에 매달렸다. 몸을 틀어 천장의 배관에 오른다. 여러 줄기 겹쳐, 의지하기 충분한 폭이었다. 보이지는 않지만, 혹여 바닥에 닿은 부분이 있을지도 모르겠다. 그러나 관 자체가 금속이어도 페인트를 칠했으니 괜찮을 것 같았다.

굵은 전선을 찾는다. 총구가 흔들렸다. 질주의 여파로 남은 호흡이었다. 그러나 이 거리에서 조준선이 흐트러질 정도는 아니었다.

두두둑! 두둑! 물에 얕게 잠긴 전선들을 닥치는 대로 끊는다. 총열에선 계속해서 증기가 피어올랐다. 철컥, 철컥. 약실에서 울려 퍼지는 공허한 소리. 변종들이 입구로 밀려들어왔다. 겨울은 권총을 뽑았다. 두두두둑! 떨어진 탄피들이 물방울을 튀겼다.

베타 구울이 날아올랐다. 그 순간, 뛰지 못한 나머지가 뒤틀리기 시작했다. 제대로 쐈구나. 겨울은 여러 발을 마저 쏘았다. 버팀대 어긋난 기계 하나가 통째로 쓰러진다. 어디선가 매캐하면서도 고소한 냄새가 피어 올랐다. 퍼벅, 퍽. 넘어진 기계에서 스파크가 튀었다.

이제 겨울이 몸을 뒤집었다. 눕기에도 좁은 배관 위에서 소년의 전투력은 제한적이었다. 물론 구울도 마찬가지. 걷어찰 때마다 고개가 꺾이며 침을 흘린다. 꽈득. 꾸드득. 놈이 전투화 굽을 깨물었다. 겨울이 전력으로 떨쳐냈다. 잇몸에서 으직거리며 이빨이 떨어져나온다. 송곳니는 굽에 박힌 채였다.

진동이 느껴졌다. 고정축에서 돌가루가 쏟아졌다. 무장한 군인 하나, 근육 꽉 찬 괴물 하나가 벌이는 난투에 나사가 헐거워진 것. 겨울은 반사적으로 눈을 감았다. 그래도 가루가 들어가, 눈꺼풀 안쪽이 뻑뻑했다. 삐걱대던 파이프가 마침내 떨어졌다. 더걱, 쾅! 한 쪽만 고정된 모양새. 비틀린 경사가 된 배관 위에서 소년과 괴물이 미끄러진다. 권총을 놓쳤다. 가까스로 요철을 움켜쥔다. 떨어진 고정축이었다. 괴물은 겨울의 전투화를 움켜쥐었다.

"윽!"

소년은 제멋대로 경련하는 근육을 느꼈다. 부들부들 떨며 돌아보면, 괴물의 상태는 겨울보다 훨씬 심각했다. 입에서 하얀 거품이 끓었다. 수면에 무릎이 닿아 있었다.

시야가 어두워지기 시작했다. 이제 곧 육체의 통제력을 상실한다는 신호다.

아니, 이미 실시간으로 상실하는 중이었다. 간접적이고 불완전한 감전이라, 강화된 능력으로 견디고 있을 뿐.

겨울은 힘겹게 몸을 끌어올렸다. 괴물이 매달린 상태 그대로였다. 일단 전류에서 벗어나는 게 급했다. 함께 벗어나더라도, 회복은 괴물보다 빠를 것이었다.

천장에 붙어있던 지지대 사이로 몸을 빼냈다. 이 시점에서 시야가 어두워지기를 그쳤다. 아직 다 돌아오지 않은 근력으로, 계속해서 배관을 기어오르는 겨울. 구울의 손길이 느슨해졌다. 거품을 물고도 놓지 않던 손아귀는 괴물의 의지가 아니었다.

감전에 의한 수축이었을 뿐.

다리를 흔들자, 결국 떨어져 나간다. 물보라가 요란하게 튀었다.

콜록, 콜록.

폐의 경련으로 나오는 기침. 고통의 진위에 대해서는 생각할 겨를이 없다. 이 느낌이 싫으면서도 반가웠다. 호숫가에서 보낸 밤, 산사태에 매몰된 이후로 오랜만이었다.

몸 상태는 빠르게 정상화되었다. 감전으로 인한 부작용으로서의 불변보정은 감지되지 않았다. 완전한 회복까지는 조금 더 시간이 걸리겠으나, 물이 빠졌을 즈음, 통상적인 전투를 감당할 정도까지는 힘과 감각이 돌아왔다.

겨울은 신중하게 내려왔다. 물 빠진 자리만을 밟으면서. 권총도 회수했다.

변종들은 제각각의 자세로 쓰러져 있었다. 변색된 사체도 있었으나, 비교적 멀쩡해 보이는 것들도 많았다.

"리! 자네 괜찮은가?"

탄귀성의 외침은 고양되어 있었다. "네……." 대꾸하려던 겨울은, 입을 다물고 주머니를 더듬었다. 장교가 보지 못하도록 돌아서서, 신속하게 약을 꺼내 삼킨다. 우득우득. 익숙해진 쓴맛이었다. 칼칼한 불쾌감이 목구멍 안쪽으로 벌레처럼 기어들어갔다.

'다행히 물은 안 들어갔네.'

중요한 만큼, 주머니에 넣고 굳게 잠가두었던 것이지만.

정 급하면 목소리가 나오지 않는다고 둘러대면 되겠지 싶었다.

장교가 가까워졌다. 무릎을 짚고 힘겨운 기색을 연기하는 겨울. 호흡을 불규칙하게 만들었다. 이를 본 탄귀성이 마른 자리에 무릎을 꿇는다. 순수한 염려로 가득한 얼굴이었다.

"이봐, 정신 차리게! 우리가 해냈어! 해냈다고! 이제 와서 잘못 되면 어쩌란 말인가!"

"조금."

말을 한 번 삼킨 뒤에, 느릿느릿, 겨울은 몸을 바로 세웠다.

"조금 지쳤을 뿐입니다."

"그런가? 정말로 다친 곳은 없나? 어디 물리진 않았고?"

"한 군데 물리긴 했습니다."

"뭐?!"

기겁을 하며 물러나는 장교에게, 겨울이 전투화를 보여주었다. 이빨자국 가운데 하얗게 도드라지는 한 점이 보인다. 아직까지 박혀있는 시귀의 송곳니였다. 장갑 낀 손으로 비틀어 뽑는다. 흡혈귀의 것처럼 길고 날카로웠다. 안쪽으로 휘어져서, 살을 물렸다간 치명적일 것 같다.

"어떻습니까? 기념품으로 가지시겠습니까?"

"脑残! 大脑进水! 해도 무슨 그런 농담을 하나! 정말인줄 알았잖아!"

머저리, 물 새는 대가리. 그렇게 외치며 분개한 장교는, 한참동안 씩씩거리더니, 하늘을 보며 웃기 시작했다. 실성한 사람 같았다.

"이게 뭐야. 왜 화가 나다가 마는 건데? 응? 하하하!"

그는 한참을 웃다가, 눈물 맺힌 눈으로 겨울을 본다.

"대단해. 자넨 정말 대단한 사람이야. 끝도 없이 감탄하게 되는군. 그래, 비슷한 걸 본 적 있지. 그 유명한 한겨울. 자네는 마치 그 남자 같았어."

언젠가 이런 말이 나올 거라고 예상했다. 겨울은 미약한 불쾌감을 드러냈다.

"하필이면 저를 그런 솜털도 안 빠진 녀석(毛孩子)과 비교하십니까?"

"⋯⋯응?"

변장한 인상이 험악하고, 바꿔놓은 목소리가 거칠기 짝이 없는 겨울이었다. 게다가 지금껏 보여준 실력과 과단성은 또 어떠한가. 탄귀성이 움츠러들었다.

"아니, 나는 어디까지나 칭찬할 생각이었네만⋯⋯."

"저는 입대한지 채 1년도 되지 않은 놈이 영웅 취급 받는 게 마음에 들지 않습니다. 저와 제 전우들만 하더라도 이라크에서 몇 년을 싸웠건만⋯⋯. 진짜 베테랑은 거리에서 구걸을 하고, 운 좋은 녀석은 대우 받는 꼴이 웃기지 않습니까?"

커트 리의 배경이었다. 그러나 터무니없는 이야기를 지어낸 것도 아니었다. 미국의 탁월한 보훈제도에도 불구하고, 노숙자 생활을 하는 참전용사들이 있었다.

'보훈이 부족하다기 보다는, 전쟁의 정신적 상처가 그만큼 심각하다는 반증이지만.'

엘리엇 상병이 말했었다. 폭죽 터지는 소리만 들어도 신경이 곤두선다고. 이게 양호한 경우였다. 참전 미군의 절반 이상이 신경안정제를 복용하고 다닌다.

커트 리는 가상의 인물일 뿐이다. 그러나 언젠가, 초면의 참전용사가 자신을 증오하더라도, 겨울은 뜻밖이라 여기지 않을 것이었다.

"중교님. 제게도 자존심이 있습니다. 지금은 비록 용병 흉내를 내고 있을 따름이지만, 실력과 긍지에서 놈보다 아래라고 생각하지 않습니다."

"아……."

이쯤이면 조국에 대한 실망감이 적당히 전달 되었으려나. 겨울은 시선을 차게 식혔다. 탄궈성이 열렬히 끄덕였다.

"맞아. 그런 소국 출신 애송이의 활약 따위, 태반이 조작된 내용일게 뻔한 데 말이야. 본관이 인정하지. 자네야말로 진짜 배기일세. 중화의 피가 어디 가겠느냐 말이야."

"이래 뵈도 전 일단 미국인입니다."

"사람의 뿌리는 국적으로 가려지는 게 아니야. 시민권이 있다고 부모까지 바뀌던가? 무사히 돌아가게 되면, 내 아주 중요한 이야기를 들려주겠네. 자네에게도 결코 나쁜 일이 아닐 거야."

"……기대하겠습니다. 그보다 일단, 확인사살부터 했으면 합니다. 이것들 가운데 아직 숨 붙어 있는 놈이 있을지도 모르니까요."

"음, 그렇겠군."

해군장교는 지연된 피로감을 드러냈다. 이제 다 끝났다고 생각했는데, 아직도 뭔가 남았을지 모른다는 불안. 그는 어느 변종의 시체로부터 골프채를 강탈했다. 상태는 제법 괜찮았다. 매장 내에서 팔리던 물건이었을 것이다.

사살이라곤 해도 총을 쓸 순 없었다.

옥상에선 한동안 파열음만 이어졌다.

오르카 블랙은 CIA의 샌프란시스코 지부였다. 그러므로 네이
선 채드윅은 지부장으로 불려야 정상이었다. 하지만 그는 팀장
이라는 애매한 호칭을 고집했다.

"화합을 위한 노력입니다. 중위. 델타 포스나 네이비 씰 같
은 특수부대원들은 정보국 요원들을 별로 좋아하지 않거든요.
자업자득이니 어쩌겠습니까마는."

예쁘게 보여야지요. 채드윅은 그렇게 말하며 바보 같은 미소
를 지었다.

말하는 도중, 그는 어느 버튼을 딸깍 딸깍 눌러대고 있었다.
유선으로 연결된 리모컨이었고, 반대쪽 끝은 정체불명의 상자
로 이어졌다. 상자는 버튼을 누를 때마다 덜컹거렸다. 그리고
답답한 소리가 났다. 겨울은 상자의 내용물을 알 것 같았다.

이것은 4월의 첫 번째 밤에 있었던 일이다.

탄궈성 호위 임무를 앞두고, 겨울은 일찌감치 잠자리에 들
었다. 최상의 상태를 유지하기 위하여. 그러나 시간가속은 금
세 깨어졌다. 채드윅이 소년장교를 호출했다. 통제실에서 만난
팀장은 부탁할 것이 있다고 했다. 그는 겨울을 블랙 사이트 덱
(Black Site Deck)으로 이끌었다.

"자업자득이라는 건 무슨 의미로 하시는 말씀인가요?"

겨울의 질문에, 채드윅은 버튼을 꾹 누르며 답했다.

"잘못된 첩보로 허탕을 치게 만드는 거야 어쩔 수 없지요.

우리는 신이 아니니까 말입니다. 하지만 인간적으로 덜 된 일부 인원들이 꽤 거만하게 굴었습니다. 일부라곤 해도, 결국은 CIA 전체를 대변할 수밖에 없지요. 리비아의 참극 이후로 욕을 많이 먹었어요."

그러면서 껄껄 웃었다.

그는 자신의 말에 부연을 붙였다. 리비아의 참극이란 12년에 있었던 미 대사관 테러 사건을 뜻한다고. 겨울도 얼핏 들어보긴 했다. 중앙정보국의 미흡한 대처가 사태를 악화시켰다던가.

"중위, GRS에 대해 들어보셨습니까?"

"들어보기만 했네요."

GRS는 SAD와 더불어 CIA가 보유한 양대 무장집단이었다.

"우리는 그들을 소모품처럼 다뤘지요. 공식적인 임무든, 비공식적인 임무든 말입니다. 헌데 그 친구들은 온갖 특수부대에서 사지를 헤치고 나온 역전의 용사들이었거든요. 그러니 후배들의 여론이 나빠질 수밖에 없었지요. 자업자득이라고 할 수 밖에요."

딸깍딸깍. 이 와중에 장난처럼 버튼을 눌러대는 소리. 겨울은 인상을 찌푸렸다.

"깁슨 감독관은 여기서 벌어지는 일을 알고 계신가요?"

"예, 뭐. 이 정도는 작전에 필요한 일 아니겠습니까."

빙글빙글 웃는 팀장은 사악한 인간으로 보이지 않았다. 그러나 상자 속에 들어있는 사람의 의견은 많이 다를 것이었다. 과연 의견을 물어도 좋을 상태일지는 모르겠지만.

CIA 샌프란시스코 작전본부, 통칭 「피쿼드 호」에는 비밀스러운 공간이 많았다. FBI 감독관인 조안나 깁슨 조차도 모든 갑판을 돌아다닐 수 없었다. 출입이 허락된 것은 장정 9호 추적 작전, 「페어 스트라이크」에 직접적으로 관련된 구역들 뿐.

그러므로 겨울의 질문은 당연한 것이었다.

'블랙 사이트 덱이라……'

누적된 종말을 통해 알게 된 바, 블랙 사이트는 중앙정보국이 '강화된 심문 기술(Enhanced interrogation techniques)'을 사용하는 비밀스러운 장소의 명칭이었다. 이런 장소가 미국 본토에도 존재했다고 들었다. 즉, 자국민을 대상으로 고문을 자행했다는 뜻.

여기에도 있으리라고 예상은 했었다. 그러나 채드윅이 겨울을 불러온 이유까지는 짐작하기 어려웠다.

"제게 하실 부탁이라는 게 뭔가요? 임무투입을 앞두고 피로를 남기고 싶진 않네요."

겨울의 말에 팀장은 놀랍다는 표정을 지었다.

"오, 그런 말씀을 들으니 우리 중위님이 사람처럼 느껴지는군요. 사흘을 철야로 견디고도 휴식을 반납하시더니."

그가 언급하는 것은 첫 적응기간에 있었던 일이었다. 파울러 대위에게 시험 받았던 일주일. 최후의 3일간은 수면이 허용되지 않았다. 해병대의 전통 같은 것이었다. 훈련소에서는 그나마 몇 시간이라도 재워주는 과정이었으나, 대위는 한 층 더 가혹하게 굴었다.

"질문에 대답해주시면 감사하겠습니다."

말 돌리지 말라는 요구에 팀장은 리모컨을 내밀었다.

"누르십시오."

"……이건 무슨 의미인지."

"필요한 일입니다."

건네는 리모컨을 받아들고서, 겨울은 묵묵히 그를 바라보았다. 채드윅은 어깨를 으쓱였다.

"그렇게 보이도록 행동하긴 했지만, 난 미치광이가 아닙니다. 다만 정상인으로 보이면 여러모로 곤란하거든요. 업무적으로나, 양심상으로나."

짧은 말에 긴 의미였다. 이런 사람들이 있었다. 다른 사람들을 죽이기 위해, 스스로부터 살해당할 각오를 세우는 사람들. 그러나 이것이 진심일까? 속은 여전히 보이지 않았다. 가면을 벗을 때마다 새로운 가면이 나타날 뿐이었다.

"나도 알아요, 중위. 고문이 옳지 않다는 것쯤. 하지만 이런 시대잖습니까. 사람을 벗어나지 않고는 사람으로서 살기 어려운 세상입니다. 그래요, 애국은 정의가 아니지요. 허나 삶의 필수품입니다. 누르십시오. 그래야 내게서 중요한 정보를 들을 수 있을 거예요."

채드윅이 손짓했다. 겨울은 리모컨을 내려놓았다.

"이제 와서 이런 식으로 시험하시는 이유를 모르겠습니다, 팀장님."

"……."

"제가 여기에 있다는 사실 자체가, 저에 대한 판단이 이미 끝났다는 뜻 아닙니까? 난민구역에서 저는 살인자였습니다. 몰랐다고 하진 않으시겠죠."

정보국이 그토록 허술한 집단이겠느냐는 지적. 이는 채드윅을 웃게 만들었다.

"오, 불쾌했다면 사과드리지요. 나는 그저 확신이 필요했을 뿐입니다. 결정적인 순간에, 당신이 대의를 위한 필요악을 용납할 것인가. 작전수행에 지장을 주지는 않겠는가. 아프가니스탄의 목동과 네이비 씰의 일화는 아실 겁니다. 여기선 그런 일이 벌어지면 곤란하거든요."

팀장이 언급한 것은 아프간에서 비밀작전 도중 민간인과 마주친 미군 특수부대의 이야기다. 그들은 고뇌했다. 기밀유지를 위해 민간인들을 죽여야 할 것인가. 그 중엔 아이도 있었다.

미군은 방아쇠를 당기지 않았다. 결과적으로, 참혹한 피해를 감수해야 했다.

겨울이 응답했다.

"양심의 가책을 느끼는 사람이 저 혼자만은 아니라는 사실을 명심하겠습니다. 이걸로 충분하지 않다면, 저를 작전에서 제외해주시기 바랍니다."

"이거야 원."

채드윅이 장난스럽게 한숨을 쉬었다.

"중위님 당신을 여기로 보낸 건 랭글리의 실수일지도 모르겠군요. 책상물림들 하는 짓이 어련하겠습니까만. 그치들이 한때 현장에서 뛰었다는 걸 믿을 수가 없어요. 내가 그리로 가지 않는 이유지요. 같은 퇴물이 될까봐."

랭글리는 CIA 본부의 소재지였다.

결국 채드윅은 겨울에게 진정한 용건을 털어놓지 않았다. 그렇다고 겨울의 말처럼 작전에서 배제시킨 것도 아니었다. 그날 밤의 대화를 곱씹은 겨울은, 좋지 않은 예감을 느꼈다.

'그가 계획하는 필요악이 뭐지?'

예감이 정확하다면, 보통 일은 아닐 것이었다.

"리, 무슨 생각을 그리 깊게 하나? 어디 아픈 건 아니겠지?"

탄궈성의 목소리. 겨울은 그를 바라보았다. 오랫동안 말 없는 겨울을 염려하는 중이었다.

"몸은 괜찮습니다. 여기서 어떻게 빠져나갈까 고민하는 중이었습니다."

채드윅이 무슨 일을 꾸미든, 작전 자체가 수월하게 풀린다면 신경 쓸 필요는 없을 것이다.

탄궈성의 모친, 해군중장 시에루가 지니고 있다는 베이더우 위성의 열쇠. 그것만 확보하면 미 본토에 대한 핵위협을 극적으로 경감시킬 수 있다.

'장정 9호를 잡는 것보다는 못할 테지만……'

베이더우는 중국판 GPS였다. 아직 GPS에 비하면 손색이 있다. 2020년 완성을 목표로 구축되고 있었기에. 「종말 이후」가 개시되는 시점에서, 동북아와 오세아니아, 인도에 이르는 영역 한정으로 좌표를 제공한다고 알려져 있다.

그러나 CIA가 파악한 바, 군사목적으로는 달랐다. 세계 어디든 핵탄도탄 유도의 최종과정에 관여한다. 만약 탄도탄이 떨어질 때 좌표를 비틀어버릴 수 있다면? 탄두는 원래의 표적에서 한참 빗나갈 것이었다. 적어도 수십 킬로미터 바깥으로.

미국은 이 위성들을 파괴하는 방안도 고려했었다. 그러나 남은 중국군 세력이 이를 감지할 경우, 극단적인 행동을 유발할 수 있다는 문제가 있었다. 위성이 없다고 미사일을 못 쏘는 것도 아니었으므로.

쿠궁, 쿵.

환기구가 있는 방향에서 요란한 소리가 들려왔다.

"음, 놈들이 올라오려고 애를 쓰는 모양이군. 그래봐야 소용 없겠지만."

장교가 말은 이렇게 해도, 목소리에서 떨리는 불안감이 느껴진다. 겨울이 고개를 끄덕였다.

"꽉 끼도록 구겨 넣었으니 쉽게 뚫진 못할 겁니다. 적어도 우리가 떠날 때 까지는."

환기구에 시체를 구겨 넣었다. 감전사한 변종들을 포개고 접어서 수직통로에 쑤셔 박은 것. 애초에 넓은 통로도 아니었다. 사지를 제대로 펼 수도 없는 공간에서, 도약해야 닿을 높이의 장애물들을 어떻게 치울 수 있을까? 올라오려면 긴 시간이 소요될 터였다.

"나가는 방법에 대해서 말인데."

장교가 시가지 동쪽을 가리켰다.

"저쪽에 버려진 미군 차량들이 보이나? 저걸 이용할 수 있지 않을까 싶네. 한 번 보게."

그는 망원경을 내밀었다. 겨울은 사양했다. 맨눈으로도 보이는 거리였다. 교차로에 버려진 차량은 여럿이었다. 그 중엔 전차도 존재했다. 유조차가 곁에 멈춰서 있었다.

"급유관이 꽂혀있군요. 보급 도중에 공격당한 모양입니다."

그게 아니고선 전차가 변종들에게 당할 이유가 없었다.

샌프란시스코 함락은 그럼블 출현 이전에 벌어진 사건이었으니. 움직이는 전차는 변종을 상대로 무적이었다. 다만 그 전투력은 보급체계가 온전할 때에만 발휘된다. 도시 전체를 휩쓰는 혼란의 와중에, 기름 퍼먹는 괴물이 얼마나 효율적이었을지 의문스러웠다.

"차량에 장착된 화기를 탈거해서 쓸 수 있을 거야. 어쩌면 저 탄극[13]에 기름을 채워서 움직일 수 있을지도 모르지. 무슨 수를 써서든 남쪽으로 2공리[14]만 가면 돼. 그러면 해상에서 화력지원을 받을 수 있을 거야. 이거야말로 최고의 결말 아닌가?"

그의 말처럼, 앨러미더 섬은 좌우로 길고 상하로는 좁았다. 현재의 위치가 섬의 북안에 가깝긴 하나, 남안까지 고작 2킬로미터에 불과할 만큼. 무거운 전차로도 순식간에 주파 가능한 거리였다. 설령 베타 그럼블이라도 60톤짜리 강철의 질주를 막을 순 없었다.

그러나 불가능했다.

"중교님. 우리는 저 전차의 기동암호를 모릅니다."

기계적으로 시동을 걸 순 있을 것이다. 그러나 전자장비가 작동하지 않는 현대전차는 눈 먼 관짝이나 다름없었다. 그렇다고 머리를 내놓은 채 주행하기도 어렵겠고.

"암호……. 그래, 그랬었지. 적대장비라서 깜박했군. 제장. 라오메이(老美)놈들. 군의 현대화도 좋지만, 전면전 상황은 전

---

13 坦克, Tank

14 公里, 킬로미터

혀 고려하지 않은 게 아닌가? 탄극수[15]들이 전사한 뒤에 다른 병사들이 탑승할 수도 있는 거잖아?"

"애초에 도로 상태가 말이 아닙니다. 어떤 장애물이 있을지 모르고요. 전차의 소음을 감안하면 자살행위에 가깝습니다."

높은 곳에서 내려다본 아스팔트는 곳곳이 깨져있었다. 수해가 여러 차례 휩쓸고 지나간 흔적이었다. 도로 한복판에 박살난 주택이 있는 경우도 보였다. 강풍이 밀어냈을 것이다. 그 사이로 물 흐른 골이 선명하게 패여 있다. 여전히 물이 고인 곳도 많았다.

차량을 타는 건 무리라고 봐야 한다.

그나마 다행인 사실은, 해저터널까지 침수된 상태라는 점이었다. 오클랜드로 이어지는 웹스터 터널, 포지 터널 모두가 붉은 물에 잠겨있었다.

"그럼 어찌 해야 좋겠나?"

"일단 무기와 탄약을 확보하는 것까지는 찬성입니다. 지금은 지나치게 무방비하니까요."

"그 후엔?"

"저는 북쪽 수로로 빠지는 게 낫다고 생각합니다. 거리도 가깝고, 사냥개가 여기서 넷이나 죽었으니까요."

"다른 사냥개들이 있을 텐데?"

"전에 보지 못했던 신종이었습니다. 숫자가 벌써부터 많을 것 같진 않습니다."

"그래도……."

---

15 坦克手. 전차병

염려를 떨치지 못하는 장교에게, 겨울은 시가지 서쪽을 가리켰다. 풍경이 지워지고 있었다. 바다로부터 밀려오는 노을빛 안개 탓이었다. 조만간 여기까지 도달할 것처럼 보인다.

"다행히 오늘의 안개는 꽤 짙어질 것 같습니다. 운을 걸어보기에 충분한 조건이죠. 아직 수영을 하는 변종은 나타나지 않았으니까요. 설령 남은 사냥개가 있어 우리의 냄새를 맡더라도, 우리가 강 한가운데 있는데 어쩌겠습니까. 도올(그럼블)의 투척은 명중률이 낮을 겁니다."

교각 폭파작업 도중 발각되었을 때도 그럼블이 문제였다. 샌프란시스코의 변덕스러운 안개는 그날따라 예상에 한참 못 미쳤기에. 개가 냄새를 맡았고, 거대한 괴물들이 작은 괴물들을 던져댔다. 팔다리 맹렬히 허우적대며 날아오는 투사체들은 빠져 죽을 것을 두려워하지 않았다.

"그리고 이건 제 생각입니다만, 다리가 없는 방향으로 간다면 괴물들과의 조우 확률이 많이 낮아질 것 같습니다."

"의미를 모르겠군."

"놈들이 다리의 중요성을 이해하고 있을 거라는 뜻입니다."

"설마."

탄궈셩은 눈살을 찌푸렸다. 그러나 겨울이 판단하기로, 트릭스터에겐 있을 법한 가정이었다. 놈은 기초적인 전술과 전략을 구사하지 않던가.

안개는 느리게 밀려왔다. 주택 하나를 삼키는 데 몇 분씩 걸릴 지경이었다. 겨울은 풍향이 바뀌지 않을까 걱정했다. 늦어지는 오후, 샌프란시스코의 바람은 대개 서풍이지만, 이따금씩 북풍이, 드물게는 남풍과 동풍이 불 때도 있었다. 그랬다간 당장의 탈출계획은 물 건너간다. 적어도 새벽의 어둠을 기다려야 할 것이었다.

「환경적응」이 있다면 도움이 될 텐데. 겨울은 생존계열의 범용기술이 아쉬웠다. 수준 높은 「환경적응」은 적대적인 환경에 대한 저항력을 부여하는 한편, 주변 환경의 정보를 제공하기도 했다. 그 중 하나가 기후정보였다.

그러나 쓸 만하려면 적어도 천재의 영역이어야 한다. 범용기술의 다른 예가 「통찰」이었다. 소모가 심대하다. 정부체계가 잘 유지되는 세계관에서, 생존계열은 항상 계륵처럼 느껴졌다.

해군장교 또한 초조하게 서쪽을 응시했다.

"저게 여기까지 오기나 할까?"

"어쩔 수 없는 일에 마음 쓰지 마십시오. 진인사대천명입니다. 기회가 올지 의심하기보다는, 기회가 왔을 때 잡을 준비를 해두는 게 낫습니다. 지형과 이정표는 다 숙지하셨습니까?"

"……하긴 했지만, 물어보니 자신이 없어지는군."

짙은 안개 속에서 움직이게 되면 방향감각을 상실하기 십상이었다. 길을 잃었을 때 위치를 식별할 방법이 있어야 한다. 그러므로 출발하기 전 지형지물을 눈에 새겨둘 필요가 있었다. 이는 서로의 행방을 알 수 없게 되었을 때, 합류를 꾀할 방법이기도 했다.

가장 가까운 이정표는 한 구의 시체였다. 이름은 웨이지아잉(魏嘉瑩). 계급은 하사. 교차로에서 죽은 해병 간부였다. 다른 시체들과는 복식과 무장으로 차별화된다. 유감스럽게도, 죽기 전의 해병에겐 남은 탄약이 없었다. 그는 최후의 수류탄으로 자결했다.

터지고 먹혀서 처참해진 시체. 장교는 첫 이정표를 보며 우울하게 중얼거렸다.

"그래도 믿을 수 있는 녀석이었는데, 안타깝군."

탄궈성이 드러내는 상실감은 의외로 깊었다. 그러나 겨울이 느끼기로, 그것은 슬픔과 거리를 두는 탄식이었다. 죽은 사람보다는, 그를 잃은 자신을 더 불쌍히 여기는 느낌.

이번 작전에 투입된 병력은 시에루 해군중장의 친위대 격이었을 것이다.

'신뢰하는 무장병력 치고 전투력은 별로 좋지 못했지……'

명칭은 해병이지만 일반적인 해병대는 아니었다. 중국군 내에서의 해병이란 해군 소속의 장병을 뜻할 뿐. 육상 전투를 위한 부대로서 해군육전대가 따로 존재한다. CIA가 통신을 감청한 바, 시에루 해군중장 휘하에는 육전병력이 없었다.

"리."

장교가 새삼스럽게 겨울을 부른다.

"말씀하십시오."

"혹시 우리가……."

그는 말을 하다가 말았다. 갈등하는 기색이다. 두려움도 묻어났다. 그가 꺼내지 못하는 말을 짐작하며, 겨울은 침착하게 기다렸다. 안개는 아직 멀다.

대화가 끊어진 것일까? 싶을 만큼 망설인 뒤에, 탄궈성은 간신히 다시 입을 열었다.

"우리가, 우리만으로 임무를 수행할 순 없을까? 모든 다리를 폭파하지 않아도 좋아. 단 하나, 가장 가까운 하나만이라도 어떻게 무너뜨린다면, 여기서 죽어간 부하들의 희생도 헛된 것만은 아닐 거야. 나 혼자 살아서 돌아간다는 게 너무 부끄러워서 말일세⋯⋯."

좋은 변명이었다.

다리 하나만으로는 아무런 의미가 없기에. 아무리 해군이라지만, 장교쯤 되는 인물이 이를 모르진 않을 것이었다. 결국 다른 이유가 있다고 봐야 했다. 그러나 겨울은 이를 대놓고 지적할 만큼 어리석지 않았다. 중국인 특유의 자존심 문제도 있었다.

다만 모르는 척, 실익을 들어 반박한다.

"마음은 이해합니다만, 중교님, 냉정해지셔야 합니다. 우리의 목적은 다리를 파괴하는 것 그 자체가 아니잖습니까? 그럼으로써 이 섬을 광역권에서 분리시키려는 것이었죠. 그러니 끊으려면 셋 다 끊어야 합니다."

"우리 위치에서는 가장 안쪽에 있는 다리가 가깝네. 그거라도 끊어놓으면 다음에 올 이들의 부담이 줄어들지 않겠나? 침투해야 할 거리가 대폭 줄어들 테니까. 임무가 쉬워질 거야."

앨러미더와 오클랜드를 연결하는 세 개의 다리는 섬 동쪽에 몰려있었다. 이는 서쪽에 선착장 시설이 존재하는 까닭이었다.

반면 두 사람의 위치는 섬의 중부였다. 그나마도 서쪽으로 치우쳐있다. 중교가 가깝다고 말하는 다리, 파크 스트리트 브릿지는 4킬로미터 이상 떨어진 곳이었고. 육로와 수로의 차이는 있겠으나, 섬을 종단하는 것의 배 이상을 움직여야 한다.

겨울은 고개를 가로젓는다.

"아뇨. 오히려 더 위험해질 거라 생각합니다."

"어째서?"

"이미 말씀드렸듯이, 역귀들은 다리의 가치를 알고 있을 겁니다. 하나를 폭파하면 경각심만 일깨우는 꼴이 되겠죠. 사실 지금도 의심스럽습니다. 우리가 설치한 폭약이 그 위치에 그대로 있을까요? 놈들은 인간의 무기에 익숙해질 만큼 익숙해진 상태입니다."

두 개의 다리에는 폭탄 설치가 완료되었다. 지금의 상황을 빚어낸 것은 세 번째 다리에서의 실패였고. 안전한 철수를 위하여 모든 교량을 동시에 폭파할 계획이었다. 그러므로 지금으로선 어떤 다리도 붕괴하지 않은 상태다.

탄귀성이 미간을 좁혔다.

"우리의 폭약은 미군이 쓰는 것과 생김새가 다른데도?"

"유추 가능한 범위겠죠."

"가능성일 뿐이잖나."

"그렇습니다. 가능성일 뿐입니다. 중교님께서 판단하십시오. 그게 지휘관의 역할이니까요."

라고 말은 하지만, 탄귀성의 두려움은 겨울의 편이었다. 이번 임무가 세력다툼에서 비롯되었을 거라는 추측이 옳다는 전제 하에, 탄귀성으로서도 임무 자체에 대한 욕심은 크지 않을 터였고. 다만 겨울이 그의 결정을 촉구한 것은 미련을 남기지 않기 위함이다.

'움직이는 도중 다른 소리를 하면 곤란하거든.'

물론 스스로의 결정을 번복하는 경우도 있을 것이다. 그러나 어쨌든, 겨울이 강요하는 것보다는 나았다. 그를 존중하는 모습을 보여 두어야 나중이 편할 것 같기도 했다. 장교의 신뢰를 얻어야 할 입장이었다. 진짜 임무를 수행하기 위하여.

"그렇게 생각하면서도 내 결정에 따르겠다는 말인가?"

장교는 미심쩍어하고 있었다. 정보국이 상정한 범위였다. 모범답안은 이미 새겨두고 있다. 겨울은 커트 리를 연기했다.

"그게 제가 받은 의뢰였습니다. 복귀할 때까지는 명령에 따릅니다."

"용병으로서 거기까지 한단 말인가? 납득이 안 가. 자네는 여자에 관심도 없다던데, 고작 식량과 탄약, 노예 몇 명에 목숨을 건다는 건 이해가 가지 않네."

그가 말하는 노예란 미국 시민들이었다. 미국인은 골든게이트 내에서 가장 가치 있는 상품으로 통한다. 모두가 오해하고 있었다. 오르카 블랙의 영역에 물자 공수가 잦은 것은, 그만큼 많은 미국인을 보호하고 있으며, 이를 기초로 미군과 협상을 했기 때문이라고.

겨울이 다시 답했다.

"말씀하신대로, 그깟 것들은 목숨을 걸만큼 대단한 게 아닙니다."

"하면 어째서인가? 아니, 목숨을 구해준 자네를 의심하려는 건 아니야. 다만 궁금할 뿐일세. 이런 세상에서조차 신용을 지키려는 이유가……. 솔직히 내가 자네였다면, 나처럼 거추장스러운 짐 덩어리는 오는 도중에 쏴버렸을 거야."

아니라고 해도 의심하고 있다. 의심의 뿌리는 두려움이었다. 남은 여정에서 버려질지도 모른다는 공포. 「간파」에 의한 「통찰」이 겨울의 속 읽기를 뒷받침했다.

"제가 지키고 싶은 건 유대입니다."

"유대?"

"네. 이젠 전장에서밖에 살 수 없게 되어버린 전우들이 있습니다. 전역한 뒤엔 개 취급을 받았죠. 가족에게도 버림받은 후에, 그 친구들이 갈 곳은 정신병원이나 교도소뿐이었습니다. 군으로 복귀하고 싶어도 부적합 판정을 받았으니까요."

장교는 커트 리의 내심을 이해했다.

"즉, 흑호경방[16]은 전우들에게 있을 곳을 만들어주려는 구실에 불과하다?"

"말이 그렇게 되는군요."

겨울은 수긍했다. 제 것이 아닌 인생을 꾸며진 감정으로 드러내며.

"예, 맞습니다. 시대가 바뀌었습니다만, 범죄 경력이 있는 전우들은 여전히 갈 곳이 없을 겁니다. 싸움터는 매양 이 모양인걸요. 저는 그들을 버리지 않겠습니다. 서로 목숨을 구해준 사이입니다. 이런 시궁창이야말로 우리가 머무를 수 있는 유일한 터전일지도 모르지요."

일전에 조국에 대한 배신감을 드러내놓은 터라, 장교는 겨울의 말을 믿는 눈치였다. 아니, 믿는 정도를 넘어서 감명을 받은

---

16 黑虎鯨幇. 오르카 블랙의 중국식 이름.

것 같기도 했다. 애초에 커트 리라는 인물에게 품고 있던 호감도 영향을 주었을 것이다. 비정상적인 상황에서 비롯된 비이성적인 호감이다.

전장은 흔들거리는 다리보다 훨씬 더 두려운 장소이니까.

장교가 말했다.

"언젠가는 의뢰가 아니라, 의리로 나를 따라줬으면 좋겠군."

"그럴 만한 모습을 보이신다면야."

커트 리의 농담이 장교를 웃게 만들었다. 경직되어 있지만, 그런대로 괜찮은 미소였다.

"자네 의견이 맞는 것 같아."

탄궈성은 무모한 욕심을 놓아주었다.

"괜한 말로 심란하게 만들어서 미안하네. 임무는 포기하지. 살아나가는 걸 최우선으로 하세. 월왕 구천은 부차의 똥을 핥고 살아남았어. 목숨만 붙어있다면 기회는 다시 올 거야."

목소리가 갈수록 줄어든다. 뒤쪽은 겨울보다 스스로에게 들려주는 다짐에 가까웠다.

근거는 어울리지 않는 고사였다. 무의식에 깔린 우려가 드러난 게 아니라면. 이번 작전의 실패로 규탄을 받아, 파벌싸움에서 불리해질 것이 걱정인 게 아닐는지.

겨울의 추측이었다. 부하들을 다 죽인 지휘관이 혼자만 살아서 돌아오는 건 비난 받기에 충분한 사유였다.

대화하는 사이 바람이 강해졌다. 습도 높아지는 공기 탓에 차갑게 느껴진다.

4월이면 봄이 무르익을 시기이지만, 저물녘이 다가오는 시점에서 기온은 낮은 편이었다.

'거의 늦가을, 혹은 초겨울 수준인데, 견딜 수 있을지 모르겠어.'

겨울이 우려하는 것은 탄귀성의 체력이었다. 지금도 볼이 붉고, 손이 가늘게 떨리고 있었다. 처음에야 전투의 후유증이라 여겼으나, 어쩌면 기운이 소진된 탓일지도 모르겠다.

"이건 뭔가?"

의아해하는 장교에게, 겨울은 마지막 남은 에너지 바를 권했다.

"일단 움직이기 시작하면 식사를 할 여유가 없을지도 모릅니다."

"아니, 지금은 뭔가를 먹을 만한 상태가 아니야."

"그래도 드십시오."

장교는 한숨을 쉬며 받아들었다. 어느 나라든, 군인에게 식사는 의무였다.

껍질을 깐다. 바스락거리는 소리. 일전에 누군가 똥 뭉쳐놓은 것 같다고 했던 덩어리가 드러났다. 장교는 또 한 번 한숨을 쉬었다.

"양귀자들 입맛은 영 천박하단 말이야."

전투식량에서 나온 물건이 맛있을 리 없다. 겨울은 그의 마른 입술을 보고 수통을 내밀었다. 아까 한 번 사양했던 탄귀성이었으나, 이번엔 못이기는 척 받아들인다.

그가 꾸역꾸역 먹는 사이, 겨울은 계속해서 지형을 눈에 새겼다.

도시와 도시 사이의 수로는 직선거리로 무척이나 가까웠다.

북쪽의 개활지, 방치된 건설현장을 통하면 1분 내로 도달할 수 있을지도 몰랐다. 그러나 극도로 위험했다. 자리를 지키는 몇 개체의 그림블이 보였다. 주변에 던질 것도 많았다. 컨테이너, 혹은 주차된 자동차들.

장교와는 우회하기로 합의를 봤다.

버려진 진지와 초소들을 보니 새로운 우려가 떠오른다.

"중교님. 파상풍 예방접종은 언제 마지막으로 받으셨습니까?"

"글쎄? 맞긴 맞았는데, 그게 언제였더라……."

먹다 말고 고민하는 탄궈성. 겨울이 말했다.

"미군과 경찰이 접근거부 차원에서 철질려(마름쇠)나 자정련조(刺釘鏈条)를 뿌려두었을지도 모릅니다. 안개와 어둠 속에서 이동해야 할 텐데, 걱정스럽군요."

자정련조는 스파이크 스트립(가시 돋친 격자형 체인)이다. 포트 로버츠 역시 이를 여러 줄 깔아서 방호수단으로 쓰지 않았던가. 교통경찰이 휴대하므로 보기 드문 물건도 아니었다.

"음, 아마 공정대학에 들어갈 때였던 것 같군. 아슬아슬하게 십년 전인가."

그렇다면 위험하다. 겨울은 입대 시점에서 접종을 받았다.

"출발한 뒤에도 제가 선두에 서겠습니다. 가급적 제가 확인한 길로만 따르시고, 고인 물에 들어갈 땐 특히 주의하시기 바랍니다."

"고인 물에 들어간다고? 저렇게 오염되어 있는데?"

"오염?"

"색부터 정상이 아니잖은가. 녹색과 붉은색 투성이야! 미군이 사용한 생화학탄 때문일 거야."

낮게 외치는 장교는 찡그린 표정이었다. 도로가 갈라진 틈, 혹은 폭탄이 터진 구덩이에 고인 물은 그의 말대로 비정상적인 색채로 물들어있는 상태. 그러나 겨울은 그 이유를 알고 있었다. 이 역시 태풍과 수해의 여파였다.

"제가 아는 한 미국은 본토에서 생화학무기를 사용한 적이 없습니다. 도심에 자국 시민들의 거점이 남아있는데 병원균이나 독가스를 뿌려댈 리가 없죠."

"그럼 저건 뭔가?"

"염도가 높은 물은 색이 변하잖습니까. 미생물 증식 때문이라고 들었습니다. 해군이시니 염전도 많이 보셨을 텐데, 모르신다니 조금 이상하군요."

중장비가 동원될 규모의 대형 염전은, 신이 펼쳐놓은 원색의 팔레트처럼 보인다.

마찬가지다. 도시가 침수되었을 때 해수가 유입되었을 가능성이 있었다. 마른 뒤에 비가 다시 고이는 일이 반복되어 지금의 시가지 풍경이 완성되었을 것이었다.

탄궈성이 멋쩍어했다.

"염전이라……. 그게 그런 거였나? 항상 보긴 했지만 대수롭게 여기지 않았네. 본토에서 강물과 바다가 변색되는 건 흔한 일이었으니까. 또 어딘가의 공장이 뭔가를 쏟아낸 모양이구나 생각했지."

"……."

자학도 아니고 평범하게 하는 말이어서, 겨울은 장교에게 할 말이 없었다. 담배꽁초를 던졌더니 강물이 폭발하는 나라답다고 해야 할까?

바람결에 밀려온 안개가 마침내 두 사람이 숨어있는 매장을 집어삼켰다.

그러고도 겨울은 다시 한참을 기다렸다. 해가 질 때까지. 일몰 이후에도 바람은 그치지 않았다. 이동할 경로 전체에서 시야 차단을 기대할 수 있을 것 같았다.

매장 건물 동쪽에는 돌출부가 있었다. 내부의 창고로 직접 연결되는 부분이다. 입구에 트레일러가 방치되어 있었다. 한 층을 조금 넘는 간격이라, 뛰어 내려도 좋을 법한 높이. 적어도 겨울에겐 안전했다.

"제가 먼저 내려가서 받아드리겠습니다."

소년은 모서리에 매달린 뒤, 최대한 조용하게 내려왔다. 트레일러 상판이 금속이므로 특히 주의해야 했다. 이어 장교가 내려온다. 매달린 상태에서 호흡을 맞춰 손을 놓는다. 겨울이 떨어지는 군홧발을 양손으로 받았다.

덜컹. 발아래의 울림은 크지 않았다.

마침내 안개 속의 도시로 나아가는 두 사람. 불투명한 공기는 미지의 적의를 내포하고 있었다. 가시거리가 채 20미터도 되지 않는다. 장교가 중얼거렸다.

"고향으로 돌아온 기분이군."

겨울은 소총을 전방으로 지향한 채 나아갔다. 탄창에는 열여섯 발이 남아있었다. 권총 탄약까지 감안해도 한 번의 격전을 버티기 어려운 상황이었다.

그나마 목적지는 가까웠다. 요트 선착장 사이의 폐쇄된 부두. 여기엔 변종들이 많지 않았다. 계획대로 움직인다면, 안전을 기해 멀리 돌아가는 길임에도, 총 이동거리는 1킬로미터가 되지 않는다. 그러나 신중하게 움직이자면 한 시간 이상 걸릴 거리였다.

실전에서는 드문 일이 아니다. 단 백 미터를 전진하는 데 한나절이 걸릴 때도 있기에.

안개 속에서 적을 마주친다고 치자. 적이 눈치 채지 못했다는 전제 하에, 먼 거리를 다시 돌아야 할 것이다. 회피할 수 있는 전투는 회피해야 한다. 공기 중의 습도가 높았다. 교전의 소음은 넓어진 가청영역 내의 변종들을 끌어 들일 것이다.

앨러미더와 오클랜드를 가르는 내륙수로 인근엔 이상할 정도로 변종들이 많았다. 단순히 인간들의 침입을 방지하기 위해서일까? 겨울은 그 이상의 무언가가 있으리라 여겼다. 어쩌면 인간들의 관측 바깥에서 물을 학습하려는 것일지도 모른다. 직감이었다. 근거는 없었다.

'이 시점에서 스토커가 등장했으니 다른 신종이 등장하기까지는 아직 여유가 남아있을 거야.'

비록 사냥개의 출현으로 곤욕을 치르는 중이긴 하지만, 겨울은 차라리 잘 됐다고 생각했다. 델타 구울이나 「멜빌레이」가 나타나는 것보다는 나았으니까. 특히 후자.

수중 활동에 최적화된 특수변종은 종말을 크게 앞당긴다. 주활동영역이 수중이므로 어지간해서는 숫자가 늘어날 뿐이고, 그에 따라 해상보급로가 갈수록 위태로워지는 까닭. 이 괴물, 수중에서 화물선의 갑판까지 솟구친다. 물속에서는 겨울조차 먹잇감에 불과했다. 대적하려면 최소한 초인적인 「수영」 능력과 「환경적응」, 특수 제작된 자동화기가 필요할 것이다.

과거의 세계관에서는 아무리 빨라도 델타 구울 이후에 발견되곤 했다. 이번 종말이 여러모로 예외적이어도, 아직 세타 구울조차 나타나지 않은 시점이었다.

파다다닥.

탄궈셩이 반사적으로 자세를 낮췄다. 전투준비라기보다는, 움츠러든 것에 가까웠다. 반면 겨울은 놀라지 않았다. 익숙한 소리였기에. 바퀴벌레의 날갯짓. 이미 아타스카데로에서 경험한 바였다. 또한 지나간 종말의 무수한 난민수용소에서도. 생전은 말할 것도 없다.

하지만 낯선 징조이긴 했다. 변종이 많은 곳엔 바퀴도 많다. 사람을 피하는 것 같지도 않았다. 정상은 아니었다. 이것이 뭘 의미하는지.

첫 번째 이정표에 도달했다.

"부디 편히 가게나. 함께 돌아가지 못하는 걸 용서해주게."

탄궈셩이 대검을 뽑았다. 전사자의 머리카락을 자른다. 겨울은 그에게 시간을 주었다. 탄궈셩은 커트 리의 환심을 사고 싶어 했다. 또한 전사자의 모발은 복귀한 뒤에 도움이 될 것이다. 걸어놓고 향이라도 피워줄 수 있을 테니. 중국인에게 체면은 중요한 문제였다.

'항상 현실적인 이익이 우선이긴 하지만……'

그렇더라도, 체면 상한 일은 절대로 잊지 않는다.

어느 저명한 중국 작가가 말했다. 체면, 운명, 은전(恩典)은 중국인을 지배하는 세 여신이며, 이 가운데 체면의 여신이 가장 강하다고.[17] 겨울이 생전에 중국문화로 배운 내용이다. 중학교 선택교과였다. 그 작가의 이름까지는 기억나지 않았다. 지력보정도 잠잠하다.

해군장교는 전사자의 전투복 안쪽을 도려냈다. 다른 국가에선 인식표에 새겨 군번줄에 거는 내용이, 중국군은 군복 안감에 박음질되어 있었으므로. 장교는 잘라낸 안감으로 머리카락을 감싸 갈무리한다.

"기다려줘서 고맙군. 움직이지."

탄귀성이 유해를 두고 물러났다. 겨울이 길을 인도했다.

웅덩이가 가까워지자 발아래가 버석거렸다. 때 묻은 소금기였다. 고인 물은 반대편 끝이 보이지 않았다.

위에서 새겼던 풍경을 돌이켜보건대, 그리 크지 않은 웅덩이였다. 그만큼 안개가 짙었다. 흐린 가운데서도 물은 선명하게 붉었다.

버려진 주유소를 지나 동쪽으로 나아간다. 바람은 등 뒤에서 불어왔다. 이제껏 안개를 밀어준 서풍이었으나, 지금으로선 마음에 들지 않았다. 슬슬 멎어도 좋으련만.

풍향이 역전된다면, 나아가는 방향으로부터 냄새가 밀려왔을 것이다. 후각과 청각이 시각보다 중요한 환경이었다.

지금은 오히려 불리했다. 이쪽의 체취가 전방으로 흘러갈 것이었다. 겨울이야 그렇다 쳐도, 장교는 냄새가 좀 나는 편이었다.

---

17 『내나라 내국민(My Country and My People)』 린위탕(林語堂). 1935

맞은편에서 사박거리는 작은 소리가 들려왔다. 겨울이 주먹을 들었다. 탄귀성이 긴장했다. 오발 가능성을 경고하는 사선이 겨울의 몸을 훑고 지나간다. 낮은 위협이었기에 색은 옅었다.

옆으로. 물속으로. 수신호를 전하며, 겨울은 방향을 꺾어 웅덩이로 들어갔다. 「위기감지」가 강렬해지는 중이었으나 결코 서두르지 않았다. 물소리가 나지 않도록. 문제는 깊이였다. 무릎까지밖에 차오르지 않는다. 결국은 엎드려야 했다. 엎드린 채 물러나 뭍과의 거리를 벌렸다. 까다로운 일이었다. 몸이 자꾸 뜨려고 했다.

안개 속에서 흐릿한 형체들이 어른거린다. 다가오는 속도는 느렸다. 눈으로 포착하고 오는 게 아니었기 때문에. 가장 가까운 실루엣은 이리저리 머리를 돌리고 있었다. 비록 사냥개는 아니더라도, 냄새를 맡는 녀석은 예전부터 존재하지 않았던가.

겨울이 충분히 거리를 벌린 뒤에, 물에 잠긴 유모차를 끌어당겨 엄폐물로 삼았다. 염분에 말라죽은 풀들도 도움이 되었다. 폭풍 이전에 우거졌으리라. 탄귀성이 바싹 붙었다. 턱이 덜덜 떨리고 있었다. 사격자세를 잡으려고 애쓰지만 잘 안 되는 것 같았다. 어중간한 수심 탓이었다. 엎드려서 쏘려면 총구는 물론이거니와 얼굴까지 잠기고, 무릎을 꿇으면 모습이 드러난다.

마침내 놈들이 드러났다. 자박대는 걸음들은 대부분이 맨발이었다. 감염 이전의 의복은 멀쩡한 것이 없었다. 절반 이상이 나체이기도 했다. 그 가운데 하나는 여성체 구울. 유방이 출렁거렸다. 한쪽에 면역거부의 흔적이 남아있었다. 음란함은 느껴지지 않았다.

숨어있는 가까이에 새가 날아왔다. 상투메추라기였다. 웅덩이 가운데에서 말라죽은 나뭇가지에 내려앉았다. 무엇을 찾아 내려왔는지, 주변을 두리번거렸다. 벼슬처럼 자란 네 갈래 검은 깃털이 이리저리 흔들린다.

꾸-꿔-꺽! 꾸-꿔-꺽!

끊어 우는 새울음. 구울이 고개를 휙 꺾었다. 비틀린 걸음으로 다가온다. 철벅, 철벅. 뒤따르는 규모가 적지 않았다. 안개가 걷는 죽음을 토해내는 풍경이었다.

새는 굶주린 집단의 접근을 경계했다. 그러나 날아가진 않았다. 얼마나 가까워져야 달아날 요량인지. 덕분에 탄궈성의 떨림이 심해졌다. 익, 하는 신음이 들린다. 장교는 스스로 낸 소리에 소스라쳤다. 무의식중에 흘린 모양이었다. 질퍽이는 소리가 유난히 크게 들렸다. 「위기감각」은 솟구치지 않았다. 변종들이 내는 소리가 훨씬 더 컸기에.

싸우려면 지금이다.

이는 탄궈성이 손짓과 눈짓으로 보내는 필사적인 신호였다. 거리야말로 인간의 무기. 그러나 겨울은 가만히 있는 편이 낫겠다고 판단했다. 은폐는 충분했다. 쉬- 손가락을 입술에 댄다. 장교가 이를 악물었다. 자세를 더 낮춰서, 코 아래 인중까지 물에 잠겼다.

변종들의 악취가 지독해졌다. 코앞에 썩은 고기를 둔 느낌. 부패한 육신의 숫자가 많다보니, 후각으로 느끼는 거리감은 신경질적으로 왜곡되었다.

마침내 구울이 21피트[18] 안쪽으로 들어왔다. 칼이 총을 능가하기 시작하는 경계선을 넘어, 구울은 새가 앉은 나뭇가지 아래에 이른다.

겨울은 시귀의 고민을 알 것 같았다.

저걸 어떻게 잡아먹지?

변종은 굶주려있었다. 시민들을 일부러 살려두어 공수물자를 획득하는 변종들이어도, 식량은 여전히 부족할 것이었다. 그렇지 않았다면 대사억제가 왜 발현되었겠는가?

이 많은 수가 깨어나 움직이는 이유는 바로 겨울과 탄궈셩일 것이고.

구울을 따르는 변종무리가 주위를 어슬렁거렸다. 불규칙한 발걸음들이 가까워졌다가 멀어지기를 반복한다. 발각 직전의 위태로운 순간이 몇 번이고 스쳐지나갔다.

잠깐씩이라도 잠수를 할 수 있다면 좋겠는데.

그러나 겨울은 그러려는 장교를 만류했다. 수면 아래에서 붙잡는 손으로. 얼굴까지 붉은 물에 들어가선 안 되었다. 위생도 위생이거니와, 더욱 주의할 쪽이 염분이었다. 물빛이 적색이면, 염도는 더 이상 높을 수 없을 만큼 높을 터. 눈에 들어갔다간 큰일이다. 점막은 삼투압에 약하다. 통증이 심해 한동안 뜨지 못할 것이었다.

새가 날아갔다.

서서히 무릎을 굽혀, 도약 직전이었던 구울은 이를 딱 부딪혔다.

---

18 6.4m

그리고 첨벙거리며 멀어지기 시작했다. 다른 놈들이 그 뒤를 따른다.

엄지로 뒤쪽을 가리키는 겨울. 일단 빠져서 우회하자는 의미였다.

슬금슬금 물러나다가, 점점 더 속도를 붙였다. 「생존감각」의 경고가 뜨지 않는다. 적어도 당장은 마름쇠에 찔릴 걱정이 없을 듯하다.

그러나 불투명한 물을 밟으며 너무 빨라졌던가. 장교가 휘청거렸다. 무너져 수면에 부딪히려는 찰나, 그 등을 겨울이 겨우 붙잡았다. 소리를 내지 않으려면 겨울의 날렵함에도 한계가 있었다.

예정된 경로에서 한참을 벗어났다.

어느 건물의 무너진 울타리를 넘어간다. 사방이 가려진 채 적막한 장소였다.

허억, 헉. 이제까지 호흡마저 줄여놓았던 장교가 격하게 헐떡였다. 온 몸이 부들부들 떨린다.

"괜찮으십니까?"

"啊呀! 수, 수명이 시, 시, 십년은 줄었을 거야."

혀조차 마음대로 움직이지 않는가보다. 그는 침이 흐르는 것도 모르고 있었다.

"그나저나……여, 여긴 어디지?"

해군장교가 주변을 불안하게 둘러보았다. 앙상한 나무들과 울타리 안쪽에, 녹슨 스프링 목마와 빛바랜 미끄럼틀이 있었다. 아무래도 보육시설의 안마당인 모양이다.

겨울은 그를 안심시켰다.

"상정했던 것보다 오래 걸리긴 했지만, 제대로 왔습니다. 여기서 북북서로 가까운 곳에 예의 그 교차로가 있습니다. 미군 차량들이 버려져있는 곳 말입니다."

그러면서 놀이터에서 시설로 들어가는 문을 경계한다. 느껴지는 위협은 낮았다. 허나 혹시 모를 일이었다.

"확실한가? 젠장, 난 도무지 감이 안 잡히는군. 우린 방향도 보지 않고 무작정 움직이지 않았나."

그의 눈에는 겨울의 움직임이 그렇게 보였던가 보다. 무리가 아니었다. 보정을 모르니까.

운 좋게 바람이 불었다. 정체되어있던 안개가 흔들리면서, 한 순간 먼 거리가 보였다.

"저기, 살구 색의 기와지붕이 보이십니까? 포지 해저터널의 남쪽 입구입니다."

터널의 입구는 어지간한 건물보다 높았다. 겨울이 손가락으로 방향을 알려주어도, 장교는 쉽게 확신하지 못했다. 위에서 볼 때와 달라 보이는 까닭이었다.

"호, 혹시 지붕 색깔만 비슷한 다른 건물 아닐까? 저건 교회처럼 보이는데."

터널 입구의 전체적인 형상이 교회와 비슷하긴 했다.

"중교님, 절 믿으십시오. 제 시력은 굉장히 좋은 편입니다. 지금은 건물에 새겨진 글씨까지 보이는군요. 저건 절대로 교회가 아닙니다."

OAKLAND PORTAL. 정면 상단에 음각된 문구였다.

거리는 약 90미터.

전문가 영역 끝자락의 「독도법」은 「암기」에 의해 섬세한 지도를 제공했다. 「개인화기숙련」과 더불어, 목측(目測)을 더욱 정교하게 만들어주는 요소였다. 다만 증강현실 지도의 가장자리가 흐려지는 것은 불가피한 「망각」이었다. 시간이 지날수록 정확도는 감소할 것이다.

"아무래도 당장 움직이는 건 무리겠군요. 잠깐 쉬었다가 이동하겠습니다."

"미안⋯⋯하네⋯⋯."

장교의 얼굴에 한 번 보았던 두려움이 스친다. 겨울이 자신을 버리고 떠나지 않을까 하는.

탄궈성이 엉거주춤한 자세로 주저앉았다. 엉덩이를 비비적댄다.

"앞뒤로 민망한 부위가 쓰라리군⋯⋯. 왜지?"

"저도 그렇습니다. 염도 높은 물에 들어갔다 나온 참이니까요. 시간이 지나면 괜찮아질 겁니다."

다른 세계의 관객들은 지금쯤 체감을 조절하느라 소란스러울 것이었다. 통각 수준이 낮더라도 불쾌한 감각일 테니.

이때였다. 「전투감각」과 더불어, 「위기감지」가 미약하지만 명확한 방향성을 경고했다.

겨울이 소총을 어깨로 당겼다. 견착이 단단해진다. 속으로 그리는 조준선이 더러운 유리문 너머로 뻗었다. 실내의 어둠으로 이어지는 복도. 장교에게는 계속 앉아있으라고 신호했다.

경고가 약할 만도 했다. 나타난 것은 감염된 아이들이었다.

팔다리가 수수깡 같은.

"저건 또 무슨……."

장교의 아연한 중얼거림. 뒷말은 목에 걸려 나오지 않았다.

아타스카데로의 신생아 변종들과는 달랐다. 입고 있는 옷가지는 한 때 인간이었던 증거. 그러나 감염되기 전에 이미 굶어 죽기 직전이었던 것이 분명했다.

'저런 아이들이 어쩌다 감염되었을까.'

변종들은 숙주의 상태에 민감하다. 멀쩡하다면 시체라도 감염시키고, 성치 않다면 그대로 먹어치우는 것. 앙상한 아이들은, 숙주보다는 먹잇감에 가깝다.

나이 어린 역병들은 제대로 서지도 못했다. 고장 난 인형처럼 기어왔다. 누런 이가 벌어진다. 소리는 겨울에게조차 들리지 않았다. 사이엔 한 장의 유리가 있을 뿐인데도.

그것들 여럿이 문을 밀었다. 문은 밀리다가 돌아가기를 반복했다.

"처리하고 오겠습니다."

겨울은 총구를 내리고 대검을 뽑았다.

이 와중에 느껴지는 의문.

분명히 이 어린 녀석들은 대사억제 상태였을 것인데. 망보는 하나가 있었다면 겨울이 먼저 눈치챘을 터였다.

'아사 직전이면, 어차피 죽을 테니 자연스럽게 깨어나는 건가?'

이 추측이 합당하겠다.

문을 열고, 기어 나오는 것들을 내려다본다. 살이 뼈에 들러붙어 경추의 틈이 확실하게 보였다. 겨울이 대검을 고쳐 잡았다.

아래로 찌를 수 있도록.

잠깐이면 충분했다. 쉬운 일이었다. 불편한 마음은 오래 가지 않을 것이었다.

지직………지지지직………지직……….

어린이집을 나서려던 겨울은, 익숙한 잡음에 뒷걸음질쳤다. 바싹 뒤따르다 부딪힌 탄궈성이 엉덩방아를 찧었다. 아이야(哎呀)- 하는 신음은 한국어와 비슷한 구석이 있었다. 그는 얼른 일어나 담장 안쪽에 붙었다. 바깥을 경계하며, 갈라진 음성으로 묻는다.

"무슨 일인가? 밖에 뭔가 있나?"

"무전기에 잡음이 끼는군요. 전성(电猩,디엔싱)이겠죠. 무작위로 반복되는 통신내용이 아닌걸 보면 지향성 전파입니다. 이대로 나가면 발각될 가능성이 높습니다."

"전성……. 그런가. 지형을 감안하면 거리가 꽤 가깝겠군."

그럼블이 도올(檮杌,타오우)인 것처럼, 트릭스터는 전성이라고 불렸다. 직역하면 전기 오랑우탄. 웃기는 작명이지만, 사실이 역시 신화에서 따온 이름이다.

성(猩, 싱)이라는 요괴는 사람을 닮은 모습에 사람의 언어를 구사했다고 한다. 교활하기도 했고. 트릭스터에게 어울리는 명명이었다.

탄궈성이 겨울의 말을 바로 이해하는 건 미국의 재난 방송 덕분이다.

'사회혼란을 유발하지 않는다는 전제 하에, 변종에 대한 정보는 감출 이유가 없지.'

특히 민간차원의 재난대비에 도움이 될 것이었다. 변종출현의 징후를 알려두면 빠른 신고를 기대할 수도 있을 터였고. 봉쇄선 너머가 언제까지나 안전지역이라는 보장은 없었다. 조안나 말로는 FBI가 허위신고에 몸살을 앓는다고 하는데, 정보를 기밀 취급했을 경우 오히려 더 많은 허위신고가 들어왔으리라는 게 겨울의 생각이었다. 무지는 공포의 어머니니까.

사람이 어둠을 왜 두려워하던가.

겨울은 다른 방향의 출입구를 확인했다. 그러나 역시 잡음이 들린다. 서로 미묘하게 다른 두 개의 잡음이 교차했다. 최소 둘, 혹은 겨울이 구분하지 못하는 셋 이상의 트릭스터였다. 이렇게나 많은 특수변종이라니. 과연 북미 감염의 발원지라고 해야 할까?

"하. 구멍을 피하니 우물인가(避坑落井). 지폐라도 한 장 태우고 싶군……."

산 너머 산이라고 한탄하며, 탄궈성은 미신적인 말을 중얼거렸다. 불길한 달, 음력 7월에, 적지 않은 중국인들이 한 장 이상의 지폐를 불태운다. 돈으로 귀신을 달래어 액을 쫓으려는 것. 겨울은 오래 전에 보았던 홍콩 느와르가 떠올랐다. 선글라스를 쓴 남자가 담배에 지폐로 불을 붙이는 장면. 그때는 몰랐는데, 돌이켜보면 중국 고유의 정서가 묻어나는 연출이었나 보다.

"이 시점에서 살아있는 레이다(雷达)가 등장하다니. 우리도 어지간히 운이 없는 모양이야."

계속되는 하강곡선에 겨울이 제동을 걸었다.

"그만 두십시오. 아직 다친 곳이 없는 것만으로도 보기 드문 강운입니다. 탄 중교님께서 죽을 운명이었다면 여기까지 오지도 못하셨을 겁니다. 하늘은 우리 편입니다."

체면의 여신 다음은 운명의 여신이었던가. 탄궈성은 한숨을 삼켰다.

"놈들이 있는 방향만 알면 엄폐물에 의지해 움직일 수도 있을 텐데."

그러더니 아이들의 시체가 널려있는 시설 입구를 응시한다. 정확히는 그 너머의 복도를.

"혹시 저 안에 은박지 같은 것이 있을까?"

겨울은 그가 무슨 생각을 하는지 곧바로 깨달았다. 괜찮은 발상이었다. 나도 참 헛된 망상을 하는군, 하고 자조하는 탄궈성에게 겨울이 말했다.

"찾아보죠. 아이들을 위한 시설이잖습니까. 간단한 주방이 있더라도 이상할 게 없습니다."

간판에는 분명히 그렇게 적혀있었다. 놀이터만 봐도 뻔하지만.

원하는 것은 쿠킹호일이었다. 패러데이의 새장을 만들기 위한 가장 간단한 재료이기도 하다. 이것으로 오목한 접시를 만들어 무전기 안테나에 끼우면, 수신 방향을 제한할 수 있었다. 그러면 트릭스터가 전파를 쏘아대는 방위를 찾는 일도 가능하다.

겨울은 이런 아이디어를 처음 접했다는 사실이 뜻밖이었다. 방역전투 교범에 실릴 법한 내용이건만. 새로운 내용이 매주

갱신되지 않던가. 처음엔 얇은 책자에 불과했던 것이 지금은 웬만한 사전 두께였다. 그러나 곱씹어보니, 미군이 이런 대처 방안을 필요로 할 이유가 없었다.

'제공권을 장악하고 있는데……'

미군은 하늘을 지배한다. 크리스마스 당시, 캠프 로버츠에서 도 트릭스터의 전파방출을 실시간으로 잡아내지 않았던가. 공중에 뜬 전자전기가 삼각측량으로 포착했을 것이다.

어디까지나 겨울이 특별한 경우였다. 성탄전야의 들판, 호숫가의 비 내리는 밤, 그리고 안개 낀 시가지에서의 탈출. 대부분의 미군들에겐 죽을 때까지 인연이 없을 드문 싸움들이었다.

그러나 일단은 교범에 실어둘 법한 임기응변이었다. 당연하고 간단한 발상이라도, 긴장한 상황에서는 쉽게 떠오르지 않는 법. 이는 제식의 중요성과 맥락이 같았다. 몸에 새겨 기계적으로 반응할 정도가 아니면, 무엇이든 실전에서 써먹긴 어렵다.

돌아가면 건의해 봐야겠다.

"아이들을 먹이는 꼴을 보면 그 나라의 미래가 보이지. 망할, 얼빠진 미국 놈들은 시역(屍疫, 모겔론스)이 아니었어도 어차피 망했을 거야."

탄궈성이 새삼스레 미국을 비하하는 것은 궁색한 주방 탓이었다. 쿠킹 호일은커녕 기본적인 조리기구도 찾을 수 없었다. 다만 발견한 것은 수많은 냉동식품의 포장지들. 그리고 빈 페트병들. 악명 높은 공립학교 급식도 이보다는 낫겠다 싶었다.

가난한 미국인들의 애환이 묻어나는 현장이다. 생전의 미국이라고 이보다 낫지 않음을 아는 겨울이었다. 불평등은 어째서

깊어지기만 했던 걸까.

'그런데 중국인이 할 말은 아니지 않나…….'

그런 생각을 하며 겨울은 빈 페트병을 만지작거렸다. 아이들의 옷가지와 조합하여, 이미 가진 소음기를 보완할 수 있을 것 같았다. 휴대성과 명중률을 고려하지 않을 경우 총기의 소음을 극도로 줄일 수 있다.

그러나 조금 더 생각한 뒤에 포기하기로 한다. 웅덩이를 몇 번 더 드나들어야 할지 모르는 상황이었다. 총이 거추장스러우면 곤란했다.

탄궈셩은 작은 창문 틈으로 무전기의 안테나를 내밀어보는 중이었다. 지지직……. 지지직……. 일정 간격으로 잡음이 새어나온다. 겨울과 달리 장교에겐 골전도 리시버가 없었다.

"어쩌지? 사라질 때까지 기다릴까?"

장교의 초조한 의견.

주변지형은 복잡했다. 버려진 차량과 쓰러진 나무, 무너진 집 따위가 직선으로 뻗는 전파의 장애물이었다. 그러므로 전파가 직접 닿는다는 것은 중간에 막히지 않을 만큼 가깝다는 의미였다. 이쪽이 소수로서 사냥당하는 입장이니 방해전파는 필요 없을 것이고.

"안개가 사라지거나 어둠이 물러나는 건 우리에게 불리한 조건입니다. 시간 낭비는 피해야 합니다. 일출 직전까지 내륙수로에 도달하지 못할 경우 꼼짝없이 갇히게 되겠죠."

그리고 주간 내내 한 장소에 머무는 건 자살행위가 될 것이다. 이 근처엔 매장과 공장, 기업의 건물들뿐이다. 거쳐 온 매장에서처럼 일이 잘 풀린다는 보장은 없었다.

야시경의 녹색 시야는 맨눈에 비해 좁았다. 자연히 탐색하는 시야가 휙휙 움직이게 된다. 그러다가 겨울은, 전원이 나간 TV에 주목했다. 철 지난 아날로그 TV였다.

연결된 셋톱박스를 살펴보니 상표가 찍혀있었다. Dish Line. 적어도 공중파는 아닐 것 같다. 이름만 봐선 위성방송일 확률이 높았다. 겨울은 배선을 따라 움직였다.

"뭔가 찾아냈나?"

"어쩌면 위성 안테나에 연결되어 있을지도 모릅니다."

선은 자연스럽게 벽을 뚫고 나갔다. 겨울이 창밖으로 상반신을 내밀자, 과연, 손닿지 않는 높이에 원반 안테나가 달려 있었다.

창틀을 밟고 올라 살펴본다. 다행히 용접이 아니었다. 겨울은 대검의 칼등을 드라이버 대용물로 삼았다. 그 사이 잡음은 느린 맥박처럼 반복되었다. 괜찮았다. 건물에 붙어있는 한, 트릭스터는 겨울을 구분하지 못할 것이었다.

덜컥. 금속 접시가 떨어져 나왔다. 내려온 겨울이 탄궈성에게 손을 내밀었다. 장교는 잠시 망설이다가 자신의 무전기를 내밀었다. 겨울은 그것을 받아 접시 안테나의 수신부에 묶었다.

"이렇게 될 줄은 몰랐군. 지아잉의 것을 챙겨올 걸 그랬어."

첫 번째 이정표였던 시체에 탄약은 남아있지 않았으나, 무전기는 멀쩡히 달려있었다.

"당장은 소용없는 물건이었잖습니까. 구조대가 온다면 모를까."

없는 가능성이다.

겨울은 급조된 탐지기를 들고 다시 한 번 건물을 나섰다.

「위기감지」와 「전투감각」의 경고에 등골이 선득선득했다. 사실 트릭스터의 감지 또한 스쳐가는 순간을 알 수 있을 정도였다. 정확한 방향을 산출하기가 무리여서 그렇지.

지직지지지직!

금속 접시가 전파를 모아주는 덕분에, 트릭스터의 감시가 스쳐가는 순간의 잡음이 훨씬 더 격렬했다. 몇 번의 반복으로, 겨울은 대략적인 방위를 산출할 수 있었다.

시계(視界)는 여전히 최악이다. 이따금씩 안개가 바람에 흔들렸다. 뿌연 어둠이었다. 야시경을 끼고 보려니 꿈틀대는 부정형의 괴물처럼 보인다. 소총의 액세서리, 레이저 조준기에서 뻗어나가는 광선은 안개에 부대껴 더없이 선명했다.

안테나 방향을 돌려가며 감지하기를 수 분. 최종적으로 판별된 트릭스터는 무려 다섯이나 되었다. 그 와중에 들려온 한 번의 먼 땅울림. 쿠웅. 겨울은 이를 놓치지 않았다. 가까이에 그럼블까지 있는 모양이다.

'혹시 지금껏 매복이랍시고 움직이지 않은 건가.'

마침내 겨울이 방향을 결정했다.

"아무래도 무기 확보는 포기하고 동쪽 주차장을 경유하는 게 좋겠습니다. 목적지와 가까운 길인데다, 엄폐물이 많으니까요."

그만큼 변종들이 숨어있기도 좋겠으나, 겨울은 감각보정을 믿기로 했다. 적어도 「생존감각」은 천재의 영역이었다. 작용이 겹치는 감각이 여럿일 땐 상승효과를 기대해도 좋았다.

전차가 있을 방향을 바라보며 고뇌하던 장교가 어렵게 동의했다.

"어쩔……수 없지. 그쪽에 탄약이 얼마나 남아있을지도 미지수이니. 알겠네."

그러면서도 아쉬워하는 모습이, 이솝 우화의 여우를 보는 것 같았다.

"셋을 세겠습니다. 신호하면 언제든 포복으로 전환할 준비를 해두십시오."

첫 엄폐물로 삼을 관목지대까지, 거리는 40미터. 무턱대고 달릴 순 없었다. 문명의 묘비가 된 도시는 적막했다. 생존한 시민들은 변종들의 주의를 끌지 않았다. 그리고 변종들조차도 무의미하게 소리를 지르진 않았다. 어둡고 습한 밤, 아스팔트 위의 군화 소리는 놀라울 만큼 넓게 퍼진다. 물 고인 자리가 빈번하지만 않았더라도, 옷가지로 전투화를 감쌌을 것을.

겨울이 손을 들었다.

"갑니다. 셋, 둘, 하나!"

힘 들어간 낮은 외침. 자세를 낮추고 발소리를 죽이며 뛰는 두 사람.

몇 개의 차량을 지날 때까지는 괜찮았다.

주차장을 횡단하여, 대로로 진출하려는 시점이었다.

와락.

날카로운 잡음이 들리기 무섭게, 겨울이 바닥에 밀착했다. 장교는 반 호흡 늦었다. 겨울은 엎드린 채로 안테나를 미세하게 조정했다. 어느 방향에서 탐지되었는지.

전파는 높은 곳에서 쏘아지고 있었다. 2시 방향의 건물 옥상. 공교롭게도 최종 목적지인 옛 부두까지 가려면 반드시 지나쳐야 할 길목이었다.

뭔가를 본 것 같은데. 라는 느낌으로. 괴물이 쏘아내는 지향성 전파가 빈번한 잡음을 만들었다. 두 사람이 숨죽인 자리를 계속해서 훑고 지나가는 보이지 않는 시선.

'얼마나 선명하게 볼 수 있을까?'

토사로 울퉁불퉁해진 땅이었다. 트릭스터의 세 번째 눈, 반사되는 전파를 느끼는 감각이 엎드린 사람과 지면을 구분할 정도라면, 앞으로도 꽤나 곤란할 것이었다.

한참 머물던 잡음이 사라졌다. 그러나 그 뒤로도 한동안 움직이지 않았다. 혹여 변종무리가 접근하진 않을까. 트릭스터의 감시 간격은 얼마나 될까. 겨울은 잡음이 대략 3초 간격으로 쏟아진다는 것을 깨달았다.

대로 방향에서 작은 발소리들이 다가오기도 했다. 신발 밑창이 어설프게 남아있는 놈도 있나보다. 질질 끌리는 소리가 섞여있었다. 좌에서 우로, 우에서 좌로. 커졌다가 작아지기를 반복한다. 일정 주기로 순찰을 도는 것 같았다.

겨울이 수신호로 트릭스터와 변종 집단의 위치를 알리자 장교는 우거지상이 되었다.

"그래도 우리를 발견하지 못한 걸 보면 해상도가 꽤 낮은 모양이군."

장교가 헐떡이며 속삭이는 말. 해상도라는 표현은 어떨까 싶었지만, 옳은 판단이었다.

"으……겨우 2백미(m)쯤 남았는데 여기서 막히다니. 어떻게 지나가지?"

당장은 겨울에게도 답이 없었다.

지면으로부터 냉기가 올라왔다. 물비린내가 나는 어둠은 온도 이하로 차가웠다. 달도 없는 밤이었다. 그믐달이 뜰 날이라, 야윈 달빛은 새벽녘에나 수줍을 것이었다. 밤의 공감각이 추위를 더했다. 탄궈성이 몸을 떨었다. 가벼운 몸살기였다. 겨울도 신체의 기능적인 저하를 느꼈다. 새벽부터 이어진 소모를 제대로 회복할 기회가 없었으니.

일단은 물러나야겠다. 그 전에 마지막으로 주위를 살핀다. 농밀한 안개를 헤아리는 야시경의 답답한 시야에서, 세상은 반경 20미터의 작은 원으로 축소되어 있었다. 그 안에서는 어떤 기회도, 단서도 존재하지 않았다. 겨울이 탄궈성에게 수신호를 전했다.

포복으로 후방의 엄폐물을 찾은 두 사람.

"차량으로 강행돌파를 하는 건 어떨까?"

장교가 제안했다.

"남은 거리는 얼마 되지 않아. 어떻게든 시동을 걸 수만 있다면, 내륙수로까지는 채 1분도 걸리지 않을 거야. 안개가 이렇게 짙으니 타오우(도올)의 투척을 걱정할 필요는 없겠지. 정확도가 많이 떨어질 테니. 질주도 마찬가지일 것이고. 놈이 충돌궤도를 어떻게 예측하겠나."

꼭 그렇지만은 않았다. 앞서 침묵하는 하나의 존재를 예견한 국방부 방역전략연구소는, 트릭스터에게 통합교전능력(Joint combat ability)이 있을지도 모른다고 경고했다. 단순히 정보를 전달하는 수준을 넘어서, 다른 변종의 능력을 원격으로 제어할 거라는 뜻이었다.

증명되지 않은 가설이긴 하다. 현 시점에서는 미군 내에서만 공유되는 자료였다.

불확실한 위험을 감수할 필요는 없었다. 겨울은 다른 이유를 들어 반대했다.

"축전지가 방전되지 않은 차량을 찾을 수 있을까요?"

지금은 도난방지기도 꺼져있을 것이었다. 장교가 오기로 답했다.

"이 많은 차량 가운데 멀쩡한 것 하나는 있겠지. 아니면 강제로 시동을 건다거나……."

배터리가 나갔어도 시동을 걸 방법이 있기는 있었다. 몇 가지 쯤.

"그건 더 위험합니다. 시도하는 사이에 위치가 노출될 겁니다. 된다는 보장도 없고요."

발소리도 죽이려는 형편이다. 기어를 갈아대는 소음은 그 이상일 것이었다. 확실하게 하려면 차량을 밀어줘야 했다. 걸릴 시간도 시간이거니와, 움직임이 너무 크다.

"게다가 연료의 상태도 감안해야 합니다. 불순물이 많이 생겼을 겁니다. 만에 하나 필터가 막히기라도 하면, 그 자리가 우리의 무덤이 되겠지요."

겨울이 제시한 건 낮은 가능성이었으나, 그렇다고 무시하기도 어려웠다. 누적된 종말의 갈피에서 실제로 겪어봤던 일이었으므로. 버려진 차에서 뽑아낸 묵은 기름은 저질의 연료였다. 이런 기름을 먹은 엔진이나 발전기는 얼마 안 가 내부가 작살난다.

결국 난방이나 다른 용도로 쓰는 게 고작이었다.

끙끙 앓던 장교가 다른 가능성을 제시했다.

"짐칸을 찾아보면 연료 안정제가 있을지도 몰라. 혹은 무기가 나온다거나……."

연료 안정제(Fuel stabilizer)는 연료 혼합물의 응고를 풀어준다.

그러나 현실성이 결여된 선택지였다. 하나하나 어느 세월에 열어본단 말인가. 열쇠가 있는 것도 아니고. 소음은 빠지지 않는 문제였다. 유리를 깨는 것과 차원이 다르다.

젠장. 말끝을 흐린 장교가 끙끙 앓았다. 스스로도 무리라고 느낀 탓이었다.

하지만 그의 발상이 무가치하지는 않았다. 연료, 연료라. 중얼거리던 겨울이, 몸을 기댄 밴 아래쪽을 살폈다. 찾는 것은 드레인 플러그. 문제가 생긴 연료를 뽑아내기 위한 방출구의 마개였다. 맨 손으로 풀 수 있겠지? 겨울은 육각 볼트를 쥐고 힘주어 비틀었다.

끼긱. 작은 마찰음. 볼트가 느슨해진다. 단단히 조여 놓은 것이었으나, 겨울의 악력은 유압모터 이상이었다. 벌어진 틈으로 휘발성의 냄새가 흘러나온다. 조금씩, 미세하게.

"그렇군! 불을 질러서 놈들의 주의를 끌 수 있겠군! 좋아, 아주 좋아!"

들뜬 탄궈셩이 소리 죽여 감탄했다. 겨울이 수긍했다.

"일단 냄새만으로도 충분한 유인요소입니다. 최대한 많은 연료를 흘리지요. 1년 새 증발했을 양을 감안한들 대화재를 일으키기에 모자라지 않을 겁니다."

일정 규모 이상의 불길은 스스로 덩치를 키울 것이다. 잘하면 대로 건너편까지 불이 번지겠구나 싶었다. 트릭스터를 높은 곳에서 물러나게 할 경우 감시에 균열이 생길 터였다.

즉시 행동에 들어갔다. 그러나 장교는 혼자서 플러그를 풀지 못했다. 겨울이 분주하게 움직였다. 빠지기 직전까지 헐겁게 만들어 둔다. 한 대 한 대 먼저 열어놓으면, 너무 이른 시점에서 변종들이 냄새를 맡게 될지도 몰랐다.

버려진 차는 의외로 많았다. 감염확산이 그만큼 급격했다는 뜻일 게다. 그런 것 치고 시가지의 생존자 규모가 십만 단위라는 사실은, 변종들의 의도를 다시 한 번 증명하는 것이었다.

"점화할 수단은 있나?"

질문하는 장교에게 겨울은 지포 라이터를 내보였다.

"전우의 선물입니다."

"좋군."

뚜껑을 열어 상태를 확인했다. 부싯돌만 말라있다면 어느 상황에서든 불이 붙는다. 다만 기름이 쉽게 샌다는 단점이 있으나, 군인에게 중요한 것은 신뢰성이었다. 지포 라이터가 오랫동안 사랑받는 이유였다.

주차장 한복판에 방치된 유해로부터 넝마를 벗겨냈다. 유해는 앙상한 백골이었다. 흩어져 있었다. 포식자들이 말끔히 발라먹은 모양이다. 이리저리 흩어진 뼈에 이빨 자국이 남아있었다. 부숴서 골수를 빨아먹은 흔적도 보였다.

고인의 옷가지가 축축했으나 문제가 되지 않았다. 기름에 적시면 그만이었다. 뭉쳐서 불 붙여놓고, 차량 아래에 던져둔 다음 달아날 요량이었다.

그 후 가상의 예행연습을 거쳤다. 각 차량의 플러그 위치를 숙지하고, 탱크를 모두 개방한 뒤엔 어디로 어떻게 도망칠 것인지 까지.

준비선의 스프린터처럼 도사린 탄궈성이 겨울에게 묻는다.

"시작할까?"

"잠시만 기다려주십시오."

겨울은 권총의 예비탄창을 뽑았다. 그리고 기계적인 손놀림으로 실탄을 빼냈다. 다다다다각. 고정축인 반대편 손을 바싹 당겼으므로, 울리는 소리가 최소화되었다. 의아해하던 장교 또한 곧 겨울의 목적을 이해했다. 영화에서 흔히 보던 트릭이었다.

물론 흔하다는 건 어디까지나 인간의 기준. 트릭스터가 아무리 교활해도 이런 것까지 짐작하긴 어려울 것이다. 사람들에게도 처음엔 신선했을 속임수이기에.

"불을 지르는 걸로 충분하지 않을까? 탄약을 이렇게 낭비할 것까진 없을 것 같은데."

의도를 파악하긴 했으나, 장교는 지나친 대비라고 여기는 듯했다.

겨울은 아니었다.

"갑작스러운 화재는 너무 뻔합니다. 아타스……음, 총성이 더해지면 보다 확실하겠지요. 보다 많은 숫자가 집중될 테니까요. 그렇게 확보될 공백은 탄창 하나보다 가치 있을 겁니다."

긴장한 장교는 말 중간의 얼룩에도 의문을 품지 않았다.

삼킨 단어는 아타스카데로였다. 주립 정신병원에서 최초로 조우한 트릭스터는 성동격서를 자연스럽게 구사했었다. 비록 여기 있는 놈들은 엄연히 다른 개체들이나, 같은 계책을 어느 하나는 눈치 챌 것이다. 그렇게 가정해야 안전했다.

겨울이 열두 발의 권총탄을 뒤편으로 뿌렸다. 불길이 번지기에 충분한 범위였다. 탈출 경로와는 반대 방향이다.

"그럼, 갑니다. 합류 시점을 놓치지 마십시오. 이동하는 도중엔 가급적 총을 쓰지 마시기 바랍니다. 어지간한 상황은 제가 처리하겠습니다."

시점 판단은 겨울이 내리기로 했다. 장교는 순순히 끄덕였다.

잠깐 사이에 수십 대의 차에서 가솔린이 흘러나오기 시작했다. 휘발성이 강하다보니 냄새가 퍼지는 속도도 빨랐다. 가뜩이나 습도가 높은 날이었다.

깨애애애액―!

애액, 애액. 날카로운 괴성이 메아리쳤다. 사방에서 목청 돋우는 신호들이었다. 겨울은 무수한 기척을 감지했다. 그 자신의 감각과 보정으로서의 감각이 뒤섞인 본능이었다.

이 밤에 얼마나 많은 역병이 숨죽이고 있었던가. 그 규모는 지면의 진동으로 느껴질 정도였다. 대개가 맨발일 것인데 이 정도라니. 어쩌면 안개와 어둠을 틈타겠다는 계획이 오류였을지도 모르겠다. 하늘을 지배하는 인간을 상대로, 어둠과 안개는 최적의 조건일 테니까. 평소보다 많은 규모로 활동하고 있을 가능성을 배제할 수 없었다.

동시에, 움직이지 않는 숫자도 만만찮을 것이었다.

'낮에도 자리를 지키는 놈들이 있었으니.'

놈들의 집단행동은 개미떼 이상이며, 벌떼를 능가했다. 밝은 시간, 겨울은 괴물들의 역할분담을 눈에 담아두었다. 많은 집단이 겨울과 탄궈성을 좇는 와중에도, 구역 경계를 맡은 파수꾼들은 요소마다 자리를 지켰었다.

웅덩이를 헤치며 다가오는 소리들이 겹쳐졌다. 불길한 불협화음이었다. 그러나 어느 정도 가까워진 뒤에는 속도를 줄이는 느낌. 단순한 착각이 아니었다. 「전투감각」에 잡히는 거리들이 반증했다. 아무래도 이 냄새가 무엇을 의미하는지 학습한 상태인 모양이었다.

그러나 휘발성의 범람이 고인 물을 만났다. 확산에 가속이 붙었다. 겨울은 변종들의 동요를 통해 이런 사실을 추측할 수 있었다. 급수탑 위 높은 곳에서 보았을 때, 물 흐른 자국은 시가지의 균열이었다. 어느 거대한 존재가 유리판 같은 지상에 돌을 던진 것처럼.

'조각조각 끊어지겠지.'

이제 곧 사방으로 내달릴 불길이 변종집단을 토막 낼 것이다.

그러나 총성이 울리는 순간, 쉽게 포기할 수도 없어질 거야. 겨울의 예상이었다.

탈출 경로는 관목의 안쪽. 사방이 막힌 자리에 버려진 차량 아래로, 겨울은 불붙인 옷가지를 던져 놓았다. 가솔린 흘러나오는 속도를 보아, 발화의 순간까지 앞으로 약 30초 남짓 남은 것 같았다. 공동 장례식이다. 화장 치고 길동무가 많을 품새였다.

"기다리는 일만 남았습니다."

겨울의 말에, 탄귀성은 덜덜 떨었다. 비단 으슬거리는 몸 때문만은 아니었다. 기대와 흥분.

두 사람은 엎드린 채 밤의 절정을 기다린다.

친절한 바람이 불었다. 한 순간 드러난 원경(遠景) 속에서, 변종들은 혼란스러워하고 있었다. 물길을 따라 급격히 퍼진 휘발유 탓이다. 사방에서 풍겨오는 화형의 향취에, 어디로 달아날지 갈팡질팡하는 그림자들.

퍼억!

연소는 작은 폭발과 함께 시작되었다.

타오르는 벽의 질주. 뜨거운 붓질이 거침없이 지상을 누볐다. 때로는 선을, 때로는 면을. 강렬한 채색이 빛과 그림자의 추상화를 그렸다.

끄아아아악! 아악! 아아아아악!

별빛 없는 하늘 아래 사람을 닮은 절규가 메아리쳤다. 몸부림치는 그림자들이 원시적인 제례와 같았다. 신성한 모닥불 둘레에 원을 그리는 아메리카 원주민들처럼. 산 채로 타오르는 질병들이 내지르는 단말마의 비명은 멀쩡한 것들에게도 혼란을 야기했다. 선명한 명암이 하늘을 향해 뻗었다. 땅에서 시작된 광선이 편광처럼 보일 지경. 꿀꺽. 탄귀성이 마른침을 삼켰다.

타타탕! 타타타탕!

마침내 기다리던 총성이 울려 퍼졌다. 정확히는, 권총 탄약이 연쇄적으로 터지는 소리들.

"중교님, 지금입니다! 움직여야 합니다!"

작게 전하는 외침에 장교는 무척이나 당황했다. 이런 그림이 될 줄 예상치 못한 눈치였다.

"저렇게 날뛰는 것들 사이를 가로지르잔 말인가?"

그의 말처럼, 변종들의 혼란은 끔찍할 정도였다. 빛과 열에 휘감겨 지글지글 끓는 놈들이 사방팔방으로 뛰었고, 이에 휘말린 놈들은 통제력을 상실한 채 어쩔 줄을 몰랐다.

"지금이 아니고선 기회가 없습니다! 어서!"

통제를 벗어나 날뛰는 변종들은 트릭스터의 감시를 방해할 것이었다. 겨울과 탄귀성이 끼어든다 해도 구분하지 못할 것이 뻔했다.

겨울은 호위대상을 강제로 일으켜 세웠다. 생각 이전의 행동을 유도할 심산이었다.

일단 달리기 시작한 뒤엔 무를 수 없었다.

"젠장, 젠장, 젠장……!"

뛰는 와중에도 작게 내뱉는 소리가 똑똑히 들린다. 사람의 소리는 아무리 작아도 괴물의 것과 차이가 컸다. 어디까지나 겨울의 기준이었지만.

쾅! 주먹에서 전해지는 울림. 달리던 겨울은 마주친 놈을 기절시켰다. 혼란의 와중에 두 인간의 달음박질을 눈치 챈 녀석이었다. 그리고 이는 시작일 뿐이었다. 우왕좌왕하다가 주목하는 것들이 늘었다. 총을 쓸 순 없었다. 기껏 던져둔 총탄이 쓸모없어질 테니까.

쿠아아아악!

동료들에게 두 인간의 도주를 알리는 외침. 하지만 소용없었다. 극심한 혼란과 무수한 단말마의 비명소리가 쏟아지는 와중이었다. 겹쳐지는 소리 중에서 경고성을 따로 인식할 능력은, 보통의 변종에겐 벅찬 것이었다. 심지어는 구울에게조차도.

타오르는 연기 속에서 겨울은 방향을 곧게 유지했다. 이 와중에 이리저리 꺾는다면 겨울이라도 방향감각을 상실할 가능성이 있었다.

'그럼블?'

춤추는 불길, 이리저리 흔들리는 그림자. 그 가운데 유달리 거대한 윤곽은 베타 그럼블이었다. 놈의 배후를 지나친다. 사냥개만큼은 아니더라도 후각에 민감한 놈이었으나, 온갖 살이 타는 냄새 중에서 스쳐가는 두 인간을 구분할 정도는 못 되었다. 탄궈성은 기절할 것 같은 얼굴이었다. 콜록, 콜록. 참지 못한 기침이 터져 나온다. 무방했다. 연기를 들이쉰 괴물들도 밭은기침에 여념이 없었으니.

드디어 물가가 보인다. 흐름에 따라 자잘하게 물결치는 해수. 온갖 부유물로 가득하여 부패한 바다가, 이 순간만큼은 반가웠다.

한 줄, 흐르는 불이 진로를 막고 있다. 탄궈성이 속도를 줄이려 하기에, 겨울이 그 등을 밀었다. 절대로 늦추지 말라고.

"겁먹지 마십시오! 뛰어 넘으면 됩니다!"

"으아아아아!"

장교는 멈추려는 본능과 등을 미는 힘 사이에서 가까스로 균형을 잡았다. 그리고 늦지 않게 도약한다. 사실 가속한 겨울이 반쯤

집어던진 것에 가깝지만.

첨벙! 잠깐 사이에 낯설어진 냉기가 발끝부터 올라왔다. 반사적으로 호흡이 흐트러진다.

헤엄을 치며, 겨울은 지나온 200미터를 돌아보았다.

빛을 머금은 안개가 연기를 품은 먹구름이 되어, 열류에 휘감긴 채 꿈틀거린다.

길목에 있던 건물에도 불이 옮겨 붙었다. 옥상에 머무르던 트릭스터는 빠져나갈 길을 찾지 못한 모양이었다. 불을 등진 놈의 실루엣이 안개를 뚫고 이글거렸다.

〈5권에서 계속〉

Mutation Field Manual
-야전 교법-

모겔론스 감염 변종 대응 방안으로

전 장병은 살고 싶다면 반드시 숙지 할 것

Mutation Field Manual
스토커

뮤테이션 코드: 스토커(Stalker)

감염변종(구울)과 비슷한 체격임. (객체마다 차이가 있음)

구울, 그럼블, 트릭스터와 혼성 무리에 섞여 있음.

단독 정찰 활동을 주로 함.

미확인 사항: 스토커 사살 뒤, 한참 뒤에 트릭스터가 출몰하
거나 다른 변종이 출몰한다는 증언이 있음.

초기형

외형: 코가 비정상적으로 튀어나옴.

특징: 후각이 발달한 것으로 추정.

거리는 연구 중이나 2~3마일로 추정함.

대처: 분뇨, 향수로 후각을 교란하여 사살.

중기형

외형: 초기와 비슷함. 귀가 크다고 증언.

특징: 청각 능력이 향상된 것으로 파악.

연구중: 목격, 증언으로 파악됨.

사살 보고는 확인되지 않음.

후기형

외형: 눈, 귀, 코 가 발달함.

특징: 시각 능력 및 야시능력 보유함.

연구중: 주/야간 항공정찰에서 목격됨.

후기 형태는 큰 위협이 될 것으로 평가됨.

Operation Map
- 작전지도-

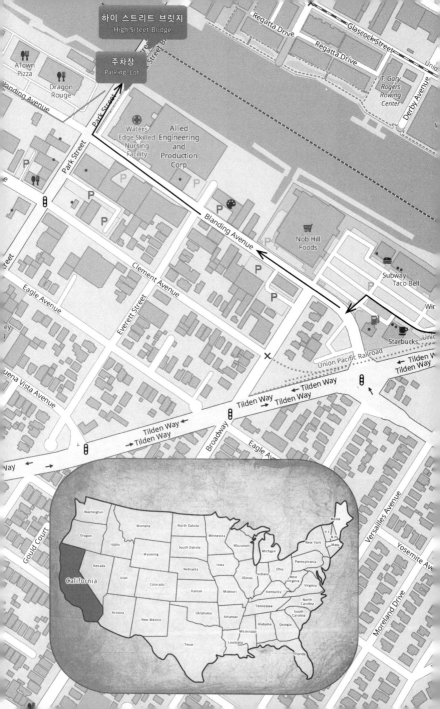

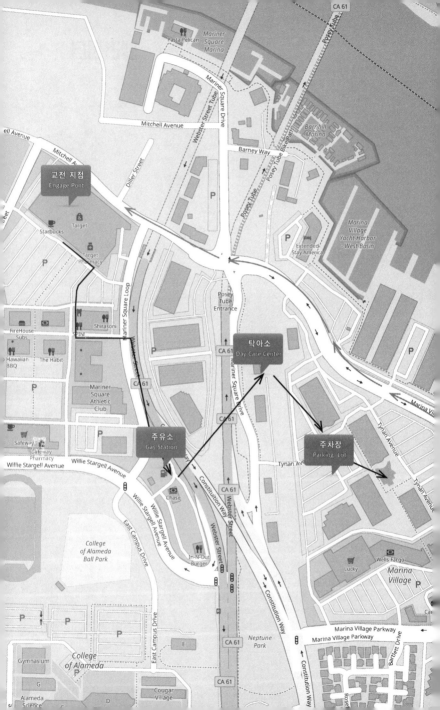

납골당의 어린왕자 4

초판 1쇄 발행 2018년 5월 25일
초판 2쇄 발행 2020년 9월 15일

저자 퉁구스카
표지 MARCH

편집 전준호
디자인 윤아빈
크리처 삽화 황주영
마케팅 정다움, 이수빈

발행인 원종우
발행처 (주)이미지프레임

주소 (13814) 경기도 과천시 뒷골1로 6, 3층
영업부 02-3667-2653 **편집부** 02-3667-2654 **팩스** 02-3667-2655
메일 edit03@imageframe.kr **웹** vnovel.co.kr

ISBN 979-11-6085-313-1 02810 (세트) 979-11-6085-063-5 02810